断崖の愛人

笹沢左保

JN075846

祥伝社文庫

目次

1　奇妙な仲人《なこうど》

1

その男の顔を見たとき、おやっと思った。男の顔には、見覚えがあった。男がここに姿を現わしたのは、確か五カ月ぶりだという記憶もはっきりしていた。去年の十一月だったが、男は五、六回ここを訪れている。

十二月にはいると、ふっつり姿を見せなくなった。それから五カ月が過ぎている。もう、その男のことなど、すっかり忘れていた。それがいま、当たり前みたいな顔で、ひょっこり厚生課の部屋へはいって来たのである。

もちろん、男のお目当ては、安城由布子《あんじょうゆうこ》に違いない。

去年の十一月も五、六回、男は安城由布子のところへ通い詰めたのである。男が気安く口をきける相手は、安城由布子を除いて厚生課にはひとりもいないのだ。

去年の十一月に、初めてこの部屋を訪れて来たときも、男はいきなり安城由布子の前に立った。男は名刺を差し出した。その名刺にあった肩書きも名前も、いまでは忘れてしまっている。

「お願いがあって、参りました」

四十半ばの男は、何度も続けざまに頭を下げた。

「どちらさまのご紹介でしょうか」

安城由布子は訊《き》いた。初めて見る相手には、そう質問することになっているのである。紹介や前触れなしに、新顔が安城由布子の席を訪れるはずはなかったからだった。

「いや、いきなりお伺《うかが》いしたんです」

四十男はまた頭を下げて、安城由布子に笑いかけた。

「いきなりって……」

安城由布子は、戸惑っていた。こうした客は、前例がなかったのだ。

「こうなっているんですから、いいんじゃないですか」

四十男は、安城由布子の机の上にあるアルミのプレートを、指さした。そのプレートには、『厚生課外来係・安城由布子』と記されている。

「それは確かに外来係ですから、厚生関係の業者の方たちは、みなさんここに来られます。でも、これまで無関係だった業者がいきなりおみえになっても、受け付けることは許されておりません」

四十男を見上げて、安城由布子は歯切れよく言った。

「まあ、この中外《ちゆうがい》軽金属さんみたいな大企業ともなると、そういうことになりましょうな」

四十男は、へらへらと笑った。媚《こ》びる目つきだし、態度が卑屈である。だが、それでいて、妙に厚かましい感じがする。

「どうぞ、お引き取りください」

安城由布子のほうは、ニコリともしなかった。

「あなたみたいに美しいお嬢さんが、そんな怖い顔をしたら、男の楽しみがひとつ減りますよ。とにかく、せっかくこうして来たんですから、話だけでも聞いてやってください」

「でも、セールスなんでしょう」

「いやいや、セールスとは違うんです。実はこちらの社員のみなさんに、モニターをお願いしようと思いまして、参上したというわけなんですよ」

「モニター……」

「お嬢さんも、ご存じでしょう。自動マッサージ・チェアってやつでして、温泉の旅館なんかでよく見かけますね。アーム・チェアみたいになっていてコインを入れると、自動的に肩をたたいたり、背中をマッサージしたりする……」

「見たことはあります」

「当社では、その自動マッサージ・チェアの画期的な新製品を、開発したというわけでしてね。その試作品を五、六台、こちらに置かせていただきます。それを社員のみなさまにお昼休みなど、ご自由に使っていただきます。もちろん硬貨を入れなくても、使えるようになっておりましてね」

「それだけのことなんですか」

「あとは社員のみなさまから、ご使用後の感想をいただければ、それでもう十分なんですよ。まあ、そういう意味でのモニターでして……」

「よくわかりました。一応、上司に伝えます」

「そうですか。ひとつよろしく、お願い致します」

そのときの四十男は、それだけで引き揚げていった。

安城由布子はそのことを、上司に報告もしなかった。そんな報告を、上司が受け付けるはずはない。それにインチキだと、安城由布子にもわかっていたからである。商売にならない話を持ち込んでくるのは、インチキに決まっているのだ。

その後も男は一週間に一度ずつ、厚生課の安城由布子の席を訪れた。まだ許可はおりそうにないかと尋ねるだけで、男はそれ以上の仕事の話はしなかった。五、六分、由布子と話し込んでは帰っていく。

それも、五回ほどで終わった。新製品のカタログも説明書も持ってこないまま、十二月にはいると男は姿を現わさなくなったのだ。インチキは通用しないと察したのか、望みはないと諦《あきら》めたかしたのに違いない。

いずれにしても、この男が厚生課の部屋へはいってくるたびに、安城由布子はおやっと思わずにいられなかった。それは、男がただの一度も受付を通じて、由布子に面会を求めたことがなかったからである。

東京・千代田《ちよだ》区の大手町《おおてまち》一丁目にある中外軽金属ビルの正面入口には常時、三人の受付嬢と二名のガードマンが勤務についている。外来者は受付嬢のカウンターに、立ち寄ることになっていた。

社員とは認められないような人間はガードマンがチェックしている。そうした人間が勝手にエレベーター・ホールへ向かったりすれば、ガードマンが呼びとめて受付嬢に引き継ぐことになる。

ところが、その男に限っては受付嬢やガードマンの目にとまることなく、ビルの中へはいって来ているらしいのだ。不可能なことではないが、毎度それができるとなると、やはり不思議であった。

年が明けて、やがて冬も去り、春が訪れた。安城由布子の毎日は、厚生関係の外来者を相手に忙しい。その外来者のうちのひとりで、五カ月間も連絡が途絶《とだ》えている男のことなど、覚えているはずはなかった。

四月もあと二日ほどで、いよいよ新緑の候であった。その日の昼休み、安城由布子は受け取ったばかりの手紙を自分の席で読み返していた。郷里の母親からの手紙であった。例によって縁談をすすめる内容ではあったが、手紙には母親らしい季節感が盛られていた。

東京とは違って郊外へ出れば、山吹《やまぶき》の花が見られます。もう、藤の花も咲いています。昼間のうちに外出すると汗ばむくらいで、新緑が目にしみるようです。ただ以前のように、カエルや春蟬《はるぜみ》の声は聞けません。故郷の自然に接するためにも、休暇をとって帰って来たらいかがですか。

そこまで読み返して、安城由布子は何気なく目を上げた。その由布子の目に五カ月ぶりに見る男の姿が映じたのである。男ははたして、真っ直ぐ由布子の席へ足を運んできた。まるで条件反射のように、このときも由布子はおやっと思わずにはいられなかったのだった。

2

男は相変わらず、風采《ふうさい》の上がらない恰好《かっこう》であった。

白いものがまじった髪の毛をばさばさにして、髭《ひげ》もきれいには剃《そ》っていなかった。色の悪い顔は頰《ほお》がこけているせいか、馬のように長く見える。目つきが鋭いので、眼差《まなざ》しだけに活力が感じられる。

古ぼけた背広を着て、流行遅れのネクタイを締めている。靴も磨いてないし、ズボンはよれよれだった。やや猫背で、媚びるように笑い、卑屈な態度を崩さないというところも、まったく変わっていなかった。

「安城さん、どうもお久しぶりでございます」

男は由布子の前に立って、目を細めて嬉《うれ》しそうに笑った。

「本当に……。五カ月ぶりかしら」

由布子も、釣《つ》られて笑いを浮かべた。インチキ臭い男ではあるが、なんとなく憎めない感じなのだ。

「相変わらず、お美しいですな。セーラー服を着た高校生から新婚の奥さんになるまで欠かさなかったクリームという宣伝、化粧品会社のテレビのコマーシャルが、いま評判になっているでしょう。あのコマーシャルで二役を演じているタレントを、ご存じだと思うんですがね」

「売り出し中のモデルさんでしょ」

「そのモデルさんに、安城さんがそっくりだってことに、わたしは気がつきましたよ」

「そうですか」

「いや、これはお世辞《せじ》じゃありません。事実を、言っているんです」

「でも、あのモデルさんは、まだ十八歳だそうですよ」

「安城さんは、確か二十三……」

「四になりました」

「六つも違うとおっしゃりたいんでしょうが、そんなのは問題じゃない。よく見ると肌なんか、安城さんのほうがずっときれいです。それにあなたには気品と、清潔感がありますからね」

「どうも、ありがとうございます」

「あのコマーシャルのモデルさんによく似ているって、周囲の人たちからも言われるでしょう」

「さあ、どうかしら」

由布子は、首をかしげた。一応は、肯定している答え方であった。事実、そのとおりなのである。いま評判になっているテレビ・コマーシャルのモデルにそっくりだと、このところ冷やかされてばかりいるのだった。

だが、男のお世辞に乗せられてはならないと、由布子は表情を引き締めていた。まずはこの男の名前を、思い出すべきである。名刺にどのような活字が印刷されていただろうかと、由布子は記憶を探っていた。

「五カ月ぶりにお目にかかるんですから、あらためて名乗ることにいたしましょう。わたしは阿久津忠雄《あくつただお》と申します」

男がニヤニヤしながら、そう言って頭を下げた。男は由布子の目つきから彼女の思惑《おもわく》を見抜いたようだった。

そうだった、阿久津忠雄に間違いない、と由布子は名刺の活字を思い出していた。

「それで、今日のご用件は……？」

由布子は笑いのない顔で、阿久津という四十男を見上げた。

「例のお願いはもうとっくに諦めましたし、今日はプライベートなことでお伺いしたんですよ」

阿久津という四十男は、媚びる目で笑った。

「プライベートなことって……？」

由布子は、警戒していた。よく知らない男から、プライベートな話を持ち込まれるはずはない。それに、阿久津という男の厚かましさが、ひどく気になったのである。

「だからこうして、お昼休みの時間を選んで、お邪魔《じゃま》したんじゃありませんか」

阿久津は、身を乗り出すようにした。

そう言われてみれば確かに、いまは昼休みであった。勤務時間内でなければ、外来の業者と仕事の話をすることはない。課長も二人の係長も、席にはいなかった。二十人の厚生課員のうち、部屋に残っているのは三、四人だけである。

「プライベートなことって、いったい何なんですか」

由布子は訊いた。

「今日のわたしは、お仲人役《なこうど》でしてね」

ニヤリとしたあと、阿久津は妙なことを言い出した。

「お仲人……？」

由布子は、あっけにとられていた。

「これをまず、お受け取りください」

阿久津が由布子の目の前に、何やらプログラムのようなものを置いた。

由布子は、それに目を落とした。プログラムに、小さな袋が添えてある。有楽町《ゆうらくちょう》の劇場で公演中の、芝居のプログラムだった。映画と新劇の二人の大女優が主役を演じて、目下《もっか》のところ大評判になっている芝居であった。

小さな袋の中身はもちろん、その芝居の指定席券ということになる。阿久津がなぜ、このようなものをよこすのか。まさか芝居に招待して、由布子を買収するという魂胆《こんたん》ではないだろう。

それに阿久津は、仲人役だと奇妙なことを口にした。仲人役とは、男女を結びつけることにある。いったいどういうことを、意味しているのだろうか。

「これは……？」

「今夜の券でしてね。開演は、六時十分です」

「わたしがどうして、この芝居を見にいかなければならないんですか」

「この劇場へいらして、指定の席におすわりになればわかります」

「そんなお話に、応じられるわけがないでしょう」

「まあ、そうおっしゃらずに……。ひとつ、仲人役の顔を立ててやってください」

「阿久津さんが、誰かに頼まれたってことなんでしょ」

「そうなんです。それが、仲人役というものですからね」

「誰に頼まれたんですか」

「それを言わなくちゃいけませんか」

「当然じゃありませんか」

「できれば、前もってはお教えしたくはなかったんですがね」

「言ってください」

「仕方がない、言いましょう。あなたを芝居に招待されたのは、製品管理課の係長さんですよ」

「製品管理課の……？」

「つまり、井《い》ノ口《ぐち》一也《かずや》さんということになりますな」

阿久津は、声をひそめて言った。

「え……！」

小さく叫んだあと、由布子は狼狽《ろうばい》気味にあたりを見回していた。だが、由布子のほうへ、目を向けている者はいなかった。

由布子は一瞬、上気するように熱くなった顔を伏せていた。心臓をしめつけられるように胸が痛んで、由布子はズキズキと鳴る鼓動を自分の耳で聞いた。頭の中では、思考がまとまらなくなっていた。

「そんなに顔を赤くしたら、人に気づかれますよ。じゃあ、これでわたしの役目は、果したってことになりますから……」

小さな声を残して、阿久津は由布子に背を向けた。

由布子には、口にすべき言葉がなかった。とにかく顔を上げて、厚生課の部屋を出て行く阿久津忠雄の後ろ姿を見送った。しかし、由布子はそれを、意識に捉《とら》えてはいなかった。ただ、彼女の目に映じただけだった。

井ノ口一也――。

それは一年ほど前から、由布子の心の中で生き続けている男の名前であった。一日に何度か思い出し、忘れきることができない男でもある。大きな障害さえなければ、とっくに距離が縮まっていたはずの男だった。

安城由布子は、ぼんやりと考え込んでいた。

3

『中外軽金属』東京本社の厚生課には共済係と、福祉係の二つの係がある。その管轄《かんかつ》は東京本社と千葉工場だけで、名古屋工場、広島工場、九州の延岡《のべおか》工場までには及んでいない。

共済係は、共済組合による健康保険、運用資金からの各種貸付、退職時の積立金返済などを業務としている。

福祉係は社内の食堂、喫茶、日常品販売、医務課の医薬品や医療器具などの管理と調達、それに斡旋《あっせん》を担当していた。つまり、社員の厚生福祉に関係する業者との接触を、一手に引き受けている係であった。

その厚生課の窓口が外来係ということになる。外来係というのはひとりだけで、福祉係の所属となっている。厚生課の業務内容に精通していないと、外来係は勤まらなかった。

安城由布子は短大を卒業して中外軽金属の本社に入社すると、すぐに厚生課共済係に配属となり、一年後には隣りの福祉係へ移った。そしてさらに一年六カ月後、一昨年《おととし》の十月から外来係の席にすわるようになったのである。

いまでは勤続四年であり、厚生課の女子社員に限っては後輩のほうが多くなった。ベテランとして外来係の席を動かされることもないだろう。素直で明るくて上品な美人ということで、上司や訪問客のあいだでも評判がよかった。

そうした安城由布子が外来係を命じられた一昨年の秋の人事異動で、福祉係長として厚生課に迎えられたのが井ノ口一也だったのである。当時の井ノ口一也は、三十四歳であった。

中外軽金属という大企業の本社でも、三十四歳の係長は特に珍しくなかった。いわゆるエリート社員であれば、もっと若くて係長になっている。ひとつには中外軽金属の伝統というものが、そうさせているのである。

一流国立大学卒という学歴プラス実力が、エリート・コースを歩む基本的な条件とされているのだ。一流国立大学を卒業していても、実力に欠けていれば出世は望めない。

だからけっして学歴偏重主義とは言いきれない。しかし、実力の点で一線に並んだ場合、早い昇進を決めるのは一流国立大学という出身校なのである。

たとえば、安城由布子が入社して一年後に厚生課長となった五代弘樹《ごだいひろき》などは、井ノ口一也と年も同じだし、入社も同期だった。それでいて五代弘樹は三十三歳で課長になり、一方の井ノ口一也は一年半も遅れて、ようやく係長に昇進している。

この差にしても、五代は一流国立大学、井ノ口は同じ一流でも私大と、出身校の違いが作用しているのであった。

もっとも、五代弘樹と比較しては、井ノ口一也に気の毒だった。五代の場合は特別で、エリート中のエリートとされていたのだ。切れ者、やり手、実力ナンバーワン、出世頭《がしら》と評判の五代だったのである。

　その五代課長の下に、井ノ口一也が係長として就任したとき、厚生課の女子社員は五代派と井ノ口派に二分された。異例のスピード出世を誇る若き花形課長にあこがれる女子社員たちは、むしろ井ノ口一也に対して冷淡であった。

「やっぱり、迫力が違うわよ」

「そうねえ。課長のあの、人を射すくめるような目と、比べてごらんなさいよ。井ノ口係長の目は半分、眠っているみたいだわ」

「井ノ口係長には、課長みたいな男臭さがないわね」

「貫禄《かんろく》だって、まるで違うでしょ。同じ年とは、どうしても思えないわ」

「四十代で重役という前評判の課長ですもの。水があきすぎているわよ」

「五代課長と一緒にいると、井ノ口係長はただの平凡なサラリーマンて感じね」

「男だったら、同期の五代の下で働くなんてごめんだって、異動を拒否すべきだわ」

「あの井ノ口係長に、そんな意地なんてあるはずないでしょ」

　五代派の女子社員たちの言い分に、間違いはなかった。確かに、そのとおりであった。

　それだけに、井ノ口派の数はほんのひと握りしかいなかった。しかも、井ノ口派の女子社員は、井ノ口一也に同情票を入れたようなものだったのだ。

「なにも五代課長の下に、同期の井ノ口さんをもってくることはなかったのよ」

「そうよ。ほかの課の係長に、昇進させればいいのよね」

「残酷だわ」

「五代課長がわざわざ、井ノ口さんを厚生課の係長に引っ張ったとかいう話よ」

「それが事実なら、課長の人格を疑っちゃうわ」

「井ノ口係長のほうが、五代課長よりも背が高いわよ」

「そうね。課長は身長が一メートル六八、井ノ口係長のほうが一一センチも高いものね」

「スタイルだけじゃなくて、マスクも係長のほうが魅力的だわ」

「同じ年に見えないって、当たり前じゃないの。五代課長のほうが、三つ四つは老《ふ》け込んでいるもの」


井ノ口派の女子社員たちは、同情にルックスの評価を加えて、溜飲《りゅういん》を下げていた。

そうした部下たちの動静を知ってか知らずか、五代課長と井ノ口係長は結構うまくやっていたようである。係長は課長に忠実であり、課長は係長を信頼している。当たり前な課長と係長の関係を、維持していたようだった。

安城由布子は、もちろん井ノ口派であった。自分の直属の上司なのだから、それは当然ということになる。井ノ口一也に、同情もした。それに井ノ口一也が好みのタイプだったということもある。

だが、それ以上の興味も関心も、由布子にはなかった。破局そして別離を迎えた過去の恋愛が、まだ由布子の記憶に生々《なまなま》しかったせいかもしれない。激しい恋愛に失敗して、まだ一年半しかたっていなかったのだ。

ところが間もなく、由布子にとって井ノ口一也の存在が、ただ好みのタイプの係長だけではすまされなくなったのである。妙なことから由布子は、井ノ口一也を強く意識するようになったのだった。

「安城君は評判どおり、素直で明るくて気品があって、それになかなか知的でもある。だけど、美人じゃないな。平凡で可愛《かわい》くて、そこになんとも言えない魅力があるんだよ」

あるとき井ノ口から、そんなふうな感想を聞かされて、由布子はなぜかその言葉が忘れられなくなった。井ノ口の目は間違っていないし、自分をわかってくれる彼には心を許せるのではないかと、由布子は思ったのだ。

それにもうひとつ、井ノ口一也の誕生日が由布子と同じ三月三十日だとわかったことである。これもまた妙なことだが、なにかの因縁《いんねん》というものを感じさせたのであった。まるまる十二、年が違うのである。もちろん干支《えと》も同じだし、同じ日に誕生日を迎える。そうしたことから、由布子は井ノ口に親近感を覚えたのだった。

自分にとって井ノ口は特別な人だと、由布子は決め込んでいた。そう思って井ノ口を見ると、由布子へ向ける彼の視線にもなにかが感じられた。気のせいではなく、男女間だけに働く直感でわかったことであった。

好きだ——と、由布子は思った。

会社で出世しようなどというちっぽけな野心を持ち合わせていないほうが、はるかに人間的にスケールが大きいのだ。会社における地位を抜きにしたら、五代課長よりも井ノ口のほうがずっと頼もしい。

中身は井ノ口のほうが大人であり、男なのに違いない。井ノ口には確かに、五代課長のような男臭さはない。しかし、井ノ口は男っぽいし、包容力もある。由布子はそのように本気で、井ノ口一也の魅力を再確認したのだった。

由布子は、日々の生活に張合《はりあ》いを感じ、会社に出勤することが楽しくてしかたがなかった。色が浅黒くて歯が真っ白な井ノ口の笑顔を、どこにいても忘れられなくなった。井ノ口一也を愛していると、由布子ははっきりと自覚していた。

互いに、なにも言わない。常に、さりげないふうを装《よそお》っている。しかし、井ノ口の自分を見る目にも、愛しているという語りかけが秘められていると、由布子は信じて疑わなかったのである。

4

そのような状態が、去年の四月から九月まで、半年ほど続いたことになる。

前半の三カ月は楽しかったが、後半の三カ月は苦しいだけであった。片思いではなく、互いに強く魅せられていることを百も承知なのである。しかも、会社ではすぐ身近にいて、一日を過ごすのであった。

それでいて言葉にも出せないし、行動に発展させることもできない。ヘビの生殺しとは、このことだった。井ノ口一也も同じ気持ちらしく、安城由布子を見る目に暗さが感じられたりした。

廊下をひとりで歩いているときの井ノ口は、苦悩する三十男の顔であった。気軽に話しかけるようなこともなくなったし、井ノ口は由布子とまともに顔を合わせることを避けているようであった。

なぜ、どこかへ誘ってくれないのだろうと、由布子は焦燥感《しょうそうかん》を覚えることもある。しかしそのたびに由布子は、あの人がそんなに軽率なことをするはずはないと、思い直した。だからこそ、彼も苦しんでいるのではないか。

要するに、諦めるほかはないのである。最初から結果がわかっていて、互いに惹《ひ》かれてしまったのだ。口にも出さないうちに何事もなかったように、双方の思いを過去へ押し流してしまったほうが無難であった。

妻子のいる上司との恋愛には、かなり大きな障害がある。

そのことを井ノ口から指摘されたのは、去年の九月末日であった。

また秋の人事異動があって、五代課長も井ノ口一也も、厚生課を出ることになったのだ。五代弘樹はまたまた異例の昇進を遂《と》げた。五代弘樹に与えられたポストは、経営管制室の次長であった。

井ノ口一也のほうは、出世ともなんとも言えないような人事だった。第一工場部の製品管理課第二係長である。仕事の対象が全国の工場になったのだから、まあポストとしては悪くない。

しかし、全国の工場の製品ストック、在庫品を管理するとなると、やはり第一線の職場という感じではなかった。それでも当《とう》の井ノ口は出張も多くなるし、彼なりに張り切っているようだった。

井ノ口が厚生課の福祉係長だったのは、ちょうど一年間であった。その彼が明日からもう、厚生課には姿を現わさないのである。そう思うと由布子はホッと気が抜けたし、大切なものを失ったような悲しみに、胸をしめつけられた。

井ノ口一也が福祉係長としての最後の日、九月末日の午後に、由布子はエレベーターの中で彼と一緒になった。珍しいことに、ゴンドラの中には二人しかいなかった。井ノ口は十五階まで〝通過〟のボタンを押しっぱなしにした。

邪魔者を入れずに一分間でも長く、二人きりでいるためだった。由布子は井ノ口と並んで立ち、息を詰めるようにしていた。

「互いに、胸のうちはわかっている。そうだろう」

井ノ口が言った。

「ええ」

由布子は顔を伏せた。

「しかし、今日までお互いの気持ちを、表に出さなかった。それで、よかったんだ」

「ええ」

「いったん踏み出してしまったら、もうブレーキも利《き》かなくなる。二人で泥沼へのめり込むんじゃないかって、そんな予感もしたんでね」

「わたしも、恐ろしかったんです」

「この二、三カ月、女房からチクリチクリと、言葉の針を刺された。ぼくがなんとなくおかしいって、女房のカンってやつでわかったらしい」

「そうだったんですか」

「それに、妻子ある男との恋愛は、この会社では禁忌《タブー》になっている。お互いに傷つくより、いまの気持ちをそっとしておきたい。少女趣味かな」

井ノ口は苦笑した。

「いいえ……」

由布子は首を振った。

中外軽金属では、不倫な男女関係をタブーとしている。それは、事実だった。だが、社内恋愛を禁じたり、私生活にまで干渉したりというわけではない。また社則によって、不倫な関係を拘束《こうそく》するというのでもない。

だから、タブーということになるのである。由布子が入社する直前に、中外軽金属の社員が立て続けに、男女関係のもつれから不祥事を引き起こしたのだ。

最初のが、傷害事件であった。中外軽金属の女子社員が愛人関係にあった妻子ある男を刺して、重傷を負わせたのだ。続いて、心中事件が起こった。これは男女ともに、中外軽金属の本社の社員である。

妻子ある男子社員と独身の女子社員が、車の中に排気ガスを引き込んで、二人とも死亡したのだった。そのあと連鎖反応を起こしたように、千葉工場の男子社員が本社ビルの屋上から飛び降りて自殺した。

この男子社員も、病弱な妻と職場の愛人との板ばさみになって、あの世へ逃避したのであった。

いずれも、中外軽金属の社員であることが新聞に明記され、ちょっとした評判になってしまった。中外軽金属は愛人でいっぱい、中外軽金属では不倫な関係が大流行、などと意地悪な週刊誌の記事も少なくなかった。

中外軽金属の経営陣は、企業イメージに影響するし、一般社員のショックも考慮して、社長みずから、私生活にも責任を持てと呼びかけたのである。男女関係にルーズな者には責任あるポストにつく資格がない、と同時に、既婚の男子社員に対して社長の警告も発せられた。この警告がそっくりそのままタブーになったのだ。妻子がありながら、ほかに恋愛関係を持つような男子社員には、昇進の望みを与えないというのだから、簡単に犯せるタブーではなかった。

「きみのことは、いつまでも忘れないよ」

下降を始めたエレベーターが、十階で停止する寸前に、井ノ口は由布子の肩に手をかけた。

「わたしも……」

反射的に身体を硬くしながら由布子がそう言ったとき、エレベーターの扉が開いた。二人は廊下に出て、すぐ右と左に分かれた。

それっきり二人だけになったことはないし、口もきいてはいなかった。社内ですれ違ったり、食堂の喫茶室で顔を合わせたりしたときに、二人にしか意味が通じない目つきで挨《あい》拶《さつ》を交わす程度であった。

そして、七カ月が過ぎたいまになって、井ノ口から芝居の指定席券が届けられたのである。一緒に芝居を見るのだから、二人にとっては初めてのデートということになる。それは、タブーを犯すことにもなりかねない。

いったい井ノ口一也は、どういうつもりなのだろうか。それも阿久津忠雄などを、仲介役に頼むとは――。

2　見られた夜

1

午後五時直前まで、安城由布子は迷い続けた。

しかし、それは自分に対する弁解みたいなもので、迷わなければいけないという気持ちがあっての迷いだった。すでに由布子の意志そのものは、決まっていたのである。有楽町の劇場へ、行くつもりであった。

洗面所の鏡の前に立っている時間が長かったのも、メイクアップが念入りだったのも、そのためである。今日は会社の帰りに寄り道をする予定などなかったが、由布子としてはまあまあ気に入った服を着ていた。

アンゴラ・ニットのソフトなスリーピースであった。由布子は特に、白が似合うのである。鏡の中の自分を見て、由布子は満足していた。偶然のことではあるが、おかしいものを着てこなくてよかったと、気持ちが明るくなった。

五時に、中外軽金属ビルを出た。東京駅につくと、もう知っている顔は見かけなかった。五月を目前にして、いい陽気だった。若い男女の笑顔が、華《はな》やいでいるように感じられる。

それは、由布子自身の気持ちのせいだろうか。久しぶりに、はっきりした目的地があるという充実感を、味わうことができた。心が浮き浮きするとはこういうことかと、由布子はいまさらのように思ったりした。

七カ月ぶりに、井ノ口一也と会って言葉を交わす。しかも、会社の外で二人きりになるのは、これが初めてのことなのだ。井ノ口一也から初めてのデートに誘われて、どうしてそれに背を向けられるだろうか。

気分的には、割り切れないものがある。

疑問や矛盾が、多すぎるのであった。

なぜ井ノ口一也は、急に由布子をデートに誘う気になったのだろうか。七カ月前に一応、二人のプラトニック・ラブには終止符が打たれている。それも井ノ口のほうから、言い出したことなのだ。

二人が不幸になることは、避けなければならない。この会社のタブーを犯すべきではないし、女房も何かあるらしいと疑っている。お互いのためにも、ここで踏み留《とど》まろう。少女趣味かもしれないが、きみのことはいつまでも忘れない。

井ノ口はそう言ったのだし、そのために由布子も必死になって心にブレーキをかけたのである。それをいま突如として、解禁としたのであった。それも由布子を芝居に誘う、という積極的なやり方によってである。

一年以上もせつない気持ちに追いやっておきながらと、恨《うら》みたくもなるような井ノ口の突然変異だった。いろいろな意味での危険を冒してまで、何がいったい彼に心境の変化をもたらしたのか。

それにもうひとつ、井ノ口が阿久津忠雄に仲介役を頼んだことである。この点が、どうにも理解できなかった。確かに会社内部の人間に頼むよりは、安全かもしれない。しかし、井ノ口はどうして、阿久津という男を知っているのだろうか。

阿久津が初めて、厚生課の部屋を訪れたのは、去年の十一月であった。ところが、その前月に井ノ口は厚生課を去り、製品管理課へ移っているのである。つまり、井ノ口と阿久津のあいだには、接点というものがないのだ。

だが、現にこうして井ノ口は、阿久津を通じて由布子のところへ、芝居の指定席券を届けさせている。井ノ口はどうして阿久津と知り合い、そこまで親しい間柄になったのだろうか。

まあ、いい。余計な詮索《せんさく》は、やめておこう。とにかく今夜、井ノ口に会えるのだ。早く会いたい。いまはそのことだけを、考えていればいいのだ。有楽町で電車をおりたとき、由布子はそのように気をとり直していた。

有楽町の劇場街は、雑踏《ざっとう》に埋まっていた。勤め帰りの連中だけではないだろうが、若い男女の人波が延々《えんえん》と続いている。入場券を買う人々が、列を作っている劇場もある。そろそろ華麗な夜景が、目を覚ますころでもあった。だが、六時十分の開演時間まで、まだ少々時間がある。由布子はアクセサリーの店に寄って、馬が下がっている銀のペンダントを買った。

六時に、由布子は劇場にはいった。満員の客席には目をくれずに、指定の席へ向かった。一階中央の前寄りで、悪くない席だった。由布子がすわった席の左隣りだけが、空席になっていた。

その空席に、井ノ口が腰をおろすはずである。そう思っただけで、胸が痛くなる。由布子はずっと、膝《ひざ》のあたりに目を落としていた。開演五分前のベルが鳴った。左隣りは、まだ空席のままだった。

はたして井ノ口は来るのだろうかと、由布子は不安を覚えた。阿久津のイタズラということは、考えられないだろうか。もし左隣りの席に井ノ口以外の人間がすわったらと、心細くもなっていた。

開演のベルが、鳴り出した。

左側から、人影が割り込んでくる。何人かの観客の前を過ぎて、近づいて来た。どうやら、背広姿の男のようである。男が左隣りの席にすわり、その重みが由布子の身体にも伝わった。

息苦しさを覚えながら、由布子は思いきって左隣りの席へ目をやった。同時に、その男も由布子の方へ顔を向けた。由布子は思わず微笑を浮かべながら目を伏せていた。甘い安心感が、胸に広がった。

「どうも、遅くなって……」

照れくさそうな顔で、井ノ口一也が言った。同時に場内の明かりが消えて、照明が舞台の幕に集中した。暗くなった目の前で、井ノ口の歯が白く光るのを、由布子は見た。

もう、話はできなかった。二人は視線を、舞台へ向けた。芝居が始まった。評判どおりの二人の大女優の名演技であり、おもしろかった。客席は沸《わ》きっぱなしで、五分に一度はドッと笑いが広がった。

最初のうち由布子の意識は半分、左隣りへ走っていた。だが安心したせいか、まもなく由布子は舞台に気持ちを集中させることができた。井ノ口が、声をあげて笑っている。由布子も笑った。

場内が明るくなる幕間《まくあい》が、一度だけあった。しかし、話し込むほどの時間はなく、由布子と井ノ口は顔を見合わせただけだった。いずれにしても、余計な言葉は不要である。由布子は、贈り物の包みを差し出した。

「もう誕生日、過ぎてしまいましたけど……」

由布子は言った。

「同じようなことを、考えるもんなんだね。ぼくも誕生日のプレゼントを、持って来ているんだ」

井ノ口もアタッシェ・ケースの中から、包装紙にくるまれた箱を取り出した。

「どうも……」

「ありがとう」

贈り物を交換すると、二人はすぐにその場でそれぞれの包みを開けた。由布子がもらった包みの中身は、スカーフであった。ピンクの濃淡であり、幾何学模様《きかがくもよう》の可愛らしい馬が散らしてある。

「馬と馬だな」

ペンダントを手にして、井ノ口は笑った。

「年男と年女ですもの」

由布子は悪戯《いたずら》っぽく、片目をつぶってみせた。ひとまわり違うが二人ともウマ年だし、誕生日も同じ三月三十日なのである。

「ぼくは、三十六になっちゃったよ」

「わたしも、二十四……」

「言われなくても、わかっているさ」

「そうだわ。係長だけには絶対に、年を誤魔化《ごまか》すことができないんですものね」

「まるまる十二、ぼくの年から引けばいいんだからね」

「そして、この年の差は永久に、縮まりません」

「当たり前だ」

と、井ノ口がニヤリとしたところで、また場内が暗くなった。

楽しいと、由布子は思った。やはり彼を愛しているのだという自覚を、熱く胸に抱きしめる。この一年間、心の底に押し込めておいた溶岩が、一度に噴き出してきそうな気がしてならない。

だが、七カ月前と情勢は、まったく変わっていないのだ。やはり、これ以上は、どうしようもないのではないか。結局は踏んぎりがつかずに、自制するほかはないのである。

由布子は胸のうちで、冷たいものでも嚙《か》むように、そうつぶやいていた。

2

芝居が終わって劇場を出たら、そこでさよならというわけにはいかなかった。しかし、だからといってこれから、どこへ行くというアテもない。互いに、こうしようではないかと誘うことを、避けてもいる。

なんとなく中途半端《ちゅうとはんぱ》な気持ちで、井ノ口と由布子は銀座《ぎんざ》の方角へ向かった。銀座の夜の顔が、最も華やかに化粧をしている時間であった。二人は比較的、人通りの少ない裏通りを新橋《しんばし》のほうへゆっくりと歩いた。

「食事は……?」

ようやく、井ノ口が口を開いた。何か食べたい、という顔ではなかった。無理をして、そう言ったという感じだった。

「あんまり……」

由布子は、首を振った。事実、気が進まなかったのだ。空腹なはずなのに、食べたくないのである。

「今夜、送って行くよ」

「いいんです、そんな……」

「いや、たいしたことじゃないんだ。最近になって気がついたんだけど、きみとぼくはあまり遠くないところに住んでいるんだよ」

「そうみたいですね」

「きみは、品川《しながわ》区の旗《はた》の台《だい》だろう」

「旗の台五丁目です」

「ぼくのところは、大田《おおた》区田園《でんえん》調布《ちようふ》だ。区は違っていても、距離的にはそう遠くない。きみを送っていくにしたって、どうということはないんだよ」

「直線距離にしたら、三キロぐらいしか離れていないんでしょ」

「きみは、知っていたのかい」

「とっくに、気がついていました」

由布子は横目で、井ノ口を軽くにらんだ。

「そうだったの」

井ノ口は、苦笑した。

二人は、沈黙した。送るつもりがあるならば、もっと積極的にどこかへ誘ってくれてもいいはずだと、由布子は思った。彼としては芝居に誘うだけで、精いっぱいというところなのだろうか。

今夜が最初で最後のデートなら、それなりに充実した時間を過ごしたい。とにかく、楽しくなりたかった。そのあとで、また当分は会えないと言われて別れるのであれば、悔いは残らないのである。

「飲みたいわ」

思いきって、由布子はそう言ってみた。

「お酒をかい」

驚いたように、井ノ口は由布子を見た。

「ええ」

「きみ、飲めるの」

「ブランディ・ジンジャエールだけですけど……」

「じゃあ、行こうか」

「この近くに、知っているお店があるんですか」

「うん、変わっている店でね。アベックの客が多くて、待合わせによく使われているんだ」

「そういうお店のほうがいいわ」

由布子の声が、甲高《かんだか》くなっていた。これで目的地が決まったと、ホッとしたせいである。それに、井ノ口と二人で酒を飲む楽しさに、期待が持てたのであった。

井ノ口の足が速くなった。左へ折れて、銀座電話局の西側の通りへはいった。すぐ右側に新しいビルがあり、井ノ口はその地下の階段をおりていった。

あとを追いながら由布子は、『若草酒房《わかくさしゅぼう》』というイルミネーションの文字を読み取っていた。

階段をおりきった正面に、『若草酒房』のドアがあった。店の中は広くて、カウンターが鉤形《かぎがた》に続いている。バーテンとボーイのほかにママらしい女がいるだけで、ホステスの姿は見当たらなかった。

なるほどカウンターにも、テーブル席にもアベックの客が多かった。あとは、二、三人の男のグループばかりであった。明るいブルーの照明が、店の中を清潔そうに見せている。ムード音楽が、流れていた。

井ノ口と由布子は、いちばん端のテーブル席についた。目の前に入口があって落ち着かないが、テーブル席はそこしかあいていなかったのだ。井ノ口が、入口に背を向けてすわった。

彼はウイスキーの水割りを注文し、由布子はブランディ・ジンジャエールを頼んだ。由布子は、ほかのアルコールを飲んだことがなかった。ブランディ・ジンジャエールにしても、一杯だけであった。

「近いうちに、名古屋と沖縄へ行かなければならないんだ」

二杯目の水割りに口をつけながら、井ノ口がそんなことを言い出した。

「出張ですか」

由布子のブランディ・ジンジャエールは、まだ三分の一も減っていなかった。

「うん。名古屋は、名古屋工場だよ」

「沖縄は、どういう出張なんです」

「沖縄工場が、新設されるのさ」

「そうなんですか。会社は、発展する一方なんですね」

「もともとアルミニウム生産は、独占度の強い工業だからね。それだけ高度の技術と多額の資本を要するからなんだけど、アルミニウムの需要は増大する一方だし、わが中外軽金属にはほかにベリリウムがあるだろう」

「自分の会社のことでも、よくわからないわ」

「アルミニウムとベリリウムで、わが社はますます発展するというわけだ」

「沖縄へ、出張ですか。わたしも、行きたいわ」

「まあ厚生課となると、沖縄出張というのは、ちょっと無理だろうね」

「名古屋工場だって、わたしの郷里から近いんですよ」

「郷里は、どこだっけ」

「知多《ちた》半島の知多市です」

「だったら、名古屋からすぐだね。でも、知多市だったら出張なんかに関係なく、休暇をとってすぐにでも帰れるじゃないか」

「そりゃあ、そうですけど……」

由布子はなんとなく、拍子抜《ひょうしぬ》けしていた。彼女としては、ただ沖縄や名古屋へ行きたがっているわけではないのである。そこには井ノ口と一緒にという夢が、秘められているのだった。

しかし、井ノ口のほうはどうやら、そうしたことを思ってもみないようである。たとえ冗談にも彼は、沖縄なり名古屋なりへ一緒に行かないかと、言ったりはしないだろう。なぜか彼とは、気持ちがチグハグであった。

「わたしも、沖縄へ行こうかしら」

由布子は、そう言わずにいられなかった。だが、同時に由布子はハッとなって、顔を硬《こわ》ばらせていた。ドアが開いて、客がはいって来た。その客と、目がぶつかったのである。女ひとりだけの客だが、よく知っている顔だったのだ。

厚生課共済係の古館《ふるだて》カズミであった。

見られたと、狼狽のあまり安城由布子は腰を浮かせていた。

3

古館カズミとは今日一日、会社で一緒だった。

言葉は交わさなかったが、同じ厚生課の部屋にいるので、その服装などはよく目につく。古館カズミは、昼間の服装のままであった。だが、それが夜の銀座のバーであっても、派手に感じられる。

つまり、そのくらい職場にいるときから、目立つ服装をしているというわけである。プリーツのスカートに、サイド・スリット入りのモスリンのシャツを着ている。油絵調の花模様だった。

シャツの裾《すそ》を結んで前に垂《た》らしているし、スカーフを二枚重ねにしてブラウスのように胸元からのぞかせている。そうした着こなしが、実にうまいのである。それがまた遊び人ふうに華やかな彼女の顔に、ぴったりなのであった。

古館カズミは、いつも個性的に派手な服装をして会社に出勤する。そのうえ、同じものを何度も着てこない、ということで評判だった。二十九歳だと聞いているが、確かに大人のムードであった。

ユニークな存在として目立ちたいのかというと、けっしてそうではないらしい。彼女はいつも部屋にいて、昼休みにも出歩かない。口数が少なくて、ニヤリと笑ったりするだけである。

同僚たちの仲間入りをしたことがないし、いつも単独行動をとっている。会社の男性など問題にしないというように、お高い一面もあった。勤務時間が終わると、ひとりでさっさと帰ってしまう。

彼女こそ典型的な独身貴族だと、評する者もいた。誰も知らないうちに、外国へ泳ぎに出かけたり、スキーをやりに行ったりしているらしいからである。一応、変わり者にされていた。

とにかく秘密主義というか、謎《なぞ》めいているところがあるのだ。会社は職場と割り切っていて、同僚とも個人的なつながりを持とうとしない。古館カズミの私生活について、知る者はひとりもいなかった。

べつに、いやな人間ではない。味方もつくらなければ敵もいないし、徹底した個人主義なのかもしれなかった。だが、彼女のユニークさ、大人のムード、謎めいたところが、なんとなく不気味なのである。

安城由布子も古館カズミを見て、まずい相手とぶつかってしまったと、直感したのであった。根拠などまったくないのに由布子は、もし彼女が会社側のスパイだったりしたらどうしようと、瞬間的に思っていた。

それで由布子も、かなり慌《あわ》てたのであった。

古館カズミは、由布子を見てニヤリとした。

「どうも……」

由布子は席に腰を戻してから、なんとも不思議な挨拶をしていた。

「妙なところで、ぶつかったわね」

古館カズミは、テーブルの脇《わき》を通りすぎながら、鼻にかかった声で言った。滅多《めった》に口をきいたことがないだけに、その鼻にかかった声も個性的なものに感じられる。

井ノ口一也も当然、古館カズミのほうを見る。古館カズミは、井ノ口を振り返る。二人の目が合った。井ノ口もまた驚いて、由布子と同様に狼狽していた。

「あら……」

立ちどまって古館カズミが、井ノ口に笑いかけた。

「やあ、しばらく」

井ノ口は戸惑い気味に、頭に手をやっていた。

「どうも、しばらくでした」

古館カズミは由布子と、去年の秋まで同じ厚生課の隣りの係長だった井ノ口とを、意味ありげな目で見比べた。

「きみはこの店を、よく利用するの」

井ノ口が訊いた。

「ええ、よく来ますよ」

古館カズミは、時計に目をやった。すでに十時を過ぎていることを、確認したようであった。こんな時間に、たまたま出会ったのだという弁解は通用しない。デートしている二人と、受け取られてもしかたがなかった。

「ぼくたち、帰ろうとしていたところなんだ。失敬するよ」

井ノ口が言った。まずい嘘《うそ》だった。やましさがあることを、白状するのも同じであった。

「とても、お似合いだわ」

由布子にうなずいて見せてから、古館カズミはまたニッと笑った。そのまま二人に背を向けて、古館カズミは店の奥へ向かった。彼女がカウンターの席に着くのを、由布子は見届けた。

とても、お似合いだわ——。

古館カズミのこの言葉が、皮肉だろうと冷やかしだろうと、井ノ口と由布子を特別な関係と見たことに変わりはない。余計なことは口にしないだけに、彼女のその一言には重みが感じられた。

井ノ口と由布子は、逃げるようにして『若草酒房』を出た。まだタクシーが、意のままにならない時間ではない。少し歩いたところで、二人はタクシーに乗り込んだ。もう帰るほかはなかった。

せっかく、楽しくなりかけたところで、二度とは望めないかもしれないデートが、打切りになったのだ。なんとも後味が悪かった。それに、明日のことを考えると不安であった。明日にでも会社で噂《うわさ》になるかもしれないと、考えずにはいられなかったのである。

「古館君というのは大人だから、くだらんことを喋《しゃべ》ったりはしないよ」

タクシーが品川区の中原《なかはら》街道へはいったころになって、井ノ口が重苦しく続いていた沈黙を破った。そうは言いながら、井ノ口も気になっているだろう。

「あの人、社内のことには無関心だしね」

由布子もあえて、調子を合わせていた。

「それに、彼女に見られたことで、かえって度胸がすわったよ」

井ノ口は笑った。

「どうしてですか」

由布子は、井ノ口の横顔を見守った。

「さあ、なんというべきかな。第三者に恋人同士に見られたからには、そのとおりにならなくては悪いみたいだって、そんな気持ちかもしれない」

「わかったわ。そういうことって、よくあるみたいですね。当人同士はなんとも思っていなかったのに、まわりから特別な仲だって見られているうちに、そうならなくてはいけないような気がしてきて、真剣になっちゃったって……」

「ましてや、ぼくたちの場合、当人同士なんとも思っていなかった、というわけじゃないんでね」

「わたしも古館さんに見られたってことで、慌てたり心配したりしたんですけど、いまになってみると……」

「どうなんだい」

「心のどこかで、ホッとしているみたい」

「きみのほうも、度胸がすわったってことさ」

「どうせ秘密を知られたんだったら、徹底的にその秘密を大事にしてやろうなんて、思ったりして……」

「人に見られたってことで、きみとぼくとのあいだに同罪だという連帯感が生まれた。一種の共犯者意識というものだろう」

「共犯者意識ですか」

共犯者というのは互いに助け合って、二人だけの世界に孤立するものだろうと、由布子は思った。確かに井ノ口と由布子はそうなることを望み、いまは共犯者意識さえ持つようになった。

しかし井ノ口ははたして、罪を背負う決意までしているのだろうか。いや、そこまでは考えていない。共犯者意識はあっても、実際に罪を犯そうと思ってはいないのだ。

由布子のほうも、重い十字架を背負うだけの踏んぎりはついていない。やはり、自制する気持ちは強かった。

4

翌日、会社にいても、なんとなく落ち着けなかった。同じ厚生課の部屋に古館カズミがいる。距離は二〇メートルほどあるが、どうしても目が古館カズミの席へ走ってしまう。古館カズミが知らん顔でいるので、なおさら気になるのであった。

古館カズミは由布子の方を、見ようともしなかった。昨夜、銀座で出会ったことなど、嘘のようであった。いつものように、仕事に熱中している。

例によって彼女の服装は、昨日と一変していた。今日はまた、いちだんと派手だった。

黒に銀ラメのストライプを織り込んだジャージーのワンピースで、衿元《えりもと》のフリルのあたりに赤い花をつけている。

昨夜の彼女は、古館カズミではなかったのだと思いたくなる。だが、やはり古館カズミだったのであり、彼女は昨夜のことを忘れてもいなかったのである。昼休みになって古館カズミは、由布子のほうへ視線を向けたのであった。

古館カズミは立ち上がって、由布子の席へゆっくりと近づいて来た。その顔に、笑いが漂《ただよ》っていた。例の意味ありげな笑顔だった。由布子は緊張感を覚えながら、古館カズミを迎えていた。

「どう、わたしにつきあう？」

古館カズミが言った。

「ええ」

由布子は、即座に応じた。

相手は年上であり、社員としては先輩でもある。それに、古館カズミのほうから話しかけてくるというのは、まったく珍しいことであった。拒む理由はなかった。当然、昨夜のことを話題にする気でいるのだろう。

「食事は、どこでもいいんでしょ」

廊下へ出てから、古館カズミが言った。

「ええ。でも、どこへ行くんですか」

由布子は訊いた。

「わたし、社内って駄目《だめ》なの。嫌いなのよ」

歩きながらカズミは、取り澄ましたように冷ややかな顔になっていた。

「じゃあ、外へ出るのね」

バッグを持って来てよかったと、由布子は思った。

「わたし、いつもお昼は抜きなのよ」

「美容のためですか」

「面倒くさいからよ。でも、今日はつきあって、何か食べるわ」

「なんだか、悪いみたい」

「そんなことまで、気にしなさんな。安城さんって、相手の気持ちや立場を尊重しすぎるみたいね」

「そんなことないわ」

「ううん、見ているだけでわかるわ。もっと、自分を中心に生きようとしなければ駄目よ。周囲のことなんか、気にしないの。もっと積極的になって、ゴーイング・マイウエイじゃないとね」

「これでも結構、自己中心のつもりなんですけど……」

「自己中心というのは、身勝手にするってことじゃない。自分に忠実に、生きるってことだわ。たった一度の人生なのよ。年をとって死んでしまったら、もう二度と生まれてはこないし、永久に自分というものがなくなってしまうのよ」

「ええ」

「たった一度の人生、それに女性が女でいられるって期間は短いんですからね。自分を犠牲にして生きたからって、誰がやり直しをさせてくれるの。誰がもう一度、若さを与えてくれるかしら」

「ええ」

「人間それも女性が特によくないのは、今日という日を大事にしないことね。今日も人生の貴重な一部だってことを、あまり考えようとしないでしょ」

「ええ」

「今日は明日のためにあるみたいに、思っているわけよ。十年先のことのために、それまでを犠牲にするなんて、女性として愚《ぐ》の骨頂《こっちょう》だわ。十年先にいまと同じ自分がいるものと、思い込んでいるのね。十年先に待っているのは、女としていちばんいいときを灰色に過ごして、十年老けこんだ自分なんですものね」

「ええ」

「今日という人生の一部を大切にする。女としての今日の自分というものを大事にする。

そのために、自分に忠実に生きる。ねえ、これあなたへの忠告なのよ」

「わたしへの忠告って……」

「愛しているのに、なぜ諦めようとするの。愛している人がいるのに、どうして我慢しなければならないの。それは、あなたが自分に忠実じゃないってことなのよ」

「古館さん、昨夜のことから、そんなふうにおっしゃるんでしょ」

中外軽金属ビルを出たところで、由布子は古館カズミの横顔を見据《みす》えた。

「まあ、そういうことね」

古館カズミは、隣りのビルへはいった。都市銀行の本店のビルで、カズミは地下への階段をおりていった。

「でも、昨夜のことは……」

カズミのあとを追いながら、由布子は言った。

「およしなさい、安城さん」

『浪曼《ろうまん》』とある喫茶室の前で、カズミはニヤリとしながら向き直った。

「え……？」

カズミの自信に満ちた笑顔に、由布子は思わず目を伏せていた。

「わたし、これでも男女問題に関しては、オーソリティのつもりよ。酸《す》っぱいも甘いも嚙み分けた大変な苦労人なんですからね。愛し合っている二人は見ただけでわかるし、わたしの目に狂いはないわ」

「でも……」

「井ノ口係長は一年間、厚生課にいたのよ。わたしは一年間、井ノ口係長とあなたを並べて観察していたことになるんだわ。去年の夏だったかしら。井ノ口係長とあなたの胸のうちが、わたしにははっきりと読み取れたわね」

「そんな……」

「ただ、確証がなかっただけ。でも昨夜、その確証を見せていただいたというわけよ」

「確証だなんて、わたしたちまだそんな仲じゃないんです」

「色に出にけりよ、安城さん。さあ、はいりましょう」

古館カズミは由布子の肩を抱くようにして、『浪曼』という喫茶室の中へはいった。

完全に、由布子の負けであった。ムキになりながら、由布子は顔を上気させていたのである。冷静さを欠いていたし、混乱状態を隠しきれずにいるのだった。

喫茶室は高級で、サロン風な雰囲気であった。昼休みの時間だが、客はそれほどいない。背広姿の中年の男の客ばかりで、ゆったりとしたポーズで談笑を続けている。自分の定席《じょうせき》を目ざすように、カズミは真っ直ぐ奥へ足を運んだ。

「あなたね、なにも心配することはないのよ。あなたが、安心してもいい理由が三つあるの。その第一は、わたしがあなたたちのことを絶対に口外しないという事実よ」

カズミはまず由布子をすわらせてから、ソファのような椅子《いす》に自分も腰をおろした。

「その第二は、わたし自身も愛人であること。わたし、妻子ある人と愛し合っているのよ」

カズミは真摯《しんし》な眼差しで、由布子の目を見つめた。

3　旅立ちの決意

1

安城由布子も、古館カズミの顔を見守っていた。口にすべき言葉もなく、驚きの目を見はったままであった。

カズミが妻子ある男と愛し合っているということ自体は、不思議でもなんでもない。べつに驚くこともなかった。妻子ある男との恋愛は、いまどき珍しいことではない。由布子自身も、井ノ口一也に惹かれている。

ただカズミの言い方があまりにも唐突で、まさかと思われるような感じだったのである。由布子は意表をつかれて、あっけにとられたのだった。

徹底した秘密主義者、私生活を誰にも知られていないカズミという女の意外な正体を、あっさりと見せつけられたのであった。もっとも、そうした事情があるからこそ、カズミは私生活にタッチされることを嫌い、孤独な秘密主義者にならざるを得ないのかもしれない。

「それからもうひとつ、第三にわたしは五月いっぱいで会社を辞めるってことなの」

カズミは、屈託《くったく》のない顔で言った。まったく、からりとしている。自分は妻子ある男の愛人であり、五月いっぱいで会社を辞めると告白しながら、カズミは余裕のある笑顔を見せているのだった。

「会社を辞めるんですか」

由布子はまたもや、意表をつかれたという感じであった。今日は、四月二十八日である。もうすぐ五月なので、来月いっぱいで退職するということになる。

「そうなの。会社を辞めてしまえば、もうあなたとも井ノ口係長とも、無関係な人間でしょ。関係のない人間に秘密を知られたって、それは秘密ってことにならないわ」

カズミは笑いながら、悪戯っぽく片目をつぶった。

「ほかに、お勤めするんですか」

「お店をやるの」

「お店……？」

「小さくて、シャレていて、ちょっと高級なブティックよ。わたしの長年の夢だったし、彼も援助してくれるということで、実現のときを迎えたわけなの」

「すてきだわ」

「うん、いまのわたしって、世界一しあわせだわ。彼と可愛いお店が、生まれてきてよかったなって気持ちにさせてくれるの」

少女みたいにカズミは、うっとりとした目つきになっていた。

注文したコーヒーと、ミックス・サンドが運ばれてきた。由布子はスプーンでコーヒーの表面に渦《うず》をつくりながら、職場にいるときのカズミとはまるで別人だと思った。職場では孤立しているし、誤解もされている。しかし、カズミの私生活はバラ色であり、彼女は恋愛に酔っているのだ。実は、職場の誰よりも幸福なのがカズミだ、ということになるのかもしれない。

由布子はカズミに、女らしい女を感じていた。それは親近感であり、好感でもあった。妻子ある彼と愛し合っているというカズミには安心して接することができる。これもまた井ノ口が言っていた共犯者意識、連帯感なのだろうか。

第一に、井ノ口と由布子のことは絶対に他言しない。

第二に、カズミもまた妻子ある男と愛し合っている。

第三に、カズミは来月いっぱいで会社を辞める。

それだけの条件が揃《そろ》っているカズミなら、確かに心配する必要はない。むしろ、よき相談相手というべきだろう。カズミのほうも由布子に限っては、秘密を打ち明けたということになる。

「そういうことだったんですか」

由布子も、笑いを浮かべていた。それは、打ち解けた気分になったという証拠であった。

「あなた、さっき井ノ口さんとはまだなんでもないみたいなことを、おっしゃったわね」

コーヒーを飲みながら、カズミが上目遣《うわめづか》いに由布子を見た。

由布子は、目を伏せた。

「それ、本当なの」

「ええ」

「そうだとしたら、ずいぶん不自然ね。もう一年近くも前から愛し合っている男女が、そのまま結ばれずにいるなんて……」

「でも、踏み出してしまったらブレーキが利かなくなるし、二人とも泥沼にのめり込むことになるだろうって」

「井ノ口さんが、そう言ったの？」

「わたしも、そう思いました」

「両方とも消極的というより、お互いに踏んぎりがつかないのね。片方だけにでも踏んぎりがつけば、それがキッカケになって、決定的な仲になれるんだけどな。男と女って、そういうものなのよ。踏んぎりとキッカケで、決まるんですものね」

「そうだとは、わたしにもわかっているんですけど……」

「まず、あなたが踏んぎりをつけるべきだわ」

「男はいざとなれば、簡単に踏んぎりがつくものなのよ。問題は、女のほうだわ。あなたが恐ろしがっていたんじゃ、キッカケなんてできるもんですか」

「ええ」

「いったい、なにが恐ろしいのよ。たった一度の人生、それも短い女の人生でしょ。愛する人と結ばれるか、じっと我慢の子でいるか。将来のつまらない取引きや打算のために、愛する彼と結ばれずにいるなんて、まったくナンセンスだわ」

「そうね」

「このわたしを、ごらんなさいよ。世界一しあわせな愛人だわ」

「羨《うらや》ましいと思います」

「要は、踏んぎりなの。愛する彼と、そうなってしまってごらんなさい。踏んぎりをつけてよかったわって、つくづく思うわよ。こうして、わたしという、手本があるじゃないの」

「ええ」

「あなたはね、壁の向こうに素晴らしい世界が待っているのに、壁を乗り越えるのを恐ろしがっているようなものなのよ。だから、思いきって壁を乗り越えようって、踏んぎりをつけさえすればいいんだわ」

「そうなんですか」

「ええ」

「まあ、妻子のある彼を初めて愛したんだから、簡単に踏んぎりがつかないというのは、無理もないけどね」

「一にも二にも、踏んぎりなんですね」

「そのとおりなのよ。だってあなた、彼のことを、愛しているんでしょ」

「ええ」

「それに、あなたまさかバージンじゃないでしょ」

カズミは、もう笑っていなかった。真剣な顔つきである。

由布子は、答えなかった。セックスの経験があることを素直に認めてみせるほど、まだカズミとの仲は気安くなっていない。それにカズミの質問が、直接的すぎたせいもある。それで由布子は、黙っていたのだ。

肯定の沈黙である。

「ひとりだけなんでしょ」

カズミが質問を続けた。

「ええ」

由布子も今度は、はっきりと答えた。

「どのくらい、続いたのかしら」

「一年と少しです」

「あなたは真剣だったし、激しく愛し合ったんでしょ」

「ええ」

「あなたって、そういうタイプだわ。情熱を内に秘めている人ね。それで別れることを望んだのも、あなたのほうじゃなかったんでしょ」

「ええ」

「そうなると、女って気持ちの整理に時間がかかるわ。その彼を過去の人として考えられるようになったのは、いつごろなの」

「さあ。……二年ぐらい前かしら」

「二年ね。だったら、もう未練もなにもあったものじゃないわね」

「もちろん、思い出すこともありません」

「だからこそ、井ノ口さんを愛するようにもなったんですものね。ほかに、縁談みたいなことは……？」

「母から、うるさく言ってきています」

「見合いを、すすめられているの」

「いいえ、縁談の相手はむかしから、よく知っている人なんです。従兄《いとこ》なの」

「何をしている人なの」

「名古屋の大学病院に、勤めています」

「じゃあ、お医者さんね」

「ええ」

「それで、あなたはその人のことを、どう思っているの」

「どうって……。従兄、幼馴染《おさなな》み《じ》としか感じないわ」

「お話にもならないくらい魅力なしね」

「わたしには、結婚する気なんてありません。だって、愛している人がいるんですもの」

そう言ってしまってから、由布子はハッとなっていた。井ノ口のことを愛しているとカズミの前で、あまりにも鮮やかに明瞭《めいりょう》に白状していたからであった。

「まったく、問題なしね。あとは、踏んぎりをつけるだけだわ」

満足そうに笑って、カズミは由布子の肩を揺すぶった。

2

銀行の本店を出てからも、カズミの話は続いていた。そのために、二人はゆっくりと歩かなければならなかった。隣り合わせのビルなので、中外軽金属本社の入口は目の前にある。

話ができるのは、そこまでであった。カズミはこれから、近くにある旅行社へ行くという。どうやらゴールデン・ウイークを利用して、彼と旅行に出かけるらしい。旅行社へは電話で予約してある航空券を、受け取りに行くのであった。

カズミは彼について、具体的には語りたがらなかった。ただ話の様子から察して、年齢は四十歳ぐらい、職業はわからないが名を知られている人、という見当がついた。

カズミは、楽しそうであった。素晴らしき愛人という感じである。そうしたカズミが、由布子には羨ましかった。ゴールデン・ウイークは三日、五日、七日と飛び石連休となる。自分はその連休をどのように過ごすのかと、由布子は思う。

「井ノ口係長の奥さんについて、いくらか知識があるんでしょ」

カズミが言った。

「いいえ」

由布子は、首を振った。

「全然ないの」

「だって、関係ない人と思っていたんですもの」

「名前は、純子《じゅんこ》さん。純情の純よ。年は二十九で、お子さんがひとりだわ。夫婦仲はまあまあというところだけど、ひとつだけ大変なガンがあるの」

「どんなことなんですか」

「井ノ口さんのお母さんと奥さんが、どうにもうまくいかないってことなのよ」

「古館さんはどうして、そんなことをご存じなんですか」

「去年の夏だったか、五代課長と井ノ口さんが話しているのを、仕事をしながらなんとなく聞いちゃったのよ。井ノ口係長はかなり深刻みたいで、頭をかかえるようにしていたわ」

「そんなに、仲が悪いんですか」

「お姑《しゅうとめ》さんが、お嫁さんが気に入らないってことらしいの。お嫁さんが気に入られようと努力しても、お姑さんのほうが受けつけないみたいだわ。それで冷戦が、完全な対立ってことになったのね。井ノ口夫人も、気が強いそうだから……」

「お母さんと奥さんの板ばさみで、男の人の立場もせつないでしょうね」

「だから、井ノ口さんも家庭がおもしろくなくなる。帰りが遅くなるし、何か考え込んでいて奥さんには冷淡になる。そのために一時期、夫婦仲の問題が深刻になったみたいよ」

そこで、カズミは立ちどまった。中外軽金属ビルの前まで、来ていたのだった。

そういえば去年の九月末日、エレベーターの中で一緒になったとき井ノ口もそれらしいことを匂《にお》わせていたと、由布子は胸のうちでうなずいていた。井ノ口はこの二、三カ月、女房から疑われているようだと、言ったのである。

妻のカンによって、夫の心がほかに走っていることを察知したというのだ。家庭がおもしろくないこともあって、夫の気持ちがほかの女に傾いているのではないかと、妻は疑ったのだろう。

「じゃあ、ここで……」

カズミが言った。

「どうもいろいろとすみませんでした」

笑いながら、由布子は頭を下げた。

「わたしの話、いくらか役に立ったかしら」

「ええ、とっても勇気づけられました」

「もう、迷いなさんな」

「でも、うちの会社にはタブーがあるでしょ。妻子ある男子社員の恋愛には、昇進の道を封ずるというかたちで責任をとらせるって……」

「そんなこと、要領で解決できるじゃないの」

「わたしのほうはどうってことないけど、彼に取り返しのつかない迷惑をかけてしまったら……」

「秘密に徹《てっ》すればいいのよ。秘めたる仲であれば、それでとおせばいいんじゃないの。いいこと、あとはあなたの踏んぎりだけですからね」

カズミは歩き出してから、振り返って手を振った。

踏んぎりをつける——。

確かに、そうかもしれない。これまで、ただなんとなく踏んぎりがつかなかった。

そのために、始まりもなければ終わりもないという井ノ口との関係が続き、恋愛感情が宙に浮いたままになっていたのだ。

しかし、考えてみると踏んぎりをつけてはならないという特別な理由など、まったくないのである。このままでいって、いつのまにか井ノ口への感情が消えるのを待つ。それまでは、結婚する気にもなれない。

そのあいだに、年をとっていく。カズミの言うとおり、まさに愚の骨頂である。ナンセンスだった。踏んぎりをつけるかどうかで、幸福になるか不幸になるかが決まる。それが人生というものではないか。

由布子は厚生課の部屋へはいって、自分の席に着いた。まだ、戻ってきている者は少なかったし、何人かが机の上に顔を伏せたり、顔の上に新聞紙を置いたりしているだけであった。

由布子はふと、机の上のメモ用紙に気がついた。飛ばないように、二つに折って湯呑《ゆの》みの下に差し込んである。由布子がいないあいだに、誰かがやったことだった。由布子は、メモ用紙を抜き取って広げた。

五月四日、名古屋工場へ出張。

六日の夜、帰京の予定。

宿舎、名古屋パーク・ホテル。

書いてあることはこれだけだが、その角張った字は間違いなく井ノ口一也の筆跡だった。もちろん、名古屋で会おうという誘いである。芝居の次は名古屋での密会と、井ノ口もかなり積極的になっている。

それに応じていまこそ踏んぎりをつけるときだと、由布子は名古屋へ行くことを決意していた。

3

井ノ口家は、大田区田園調布一丁目にある。

東横《とうよこ》線の多摩川園《たまがわえん》前駅から、歩いて五分のところだった。多摩川園の北側に位置している。高級住宅地の一角であり、環境は悪くない。家も古くはあるが、お屋敷と呼ばれておかしくない広さであった。

敷地が四百坪で、そこに八十坪の家がある。広い庭に手入れはいき届いていないが、林のように樹木が密生している。和洋折衷《わようせっちゅう》の家は古くて、外見はかなりくすんでいる感じである。

だが、家の中は、小綺麗《こぎれい》にしてあった。家具調度品が安物ではないし、装飾も豪華であり、そのうえ磨き込むように掃除してあるからだった。家の持ち主が、神経質すぎるほどきれい好きなのである。

それにしても、八十坪という家はいささか広すぎた。家族は、四人だけなのだ。日常、使わない部屋もある。それなのに毎日、家中を掃除しなければならない。それは、無駄な重労働であった。

お手伝いや、家政婦がいるわけではない。姑が二階、純子は階下という分担はあっても、毎日のこととなれば大変である。午前中はこの掃除のために、なんとなく過ぎてしまうのだった。

しかも、手を抜いたりして、いいかげんな掃除ではすまされない。あとで、姑があたりに目を光らせる。気に入らないところがあると、姑は、口にこそ出さないが、自分で掃除をやり直すことになる。

この四月に、息子の純一《じゅんいち》は小学校の一年生になった。幼稚園のときとは違って帰りも遅いし、あれこれとかまってやることもできない。姑と二人きりでいる時間が長くなり、よけいに気づまりであった。

純子は廊下に出て、手を休めながらぼんやりと広い庭を眺めた。

この土地も家も自分たち夫婦のものなら、掃除のし甲斐《がい》もあるだろうにと、純子はつくづく思う。田園調布一丁目という場所がいいし、四百坪の土地は大変な値打ちである。もちろん、数億円という財産になる。

しかし、残念ながらいまのところ、この土地も家も、井ノ口一也・純子夫婦のものではない。所有者は、姑の春絵《はるえ》であった。春絵名義の土地であり、家だったのである。
それも、いまのところは自分たちのものではないが、やがて所有権が夫婦に移るという
ことであれば、まだ我慢もできる。だが、最近ではそうした期待さえも、もてなくなった
のであった。

姑の春絵は、いわば資産家だった。春絵名義の財産は、この田園調布の家と土地だけで
はない。不動産としては、神奈川県の小田原《おだわら》市郊外に一万坪の土地を所有している。ほか
に大手企業の安定した株券など、一億円相当の有価証券を持っているらしい。

資産十億——。

と、春絵は豪語《ごうご》することもある。

たしかに株の配当だけで、春絵ひとり優雅な生活ができるようであった。だが、それで
いて春絵ほどケチな女はいないと、純子は思う。春絵が払うのは税金だけで、家計を助け
ようともしない。

家族の一員として、井ノ口一也に養ってもらっているのだ。息子だから当たり前、とい
う気持ちでいるのだろう。だが、それならそれで、死後の遺産は息子に相続させるという
のが、当たり前なのではないだろうか。

春絵が死ねば、その遺産を相続するのはひとり息子の一也である。法律で、定められて

いることだった。ところが、春絵は百円の遺産も残さないと宣言したのであった。

そのことを純子が、初めて耳にしたのは三年ほど前のことであった。二階で春絵と一也が話し合っているのを、純子は階段の途中で聞いてしまったのだ。

「わたしが死んでも、あなたには百円の遺産もいきませんよ」

「そうですか」

「あら、本気にしないのね」

「本気にするしないって、遺産の相続人はおれしかいないでしょう」

「遺産があればの話でしょ」

「遺産があればって、ちゃんとあるんじゃないんですか」

「いいえ、遺産はありませんよ。死ぬ前に、全財産を処分してしまいますからね」

「どこかに、寄付するんですか」

「そう」

「どうして、そんなことをするんです」

「もちろん、あなたには全財産を残していきたいって気持ちは、十分すぎるくらいあります。わたしにとっては、ひとりっきりの息子ですものね。でも、財産は夫婦の共有になるんでしょ」

「それはまあ、そういうことになる」

「夫婦共有とはいうけど、財産管理は、まあ妻の役目ってことになるわね。いつのまにか妻のほうが、がっちり握ってしまって、財産についての発言力も、強くなりますよ」

「だから、どうなんです」

「わたしは、それがいやなんですよ。あなたには全財産をそっくりあげたいと思うけど、あの女にはビタ一文やりたくないんです」

「あの女……」

「決まっているでしょ」

「純子のことですか」

「そうですよ。わたしが死んだあと、わたしの財産をあの女が、当たり前みたいな顔で自由にする。そう考えただけで、たまらなくなるわ」

「ずいぶん、厳しいんだな」

「あの女にやるくらいなら、全財産をドブに捨ててしまったほうがマシですよ」

「じゃあ、この家もおれはもらえないんだな」

「ええ。わたしが死ぬとわかる病気になったら入院して、この家はすぐに売ることにします」

「おれたちは、追い出されるんですね」

「あの女にこの家の主婦って顔をさせるなんて、絶対に許せないことですからね」

「わかりましたよ。まあ、好きなようにしてください。お母さんはまだ、当分は死にませんよ。きっと、こっちのほうが、先にくたばるでしょう」

そこまで聞いて、純子は階段の途中から逃げ出したのであった。

純子は、激しい怒りを覚えていた。そのころもすでに険悪な状態が続いていたが、そこまで姑に嫌われているとは、思っていなかったのである。純子はショックと驚きに打ちのめされ、それが怒りとなったのだ。

「なによ、春画《しゅんが》め」

純子は台所で、くやしさに涙をこぼした。

春画――男女の性行為の場面を興味本位に誇大して描いた絵である。その春画に、春絵という名前を結びつけたのだった。そのとき以来、純子は春絵を侮辱《ぶじょく》する言葉として、密《ひそ》かに『春画』と呼ぶようになった。

純子にやりたくないために、ひとり息子の一也に財産を残さない。財産は生きているうちに、寄付したりして処分してしまう。死ぬとわかったときには、この家からも追い出す。ずいぶん徹底している。

そして、一昨年の暮れにそれが本心であることを、春絵ははっきりと示したのであった。一昨年の暮れに、春絵は急性肺炎で入院した。そのとき春絵は万一ということを考えたらしく、病院へ弁護士を呼んだのである。

その弁護士の口から、財産の処分について相談を受けたと、一也と純子は聞かされたのだった。

結果的には全快して退院したので、財産処分は具体化されなかった。だが、一也も純子も、春絵は本気なのだということを、思い知らされたのであった。

4

純子は二十二で、井ノ口一也と結婚した。結婚して、七年になる。子どもは、純一ひとりだけであった。その純一も、先月から小学生である。二十九歳の人妻としては、ひと息いれられる時期を迎えたのだった。

だが、そうはいかなかった。

姑の春絵がいる。春絵はべつに、かつての姑のように嫁いびりをするわけではない。純子のほうも、かつての嫁のように一方的にいびられっぱなしではいなかった。特に純子は性格的に気の強いほうである。

春絵は大きな声を出したり、怒って口をきかなかったり、ということもない。感情的にならないのである、いや、感情を表に出さない、というべきだろう。常にじっと観察しているようで、冷静そのものだった。

そこに、六十一歳の女の陰険さが感じられる。

よく気がつくし、頭の回転も早い。しっかり者という言葉が、ぴったりである。髪は半ば白くなっているし、見た目には上品なご隠居《いんきょ》であった。若いときは、日本的な美人だったのに違いない。

和服は、好まなかった。背も高いほうで、姿勢がよかった。それで、洋服が似合うのである。メガネをかけている。淡い紫色のレンズだった。近所の人たちには愛想がよくて、そのせいか評判もよかった。

しかし、純子にとっては、冷たくて陰険で意地悪な姑だった。それも初めから、そうだったわけではない。あるとき突然、豹変《ひょうへん》したのであった。それ以来、春絵は純子を毛嫌《けぎら》いするようになったのだ。

井ノ口一也と純子は、恋愛結婚ということにはならなかった。結婚を前提とした交際をしてみないかと、すすめる人がいたのである。二人は交際を一年ほど続けてみて、互いに気に入ったのであった。

双方の意志により、二人は結婚した。

もちろん交際中に、純子は春絵とも親しくなった。春絵は、やさしくしてくれた。また春絵は、結婚にも反対しなかった。純子は静岡県の小都市の、市会議員の娘だった。その純子の両親に会うために、春絵は静岡県まで出向きもした。

そのころの春絵について、井ノ口一也と次のようなやりとりを交わしたことを、純子は記憶している。

「お母さまに反対されなくて、まずはホッとしたわ」

「いや、正直な話ですが、本来ならば母は反対したはずなんです」

「それは、どうしてですか」

「母にはむかしから、自分の娘以上に気に入っている女の子がいましてね。母の弟の娘、つまり姪《めい》だな」

「一也さんにとっては、従妹《いとこ》ってことでしょ」

「ええ。松原静香《まつばらしずか》というんです」

「年は……？」

「あなたと、同じだ」

「まあ、ライバルだわ」

「母はその静香とぼくを結婚させようと心に決めていたし、絶対にそうする気でいたんだな。だから母はいつもぼくに、勝手に恋人をつくったって認めてやらないって、言ってましたよ」

「それで、本来ならばお母さまはわたしとの結婚は反対なさったはずだっていうことになるんですね」

「そうなんだ」

「でも、反対されなかったわ」

「それは去年、静香が大恋愛の末に結婚しちゃったからなんですよ」

「あら……」

「静香は、母の希望と期待を無視した。母にしてみれば、裏切られたことになる。諦めもしたんでしょう。だから母は、あなたとの結婚にむしろ賛成したんですよ」

「そうだったんですか」

「母としては静香への一種のツラアテ、女の意地みたいなものもあるんでしょう」

確かに春絵は、純子を歓迎してくれたようである。盛大な結婚式を望みもしたし、春絵はひどく嬉しそうだった。しかし、それもしょせんは静香へのツラアテであり、春絵なりの自己満足であったのだ。

純子のことを、気に入ったわけではなかった。どちらかといえば、春絵と純子はウマが合うほうではなかったのである。具体的には説明できないが、なんとなくしっくりいかないのであった。

うまく嚙み合わない。溶《と》け合わない。互いに正直にはなれないし、ポーズをつくっていなければならなかった。水と油のように、性《しょう》が合わないというべきだろうか。一緒にいると、疲れてくるのだった。ひとつ屋根の下で生活しているのだし、遠慮も忍耐も長続きはしなかった。純一が生まれたことから、なんとはなしに雲行きが怪しくなった。そして結婚後まる三年で、春絵が別人のように一変し、純子を毛嫌いするようになったのである。

春絵は急に、純一という孫の名前を呼ばなくなった。

「イッちゃん」

春絵は、純一のことをそう呼んだ。純一の一だけを取って、イッちゃんと呼ぶのである。その後の四年間、春絵はイッちゃんと呼び続けている。

純一という名前は、純子の純と一也の一を合わせたものだった。春絵はそのうちの一だけにして、イッちゃんと呼ぶ。純子の純は、無視するというわけである。

「ずいぶん、嫌われたものだわ」

当時、純子は寝物語に、その話を持ち出した。

「あんまり、揉《も》めてくれるなよ」

夫は最初から、うんざりした顔つきだった。

「純一があなたの子だってことを認めるけど、わたしの子だってことは認めたくない。おかあさんはそういうつもりで、イッちゃんって呼んでいるのよ」

「しかし、孫の名前をどう呼ぼうと、おばあちゃんの勝手だからな。そのことで、文句はつけられない」

「陰険ねえ。まったく、嫌味《いやみ》だわ」

「お姑さんだからね」

「でも、どうしてあんなに急に、変わったのかしら」

「それには、理由がある」

「本当なの」

「うん。きみに対する気持ちや態度を、一変させるキッカケができたんだ」

「何かあったのね」

「静香だよ」

「静香さんが、どうしたの」

「未亡人になったのさ」

「ご主人が、亡くなったの」

「交通事故でね。つまり、静香は独身に戻った。おふくろにしてみれば、この世でいちばんのお気に入りが、自分の手の中に帰ってきたってことになるんだ」

「そうなると、わたしが邪魔な存在に思えてくるのか。もし、わたしが静香さんだったらと考えると、わたしのやることなすことが、すべて気に入らなくなるってわけね」

「最近、おふくろはコマメに出かけるだろう」

「ええ」

「静香のところへ、行っているんだ」

「いまさら、あなたと静香さんを再婚させようなんて、考えているんじゃないでしょうね」

「おふくろの胸のうちは、そういう希望があるだろうよ。おれがきみと別れて、静香と結婚してくれたらなって……」

「いやよ！　そんなの……」

憤然となって、純子は起き上がっていた。

その日から、女の戦いが始まったのである。

4　姑《しゅうとめ》の過去

1

春絵の嫌味なやり方にやりきれなくなると、純子は純一を連れて静岡の実家へ帰った。最初のうちは、二、三泊するだけだったが、しだいに滞在期間が長くなった。半月ほど実家に居続けたこともあった。

実家の両親は心配したが、純子は適当な口実をもうけて、なかなか東京に引き揚げようとはしなかった。母親もサジを投げたのか、なにも言わなくなった。

絶対に、離婚だけはしない――。

純子が何度も、そのように宣言したからだろう。離婚さえしないでくれるなら、好きにさせておこうと、それが母親の単純さというものだった。母親も純子を、歓迎しないわけではないのだ。

離婚したら、春絵の思うツボである、純子の負けであった。夫との仲まで、険悪になっているのとはちがう。夫は春絵の味方もしないし、純子の肩を持ったりもしない。どちらかを非難するといった積極的介入を、夫は避けているのであった。

女の戦いは宿命的なものであり、どうすることもできないと夫は思っているらしい。離婚はあくまで当事者の問題であって、姑との不仲が原因で離婚するというのは馬鹿げている。

春絵がそれを望むのであれば、意地でも離婚はしない。最後まで井ノ口家に頑張っていることが、純子の勝利を意味するのだった。それが純子の春絵への憎悪《ぞうお》と、敵愾心《てきがいしん》の表われであった。

静岡の実家へ帰るのも、息抜きと逃避のためだけではなかった。新たな戦いのために、実家で英気を養うのである。それにもちろん、ストライキの意味もあった。

しかし、ストライキとしては、あまり効果がなかった。純子が主婦という職場を放棄しても、春絵を困らせることにはならないのだ。それどころか、純子が実家へ帰ることを、春絵は喜んでいるようなのである。

「また、静岡に帰るのね。いいじゃないの、遠慮しないで行ってらっしゃいな」

春絵は、嬉しそうにニッコリする。

「少し長くなっても、いいでしょうか」

純子は、春絵がいやな顔をすることを、密かに期待している。

「かまいませんよ。一カ月でも二カ月でも、ゆっくりしてらっしゃい」

春絵は、上機嫌《じょうきげん》である。

「じゃあ、そうさせていただきます」

「何なら、気がすむまで半年か一年ぐらい、静岡にいたっていいのよ」

「そうもいきませんから、半月ほどで帰ってきます」

「おみやげ、用意してあるのね」

「ええ」

「それから、イッちゃんは連れて行かないようにね」

「え……？」

「当たり前でしょ。二、三日なら、かまわないけど、半月も幼稚園を休ませるわけにはいきませんからね」

「でも、純一のお世話まで、お願いすることはできません」

「いいのよ。孫の面倒をみるのは、楽しいものなのよ」

「わたしがいないと、純一も寂《さび》しがるし……」

「大丈夫だわ。イッちゃんは、わたしに懐《なつ》いていますからね」

「でも……」

「あなただって、イッちゃんから解放されないと、ほんとうの骨休めにはならないんじゃないの」

「そんなことありません」

「たまには母親だってことを忘れて、独身時代に還《かえ》るのもいいもんだわ。それで、むかしのボーイ・フレンドなんかとデートして愉快に過ごすのよ」

「そんな……」

「出発はいつなの」

「明後日《あさって》にでもと、思っているんです」

純子の負けであった。いまさら、引っ込みがつかなかった。純一を連れずに、ひとりで静岡の実家に帰らなければならない。それも、半月はいることになる。その間、夫や純一に会えないのだ。

純子ひとりだけが半月間、追い出されるのも同じであった。むかしのボーイ・フレンドとデートしろとは、何という言い草だろうか。それが、息子の嫁にいう姑の言葉だろうか。

そのあと、春絵は電話をかけた。嬉しそうに、大きな声で話をしている。相手は、松原静香であった。自然に声が大きくなるのか、それとも純子に聞かせたがっているのか。いやでも春絵の声が、純子の耳に飛び込んでくる。

「明後日から半月間、せいせいした気持ちで過ごせるのよ。のんびりできるしね。だから、いらっしゃい。もちろん、泊まりがけでよ」

「十日ぐらい、泊まっていけばいいわ。どうせやることないんでしょ。あなたのつくったお料理、食べたいのよ」

「イッちゃんの世話も、お願いしたいわ。イッちゃん、あなたのことが好きみたいよ。静香おばちゃまって、あなたのことを気にかけているもの」

「一也さん？　一也だって、いやな顔をするはずがないでしょ。もともと、あなたと夫婦になるつもりでいたんですもの。あなたが女っぽくて、魅力的になったんで、一也もきっと驚くわ」

「じゃあ、明後日ね。着替えを、持ってらっしゃいね」

春絵は、そんなことを言った。

春画め——！

純子は、歯ぎしりしたい気持ちになっていた。純子がいなくなるとは、口に出していない。しかし、純子のことを言っているのに、間違いはないのである。純子の名前を出さないところが、また、巧妙なのであった。

明後日から半月間、せいせいした気持ちで過ごせる。のんびりできる。

十日ぐらい、泊まりがけで遊びにこい。

あなたがつくった料理が食べたい。

純一は、あなたのことが好きらしい。

一也も喜ぶだろう。もともと静香とは夫婦になるつもりでいたのだし、色っぽくなったことで驚くのに違いない。

これらのどの言葉をとっても、悪意に満ちている。トゲのある言葉だった。純子の存在を無視しているだけでなく、彼女がこの家から消えてくれることを、何よりも望んでいると、春絵は叫んでいるようなものである。

実家に長期間帰るというのも、考えものであった。逆効果どころか、春絵が仕掛けた罠《わな》にはまることになるのではないか。春絵の目的は、純子を追い出すことにある。

それも、無理にではない。自然の成り行きとしてそうなるように、春絵は仕向けている。いくつかの罠を仕掛けておいて、その総合的な効《き》き目を待つつもりなのに違いない。ヘビのように陰険で、キツネのように狡猾《こうかつ》なやり方である。

長期間、実家にいてむかしのボーイ・フレンドと密会しろというのは、純子に不貞をすすめることにもなる。純子が不貞を働いたら、恋人ができたら、一也との離婚へと簡単に持ち込める。

松原静香を家に招くことにしても、そうであった。春絵、一也、静香、純一と顔を揃える。さぞかし、いいムードだろう。春絵にとっては、理想的な家族であり、絵に描《か》いたような一家団欒《だんらん》である。

純一は静香に懐く。母親と同年齢であった。家にいない純子より、純一は静香のほうに、母親の匂いを嗅《か》ぎ取るかもしれない。静香にも、純一への情がわく。純子は無用な存在となる。

夫は、どうだろうか。やはり、危険ということになる。静香が家にいて主婦の役目を引き受けるのであった。男にとって未知の女は、新鮮な魅力を感じさせる。その未知の女が、妻らしくふるまう。

しかも、春絵は息子と静香が結ばれることを、心から期待しているのであった。春絵がチャンスをつくり、一也と静香がベッドをともにするという可能性も、十分にあるのではないか。

そう思って純子は、静岡の実家へ帰ることに躊躇《ちゅうちょ》を覚えるようになった。半月ほど実家に滞在したのを最後に、純子が静岡に帰る回数は減った。実家へ帰ったとしても、一泊するのがせいぜいだった。

一昨年になって、純子の両親が相次いでこの世を去った。市会議員選挙のあとの疲労が、まず父親の死を招いた。母親もまたそのあとを追うように、疲労が原因で急死した。純子の家は、兄夫婦の代となった。

そうなっては、純子も気軽に実家へ帰ることができない。兄夫婦への遠慮ではなく、煙《けむ》たいというのが本音であった。両親とは違って兄夫婦には甘さがない。容赦《ようしゃ》なく正論をぶつけてくる。

「ちょいちょい実家へ帰ってくるってのは、だらしのない女のやることだ」

「そのことを理由に、離婚したいって言われても、文句はつけられないぞ」

「それとも、はっきり離婚するかだ。中途半端なことは、いつまでも続くもんじゃない」

「静岡へ帰ってくるのは、一年に一度ぐらいにしろ」

このように、兄は険《けわ》しい顔つきで純子を責めるのであった。

2

松原静香は、少女っぽい顔をしていた。そのせいか、純子より若く見える。明るい性格というか楽天家なのか、静香はよく笑う。未亡人という感じではなかった。

若奥さまか、婚期が遅れている娘であった。よくいえば素直であり、悪くいえば個性的ではないということになる。そうした静香の従順さを、春絵はまずなによりも気に入っているのである。

最初のうち、静香にも、純子に対する遠慮というものがあった。しかし、春絵に無条件で歓待されることもあってか、やがて家族の一員みたいな顔をするようになった。純子にも、妙に馴《な》れ馴《な》れしくする。

笑いながら静香が、夫の背中や肩に触れるのを純子は目撃したことがある。また静香が食べかけのチョコレートを、純一の口の中に入れたこともあった。そのときの静香は、明らかに母親の目つきでいた。

去年の夏、純子は夫を疑ったことがある。夫の気持ちがほかの女に走っていると、純子は直感したのであった。根拠も証拠もない。妻のカンというものだろう。当然のことながら、純子は、ほかの女とは静香だろうと疑ったのだった。

それで純子は夫とのあいだで、初めていやな顔をしながら、静香のことを話題にしたのであった。

「静香さんに、あんまり出入りしてもらいたくないわ」

「この家にかい」

「ええ」

「それは、無理だな」

「どうして、無理なの」

「静香は、おふくろさんの客じゃないか。それに、この家はおふくろさんのものだ」

「別居したいわ」

「別居したら、この家に対する権利というものを、放棄することになる」

「どうせ、わたしたちのものにはならない家でしょ」

「そんなことはない。ほかの財産処分については、おふくろも本気で言っているのかもしれないけれどね。この家くらいは、われわれに明け渡すさ」

「でも、このあいだ静香さんに、こう言っていたわよ。わたしに、聞こえよがしにね。静香さん、あなたこの家が気に入っているの。もし気に入っているんだったら、あなたに贈与してもいいのよって……」

「たんなるいやがらせで、心にもないことを言っているんだよ」

「そんないやがらせを、わざわざ聞かせたいほど、わたしのことが憎いのかしら」

「おそらく静香のほうだって、話半分にしか受け取っていないだろう」

「そうかな」

「静香にだって、そのくらいの判断力はあると思うね」

「あなた、静香さんのことを、どんなふうに思ってらっしゃるの」

「どうって、どういうことなんだ」

「特別な感情を、抱いているんじゃないかって意味よ」

「冗談じゃない。静香なんて、妹みたいなもんじゃないか」

「まさか、家の外で、デートなんかしていないでしょうね」

「いいかげんにしないと怒るぞ。見当違いもはなはだしい」

夫は、不愉快そうな顔をした。演技ではない。問題にもしていない相手と結びつけられたことに夫は本気で腹を立てたらしい。

純子は、夫を信じた。だが、それだからといって、安心したわけではなかった。

夫の心が、特定の女に走っていることは、まず違いないのである。ただ、それが静香ではなかった、というだけなのだ。夫はいったい、どこの誰に惹かれているのか。

勤め先のOLかもしれないと、そのときの純子はふと思ったのであった。

それはともかく、翌日の夕食のあとで夫はいきなり、静香のことに触れたのである。たぶん、前の晩に夫婦のあいだで話題にしたことから、夫の心に静香の存在が引っかかっていたのに違いない。

そのことを夫は、春絵の前で言葉にしたのであった。当然、静香に対する批判、悪口ということになる。

「静香は、再婚しないんですか」

一也は、そのように切り出したのだった。

「もう一、二年はね」

春絵は、目を細めて笑った。一也が静香の再婚に関心をもっていると、春絵は自分にいいように解釈したのだろう。

「もうすぐ、三十になっちゃいますね」

「でも、静香は五つも六つも、若く見えますからね」

「いまさら、見合いでもないだろうし、早いところ相手を捜したほうがいいのにな」

「静香には、恋愛なんてうわっついたことはできないんですよ」

「チャンスがないからでしょう。どこかに、勤めたらいいんだ」

「生活に困っているんじゃなし、働く必要なんてありませんよ」

「いまはそうかもしれないけど、親だっていつまでも未亡人のままでいる娘の面倒はみてくれませんよ」

「静香には、わたしの財産を分けてやりますからね」

「まあ、いまに恋愛することになるでしょう。これから女盛《おんなざか》りになるんだし、静香だってなにも知らない娘ってわけじゃないんだから……」

「今夜はずいぶん、よけいなことを言ってくれますね」

「しかし、相手に妻子があるってことになると、いわゆる愛人でしょうね。静香の場合は、どうしても結婚しなければならないってことはないんだし、愛人だっていいじゃないですか」

「一也さん！」

春絵は、湯呑みを引っくり返して、立ち上がっていた。徹底した愛人嫌いの春絵が、血相《けっそう》を変えるのは当然だったのである。

3

姑の顔色を盗み見ながら、純子は楽しくなっていた。いつも冷静な春絵が、いまは感情をむき出しにしているのである。敵の弱点を見出《みいだ》したみたいで、純子は嬉しかったのだ。しかも、春絵をそこまで怒らせたのが夫だということも、純子の気分を爽快《そうかい》にさせたのであった。

春絵は突っ立ったままでいて、動こうとはしなかった。怒りを抑えようと、必死になっているのだろう。春絵の握りしめた両手が、震えているように見えた。

春絵は愛人というものを、心から憎み、嫌っている。誰という特定の愛人に対してではなかった。愛人と名のつくものは、すべて憎しみの対象になるのだった。愛人という言葉だけでも、毛嫌いするのである。

その理由は、春絵の過去にあった。春絵自身が、夫の健作《けんさく》の愛人問題で、いやというほど苦しめられたせいなのだ。井ノ口健作は親の七光りもあって、若くして一つの会社の経営を任せられた男だった。

事業家としてはなかなかのやり手で、会社も発展させたし、個人的にも短期間にかなりの財産を築き上げた。しかし、意欲的な男だけに、女関係のほうも派手であった。もちろん、春絵もそのことを、承知していた。

相手が金で解決できる女ならばと、春絵は大目に見ていたのである。

ところが、あるとき健作に特定の愛人がいるということを、ひょっとした偶然から、春絵は知ってしまったのだ。健作が五十、春絵が四十のときであった。

特定の愛人であり、二号といった存在ではない。健作とその女は、恋愛によって結ばれたのである。金で解決のつく相手ではなかった。

さらに春絵にとってショックだったのは、健作とその女が結ばれてから、すでに五年もたっているということだった。健作は四十五歳になって初めて、激しい恋愛というものを経験したのである。

しかも、相手は彼の会社に入社して間もない二十歳の女子社員であった。その女子社員のほうも、初めての男として健作のことを真剣に愛した。

少女のころに父親を失っているという。おそらく彼女は父親のイメージを通じて、健作に男らしい男を感じたのだろう。健作にしても二十五歳年下の彼女に、自分の娘のような可愛らしさを見出したのに違いない。

深い仲になるとすぐ、彼女は会社を辞めた。健作は彼女にマンションの一室を買い与えて、そこを二人の愛の巣とした。健作はその愛の巣へ、一日おきに足を運んだ。

そのことを知る者は、ほんの数人の社員たちだけであった。健作の女関係が派手だというのも、実はカムフラージュであり、それが彼女を霧の彼方《かなた》に隠すのに役立ったのだ。

同時に、健作が彼女のところで過ごす時間というものを、生むことになる。派手な女関係に費やしていると思われていた時間は、すべて健作と彼女のためのものだったのである。それは大変な努力ということになる。

春絵には、その努力が憎らしかった。大変な努力とか苦心とかは、健作がそこまで彼女に打ち込んでいるという証拠になるからであった。

それに五年間も完全に騙《だま》されていたということが、春絵にはどうにも我慢がならなかったのである。嫉妬《しっと》以前の問題であり、気がふれそうに口惜《くや》しかった。

その愛人を許すことは絶対にできなかった。殺してやりたいほどだった。愛人は、もう二十五になっている。二十から二十五までの青春時代を健作のために費やしているという事実に、春絵は恐怖さえ覚えたのだった。

健作が死ぬまで、別れないつもりでいるのではないか。

健作に、結婚を求めているのではないだろうか。

彼女が健作に結婚を要求するのは当然だと、世間が判定を下すことになりはしないか。

春絵は、そのように思って、恐ろしくなったのである。

「その女とたったいま、別れてください」

春絵は健作に、そう言って詰め寄った。

「それは、できない」

健作は動ずることもなく、言下《げんか》に拒否した。

「どうしてですか」

「男としての責任がある。それに、わたしと彼女は真剣に愛し合っている」

「よくもまあ、妻の前でぬけぬけと……。愛し合っているなんて、いい年をしてよくも言えたもんですね！」

「事実を言ったまでだ」

「責任をとるってことになると、その女と結婚しなければならなくなるじゃありませんか」

「いや、彼女は結婚なんて望んではいない。わたしと彼女では年が離れすぎているし、五十になっていまさら結婚も何もないだろう。彼女はいまのままで不平も不満もないと言ってくれている」

「だから、いまのままの関係を、今後も続けるというんですか」

「そういうことになる」

「あなたが、死ぬまでですか」

「そうだ」

「そして、遺産分けですか。その女の本心は、あなたの財産をそっくりいただきたいってことなんでしょ」

「そんなふうに、彼女のことを悪く言うのはやめなさい」

「あなたには、わからないんでしょうね。いまどきの若い女に、そんな純粋な考え方ができるもんですか。あなたは自分の娘みたいな若い女に夢中になっていて、冷静なものの見方ができなくなっているんです」

「もう五年も前からの仲なんだ。お互いに冷静だし、むしろ平凡な男女の関係と言えるだろう」

「いいえ、あなたは色狂《いろぐる》いしているんです」

「わたしももう、男としてそれほど元気じゃない」

「とにかく、別れてください」

「駄目だ」

「わたしはあなたの妻、正式に結婚している妻なんですよ！」

「彼女の存在に気づきさえしなければ、何事もなくすんだんじゃないか。そう思うと、こんな言い争いなんて、まったく無意味だ」

健作は、春絵との話し合いを、一方的に打ち切った。妥協の余地も、彼女と別れる意思も、まったくないことを健作は態度で示したのであった。

春絵は一カ月かかって、夫の愛人が住んでいるマンションを突きとめた。そこへ乗り込んでいって、春絵は夫の愛人と会った。春絵は彼女に抗議して、夫と別れるように迫った。

激しく非難したし、罵倒《ばとう》もした。女として耐えられないだろうと思われる言葉ばかり選んで、春絵はそれを夫の愛人に浴びせかけたのであった。春絵は夫の愛人が、屈辱《くつじょく》に押しつぶされて、逃げ出すことを期待したのである。

しかし、夫の愛人は終始、沈黙を守っていた。初めから終わりまで、無抵抗で通したのだ。彼女は目を伏せて、降りかかる春絵の怒声《どせい》を黙って聞いているだけであった。驚くべき、忍耐力だった。

春絵は、殺意を覚えた。

こうしていると夫の愛人を絞《し》め殺すことにもなりかねないと不安になり、春絵はその場を去る気になったのだった。ここでもまた、結論を出すことはできなかった。夫の愛人も結論を出させまいとして、無抵抗主義に徹したのに違いない。

健作は、知らん顔でいる。

愛人のほうも、無言という手段を用いて、話し合いに応じようとはしない。

春絵のひとり相撲《ずもう》であった。

結論も解決もないままに、泥沼の長期戦にはいった。春絵は苦悩し、恨み、泣くという暗黒の日々を過ごした。健作と春絵は、戸籍のうえだけの夫婦となった。そうした暗黒の日々が七年も続いたのであった。

健作は家、土地などの名義を、すべて春絵のものとした。有価証券や預金も残らず吐き出して、春絵に与えたのであった。健作は生きているうちに、全財産を春絵に贈与したのである。

その代わり、健作は週に一度しか自宅に帰らなくなった。あとの六日間は、愛人の住まいを生活の場としていた。自宅に帰って来たときも、健作は春絵と口をきかなかった。ひとり息子の一也に会うために、帰ってくるようなものだった。

そして突然、七年間の暗黙の日々に終止符が打たれたのである。夫の愛人が、死んだのであった。建設中のビルの前を歩いているとき、頭上から鉄骨が落ちてきて圧死するという珍しい事故死だった。

しかし、自分の恨みによる念力《ねんりき》が彼女を死へ追いやったのだ、という春絵の勝利の気持ちは三日と続かなかった。三日後に健作が脳出血で倒れて、病院へ向かう救急車の中で息を引き取ったのである。

愛人が健作をあの世へ招いたのか、健作が彼女のあとを追ったのか、いずれにしても二人は死んでまで愛し合っていたということになる。それがまた、春絵にとってはショックだった。

不帰《ふき》の客となったときの健作は五十七歳、愛人は三十二歳。二人は十二年間を愛し合い、事実上の夫婦として過ごし、さらに手をたずさえてあの世へ旅立ったのである。

それから十数年が過ぎたいまでも、春絵は夫の愛人だった女を憎悪している。

愛人と名のつくものはすべて、春絵の敵ということになるのである。

4

一週間後に、松原静香が訪れた。白いワンピースに赤いベルトというあっさりしていて可愛らしい服装が、相変わらずよく似合っている静香であった。確かに、二十三、四の娘という感じである。

その静香を純子は、いつになく笑顔で迎えた。純子には、それなりの下心があったからだった。一也が愛人の話で春絵を怒らせた一件については当然、松原静香の耳にはいっているはずである。

春絵が静香に、電話で報告しているのだ。静香はこれから、その話を持ち出すに違いない。それを利用して純子は、静香の耳に吹き込んでやりたいことがあったのだ。

春絵には直接、言えないことなのである。それで代わりに、静香に話を打ち明ける。そのことを静香は、春絵に伝えずにはいられない。つまり純子は、静香の口を借りて春絵に追い討ちをかけることを企《たくら》んでいたのだった。

「一也さんが、わたしは妻子ある男性の愛人になればいいって、言ったんですってね」

果たして静香は台所まで追って来てまで、そのことを話題として持ち出した。静香の顔は陽気に笑っていた。

「そうなの。それで、おかあさんをすっかり怒らせちゃってねえ」

待っていたとばかりに、純子も話に乗った。

「伯母《おば》さんたら電話で、かなり憤慨《ふんがい》していたみたいよ。わたしがまた、相手さえいれば愛人でも結構よってケロリとしていたもんだから、なおさらご機嫌が悪くなったようだったわ」

静香は、大きな声で笑った。

「でも、おかあさんが血相を変えて興奮するのを、久しぶりで見たでしょう。それで、わたしのほうがびっくりしちゃって……」

純子は神妙《しんみょう》な顔をつくって言った。

「なにしろ、伯母さんて人は徹底しているんですものね。いまだに過去の心の傷がそのままになっていて、愛人って言葉を聞いただけで、血がドクドクと流れ出るみたいだわ」

「あれだけのことで、相当なショックを受けたらしいものね」

「愛人嫌いという病気にかかっているのよ。伯母さんは……」

「あれでもし、ひとり息子に愛人がいるってことにでもなったら、どうなってしまうのかしら」

純子はさりげなく、そのように話をもっていった。

「それ、一也さんに愛人ができたらってことなの」

静香が、目を見はった。

演技ではなく、純子は暗い顔つきになっていた。

「そうなの」

「まさか……」

悪戯っぽい目で、静香は純子を見やった。

「それが、まさかじゃないらしいのよ」

「事実なの？」

「九〇パーセント、間違いないと思うわ」

「だったら、相手が誰かってことも、わかっているんでしょ」

「そこまでは、まだわからないわ。証拠もないんだしね。でも、見当としては、会社の女の子じゃないかなって思うの」

「あの一也さんが、奥さんのほかに好きな人をねえ。信じられないことだわ」

「このところ、おかあさんとわたしの険悪な仲がずっと続いているでしょ。それで何となくおもしろくなくて、家の外に救いを求めたくなったんじゃないかしら」

「具体的な証拠みたいなものが、まったくないのね」

「どんなことなの」

「証拠とは言えないけど、思い当たるフシはあるわ」

「ぼんやり考え込んでいることが多くなって、わたしを避けるようにするのよ。寝室でも口数が少ないし、先に眠ってしまうわ。明らかに、わたしを敬遠しているのよ」

「主観によっていることね。疑ってかかれば、思い過ごしってことにもなるわ」

「それからもうひとつ、安城由布子という名前を何度も、わたしに聞かせたことがあったのよ」

「それ、誰のことなの」

「会社の女の子よ。あの人の直属の部下ってことになるのかしら」

「何だって、その部下のことを口にするの」

「褒《ほ》めるのよ。美人だとか、女らしいとか、気がきくとか……」

「それが現在も、ずっと続いているわけなのね」

「そうじゃないの。安城由布子という名前を口にしたがったのは、ほんの一時期だったのよ。半月間ぐらいかな。それが、いまでは逆に安城由布子という名前を、頑《がん》として口に出さないようになったの」

「それは、ちょっと怪しいわね」

静香の顔から、笑いが消えていた。深刻な問題として、受け取ったようである。

そうなれば、静香も黙ってはいられない。今日、帰るまでに静香は、その話を、春絵の耳に入れておくはずだった。

静香から話を聞いた春絵が、どう出るか。どのような反応を見せるか。びっくり仰天《ぎょうてん》して、失神でもするか。一也を追及して、白状させようとするか。その後者のほうを、純子は期待していたのだった。

松原静香は、暑い盛りが過ぎるのを待って、午後四時に帰った。純一は、遅い昼寝を続けている。ほかには春絵と純子しかいない。大きな声では話せない密談にはいるには、もってこいの家の中であった。

「ちょっと、来てちょうだい」

廊下に姿を現わした春絵が、茶の間にいる純子に声をかけた。春絵の表情は険しく、顔色も青白くなっていた。

5　険悪の一途《いっと》

1

長い廊下を歩く。春絵が先に立ち、そのあとに純子が従う。春絵の後ろ姿に、怒りが感じられた。どのような話があるのか、純子には見当がついている。仕掛けたのは純子なのだから、当然であった。

純子の思惑どおり、夫に好きな女ができたのではないかという例の一件を静香が春絵にそっくり伝えたのである。それに対して春絵が、予想以上に早く反応を示したのだ。純子の狙《ねら》いは、はずれなかったということになる。ただ問題なのは、反応の内容であった。どうやら、純子が期待したような反応は、得られそうになかった。

春絵は怒っている。純子に敵意さえ、抱《いだ》いているようであった。真相を知りたい、くわしいことを聞きたいというような話ではないだろう。春絵を激怒させる結果だけに終わったようだと純子には悪い予感があった。

春絵は、応接間へはいっていった。

応接間には、むっとするような熱気がこもっていた。窓は開けてあるが、庭に面したガラス戸が閉めきったままになっていたからだった。しかし、その熱気も気にならないという顔つきで、春絵はソファに腰をおろした。

「純子さん……」

春絵は両手を、膝の上に重ねた。目を冷ややかに伏せていて、表情を硬ばらせている。声は低い。純子を非難し攻撃するときの春絵の特徴だった。

「何でしょう」

春絵に背を向けて、純子はガラス戸を開放した。

「あなたって、どういう人なんでしょうね」

春絵が言った。

「わたしは、こういう人間です」

純子は庭の樹木に、目を走らせた。応接間の中を風が吹き抜けるようになったが、少しも涼しくはなかった。温風がただ、通過するだけなのである。

「開き直るつもりですか」

春絵は、語調を強めていた。純子の挑戦的な言動に、春絵はいっそう硬化したのに違いない。

「開き直ってなんかいません」

純子は、早くも興奮していた。負けるものかという気持ちが、先に立っているのだった。

「開き直るのは、心に咎《とが》めるものがあるという証拠ですよ」

「だから、開き直ってなんかいないって言っているでしょ」

「すると、あなた何も心に咎めるようなことはしていないって、そう言いたいのね」

「わたしには、悪いことをしたって覚えがありません」

「そうですか」

「そうですとも」

「じゃあ、あなたほど非常識な人は、いないってことになりますね」

「わたしがどうして、非常識ってことになるんですか」

「非常識な人には、それさえもわからないんですね。純子さん、あなた静香に何を言ったんです。夫の恥になるようなことを吹聴《ふいちょう》する妻なんて、いったいどこの世界にいるんですかね」

「わたしはただ事実だけを、静香さんに聞いてもらったんですよ」

「事実ですって……?」

「ええ。事実です」

「だから、夫には好きな彼女がいるらしいって、赤の他人の耳に入れてもいいんだって言うんですか」

「おかあさんはこういうときだけ、夫だとか赤の他人だとかってことを、強調なさるんですね。本来なら一也さんと結婚するはずだった静香さんが相手なんだから、そう気にすることもないんじゃないかしら」

「あなただっていつもは口もききたがらない静香に、どうしてこういう話だけは聞かせたがるんです。あなたの魂胆は、わかっていますよ」

「魂胆……？」

「あなたは、静香が一也に心を寄せるんじゃないかって、それを恐れているんでしょ。嫉妬しているのね。それで一也にはほかに若くて美しい彼女がいるって、それとなく聞かせて静香の気持ちに水をさそうとしたんですよ」

「へええ……」

「何が、へええなんです」

「そういう受け取り方もあったのかと、感心させられたんです」

「そんな魂胆もなかったって、言いたそうね」

「残念ながら、見当違いもいいところですわ。わたしはただ事実を、静香さんに打ち明けたのにすぎません。ほかには、相談する相手もいませんしね」

「純子さん、あなたは事実だと断言するようですけどね。それでいて、証拠のひとつもないんでしょ」

「妻のカンというものは、立派な証拠になります」

「この際、はっきり言っておきます。一也はそんなに、ふしだらな人間じゃありません。一也は何年ものあいだ、父親の愛人問題で家庭が崩壊するという悲劇を見て、肌で知ってきました。そのことはいまでも、一也にとって教訓になっているはずです」

「人間って、理屈だけで決められるもんじゃないでしょう」

「一也の場合は、絶対です」

「わが子に限ってってことの失敗も、あるんじゃないんですか」

「愛人のところにいて家に帰ってこない父親。冷えきって、寒々《さむざむ》としている家庭。心の中に夫への恨みと、その愛人への憎しみしかないという母親。一也はいつも孤独で、あの子なりに苦しんだり、悩んだりしたんですよ。そうした一也が、父親と同じ轍《てつ》を踏もうなんて、そんなことがありますか」

「その一也さんにしたって、おかあさんの前で平気で愛人ということについて口にしたりしたでしょう。おかあさんは、顔色を変えて怒ったじゃありませんか」

「それとこれとは、話が違います！」

春絵らしくなく、声を甲高く張っていた。

「おかあさんは一也さんに、そのことで質問もなさらないおつもりですか」

純子は振り返った。

「一也の女関係について、わたしの口から確かめないのかっていうんですか」

春絵の顔が、妙に白く見えた。ゾッとするような冷ややかな目を、純子へ向けている。

血の気が引いた春絵の顔には、能面のような凄《すご》みが感じられた。

「それとも一也さんのことを、頭から信用なさって、このまま知らん顔でいらっしゃるんですか」

ゆっくりと、純子は向き直った。

「当たり前でしょう。一也は、一人前の男なんですよ。あなたも今後は二度と、そんなくだらないことを、口にしないようにしなさいよ」

「でも……」

「これ以上、わたしを怒らせないように。わたしにだって、重大な覚悟をするときがあるんですからね」

「重大な覚悟ですか」

「ええ」

「わたしを井ノ口の家から、追い出すとでもおっしゃるんでしょう」

「そういうことになるかもしれません」

「おかあさんに、そんなことを決める権利があるんですか。離婚するんだったら、一也さんとわたしの意志ということが必要なんです。おかあさんに、介入なんかさせません」

「大きな口を、たたくもんじゃありませんよ。一也のことに関しても、よけいな差出口《さしでぐち》はおやめなさい。その何とか言いましたね、会社の女の子……」

「安城由布子です」

「その安城とかいう女の子が、もし一也と愛人関係にあるんだとしても、そうとわかったときはあなたの手なんか借りませんよ。わたしが決着をつけます」

春絵は、立ち上がっていた。

「どう決着をつけるんですか」

カーテンを引っ張るようにしながら、純子は訊いた。

「その安城由布子って小娘を、わたしの手で殺してやりますよ」

春絵は、表情を動かさなかった。

二人の女は、蒼白《そうはく》な顔でにらみ合っていた。

西日が射し込んで、応接間の中が金色に輝いた。本物が鳴いているのか、テープに録音したものを流しているのかと迷いたくなるように、ひぐらしの声が急にすぐ近くから聞こえてきた。

声を張り上げての口論にまで発展した姑と嫁の対立のあとには、空《むな》しさと不気味さを物語るような無言の時間がおとずれた。

2

それから四カ月後の去年の十一月に、春絵の父親が老衰で死亡した。春絵の父親は、九十三歳であった。天寿《てんじゅ》をまっとうしての大往生《だいおうじょう》である。しかし、本家の主《あるじ》であり、一族の長ということになるので、その死は大勢の人々に影響を及ぼした。

全国から一族と姻戚《いんせき》関係者、血縁《けつえん》、遠縁の人々が、石川県の金沢《かなざわ》市へ駆《か》けつけることになる。金沢市の旧家であって春絵の父親は地元でも顔が広かった。石川県における功労者であり、名士でもあった。

それだけに葬儀も盛大で、身内、他人の別なく多くの参列者が集まるはずだった。東京から春絵ももちろん、金沢へ向かわなければならなかった。春絵の弟の一家も、静香を含めて同行する。

春絵や彼女の弟は、被葬者《ひそうしゃ》の子どもであった。一也、静香は孫に当たるわけである。葬儀には、遺族の中心的な存在として参列することになる。航空券の手配や旅の支度《したく》で、井ノ口家は慌ただしい雰囲気になっていた。

純子も当然のこととして、夫や自分、それに純一の着替えなどを揃えて荷物にまとめていた。荷物はトランク一つと、スーツケース二つになった。純子はそれを、茶の間へ運んだ。

喉《のど》が渇《かわ》いた。テーブルの上に一也の湯呑みと急須《きゅうす》が置いてあった。純子は冷たいお茶を、夫の湯呑みについだ。

そのとき、不意に春絵が茶の間へはいって来た。春絵の目が三つの荷物とテーブルの上の湯呑みへ走った。純子は、春絵の顔をまともには見なかった。何となく、自信を失ってしまっているのだ。

険悪の一途《いっと》をたどっている姑と嫁の仲だったが、このところ純子のほうが旗色が悪いのである。その原因は、一也に愛人がいるいないの判断で、純子のほうが間違っていたということにあった。

その後、四カ月が過ぎているが、一也の行動に不審な点はまったく認められていない。帰宅時間が遅れることも休日に外出することもなかった。これまでとまるで変わらないし、平凡な家庭の当たり前な夫であり父であった。

人事異動で、安城由布子とは別の職場に変わっている。それでいて疑わしい言動が見られないのだから、一也には安城由布子との特別な関係などありはしないのだ。何もかも純子の思い過ごしだったわけである。

誤解であった。

だが、誤解だったですまされることではなかった。春絵の前で、大きな口もたたいている。静香に喋りもした。非常識で軽率で夫に恥をかかせる悪い妻、という春絵の非難をそのまま受け入れなければならない。

以来、春絵は勝ち誇ったように、高圧的な態度をとっている。純子のほうは旗色が悪く、自信を喪失しがちなのであった。いまや純子を支えているのは、彼女の気の強い性格だけなのである。

「こんなに、荷物はいりませんよ」

近づいて来た春絵が、そう言いながら湯呑みを手にした。お茶を飲んだあとも、春絵は湯呑みをテーブルの上に戻そうとはしなかった。純子が一也の湯呑みでお茶を飲むことを、春絵は嫌ったのである。

一也の湯呑みを使わせまいとして、手に持ったままでいる。言葉には出さずに、湯呑みを取り上げてしまう。いかにも春絵らしい敵意の表わし方であり、いやがらせであった。

「一つだけで、十分ですからね」

春絵は、三つの荷物を指さした。

「でも、三人分だから、これで最低なんです」

台所へ行って純子はコップに水をついだ。

「三人分とは、どういうことなんです」

春絵が、眉《まゆ》をひそめた。

「わたしと、純一と……」

純子は、水を飲んでから答えた。

「あなたの分って、純子さんも金沢へ行くつもりなんですか」

「あら、そうじゃなかったんですか」

「あなたまで金沢へ行ってしまったら、この家はどうなるんですか、空《から》っぽになってしまうでしょ。わたしは家を空っぽにして家族全員で出かけてしまったり、誰か人を頼んで留《る》守《す》を任せたりすることが、大嫌いなんです。ちゃんとした家では、家族のひとりが留守番として残るものなんですよ」

「じゃあ、わたしがひとりで留守番を……」

「そんなこと、常識でしょう。わたしの父が亡くなって、そのためのお葬式があるんですからね。関係のない人が東京に残って留守番をするというのが、当たり前なんじゃないんですか」

「わたしだけが、関係のない人間だって、おっしゃりたいんですね」

「違うかしら。わたしは、娘、一也は孫、イッちゃんは曾孫《ひいまご》に当たるんですからね」

「確かにわたしだけが赤の他人です」

「そこまでわかっているんだったら、初めからわたしが留守番をしましょうって気持ちでいなければね」

「でも、そういう見方をすると、静香さんのおかあさんも赤の他人ってことになります。

それなのに、静香さんのおかあさんは、金沢へいらっしゃるんでしょ」

「あの家には、ほかに留守番をする者がいるからですよ。それに結婚して三十年以上になれば、夫婦も赤の他人同士ではなくなりますからね」

「わたしには、意地悪をされているとしか、思いようがありません」

「意地悪だなんて、とんでもない思い違いだわ。むしろ、純子さんのためを考えて、留守番を頼んでいるつもりですけどね」

「どうして、わたしのためを考えて、ということになるんです」

「あなたには、逃避できる場所がなくなったでしょう。もう大きな顔をして静岡へ帰りますってことも言えなくなった。つまり純子さんには、解放されるときも、息抜きができる場所もないんですよ」

「だから、この家でひとり留守番をしながら息抜きをしろって、おっしゃるんですか」

「そうなのよ。ほんの四、五日だけどせいぜいのんびりするといいわ」

春絵は、深くうなずいて見せた。珍しく、目が笑っている。それにしても、静岡の実家のことを持ち出したりして、何という意地悪な皮肉なのだろうか。しかし、家に留守番が必要だ、純子は故人と面識もないのだから葬儀に顔を出さずともいい、という春絵の言い分はけっして間違ってはいないのである。

純子の頭の中には、春絵、一也、静香、純一と四人の旅行の光景が描き出されていた。

3

純子ひとりが東京の家に残った。純子は留守番という役目を押しつけられて、五日間をひとりだけで過ごした。寂しさ、口惜しさ、そして苛立《いらだ》ちの五日間だった。

この五日間を純子は、『十一月の屈辱』と呼ぶことにした。春絵との戦いの歴史のうちで、『十一月の屈辱』はひとつのクライマックスということになる。純子はこの『十一月の屈辱』を、死ぬまで忘れまいと自分に誓ったのであった。

その『十一月の屈辱』から、半年間が過ぎたという計算になる。

純一も、小学校に入学した。それから一カ月で、いまは五月のゴールデン・ウイークを迎えている。五月三日、五日、七日と飛び石連休になり、この間に小旅行をしようと夫から言われていた。

「純一にとっては、小学生になって初めてのゴールデン・ウイークだろう。それを記念して、一泊の小旅行に出かけるか」

半月も前から、夫はそんなふうに口にしていたのである。

もちろん、夫婦と純一の三人だけで出かけるのであった。今度は、春絵が留守番をするのだ。それが嬉しくて、純子はゴールデン・ウイークの小旅行を楽しみにしていたのである。

だが、その計画は、中止となった。急に、夫の出張が決まったからだった。二泊三日の出張で、行く先は名古屋工場だという。ゴールデン・ウイークにはいってからの出張とは、ついていなかった。

昨日の五月四日に、夫は名古屋へ向かった。明日六日の夜には、帰ってくる予定になっている。今日は五月五日、こどもの日であった。春絵が純一のために、五月人形を飾り、鯉《こい》のぼりを立てた。

しかし、純一はそうしたものに、興味を示さなかった。どこかへ出かけるのでなければつまらない――を連発し、いまはそれも諦めたようだった。純一は午前中からずっと、リビング・ルームでテレビを見ている。

純子は階下の掃除を続けながら、庭の新緑へ目を走らせる。『十一月の屈辱』以後の半年間にもいろいろなことがあったと、純子は一種の感慨《かんがい》を覚えていた。庭の新緑が、何となく希望を持たせてくれる。

春絵との戦いが、終わったわけではない。

だが、いまのところ熱い戦争は、小休止《しょうきゅうし》の状態にある。

純子は、春絵との別居を望んだ。小さなアパートの一室を借りてでもいいから、夫婦と子ども三人だけの生活がしたいと主張したのだ。しかし、夫は純子の願いを、聞き入れようとはしなかった。

夫はあくまで、この家に対する権利を放棄すまいとしているのである。自分たちが出て行けば、春絵は、本気になってこの家を売ろうとするかもしれない。

この家と土地を失わないためには、まずここを動かないことだというのが、夫の意見だったのだ。それに夫としては、年老《としお》いる一方の春絵をひとりにはしたくないのだろう。母ひとり子ひとりの情愛というものである。

その代わりに、松原静香の始末をつけようと、夫は提案した。この家に、静香を出入りさせない。家族の一員という待遇から、はずさせる。静香を、春絵から遠ざける。そうすれば春絵は純子だけを頼るようになる、というのが夫の計算だったのだ。

それには、静香を再婚させることであった。

夫はその提案を、実行に移した。

今年の正月に、夫は五代弘樹を家に招待した。五代弘樹は夫と年も同じだし、入社も同期であった。だが、五代は出世街道を突っ走り、夫にも大きく水をあけて、いまでは経営管制室次長のポストについている男である。

夫にとっては、上役だった。一時は厚生課長として、夫の直属の上司だったこともある。しかし、個人的には親しい間柄にあって、同期のサクラという友人でもあった。

春絵と純子の仲が険悪になったとき、夫は五代弘樹にそのことで相談もしたらしい。つまり五代弘樹は、頭の切れる実力者で顔が広く、世話好きでもあり、頼れる男ということになるのだ。

夫はその五代弘樹に、静香を紹介したのである。再婚の世話を、頼むためだった。五代のほうも、それを気軽に引き受けた。顔が広いということで、五代にはそれなりの自信があったのだろう。

その後、静香のところへは五代を通じて、いくつかの縁談が持ち込まれたということだった。静香のほうもその気になって、積極的に見合いに応じたりしたらしい。

そのうちに井ノ口家から、静香の足が遠のくようになった。春絵が電話で呼び寄せようとしても、静香のほうで何やかやと理由をつけて、井ノ口家を訪れなくなったのだ。

静香の再婚が決まったという報告は、まだ受けていなかった。しかし、縁談がまとまりかけていて、静香は目下その相手と交際中ということなら、十分に考えられる。

そうなった場合、静香にとって面倒でうるさいのは、春絵ということになる。そのために静香は、春絵のことを敬遠したり、避けたりするのではないか。

いずれにせよ、春絵と静香の仲は疎遠《そえん》になった。

この四月以降、静香は一度も井ノ口家に姿を見せていない。春絵はまたしても、静香に逃げられたということになる。静香は春絵一辺倒《いっぺんとう》ではなく、いざとなれば自分のことだけを考える。

それに静香には、一也の妻の座を狙う気持ちなど毛頭《もうとう》ない。一也のほうも静香など問題にしていない。純子を追い出して、一也と静香を結婚させるといったことは、しょせん春絵の夢にすぎないのだ。

そうしたことに春絵自身も、ようやく気づいたらしい。

静香がまったく出入りしなくなったこの四月以降、春絵は口数が減って、どことなく弱々しい感じになっている。純子とのいわば休戦状態も、その影響によるのかもしれなかった。

だが、静香を失ったからといって、すぐに純子と和解するような春絵ではない。春絵は純子そのものが気に入らないのであり、嫌いなのである。

だから、あくまで和解ではなくて、休戦なのであった。

その点は、純子にもよくわかっている。そうと承知のうえで、純子はこのところ、春絵に対して下手《したて》に出ている。機嫌はとらないまでも、春絵に気に入られようと、あらゆる面で努力をしているのだ。

夫の策が一応、功《こう》を奏《そう》したのである。それを突破口にして、姑と嫁の関係を正常に持ち込みたい。休戦ではなくて、和解にしたい。いまはそのために、もっとも肝心なときだと、純子は思っているのだ。

純子の目的は、波風の立たない平和な暮らしというものだけではなかった。

春絵の遺産をそっくり夫が相続する、という正当な権利も、純子は守りたかったのである。それには、春絵と純子の完全な和解がなければならない。

その目的のために、もう一押しだといまの純子は必死だったのだ。

しかし、その純子が一週間ほど前から、妙に沈み込んでいる。この五月五日の夜も、純子は暗い顔つきで、溜《た》め息ばかりついていた。

4

三人だけの夕食は、簡単にすんでしまう。一也が欠けているというだけで、食卓の話題が何ひとつないのである。そのうえ、春絵は口数が減っているし、純子も沈みきっているのだった。

黙々と食べて、食事はすぐに終わった。

純一は、隣室のリビング・ルームへ走り込んで、テレビをつける。春絵も茶器を運んで、リビングへ席を移した。純子は台所で、洗いものをすることになる。テレビの音声だけが、しらじらしく賑《にぎ》やかだった。

あとかたづけをすべて終えて、純子もリビング・ルームに落ち着いた。時間は、八時になっていた。純一を風呂に入れるまで、あと一時間はある。春絵は老眼鏡をかけて、レース編みを続けている。

純子はソファにすわって、膝の上に家計簿と小さなソロバンを置いた。メモ用紙にある数字を家計簿に移して、ソロバンをはじく。だが、それを途中でやめて、純子は深々と吐《と》息《いき》した。

「どうかしたんですか」

レース編みの手を休めずに、春絵が声をかけてきた。

「え……？」

純子は、春絵を見やった。

「何だか、変みたいよ」

「別に……」

「嘘おっしゃい。先月の末あたりから急に元気がなくなって、考え込んでばかりいるじゃありませんか」

「そうでしょうか」

「溜め息をついては、暗い顔をして……。誰が見たって、普通じゃありませんよ」

「普通じゃないなんて、そんなオーバーな……」

「何かあったんでしょ」

「いいえ……」

「純子さん、隠し事はいけませんよ」

「隠そうなんて、そんなつもりはないんですけど……」

「だったら、正直におっしゃいな」

「でも……」

「それとも、わたしには相談できないような悩み事なんですか」

「いいえ、違います」

「何があったんです」

「言えません」

「言えないって、それはまたどうしてなんです」

レース編みをやめて、春絵は顔を上げた。

「またそんなことをって、おかあさんに叱《しか》られるからです」

逆に純子は、目を伏せていた。

「話してみなければ、わたしが聞きたがらないことかどうか、わからないでしょ」

「いいえ、おかあさんに叱られるって、わかりきっている話なんです」

「とにかく、話してごらんなさい」

「ほんとうに、聞いてくださるんですか」

「聞きましょ。いきなり腹を立てたりしないってことだけは、約束しますからね」

「去年の夏の話を、蒸し返すみたいなことになるんですけど……」

「去年の夏の話って……」

「一也さんの様子が、また何となくおかしいんです」

「ああ、そういう話の蒸し返しってわけなのね」

　春絵は老眼鏡をはずすと、レース編みと一緒にテーブルの上に置いた。

「怒らないでください、おかあさん。今度はほんとうに、間違いないみたいなんです」

　純子は、純一の後ろ姿に目を走らせた。純一は、テレビに夢中になっている。祖母と母親のやりとりなど、聞かせたくても耳にはいらないだろう。

「妻のカンというやつですか」

　春絵が、硬い表情で言った。

「わたしに対して、何となくよそよそしくなったんです。深刻な顔で思いにふけっていて、わたしの視線に気づくと、急に笑顔になったりするんです」

　純子は家計簿とソロバンを、ソファの上に投げ出していた。

「去年の夏も、同じようなことを言っていたわね」

「去年の夏のときよりも、もっとはっきりしているんです」

「それでいてまた、具体的な証拠はひとつもないというんでしょ」

「ペンダントがあります」

「ペンダント……？」

「銀の馬のペンダントなんです。先月の二十七日に、一也さんが持って帰って来たものです。先月の二十七日、一也さんは遅くなって帰って来たでしょ」

「芝居を観にいって、遅くなったとか言っていた晩かしら」

「そうなんです。そのとき贈り物として、受け取ってきたペンダントなんです。男性同士がペンダントを、贈ったり贈られたりするはずはありません。あれは、女性からのプレゼントです」

「だからって、その女の人と特別な仲だってことにはならないでしょ」

「だったら、どうしてそのプレゼントを、隠したりするんでしょうか。わたしに見られたことを知って、一也さんはそのペンダントをどこかに隠してしまったんです。捜しても見つからないし、どうやら会社に置いてあるらしいんです」

「それで今度も、相手は安城由布子とかいう女の子だってわけなの」

「安城由布子は一也さんと、年がひと回り違うんです。だから、安城由布子も一也さんと、同じ午年《うまどし》でしょ。それで一也さんに銀の馬のプレゼントをしたのは、安城由布子だって気がするんですけど……」

「何だか、こじつけているみたいねえ。またあなたの考えすぎってことに、なるんじゃないのかしら」

「もしかすると今度の出張を利用して、名古屋で落ち合っているんじゃないかって、わたしはそこまで疑っています」

「純子さん、いいかげんになさいな」

「出がけにわたし、いつもの調子で名古屋のホテルに電話をしてもいいかって言ったんです。そうしたら一也さん、明後日には帰ってくる出張なんだぞって、とても怖い顔をしました。それで、わたしは怪しいなって、直感したんですけど……」

「そう。そこまで一也のことを、疑っているんだったらいいでしょう。わたしがこれから、名古屋のホテルに電話をかけてみます」

「そんなことをしたら、一也さんが怒ります」

「あなたじゃなくて、わたしが電話をするんだからかまわないでしょ。それにわたしは、あなたのことを叱りもしません。でもその代わり、名古屋のホテルに電話を入れて一也に変わったところは何もないってはっきりしたら、二度とそういうことを口にしないでちょうだいよ」

「ですけど、もし何かあったら、どういうことになるんですか」

「いつか、あなたに言ったでしょ。もし一也に愛人がいるというんなら、わたしがその始末をつけます。わたしの手で、愛人というのを殺してやるってね。さあ、ホテルの電話番号を、教えてちょうだい」

　春絵は、コーナー・テーブルの上の電話機のほうへ、身体の向きを変えた。

「これです」

純子は、紙片を差し出した。その紙片には『名古屋パーク・ホテル』という文字と、電話番号が書き込んであった。春絵は老眼鏡をかけて、数字を読み取りながらダイヤルを回した。

「井ノ口一也の部屋を、お願いします」

ホテルの交換台に、春絵はそう告げた。三十秒ほど待たされてから、コール・サインが鳴り始めた。

「もしもし……」

電話に出た女の声が、純子の耳にもはっきりと聞こえた。大きく目を見はった春絵の顔に、驚きの表情が広がった。

6　電話に出た女

1

安城由布子が名古屋へ向かったのは、五月五日の午後であった。由布子は、東京発十四時三十六分の『ひかり一一三号』に乗り込んだ。名古屋につくのは、夕方の四時三十七分だった。

井ノ口一也は前日の四日の朝に、名古屋へ出発している。四日いっぱいは、出張の目的を果たすことで忙しいのに違いない。そう思って由布子は、昨夜遅くなってから、名古屋パーク・ホテルに電話を入れた。

「明日、名古屋へ行きます」

電話に出た井ノ口に、由布子はいきなりそう言った。

「ほんとうかい」

井ノ口一也は、驚いたようだった。だが、来ては困ると、井ノ口が拒むはずはなかった。名古屋に出張することと宿舎のホテルを記した紙片を、井ノ口はそっと由布子の机の上に置いていったくらいなのだ。

それとなく誘っておいて、いざとなると尻込《しりご》みをする。井ノ口一也は、そのような男ではなかった。一度こうと決めたら、迷うことはない。踏んぎりをつけたからには、もう躊《ちゅう》躇《ちょ》することもないだろう。

「明日のお仕事の予定は、どうなっているんですか」

「明日は五月五日で工場は休みだけど、工場長の自宅に関係者が集まって、おれに説明することになっている。製品管理の問題についてね」

「長く、かかるのかしら」

「予定では、午前十時から午後三時までってことになっているよ」

「それ以後は、自由時間なんでしょう」

「そうだ。だから午後四時すぎに、ホテルにつくようにしたらいい」

「そうします」

「一一〇号室だよ。なぜか、ツインの部屋がとってあった」

「じゃあ、明日……」

「待っているよ」

「ねえ……」

「何だい」

「いいわ、明日にします」

これだけの電話であった。

最後に由布子は井ノ口に、愛しているかと訊《き》きたかったのである。しかし、その言葉が胸につかえて、どうしても出てこなかったのだ。それは井ノ口から、なぜかツインの部屋がとってあったなどと、言われたせいだった。

ツイン・ベッドが用意されていると言われてすぐに、愛しているかと訊いたりしては、露骨すぎるという気がしたのである。ツインのベッドと『愛』という言葉が、直接に結びつくように思えたのだ。

井ノ口も、なぜかツインの部屋がとってあったと、とぼけた言い方をしていた。井ノ口自身が、ツインの部屋を予約したのに決まっている。五日に由布子が名古屋のホテルへ来ることを、井ノ口はちゃんと読み取っていたのに違いない。

だが、そのほうがいい。チャンスは五日の夜しかないのだし、由布子がホテルについてからあらためてツインの部屋をということにでもなったら、それこそムードも何もあったものではない。

井ノ口も、決心したのだ。だからこそ、由布子を名古屋へ誘ったのだろう。

由布子も、踏んぎりがついた。だからこそ、名古屋へ行くのである。

名古屋のホテルで初夜を過ごし、由布子は六日の朝の早い時間に、郷里の知多市へ向かう。井ノ口のほうは一日を仕事で費やして、六日の夜には東京へ帰ってしまう。

由布子は七日まで知多市にいて、八日に帰京する。そのための休暇も、すでに取ってある。知多市では母親とゆっくり話し合って、好きな人がいるからと、従兄《いとこ》との結婚をはっきり断わることになるだろう。

その夜は、よく眠れなかった。明日には井ノ口と結ばれると思うと、それに付随《ふずい》して起こるかもしれない出来事への不安を覚えるのだった。

翌日、名古屋へ向かう新幹線の中でも、由布子は緊張気味であった。嬉《うれ》しいし、甘い感慨《かんがい》もある。だが、その一方で、とんでもないことをしようとしている、いまならまだ引き返せる、といった気持ちが働いているのだった。

落ち着いたのは、名古屋駅についてからであった。度胸や覚悟が決まったというのではなく、井ノ口と会える喜びのほうが大きくなったのである。井ノ口と結ばれることを考えただけで、息苦しくなるほどだった。

駅からタクシーで、市内の西区にある名古屋パーク・ホテルへ向かった。十分ほどで、名古屋城を目の前にしたホテルにつく。客室が二百六十室という名古屋の代表的なホテルであった。

豪華さと格調を誇るホテルを、そのロビーが象徴していた。

由布子はフロントから、井ノ口の部屋へ電話をかけた。五分ほどして、井ノ口がロビーに姿を見せた。背景もよかったし、白っぽい背広が長身の彼に似合っていた。

由布子のスーツケースだけを、ボーイに部屋まで届けさせることにした。二人はロビーから直接、スカイレストランへ向かった。

「きれいだね」

二人しか乗っていないエレベーターの中で、由布子をじっくりと見やりながら井ノ口が言った。

「恋をしているからだわ」

由布子は、微笑した。今日の自分はいつもより魅力的だと、目で確かめなくても自信があったのだ。

薄いウールのドレス、モヘアのベスト、シルクのスカーフと、すべて紺色であった。そうした甘い感じの服装も、いまの自分にぴったりだと由布子は思う。

スカイレストランで食事を終えたのは、午後六時であった。井ノ口と由布子は回転バーに席を移すことにした。窓の外は、暗くなり始めていた。十二階にある回転バーから眺める夜景は、目が覚めるように華麗であった。

二人は、食後酒のブランディを飲んだ。互いに、多くは語らなかった。言葉を口にするのが、怖いような気がした。黙っていても、ムードで酔えるのである。

七時すぎになってバーを出たとき、由布子は事実、酔った気分になっていた。

一一一〇号室へ、引き揚げることにした。廊下に人影はなかったが、二人はまだ腕を組んだりもしなかった。井ノ口はいっそう無口になっていた。由布子のほうも、黙って歩いた。

一一一〇号室へはいった。

ドアを閉めたところで、二人は立ちどまった。両側の壁にはさまれるような恰好《かっこう》で、井ノ口と由布子は向かい合った。井ノ口が、由布子の目を見つめている。感動したときのように、由布子は胸がつまった。

井ノ口の手が、由布子の背中と腰に触れた。やや遠慮がちに引き寄せられて、由布子は井ノ口の肩に手をかけた。夢をみているような心地だ。いや酔っているせいではないかと、由布子は思った。

「愛している？」

目を閉じて、由布子は訊いた。

「愛しているよ」

井ノ口は強い力で、由布子を抱きしめた。

「わたしもよ」

由布子は、井ノ口の唇《くちびる》が触れている口で言った。

次の瞬間、激しく唇が重ねられた。最初のうちは控えめに触れ合っていた互いの舌が、次第に積極的で大胆な動きに変わっていった。由布子は立っていられなくなるような気持ちを抑えて、夢中で井ノ口の舌を迎え入れていた。

2

息がとまりそうに、情熱的で長い接吻《せっぷん》になった。

三十分以上も、その場を動かずにいた。抱き合ったままであった。ささやくように言葉を交わすだけで、あとは接吻の繰り返しだった。

踏んぎりをつけてよかった。古館カズミに感謝しなければならない、と由布子は思った。

「好きよ、好き好き好き！　愛しているわ、とっても……」

「一年近く損をしたみたいな気がする」

「何を、損したの」

「もっと早く、きみとこうなっていればよかった」

「そうね」

「どうせこうなるんなら、これまで自制することなんかなかったんだ」

「でも、いいわ。結果的に、最終的にこうなれたんだから……」

「回り道したんだ。いま思うと、その時間がもったいない」

「ああ、愛しているわ」

「おれもだ」

そこでまた、ぶつけ合うようにして二人は唇を重ねた。

いつの間にか、一方の壁に寄ってしまっていた。その壁に井ノ口は寄りかかり、そうした彼に由布子が凭《もた》れかかっている。唇を離したときには、そのままの恰好で抱き合っているのだった。

「今夜、帰らないんだろう」

井ノ口が、小さな声で言った。

自分で名古屋へ誘って、ツインの部屋までホテルに用意しておきながら、いまさら何を言い出すのだと、由布子にはいささか不満な質問であった。井ノ口はそんなに、弱気でいるのだろうか。

「帰さないって言って……」

由布子は、井ノ口の胸に顔を押しつけた。

「帰さない」

「じゃあ、帰らない」

「きみは今夜、おれのものになる」

「うん」

「後悔しないね」

「後悔するようなことだったら、わざわざ名古屋まで来るもんですか」

「おれには、責任をとれない」

「愛し合うことに、責任なんてものは関係ないわ」

「結婚はできない、という意味だ」

「そんなこと、わかりきっているわ。奥さまもお子さんもいらっしゃるって、承知のうえで愛しちゃったんですもの」

「ずるいと言われるだろうが、妻子を捨てるなんてことはできない。妻子には、捨てられる理由なんて、まったくないんだしね」

「いいえ、すぐ女房と別れるから結婚してくれなんて言う無責任な男性のほうが、よっぽどずるいわ」

「きみに、申しわけない」

「そんなの、いやだわ。わたしは、あなたの愛人になりたいの。秘めたる関係で、満足なのよ」

「それ、本心なのか」

「もちろんだわ。結婚という取引き、夫婦という契約は、純粋に愛し合うこととは異質なものでしょ。いつまでも女として愛されるためには愛人でいるべきだって、わたし本気で思っているのよ」

「そうかね」

「ねえ、もうこんな話やめましょう。二人にとって、初めての夜なのよ」

「とにかく、未《いま》だに信じられないんだ」

「何が……？」

「こうしている相手が、きみだってことがだよ」

「いやよ、ほかの人とこんなことしちゃあ……」

由布子は両手で、井ノ口の胸をたたいた。

そのとき由布子の目に、井ノ口の背広の衿《えり》の汚れが映じた。ファンデーションと口紅が、付着しているのだった。口紅はいちばん最初に抱き寄せられたとき、ファンデーションは彼の胸に顔を押しつけたときに、それぞれついたものなのだろう。

「あら困ったわ。ほかに背広を、持っていらっしゃってるかしら」

由布子は、井ノ口の背広の衿に、目を近づけた。ファンデーションは広範囲に付着しているが、落とすこともそれほど困難ではない。しかし、はっきりと目立ってしまう口紅のほうは、どうにもならなかった。

「背広は、これだけだ」

井ノ口が答えた。二泊の出張であれば、それが当然ということになる。

「とにかく、脱いじゃってください」

由布子は言った。もはや、ラブシーンどころではない。ホテルに、クリーニングとプレスを頼むことが、現実としての急務であった。

「ついでに、シャワーを浴びてくる」

井ノ口はワイシャツとネクタイをベッドの上に投げ出すと、部屋の奥にあるバス・ルームに姿を消した。

由布子は、客室係に電話をかけた。クリーニングは簡単に頼めるが、今夜中か明朝早くにという注文をつけなければならなかった。井ノ口は明日の朝七時には、出かけるらしいのである。

「今夜中か明日の朝六時までに、お願いできますか」

由布子は言った。

「何とかなると思いますが、少々お待ちください。電話をお切りになって、お待ちくださいませ」

客室係は、そう答えた。

由布子は電話を切って、井ノ口のワイシャツとネクタイをハンガーにかけた。それから窓辺に寄って、水銀灯《すいぎんとう》の光線を浴びている名古屋城の新緑を眺めた。素晴らしい夜だと、由布子は思った。

電話が鳴った。

由布子は、送受器を手にした。当然、客室係からの返事だと、判断したからである。電話を切って待てと客室係に言われていなければ、由布子も不用意に送受器を取ったりはしなかっただろう。

「もしもし……」

由布子は、そう呼びかけた。

相手は、黙っている。どうやら、客室係ではないらしい。しまったと思ったが、もう手遅れであった。

「あなたは、どなたかしら」

冷ややかな口調で、女の声が言った。若くはないし、井ノ口の妻という感じでもない。井ノ口の妻と女の戦いを続けているという彼の母親ではないかと、由布子は直感していた。

由布子は、黙っていた。

「井ノ口一也の部屋なんでしょう」

女の声が、皮肉っぽい言い方をした。

「はい」

由布子は、そう答えずにはいられなくなっていた。

「わたしは、井ノ口一也の母ですがね。井ノ口春絵と申します」

「はあ」

「こっちは名乗っているんですから、あなたのほうも名乗ったらどうなの」

「わたしは、あのう……」

「名前を言えないんなら、一也を、電話に出してください」

「いま、お風呂にはいっています」

「まあ……。あなた。安城由布子さんなんでしょ」

「えっ！」

由布子は驚いて、反射的に送受器を投げ出した。チンと電話が切れる音を耳にしながら、由布子は甘い初夜が消えていくのを感じた。

3

安城由布子は、ベッドに腰をおろした。心臓が、ズキズキと鳴っている。ショックを受けたし、惨《みじ》めさが胸のうちに広がっていく。悪事を働いているところを、誰かに発見されたときの気持ちとは、こういうものなのではないか。

何も悪いことなど、してはいない。由布子としては、そう思いたかった。そのように思わなければ、惨めさを洗い落とせないからである。しかし、罪を咎《とが》められたという気持ちは、どうにも消しようがない。

法律を犯していないだけで、道義的にはやはり罪ということになる。だからこそ、人には知られまいと隠そうとする。秘密、密会、秘めたる関係とするには、その裏側に罪の意識がおかれているからなのだ。

それにしても、井ノ口一也の母親がなぜ、安城由布子という名前を知っているのだろうか。由布子の声を聞いただけで、どうして、あなたは安城由布子さんね、と指摘できたのだろうか。

井ノ口の母親だけが、由布子の名前やこのホテルの電話番号を承知していたとは考えられない。それらは当然、井ノ口の妻が知っていることなのだ。いま電話をかけてきたことにしても、彼の母親の一存《いちぞん》によるものではないだろう。

背後に、策動《さくどう》する者がいる。もちろん、井ノ口の妻である。彼の妻の純子が、姑《しゆうとめ》をつっついて、名古屋のホテルへ電話を入れるように仕向けたのに違いない。純子はすでに、夫と由布子の仲を強く疑っているのだ。

井ノ口の母親と妻は、うまくいっていないという。姑と嫁としての女の戦いが続いているし、かなり険悪な状態になった時期もあるらしい。そうした姑と嫁は一般に、一致協力しないものである。

息子に愛人ができたからといって、母親はそれを責めたりはしない。むしろ心の底で歓迎するものである。母親は姑としての立場から、全責任を気に入らない嫁に押しつけたがる。

「あなたが、あの子をそういう気持ちにさせたんでしょ」

「ほかの女の人に目を向けたがるって、息子の胸のうちがわたしにもわかるような気がします」

「夫が浮気をするという責任の半分は、妻にあるんですからね」

姑は嫁に、こうしたことを言う。場合によっては、気に入らない嫁を追い出して、息子が愛人と再婚することを、姑は密《ひそ》かに期待したりするのであった。

だが、井ノ口の母親と妻は、一時的に休戦して共同戦線を張ろうとしているのである。そうでなければ、井ノ口の妻ではなく母親が電話をかけてきて、由布子に喧嘩《けんか》を売ったりするはずはない。

いずれにしても惨めであった。せっかくのムードがあとかたもなく消え失せて、甘い情熱に冷水を浴びせられたのだ。この部屋に落ち着いていることもできないし、シラけた空《むな》しさを感ずるだけである。

部屋のドアが、ノックされた。

由布子はギクリとなって、はじかれたように立ち上がった。まさか井ノ口の母親や妻が訪れてくるはずはないだろうと思いながら、由布子にはビクビクしている自分が哀《あわ》れで情けなかった。

訪問者は、ボーイであった。洗濯物を、受け取りに来たのである。井ノ口の背広の汚れを何とかしよう、という甘い思いやりもいまはなかった。由布子は冷めた気持ちで、彼の背広をボーイに渡した。

「電話が、かかったらしいね。ルーム・サービスでも、頼んだのかい」

バス・ルームから、井ノ口一也が出てきた。彼は浴衣《ゆかた》に、着替えていた。浴室には、親子電話がある。だから、井ノ口にも電話がかかったことは、わかっているのだ。ただ由布子のほうが先に、電話に出てしまったのである。

「東京からよ」

また窓際に近づいて、由布子は夜景に目を光らせた。

「東京から……」

井ノ口が驚いて、窓のほうへ向き直った。窓ガラスに映っている由布子の硬《こわ》ばった顔を、井ノ口は目で確かめたようだった。

「あなたが電話に、出てくだされぱよかったのに……」

無意味だとはわかっていたが、由布子は愚痴《ぐち》っぽいことを口にせずにはいられなかった。

「誰からだったんだい」

「おかあさまよ」

「おふくろから……」

「背広のクリーニングを頼んで、その電話がかかることになっていたの。それで電話が鳴ったとき、待ってましたとばかりに出てしまったのよ」

「それで、おふくろは何て言ったんだ」

「あなたを、電話に出してくれって……。わたし、いまお風呂にはいっていますって正直に答えちゃったわ」

「そいつは、まずいな」

「そうしたら、あなた、安城由布子さんでしょって……」

「おふくろが、そう言ったのかい」

「ええ。だから、わたし慌《あわ》てて電話を切ってしまったの」

由布子は、井ノ口を振り返った。

井ノ口は、突っ立ったままでいた。深刻な顔をしている。明らかに彼は、狼狽《ろうばい》し、困惑しているのであった。このような場合、井ノ口に堂々としていてほしいと望むほうが無理なのだと、由布子は自分に言い聞かせていた。

「女房は、きみの名前を知っている。おれがきみに惹《ひ》かれているってことも、女房は去年のうちから察していたんだろう。そのことを女房が、おふくろに話したんだ」

考え込むように、井ノ口は腕を組んだ。

「でも、恐ろしいくらいに鋭いカンね。わたしたちがこの部屋に、二人揃《そろ》ったとたんに電話をかけてくるなんて……」

由布子はようやく、顔に血の気が甦《よみがえ》るのを感じていた。

しかし、由布子が窓辺を離れたと同時に、またしても電話が鳴り出した。由布子はその場に、立ちすくんだ。いきなり電話を切られた井ノ口の母親が、気をとり直して再びかけてきたのに違いない。

井ノ口と由布子は、顔を見合わせていた。井ノ口は腕組みを解いただけで、すぐには電話に出ようとしなかった。電話のコールが、冷ややかに続いている。意を決したように、井ノ口が電話機に近づいた。

「きみもバス・ルームで、話を聞いておいたほうがいいんじゃないか」

井ノ口が言った。

「そんなこと、したくないわ」

由布子は、首を振った。

「いいから、そうしなさい」

硬い表情で、井ノ口は命令口調になっていた。

由布子は、バス・ルームへ走った。まだ温度と湿《しめ》っぽさが残っている浴室にはいると、由布子は壁の送受器をそっとはずした。汗をかいている送受器に、恐る恐る耳を近づけた。

「入院するような交通事故でも、あったんですかね。それとも、一命が危ないという病人が出たんですか」

怒ったような井ノ口の声が、ガンガンと耳に響いた。

「いいえ、別に……！」

甲高《かんだか》い女の声が、叫ぶようにやり返している。由布子は、春絵という井ノ口の母親の名前を思い出していた。

「じゃあ、急用でもないのに、電話をかけてきたんですか」

「いけませんか」

「いけませんよ。決まっているじゃないですか。ここは、出張先の宿舎なんだ」

「その出張先の宿舎に、女の人が泊まっているのは、どういうわけなんですか」

「いきなり、何を言い出すんです」

「たったいま、その部屋にいる安城由布子って人と、話をしたばかりなんですよ」

「冗談は、やめてくださいよ！」

「あなたは、お風呂にはいっていたんでしょ。ホテルの一つ部屋に、男と女が二人だけでいる。そのうえ、男のほうはお風呂にはいっていた。そういう男女が何でもない仲だなんて弁解は、世間に通用しませんからね」

「たとえ、この部屋に女性がいたとしても、東京にいる家族からいちいち干渉《かんしょう》は受けませんよ。一人前の人間が、自分の責任において行動しているんです。余計な口出しは、しないでもらいたいな」

「開き直るつもりですか」

「純子にも、言っておいてください。おれを怒らせるつもりかって……」

「彼女が目の前にいるからって、強がるのはおやめなさい。いくら威張《いば》ったって、彼女にいいところを見せるってことにはなりませんからね」

「いいかげんにしてもらいたいな！　もう電話を切るよ！」

「そうやって怒鳴《どな》ったりするのが、弱いところを突かれたって証拠でしょ。それにね、電話はもうすぐこっちで切りますよ。わたしはあなたを信じきっていた。お陰でわたしは、純子の前でとんだ恥をかきましてね。このことは、死ぬまで忘れられないでしょうよ。ついでに、あらためてはっきり言っておきたいのは、こういう問題に限ってはたとえあなただろうと、絶対に許せないってことなんです。愛人と名のつくものを、わたしが生理的に許せないんだってことを、あなたは百も承知のはずなんですからね。あなたが独身に戻って再婚するならともかく、愛人とか彼女とかいうものを、いまのままにしておくようだったら、わたしはその人を殺すことになるかもしれませんよ！」

一気にまくし立てたあと、春絵は乱暴に電話を切った。女の執念《しゅうねん》が感じられるほど、凄《すさ》まじい見幕《けんまく》であった。

由布子は送受器を戻しながら、背筋に悪寒《おかん》を覚えていた。同時に、やはり電話を聞かなかったほうがよかったのではないかと、由布子は思った。あまりにも強烈な言葉を、耳に押し込まれたからである。

愛する男の母親から、殺してやると言われたのであった。その言葉は由布子のプライドと自尊心を押しつぶし、わずかに残っていた甘い夜への期待感を吹き飛ばしたのだった。

4

時間がたつ。

窓外の夜景も、華《はな》やかさを失っていた。井ノ口と由布子は二つのベッドに、それぞれ背中を向け合うようにしてすわっていた。二人とも沈黙を続けていたし、動こうともしなかった。

そのまま、二時間が過ぎている。

いまの二人のあいだにあるのは、惨めさと空しさ、気まずさ、疎外感、それにシラけきったムードだけであった。互いに黙っていることでさらに味気なく、このままではいられないという気分にさせられる。

電話で井ノ口がむきになって弁解したり、必死に誤魔化《ごまか》したりしなかったことが、せめての慰《なぐさ》めであった。しかし、彼が強く出てくれた分だけ、春絵の恐ろしいような敵意を知らされたということが、マイナスになっている。

どうしようもない。これからあらためて、初夜を迎えようという気持ちにはとてもなれなかった。愛し合うムードにはほど遠く、何もかもぶち壊しという気分であった、井ノ口のほうも、同じ思いなのに違いない。

ここにいても無意味である。知多市の家へ、帰ったほうがいいのではないか。知多市まで、タクシーで一時間とかからないだろう。いまは何事もなかったような別れ方をして、今後のことは東京に戻ってから考えよう。そう思いながらも、由布子の腰を上げさせなかったのは、彼女の未練というものだった。井ノ口のものになろうとして、今夜はこのホテルに来たのである。現にこうして、彼と二人きりでいる。

こんなチャンスはめったに得られない。今後、井ノ口にとって春絵や純子が大きな障害となれば、あるいは永久にチャンスがめぐってこないかもしれない。いま別れたら、二度と会えないような気がする。

確かに、初夜の舞台の幕は、途中で下りてしまった。しかし、井ノ口のリードがあって幕をもう一度開けてみたら、あらためて初夜の舞台に立てるのではないだろうか。

そうした未練が、由布子の決断を鈍《にぶ》らせていたのである。井ノ口は何を望み、今夜をどう過ごすつもりでいるのか。意思表示をしてほしい。こうしろと命令はしてくれないのか。

　そのように井ノ口の胸中を推《お》し量りながら、由布子は未練な時間を費やしていたのだった。だが、いつまでも、待ってはいられなかった。十時三十分という時間を確認したとき、由布子は思いきって立ち上がっていた。

　由布子は足早に歩いて、スーツケースを手にした。その気配に、井ノ口がドアのほうへ顔を向けた。放心したような眼差《まなざ》しであった。その彼がわれに還《かえ》ったように、慌てて腰を浮かせた。

「知多の家に帰ります」

　由布子は言った。

「そう」

　井ノ口は、目を伏せていた。

「さよなら」

　由布子は井ノ口に背を向けて、ドアのノブに手をかけた。ドアを開けて、廊下へ出る。ドアを閉めて、廊下を歩き出す。その間、由布子は胸のうちで叫び続けていた。

　呼びとめて！

　引きとめて！

　わたしを行かせないで！

追いかけて来て！

おねがい！

しかし、無人の廊下には、ドアを開閉する音も響かなかった。エレベーター・ホールまで来て振り返ってみたが、それもまた無意味な未練というものだった。エレベーターの中で、悲しみが胸を突き上げてきた。

人影がまだ少なくないロビーを突っ切りながら、由布子はいまからでも遅くないと、井ノ口が追いかけてくることを念じていた。正面入り口の自動ドアの前に立ったとき、ようやく諦《あきら》めの気持ちが強まった。

タクシー乗り場へ向かう途中で、由布子はハンカチを取り出していた。いつの間にか、涙が頰《ほお》を流れていたのである。ハンカチを顔に押し当てたまま、由布子は先頭のタクシーに近づいていた。

「お待ちください」

と、若い男の声が、背後から飛んできた。ベル・キャプテンの制服を着たボーイが、走ってくる。ボーイが目標としているのは、間違いなく由布子であった。

「安城さまですね」

ボーイが、立ちどまって訊いた。

「ええ」

由布子は一瞬、吉報《きっぽう》を受け取るときのような予感に捉《とら》われていた。

「一一一〇号室の井ノ口さまから、すぐお部屋のほうへお戻りくださいとのご伝言です」

ボーイの口もとの大きなホクロが、ひどく印象的な動き方をしていた。

「そうですか。どうも、ありがとう」

由布子は、駆け出していた。誰がどう思おうと、何人から注目されようと、いまは知ったことではなかった。ホテルの中へはいり、ロビーを突っ走り、エレベーターに飛び込んだ。もう、未練の儀式は終わったのだ。

身体が熱くなり、感動に酔っているような気分だった。

7 恐怖の女神《めがみ》

1

一一〇号室のドアを、忙《せわ》しくノックする。やや間《ま》があって、はいという井ノ口の声が聞こえた。ほとんど同時に、ドアが細めに開かれて、彼の顔がのぞいた。由布子であることを確認して、井ノ口は大きくドアを開けた。

由布子は部屋の中へはいると、寄りかかるようにして背中でドアを閉めた。走り続けて来たので、息が乱れている。呼吸を整えながら、由布子はスーツケースを投げ出すように置いた。

井ノ口が、両腕を広げた。その腕の中へ、由布子はのめり込んだ。激しく、抱きしめられる。由布子は井ノ口の胸に、ごりごりと顔を押しつけた。彼は浴衣を着ているし、もう遠慮はいらなかった。

なぜか、泣いていた。その涙を吸い取ってから、井ノ口の唇が頬を滑《すべ》ってきた。唇が重なった。当たり前な接吻ではなく、これはベッドで結ばれるための手続きだということを、由布子は自覚していた。

言葉は、不要であった。

由布子はそれが当然というように、バス・ルームにはいった。急がなければならないと思いながら、丹念に身体を洗った。肌の滑《なめ》らかさ、胸や腰の曲線の美しさ、乳首の可憐《かれん》さを、点検しないではいられなかった。

時間をかけて、シャワーを使った。井ノ口が触れるだろうと思われる身体の部分には、特にていねいにシャワーの湯を集中させた。それはすでに男を経験している証拠だと思い、ふといまだに処女だったらと、由布子は考えていた。

長風呂になった。

浴衣を着て浴室を出るまでに、四十分はかかったようである。井ノ口はソファにすわってテレビを見ていた。テーブルの上には、ウイスキーのボトルと、チーズ・クラッカーの皿、氷、グラスなどが並べてある。

ルーム・サービスを、頼んだらしい。このホテルのルーム・サービスは、二十四時間制なのである。

由布子は、井ノ口と並んでソファにすわった。オン・ザ・ロックにして、ふたりはウイスキーを飲んだ。この場に必要な言葉だけしか、口にしなかった。飲みながら抱き合ったり、唇を重ねたりするだけだった。

それでも、時間がたつのは早かった。

午前一時になった。

井ノ口が由布子を抱き上げて、ベッドへ運んだ。ベッドに身体を横たえて、由布子は井ノ口が訪れるのを待つ。息苦しくなるほど、心臓がズキズキになっている。気持ちには、余裕があった。アルコールが、はいっているからだろう。

井ノ口はカーテンを引き、テレビを消してからベッドに近づいてきた。部屋中の電気が消えて、ベッド・ランプだけが残った。

「真っ暗にして……」

急に恥ずかしくなって、由布子は小さな声で言った。

だが、井ノ口はベッド・ランプを、消そうとはしなかった。彼は寄り添って抱きすくめると、荒々しいほど情熱的に由布子の舌を吸った。それに応じて由布子も、積極的に井ノ口を抱きしめた。

井ノ口の手が、由布子の浴衣のヒモの結び目を解いた。浴衣の前が、大きく開かれる。彼の手があちこちを愛撫《あいぶ》しながら、やがて由布子の胸のふくらみに触れた。指先が微妙に動いて、乳首を転がしている。

比較するつもりはないが、過去の恋人のやり方とはまるで違っている。愛撫の熟練と未熟の区別はよくわからないが、井ノ口のほうが技巧的で刺激も強いような気がした。感じると、表現したくなる。

由布子自身の身体も、以前よりは成熟している。それに過去の恋人とは違って、一人前の女として井ノ口を夢中になって愛している。そして井ノ口の三十男らしいテクニックも、加わっているのである。

これまでになく、由布子は性感というものを強く自覚していた。自分が濡《ぬ》れていることも、はっきりわかったし、井ノ口が欲しいと明確な意志も働いている。彼を愛しているのだと、由布子はあらためて思った。

「愛しているわ」

「好きだよ」

「ねえ、由布子って呼んで」

「由布子……」

「あなた……。ねえ、わたし、あなたのものになるのね」

「ぼくのものだ」

「夢みたいよ」

「きみの身体を全部、見たいんだ」

「いや……」

「どうしてだい」

「恥ずかしい」

「見ちゃうぞ」

「いやよ」

「脱がすよ」

「だったら、あなたも脱いで……」

無我夢中にさせている興奮が、由布子に大胆な言葉を口にすることを促《うなが》した。

井ノ口は由布子を生まれたままの姿にさせてから、自分の浴衣を脱ぎ捨てた。由布子はもう、目を開けていられなかった。井ノ口の愛撫が全身に及び、やがて彼は由布子の下腹部に顔を埋《うず》めた。

由布子には、井ノ口と激しく愛し合っているという実感が湧《わ》いた。もう、どうなろうとかまわないと思った。両親を悲しませることになるのではないか、という不安も消えていた。

井ノ口の母親にしても恐ろしくはなかった。彼の母親は、由布子を殺すことになるかもしれないと、過激な言葉を吐いていた。しかし、こうなったからには殺されてもいいし、強い態度で対決することもできるだろう。

井ノ口と結ばれたという事実は、ほかの人間にはどうすることもできないのだ。人間はおろか神であろうと、結ばれた男女というものを否定し得ないのである。否定するためには、その男女を死なせるほかはない。

ほんとうに愛し合っている男女なら、一緒に死ぬことも厭《いと》わない。それ以前に、必死になって生きようともする。男女の結合は、両者の意思のみによって成り立つのである。肉体がひとつになっている男と女を、誰が引き離せるだろうか。

そうした思いと甘美な性感が、由布子の感情を強く刺激していた。泣けてしまいそうな気がしたし、いまはこのことのために生きているという感激が、由布子の全身を震わせていた。

井ノ口を迎え入れたとき、由布子は叫ぶような声を上げていた。井ノ口によって埋められたという肉体の充実感は、性感よりもむしろ精神的満足に通じていた。愛する相手とひとつになったという感覚は、結合のセレモニーではなくて、ふたりが男と女であることの歓《よろこ》びであった。

「きみは、素晴らしい」

息をはずませながら、井ノ口がささやいた。初めて耳にする言葉だが、由布子にはそれが何を意味しているか察しがついた。由布子の肉体が与える性感を、井ノ口は賛美しているのである。

「ほんとう？　それ、ほんとね」

由布子は横顔を、枕に押しつけていた。

「ほんとうだ」

「嬉しい」

「もう、きみを離せない」

「離さないで。わたし、とってもしあわせよ」

「同時に、苦しみの始まりでもある」

「わかっているわ。でも、いいの」

こうしたときの男女のやりとりは譫言《うわごと》にも等しいものだと、心のどこかで承知しているのであった。しかし、それだけにまたひどく貴重で、大切のような気もするのである。不安が決定的なものになったという悲壮感があるからこそ、愛人としての契《ちぎ》りを結んだことに限りなく甘美な歓びを覚えるのだった。

生者必滅《しょうじゃひつめつ》。

会者定離《えしゃじょうり》。

生まれたものは必ず死ぬし、会うものは離れると定められている。だからこそ、愛し合うことに生き甲斐《がい》を感ずるのだろう。いまは確実に、井ノ口と愛し合っている。そのことが、生きるうえでの最高の歓喜となっているのであった。

井ノ口が果てたとき、由布子は再び叫ぶように、愛していると口走っていた。肉体的には五〇パーセントの性感しか得られなくても、精神的な満足は一〇〇パーセントだったのである。

2

抱き合ったまま、うとうとしていた。二時間ほどしてから、どちらからともなく相手を求めた。二度目に愛し合ったあと、ふたりは深い眠りに落ちた。だが、また二時間ぐらいで、目を覚まさなければならなかった。

彼の腕の中で眠ったのだと、由布子はしみじみと思った。全裸のままだった。このように大胆な自分だったのかと、感心しないではいられなかった。初めての夜だというのに、厚かましさが早すぎはしないかと、反省する気にもなっていた。

六時三十分だった。

ふたりの朝である。

ふたりの朝を、もう少しゆっくりと過ごしたかった。しかし、いまはその逆でなによりもまず、急がなければならなかったのだ。ふたりは慌ただしくシャワーを浴びて、出かける支度《したく》を整えた。クリーニングに出した背広もやっと届いた。

由布子は髪にブラシをかけただけで、化粧はしなかった。どうせこれから知多市の家へ直行するのだし、化粧をしたほうがよければタクシーの中でできることだった。井ノ口は、届けられたばかりの背広を着た。

「今夜、お帰りになるのね」

井ノ口の胸にすがって、由布子は甘える声で言った。

「うん。きみは、いつになる」

井ノ口は、由布子を抱きしめた。

「八日に帰ります」

「そう」

「離れたくない」

「そう思うよ」

「今夜も、一緒にいたい」

「同じ気持ちさ」

「ここに、もう一泊できないかしら」

「ちょっと、無理だろうな」

「そうね。最初からこんな調子じゃあ、先が思いやられるわ」

「今度は、東京で会おう」

「わたしのマンションのお部屋で、会うことになるでしょうね。今後、ずっと……」

「まだそこまでは、考えていなかったけどね」

「ホテルなんかだと、誰かに見つかるおそれがあるでしょ。東京では、あまりふたりで歩き回らないほうがいいわ。その点、わたしのお部屋だったら安全ですもの」

「とりあえず、そういうことにしておこう」

「それで、いつ……？」

「いつが、いいだろう」

「八日でいいわ」

「明後日《あさって》か」

「わたし夕方には、東京につくようにしますから」

「じゃあ、そうしよう」

「明日、明後日には、もう会えるのね。嬉しいわ。明後日までだったら、声も聞けなくたって我慢できるし……」

「しかし、今後いつもそういうふうに、できるとは限らないぞ」

「わかっています」

ふたりは軽く唇を触れ合わせてから、荷物を手にして一一〇号室を出た。まだホテルとしては早い時間であり、どの客室も、ドアの下に差し込まれている新聞が、そのままになっていた。

由布子は、井ノ口の右腕をかかえ込んだ。腕を組むのではなく、井ノ口の身体の一部にかじりついているのである。

気持ちの甘さが、まだ十分すぎるくらいに残っているのだ。昨夜の愛の余韻《よいん》を、じっくりと嚙《か》みしめたいのであった。

エレベーターの中でもそのままの恰好でいた。身体を密着させていないと、不安なのである。別れが目の前に待っているのにと、由布子は自分のしつっこさにあきれていた。一夜にして自分が、すっかり変わったように思えるのだった。

エレベーターの中から出たときは、さすがに遠慮する気持ちになっていた。普通に腕を組む恰好になった。ロビーに人影は疎《まば》らで、フロントで会計をすませているのは外国人ばかりであった。

ホテルの客となると日本人は寝坊であり、外国人は揃って朝が早いという。外国人としては、時間を有効に使わなければならないのだろう。

ふと、歩いてきた男が、驚いたように立ちどまった。由布子も反射的に、その男へ目を向けていた。全身を硬直させるようにして、由布子も足をとめた。自然に井ノ口の腕から、由布子の手が離れた。

「やっぱり、きみだったのか」

三十一、二に見える男が、メガネをキラッと光らせた。

「こんなに朝早く、ホテルへなにをしにいらしたの」

困惑の笑顔で、由布子は言った。

「午後一時から、このホテルでパーティーがあるんだけどね。ぼくは、その集まりの世話人代表なんだよ」

男はさりげなく、由布子と井ノ口を見比べていた。

「これから、知多の家に帰るところなの」

由布子は度胸を決めて、相手の顔を正視した。いまからでは、隠しようがなかった。すでに、井ノ口と腕を組んで歩いてくるところを、見られているのである。

男と女が、ホテルのロビーを腕を組んで歩いてきた。それも、エレベーターのほうからである。そのうえ、スーツケースを手にしている。それだけ見ればどんなに鈍感な人間にも、ふたりでこのホテルに泊まっていたのだと察しはつくだろう。

「じゃあ、今夜にでも会おう」

男は井ノ口にも目礼を送ってから、地階への階段のほうに足早に去っていった。

「どなた……？」

歩き出しながら、井ノ口が訊いた。

「大町三郎《おおまちさぶろう》ってお医者さん、名古屋の病院に勤めているわたしの従兄なの」

由布子の顔から笑いが消えていた。

「ただ従兄ってだけなのかい」

「それが、違うのよ」

「どう違うんだ」

「彼とわたしを結婚させようとして、母が躍起《やっき》になっているんです」

「もちろん、彼のほうもそのことは知っているんだろう」

「彼はわたしと、結婚する気になっているわ」

「まずいじゃないか」

「あら、どうしてかしら」

「どうしてって、彼の心中は穏やかじゃないぜ」

「わたしね、知多の家に帰ったら結婚する意志はないって、母にははっきり言うつもりでいたのよ。その理由について、彼に説明する手間がはぶけたというもんだわ」

由布子は平静であることを装《よそお》うように、井ノ口の右腕をあらためてかかえ込んだ。

だが、次の瞬間に由布子は、素早い動きであたりを眺め回していた。大町三郎の姿は、もちろん見当たらなかった。

すると従兄ではないが、確かにじっと観察するような視線を感じたのであった。

3

井ノ口一也は、フロントのカウンターの前に立っている。会計の順番を待っているのだ。井ノ口は現金で、支払いをすませるわけではなかった。彼にとってこのホテルは、出張先の宿舎ということになるのである。

ホテルの部屋を確保したのも、中外軽金属の名古屋工場の担当者なのだ。ホテルから名古屋工場へ請求書がいくのであって、井ノ口はただサインをするだけでよかった。

だが、その代わり井ノ口はあくまで、ひとりで泊まったということにしなければならない。そうしたことも考えて、安城由布子はフロントから離れたところにある椅子《いす》にすわったのだった。

由布子はもう、夢心地ではいられなかった。井ノ口と肉体的に結ばれたという感慨も、甘さの余韻もいつのまにか消えていた。由布子は、不安な現実へと引き戻されていたのであった。

従兄の大町三郎と、ぱったり会ってしまった。それは、予期せぬ出来事だった。大町三郎にとって名古屋は、彼の生活範囲の中にある。その大町三郎に名古屋のホテルで接触するというのは、特に不思議なことではなかった。

しかし、井ノ口の腕にすがってホテルのロビーを歩いていたという場所と時間に、大町三郎とぶつかったのは、やはり思わぬ偶然のイタズラといえるだろう。これほど間《ま》が悪いことはない。

これで結婚の意志がないことを大町三郎に説明する手間がはぶけた、というのも事実には違いないが、そこにはいくらか由布子の強がりもある。両親や従兄への罪の意識もまるでなくはないし、今後のことを思うと気が重くなる。

だが、大町三郎に見られたというだけなら、まだいいのである。会社の人間とぱったり会ったというのに比べたら、それほど深刻に考えるほどのことでもない。責任問題といったことには発展しないのだ。

それよりも気になったのは、由布子が感じた第二の視線だったのである。

何者かの視線が由布子に突き刺さっていると感じたことに、間違いはなかったのであった。大町三郎はすでに姿を消していたし、彼の視線ではなかった。もうひとり別に、由布子を見つめている人間がいたのだ。

気のせいではないと、断言できた。その証拠に、いまはそうした視線は感じられない。つまり、視線の主が立ち去ったということになるのだった。

日本人が四、五人、外国人が六、七人という二つのグループが、続いてホテルの外へ出ていった。由布子を見つめていた人間も、おそらくその旅行者たちの流れにまぎれて、ロビーから姿を消したのだろう。ただ意味もなく、由布子を眺めていたわけではない。朝のホテルのロビーで、化粧もしていない由布子が注目されるはずはなかった。あれは明らかに離れたところから監視している人間の視線であった。

いったい、何者だったのだろうか。

なぜ、監視する必要があったのか。

そう思うと落ち着けなくなるし、大町三郎のことも考えあわせて、ひどく不安になるのであった。井ノ口との一夜を過ごしたことが、取り返しのつかない悲運の起点になるのではないかと、心細さを覚えていた。

「いやあ、まいったな」

近づいてきた井ノ口が、苦笑を浮かべて言った。

「どうしたの」

真剣な顔で、由布子は井ノ口を見上げた。

「フロントで、お泊まりはおひとりでしたねって、念を押されちゃってね。ドキッとしながら、そうだって答えたよ」

井ノ口は、溜《た》め息をつきながらタバコをくわえた。

「ツインの部屋だからって、そんなふうに念を押したのかしら」

由布子は、笑えなかった。どんなに些細《ささい》なことでも、いまは気になるのである。

「まあ、それもあるだろうけどね」

「でも、ツインのお部屋にひとりで泊まる人なんて、いくらでもいるんでしょ。べつに、珍しくはないと思うわ」

「だから、それだけじゃないんだよ」

「ほかに、何があるの」

「どういうわけだか知らないけど、名古屋工場の総務課で予約を変更しているんだ。最初は、シングルの部屋を予約している。それを四日の夕方、つまりぼくがこのホテルへはいる直前になって、ツインの部屋にしてくれって予約を変更しているんだ」

「あなたがシングルをツインのお部屋に、変更なさったんじゃないの」

「ぼくは、ノータッチさ。とにかく、シングルの予約を途中でツインに変更しているんだ。当然、ひとりで泊まる予定が二人になったんだなって、誰だって思うだろう。それでフロントでもお泊まりはおひとりだったんですねって、念を押したんだよ」

「ねえ、ちょっと変だと思わない？」

「おかしいさ。出張してくるひとりだけの社員のために、受け入れ側がツインの部屋を用意するなんてことは、これまでに一度もなかったからな。部長クラスならともかく、課長以下の単独出張にはシングルの部屋が常識だろう」

「それも最初はちゃんと、シングルを予約しているんでしょう」

「そうだ。それが普通なんだし、当然そのままにしておくはずなのに、なぜか、ぼくがホテルにはいる直前になって、ツインの部屋に変更している」

「なんのために、シングルをツインに変えたのか……」

「一一〇号室へ案内されたとき、正直なところぼくも戸惑ったんだ。そのあと遅くなって、きみから電話がかかっただろう。明日、名古屋へ行きますってね。だから、名古屋工場の総務課もずいぶん話がわかるし、気が利《き》くことをやるもんだと思ったよ。きみと一緒にお過ごしくださいって、すすめてくれているようなもんじゃないか」

「それが実は、シングルをツインのお部屋に変えた目的だったんじゃないのかしら」

「目的……?」

「ツインのお部屋だったら、当たり前みたいに二人で泊まれるわ。あなたもわたしを迎え入れやすい。わたしもほかにお部屋をとったりしない。お互いに抵抗感なく一緒に過ごせるし、そのまま自然に結ばれてしまうという可能性も強い。そうなることを期待して、ツインのお部屋を用意したんだわ」

「ちょっと、待ってくれ。誰がいったい、そんな作為的なことをやったというんだ」

「それはわからないけど、誰かが計画的にやったってことに間違いはないと思うの」

「そいつの目的は、ぼくたちを深い仲にさせるってことかい」

「そうとしか、考えられないけど」

「どこに、そんな粋人《すいじん》がいるんだ。それとも、ぼくたちを結びつけると得をするって人間が、いるとでもいうのかい。第一、名古屋工場の総務課が、そんなことの片棒を担《かつ》ぐはずはないだろう」

「名古屋工場の総務課は、何も知ってはいないんだわ。シングルのお部屋を予約しただけで、それを変更したりしてもいないのよ。まったく無関係な誰かが、勝手にツインのお部屋に変えたんだわ」

由布子の目つきは熱っぽく、顔色も青白くなっていた。

「名古屋工場の総務課に、その点を確かめてみよう」

厳しい表情になって井ノ口は、まだ火をつけていないタバコを灰皿の中へ投げ込んだ。

4

一昨日《おととい》の夜遅くに、由布子はパーク・ホテルに電話を入れた。翌日、名古屋へ行くということを、井ノ口に伝えるためだった。そのとき井ノ口は、〝なぜかツインの部屋がとってあった〟という言い方をした。

それを由布子は、井ノ口がとぼけたものと解釈した。由布子が名古屋へ来ることを読み取っていて、井ノ口はあらかじめツインの部屋を用意しておいた。彼は照れくささもあって、他人事《ひとごと》のようなとぼけた言い方をしたのだと由布子は決め込んでいたのである。

だが、〝なぜかツインの部屋がとってあった〟というのは、井ノ口の本音だったのだ。どうしてツインの部屋が用意されているのかと、井ノ口自身も戸惑ったという。彼は正直にその気持ちを言葉にしたのにすぎないのであった。

もちろん名古屋工場の総務課が、気を利かせてそうしたサービスをするはずはない。単独出張で二泊するだけの井ノ口のために、名古屋工場の総務課ではパーク・ホテルのシングルの部屋を予約した。

その予約を、何者かが変更したのである。井ノ口が名古屋に出張して、パーク・ホテルに二泊することを知っている人間であれば、誰だろうと部屋の変更は簡単にできるのだった。

「こちら中外軽金属の名古屋工場総務課ですが、五月四日と五日の二泊を中外軽金属の井ノ口で予約してあるんです。それをシングルの部屋で予約したんですが、ツインに変更してもらいたいんですよ」

このようにパーク・ホテルのフロント予約係に電話を入れればいいのである。ホテルのフロントとしては、怪しみもしないだろうし、当然のことのように処理するはずであった。

ツインの部屋があいていれば、予約は変更される。

井ノ口のほうも、おやっと思って戸惑うのがせいぜいである。なぜツインの部屋が用意してあるのかと、ホテルのフロントや名古屋工場の総務課に、問い合わせたりはしない。それほど、重大なことでもないのだ。

しかし、そうなると井ノ口には、ツインの部屋を用意しておく意志など、まったくなかったというわけである。井ノ口は、由布子が名古屋へ来ることを、予期していなかったのではなかったか。

由布子が名古屋へ来ると読み取っていたどころか、期待もしていなかったということになる。井ノ口は初めからシングルの部屋で当然だと思っていたし、ほかに部屋を用意するつもりもなかったのだ。

「明日、名古屋へ行きます」

由布子が電話でそう言ったとき、井ノ口はどのような応じ方をしただろうか。

「ほんとうかい」

驚いたように井ノ口は、念を押したのである。それもまた照れ隠しにとぼけたものと思っていたが、こうなってみるとなんとも腑《ふ》に落ちない井ノ口の反応であった。

由布子の机の上に名古屋出張の予定と宿泊先のホテルを明記したメモを置いていたのは、当の井ノ口なのである。それは密会のチャンスを知らせて、由布子を誘うための置き手紙にも等しい。

そうしておきながら井ノ口は、由布子を名古屋に迎える用意もしていなかった。由布子が誘いに応ずることを電話で連絡すると、井ノ口はそれを予期していなかったみたいに驚いた。

おかしい。なにもかも、チグハグのような気がする。チグハグといえば、これが初めてではなかった。最初のデートのときも、由布子はそのように感じたのであった。

芝居の切符をよこしてデートに誘っておきながら、井ノ口はどことなくよそよそしくて消極的だった。観劇のあとも、どうしていいかわからないみたいに中途半端に迷っていた。

　名古屋と沖縄へ出張することを話題にしながら、井ノ口は二人で旅行がしたいなどと、冗談にも言わなかった。由布子のほうから一緒に行きたいとナゾをかけても、彼には通じなかったのである。

　最初から、二人の気持ちはすれ違っていた。二人は互いに、とんでもない思い違いをしていたのではないだろうか。井ノ口と由布子はただ愛し合っている、相手を求めているという意思しかなかった。

　それではいつまでたっても、互いに踏んぎりがつかない。それで第三者が、二人をあやつることにする。井ノ口と由布子の実際行動はすべて、第三者のお膳立《ぜんだ》てによっているのではないだろうか。

　それがチグハグの原因になっているのだ。

「わたしが名古屋へ来るってことを、まるで予期していらっしゃらなかったのね」

　由布子は恐る恐る、井ノ口に質問した。

「そりゃあ、そうだろう。ぼくはそこまで、自信家じゃないからね」

　井ノ口は、由布子の隣りの席にすわった。

「やっぱり……」

　由布子は、目を伏せた。不安が胸を締めつけてくる。

「それが、どうしたんだ」

由布子の横顔を、井ノ口がのぞき込んだ。

「だったら、わたしのことをずいぶん積極的で大胆な女だと思ったでしょうね」

「いや、それだけきみは純粋で、愛することに忠実な人だって受け取った。部屋で二人きりになったとき、ここにきみがいるとは信じられないって言っただろう。そのくらいぼくは感動したし、きみから勇気を与えられたんだ」

「わたしのほうはね、あなたに呼ばれたつもりで名古屋へ来たんです」

「え……？」

「あなたの情熱というものを感じて、わたしはあなたのものになろうって決心したのよ。そうでなければ、あなたがいらっしゃるホテルへ出向いてくるなんて、わたしにはそんな勇気とてもないわ」

「どうして、ぼくがきみをこのホテルへ呼んだと判断したんだい」

「会社のわたしの席に、あなたからの連絡メモがあったの。お昼休みに外から戻ってきたら、机の上に置いてあったわ」

「メモ用紙がかい」

「ええ、お湯呑《ゆの》みの下にはさんでね」

「いつのことなんだ」

「先月の二十八日よ」

「全然、覚えがないな」

「でも、字は間違いなく、あなたがお書きになったものだったわ」

「ぼくは厚生課には、近づいたこともない」

「そう。じゃあ、あなたに書かせたメモ用紙を、誰かがわたしの席へ持ってきて、そっと置いていったんだわ」

「いったい、どんなことが書いてあったんだ」

「五月四日に名古屋工場へ出張、六日の夜に帰京の予定、宿泊は名古屋パーク・ホテル。これだけよ」

「だったら、誰かに書かされたってものじゃないな。それは出張予定を課長から電話で指示されながら、メモ用紙に書き込んだものだよ」

「そのあとメモ用紙が、いつ見当たらなくなったか、わかっていらっしゃらないのね」

「気がつかなかったね。大切なものじゃないし、いったんメモしてしまえばもう用はないからな。捨てたかどうかも、記憶にはないよ」

「もうひとつ、先月二十七日のお芝居だけど、あのときもあなたが誘ってくださったんじゃなかったのね」

「待ってくれ。これはいったい、どういうことになっているんだ」

「思ったとおりだわ」

男女の恋を成就《じょうじゅ》させるのが愛の女神《めがみ》だとしたら、いまの由布子が感じている存在は、まさに恐怖の女神であった。

8　影の存在

1

阿久津忠雄――。

由布子は、例の奇妙な四十男の顔を、思い浮かべていた。井ノ口一也に頼まれたと言って、芝居の切符を届けに来たのは、あの阿久津忠雄という男だった。

そのとき、井ノ口一也も妙なことをするものだと、由布子は思ったのである。どうして井ノ口はこういうことを、阿久津みたいな男に頼んだりしたのか。井ノ口が阿久津を知っていることからして不思議だと、由布子は疑問を感じたのだった。

しかし、そのときは結局、社内の人間に頼むわけにはいかないからだろうと単純に解釈して、それ以上の追及は試みなかった。それも、井ノ口の意志で由布子を芝居に誘ったものと、頭から信じきっていたためなのである。

「阿久津忠雄という男を、知っていらっしゃるかしら」

念のために由布子は、井ノ口にそう訊いてみた。

「いや、知らないね」

はたして井ノ口は、眉《まゆ》をひそめて首を振った。

由布子は井ノ口にひととおり、阿久津忠雄についての説明を聞かせた。その阿久津が井ノ口と由布子の仲を取り持つ仲人役《なこうど》だと称して、芝居の切符を届けに来たということも、説明のあとに付け加えた。

「そうなると、あれがその男だったんだな」

井ノ口が、腹立たしげに指を鳴らした。

「あれって……？」

由布子は、井ノ口の横顔を見据《みす》えた。

「ぼくの席に、芝居の券を届けに来た男だ。これを厚生課の安城由布子さんから頼まれましたのでって小さな声で言って、芝居の券をぼくの机の上に置いていった。ぼくに声をかける暇も与えずに、逃げるように去っていってしまってね」

「うちの社員じゃなかったんでしょ」

「社員の中には見覚えのない連中もいるけど、中外軽金属の本社の人間という感じではなかったよ」

「風采《ふうさい》の上がらない四十男って、そんな印象じゃなかったかしら」

「そう、そのとおりだ。ぼくは、厚生課に出入りしている業者のひとりじゃないかって、軽く考えていたんだ。その業者のひとりに、きみが届けものを頼んだんだろうって、ぼくも単純に信じてしまったのさ。きみが誘ってくれたってことを疑ってもみなかったし、何よりもまず嬉しかったんでね」

「わたしの場合と、まったく同じだわ。あなたが誘ってくださったんだって、その気持がそっちへ走ってしまうので、余計なことは考えないものね」

「その阿久津忠雄というのは、いったい何者なんだ」

「業者と称してセールスに来たんだけど、正規のルートを経ていないし、商売なんてどうでもいいという感じなの。その阿久津忠雄が、思い出したように、ひょっこり厚生課に姿を現わして……」

「いつも、厚生課に出入りしている男だったのかい」

「いいえ、今度だって、半年ぶりに姿を見せたんですもの。こうやって考えてみると、あの男の正体なんて、まるで見当もつかないわ」

「怪しい男ってことになる。セールスなんて口実で、最初からきみに接近することが、目的だったのかもしれない」

「きっと、そうなんだわ。だとしたら阿久津忠雄の名刺があっても、あんまり役には立たないでしょ。すぐに身元が知れるような名刺を、よこしたりするはずはないもの」

「阿久津は、きみとぼくが互いに惹かれ合っていて、踏んぎりがつかないままにじっと耐えている間柄だってことを、知っていなければならない。そうでなければ、仲人役だなんて言うはずはない」

「それに、わたしのところへ来ては井ノ口係長に頼まれた、あなたには安城由布子さんから頼まれたと言って、わたしたちの仲を深めようとする企《たくら》みなんて、考えつくこともないでしょう」

「社内にだって、ぼくたちの気持ちを的確に読み取ったという人間はいないだろう。それなのに、阿久津のような見も知らない男が、どうしてぼくたちの胸のうちを察することができたのか」

「あり得ないことだわ」

「阿久津は、手先ってことになる。彼は何者かの指示によって、動いているのにすぎない。つまり、阿久津の背後に、彼を動かしている人間がいるんだ」

「影の存在ね。それはいったい、誰なのかしら」

「見当もつかないな。阿久津を使ってぼくたちを結びつかせる、深い仲にさせる。そうすることによって利益を得る人間なんて、はたしているんだろうか」

「いるのよ、きっと。だから現にこうして、阿久津があれこれと小細工《こざいく》をしたんだし、わたしたちのほうも、うまくそれに乗せられたんでしょ」

「まったく、奇妙なことをやりたがる人間もいるもんだ」

井ノ口は、時計に目をやった。時間が、気になるのだろう。

井ノ口の言うとおりであった。互いに惹かれていて踏んぎりがつかずにいる男と女を、巧妙に接近させて肉体関係を結ぶところまで、作為的に運び込む。そのためには時間や費用がかかるし、苦心もしなければならない。

趣味や道楽から、そうしたことをやる酔狂《すいきょう》な人間など、いるはずはなかった。高校生がおもしろ半分にやる悪戯《いたずら》、というのがせいぜいである。一人前の大人に、そんなことをやっている暇はない。

大きな利益を得るために、計画的にやったとしか考えられない。しかし、井ノ口と由布子が結ばれて、愛人関係になったからといって、どこにどのような利益が生ずるのだろうか。

結果として起こり得ることは、井ノ口の家庭の崩壊、井ノ口とその妻の離婚、由布子の結婚に対する意志の消滅などである。だが、それらはすべて、利益というものと無関係であった。

いったい誰が何を目的に、阿久津忠雄を使って、井ノ口と由布子を深い仲にさせたのか。それがさっぱりわからないだけに、かえって不気味だった。どのような罠《わな》が仕掛けられているのかと思うと、空恐ろしくなるのである。

奇妙なことをやりたがる人間がいるものだと、言いたくもなるのであった。

それにしても、阿久津忠雄のやり方は巧《たく》みだった。もっとも、まったくその気がない男女の仲を、取り持つわけではなかった。互いに惹かれ合っていながら、踏んぎりがつかずにいる男女に結ばれるべきチャンスを与えるだけですむのだから、その点では容易だったかもしれない。

まず井ノ口と由布子に、いずれも相手から誘われたと思い込ませて、芝居の指定席券を渡す。次に、井ノ口が書いた出張予定のメモを、由布子の机の上に置いておく。それで、由布子は井ノ口から名古屋へ来るように誘われたものと、信じ込む。

一方では、名古屋パーク・ホテルに予約してある井ノ口の部屋を、シングルからツインに変更する。

由布子はまんまと乗せられて、パーク・ホテルへやって来た。井ノ口のものになるという踏んぎりもついていたし、彼と由布子は押さえられていた溶岩が噴き出したように、熱烈なラブシーンを演ずることにもなった。

阿久津も、名古屋のパーク・ホテルに来ていたはずである。井ノ口と由布子が結ばれることを確認するためであった。報酬をもらって動いている阿久津には、そこまでやる義務があったのだろう。

由布子がパーク・ホテルへ来て、一一一〇号室の中に姿を消した。しかし、だからといって、由布子が井ノ口と結ばれるとは限らない。由布子が泊まらずに、帰るということも考えられる。

井ノ口と由布子が肉体的に結ばれた場合、彼女が泊まらずに帰るということはありえない。名古屋という旅先であり、泊まることは自由なはずである。それに、井ノ口と由布子は初めて結ばれるのだ。

初めて愛する男に抱かれて、それなりの感慨もあるし余韻も残っている。そのあと、さっさと帰っていけるほど、由布子は遊び馴《な》れている女ではない。当然そのまま、朝まで一緒にいるということになる。

男の腕の中で、眠りたい。あるいは男の寝顔を、じっと眺めていたい。一度だけではなく、何度も愛し合いたい。この記念すべき夜を、ひとつベッドで過ごしたい。それが愛し合っている男女の、初めての夜というものであろう。

だから、前夜のうちに由布子がホテルを出て行くようなら、井ノ口とはまだ結ばれていないものと判断しなければならない。一泊して翌朝、井ノ口と由布子が一緒にホテルを出ることになれば、それで二人は結ばれたと確認できるのだった。

そのために阿久津は昨夜遅くまで、ロビーにいたのに違いない。そして十時三十分を回ったころ、暗い顔つきでホテルを出て行こうとする由布子の姿を、阿久津は見かけたのであった。

2

阿久津忠雄は由布子の顔色から、何かがあって衝動的に井ノ口と別れて来たものと判断した。悲しげな目つきであり、未練の色が十分に認められる。帰るのは本意ではないと、由布子の重い足どりが物語っていた。

阿久津は咄嗟《とっさ》に、由布子を引きとめなければならないと思った。阿久津はベル・ボーイにチップを握らせると、一一一〇号室の井ノ口だが、あの女性に、すぐ部屋へ戻るように伝えてくれと頼んだ。

その阿久津の判断も、処理のしかたも満点だったのである。引きとめて、追いかけて来て、と心の中で叫び続けていた由布子は、泣き出しそうになりながら一一一〇号室へ引き返したのであった。

井ノ口に抱かれたいという気持ちも、より決定的になっていた。よく呼び戻してくれたなどと、由布子は井ノ口に余計なことも言わなかった。この部屋から井ノ口がベル・キャプテンに電話して、由布子に伝言を頼んだものと決め込んでいたためである。

井ノ口の部屋に由布子は泊まった。

今朝、二人は腕を組むようにして、ロビーに姿を現わした。それで、完全である。井ノ口と由布子が肉体的に結ばれたことを、阿久津ははっきりと確認したのであった。由布子が誰かに見られていると感じたのは、阿久津忠雄の視線だったのである。

「昨夜、いったん知多へ帰るって出て行ったわたしが、まもなくお部屋へ走って戻ったでしょ」

由布子は、井ノ口の横顔に言った。

「うん」

井ノ口は小さくうなずいた。

「どうしてだか、わかるかしら」

「考え直してくれたんだと、ぼくは受け取ったんだけどね」

「やっぱり、あなたが呼び返してくださったんじゃなかったのね」

「ぼくが……？」

「一一一〇号室の井ノ口さまから、すぐお部屋へ戻るようにというご伝言ですってボーイさんに呼びとめられて、わたしはお部屋へ引き返したのよ」

「じゃあ、それも誰かが……」

「阿久津だと思うわ」

「そんなことまでして、ぼくたちを深い仲にさせようとする目的というのは、いったい何なんだろう」

「でも、第三者の作為によってこうなったにしろ、わたしはあなたと結ばれたこと、悔いたりはしていないわ。後悔どころか、しあわせだと思っているの。愛し合っていればいつかはこうなったはずだし、わたしにとっては素晴らしいことよ」

「同感だ。阿久津やその影の存在は、ぼくたちにとって縁結びの神ってことになる。ただ問題は、今後にあると思う。彼らが何を目的に、どういう魂胆《こんたん》から、どんな出方をするか……」

「わたしたちは、どうしたらいいのかしら」

「いまのままで、様子を見るほかはない。ぼくたちは犯罪者じゃないんだし、何も恐れる必要はないんだ。いざとなったら、二人で戦うだけさ」

「わかったわ。もう時間が過ぎちゃったし、行かなければならないんでしょ」

「そうなんだよ」

井ノ口は、立ち上がった。

「別々に、ホテルを出ましょう。それから、電話をください」

手帳をちぎった紙に、由布子は知多市の実家の電話番号を書いて、井ノ口に渡した。

「じゃあ……」

紙片を受け取りながら、井ノ口は由布子の手を握った。

「愛しているわ」

すがるような目つきで井ノ口を見上げて、由布子は手を握り返しながら小さな声で言った。

井ノ口は、歩き出した。遠ざかるその後ろ姿を、由布子は見送った。井ノ口は一度も振り返らずに、正面入り口からホテルの外へ消えた。別れという実感が湧き、急に心細くなった。ひとり取り残されたという、気持ちだった。

由布子も正面入り口のほうへ、ロビーをゆっくりと歩いた。ベル・キャプテンのコーナーに、制服姿のボーイが三人ほどいる。その中に、昨夜のボーイの顔を見出していた。口もとの印象的なホクロが、目じるしであった。

「昨夜は、お世話さまでした」

立ちどまって、由布子は声をかけた。

「おはようございます」

ホクロのあるボーイが近づいて来て、由布子のスーツケースを持ってくれた。そのボーイも、由布子の顔を記憶していたのである。

「昨夜、あなたに伝言を頼んだ男性ですけど、四十代の人だったでしょ」

正面入り口へ向かいながら、由布子はボーイに訊いた。

「そうですね。五十代にも見える男性で、おつかれの感じでした」

ボーイは、素直に答えた。

「標準語で喋《しゃべ》って、貧相《ひんそう》で、薄ら笑いを浮かべているという感じの人じゃないかしら」

由布子はタクシー乗り場に、井ノ口の姿がないことを確かめていた。

「お客さまのお連れさまでは、なかったんですか」

ボーイは怪訝《けげん》そうに、眉根を寄せていた。

「どうも、ありがとう」

ボーイにチップを渡して、由布子はタクシーに乗り込んだ。スーツケースを由布子の横に置くと、ボーイは釈然《しゃくぜん》としない顔つきで頭を下げた。

タクシーは知多半島の知多市へ向かった。そのタクシーの中で、由布子の気持ちは重くなる一方だった。敵は井ノ口の母親や妻だけではなくなった。正体不明の影の存在が、何か恐ろしいことを引き起こすように思えてならないのだ。

その夜、帰京するため名古屋駅にいるという井ノ口から、知多市の家に電話があった。中外軽金属工場の総務課では、パーク・ホテルに予約したシングルの部屋を変更したりしていない、ということだった。

3

六日の夜、井ノ口一也はやりきれないような気持ちを抱いて、新幹線で帰京した。わが家へ帰るのに、敵地に乗り込むような心境だった。母親の春絵も、妻の純子も、井ノ口にとってもはや味方とは言えない存在であった。

昨夜、春絵と電話でやり合った時点では、まだ安城由布子と決定的な関係にはなっていなかった。それだけに、井ノ口も強気に出られたのである。だが、いまは違う。由布子と一夜をともにした井ノ口だったのだ。

春絵に指摘されたとおりになったわけで、どう非難されようと文句は言えないのであった。それに、妻の純子がどういう出方をするかは、見当もつかないのである。純子に対しても、抗弁は通用しないのだ。

それからもうひとつ、常識では判断できない阿久津忠雄の奇怪な行動が、気がかりであった。正体不明の影の存在が、井ノ口と由布子の仲を取り持った。それが不気味な策謀《さくぼう》か、不可解な罠かと、井ノ口を脅《おど》し続けているのだった。

井ノ口は大きなふたつの不安を荷物にして、午後十時三十分に家に帰りついた。春絵は迎えに出てこなかった。純子がひどく事務的な態度で、井ノ口を出迎えただけであった。純子は、ニコリともしなかった。

食事は、風呂はと、言葉だけで世話を焼くが、それ以上の会話は避けている。感情的になって怒ったりはしない代わりに、よそよそしくて冷ややかだ。笑いのない顔が暗く、純子は無口であった。

寝室にはいってからも純子は口をきかなかった。井ノ口のほうも、黙っている。電気を消した闇《やみ》の中で純子は溜め息ばかりついていた。何もかも承知していて、すっかり意気消沈している妻であった。

こうした寝室の雰囲気は、井ノ口にとって初めての経験だった。旅行先で妻以外の女と関係して、家に帰って来た。そのことを承知していて、妻は何も言わずにいる。そんなときの気まずさ、やりきれなさ、シラケきった男の孤独感を、井ノ口は初めて知ったのである。

妻に対しては、すまないことをしたという罪の意識がある。しかし、同時に妻を捨てたわけではない、という弁解も用意してあるのだった。悪いことをしたつもりはないと、強がってもいる。

由布子のことも、愛しているのだ。ただいたずらに、浮気をしたというのではない。由布子とは愛人同士ということであり、彼女にもはっきりと妻と離婚はできないと告げてある。

由布子も井ノ口のことを、真剣に愛している。だからこそ由布子は井ノ口の家庭をそのままに、密かに愛し合うだけで満足できると言いきっているのだ。男はずるいという月並みな非難なら、甘んじて受けようではないか。

妻子を捨てられないという責任感もあれば、由布子の愛を拒みきれない俗人の感情や欲望もある。むしろ男にとっては、同時に二人の女を愛することができる男の生理的構造というものが、負担になる場合もあるのだ。

そのように考えながら、井ノ口は純子の寝息を聞くまで、眠ることができなかった。翌朝、会社に出勤するのであれば、おそらく井ノ口は一睡もしなかったのに違いない。朝になるのを待ってひとりで起き出し、早々に会社へ向かったことだろう。

だが、翌日は五月七日であり、ゴールデン・ウイークの最後となる日曜日であった。井ノ口にとっては、一日が針のムシロのような日曜日だった。とっくに目覚めていたが、彼は正午まで寝室を出なかった。

朝食も昼食も抜きで、午後は純一と庭で過ごした。喜んで相手になるのは純一だけであった。春絵は相変わらず井ノ口の前に姿を現わさなかったし、純子は口もきかずに知らん顔でいた。

夕食のときに、井ノ口は初めて春絵と顔を合わせた。春絵は息子のことを完全に無視して、声をかけようともしなかった。重大な決意を固めたときに、春絵が見せる能面のような無表情さを、最後まで崩さなかったのである。

井ノ口のほうも、ただいまの挨拶《あいさつ》もせずに終わった。こんなことが、いつまでも続くはずはない。まもなく、熱い戦争になるだろう。だが、それまではこっちから問題点に触れる必要はないと、井ノ口は思っていたのだった。

この日の夜もまた、井ノ口と純子は寝室で一言も口をきかないまま、眠りにおちたのであった。

翌朝、家を出たとき、井ノ口はホッとしていた。会社に出勤することが、これほど解放感を伴うものなのかと、彼は思わず苦笑したくらいだった。五月晴《さつき》れの月曜日がひどく新鮮なものに感じられた。

しかし、このまま五月晴れのような一日を、過ごせるわけではなかった。今日は八日であり、夜には由布子のマンションを訪れることになっている。由布子は今日の夕方には、帰って来ているはずだった。

出張から戻って会社に出勤したその日に、さっそく夜の帰宅時間が遅くなる。当然、由布子と密会したものと、受け取られるだろう。いま春絵や純子を刺激するのは、賢明なやり方ではなかった。

だが、由布子との約束も守らなければならないのである。彼女は影の存在に怯《おび》えて、心細い思いでいることだろう。両親や大町三郎という従兄との話し合いの結果についても、由布子は井ノ口に聞かせたがっているのに違いない。

それに井ノ口は由布子に会いたかったのだ。

ここは一応、ごまかすことを考えたほうがいいかもしれない。たいした効果はないだろうが、春絵や純子に嘘《うそ》をつくのである。ほかの人間に会ったことにして、帰りが遅くなる口実にするのであった。

春絵や純子が納得しそうな相手となると、松原静香のほかにはいなかった。静香と会うことになったというのであれば、無理もなければ不自然さもない。それに静香なら、井ノ口に協力してくれるだろう。

昼休みに井ノ口は、世田谷《せたがや》区の成城《せいじょう》にある松原静香の家に電話を入れた。家にいた静香が、すぐ電話に出た。井ノ口は静香に、夕方六時に会いたいと伝えた。静香はあっさりと、その申し入れを承知した。

「実は、あんたと会っていたということを口実に使いたいんだ。おふくろや純子には、あんたのほうから会いたいという電話があったって、連絡しておくからね」

井ノ口は正直に、手のうちを説明した。

「あら、わたしとのデートを口実に使ってくださるなんて、光栄だわ。でも、純子さんのカンに、狂いはなかったってわけね。一也さんには、好きな人がいるって……」

静香は、派手に笑った。相変わらず陽気な静香だが、今日は特に嬉しそうであった。

「どうにでも、受け取ってくれ。とにかく、今夜十二時ごろまで、あんたと一緒にいたってことにしてもらいたいんだ」

「いいわ、わたしも出かけるついでがあるの。会社まで、わたしのほうから車で迎えに行ってあげるわ」

「そう。だったら、五時半に来てくれないか」

「わかりました。じゃあ……」

静香はまた冷やかすように笑ってから、電話を切った。

三時になるのを待って、井ノ口は自宅に電話をかけた。電話に出た純子は井ノ口からとわかってもべつに驚かなかった。そのくらい冷淡になったのか、あるいはそう装《よそお》っているかなのだろう。

「静香から、会いたいという電話があったんだ。だから今夜は遅くなる」

井ノ口は言った。

「そうですか」

他人行儀な言葉遣《づか》いで応じて、純子はそれ以上に口をきこうとはしなかった。

「おふくろにも、そう伝えておいてくれ」

「おかあさんは、たったいまお出かけになりました」

「どこへ、行ったんだ」

「安城由布子さんって人のマンションへ行くんだとか、おっしゃっていました」

純子の声にも口調にも抑揚《よくよう》がなく、まるで他人事のような言い方であった。

4

それから二時間、井ノ口はまったく仕事に手がつかなかった。頭の中が混乱し、落着きを失い、何事にも神経を集中できず、うわの空でいたのだった。思い出したように緊張しては、動悸《どうき》が激しくなるのを自覚するのである。

これほど早い時期に春絵が行動を開始するとは、予想していなかったのだ。それも、いきなり由布子の住まいに乗り込むとは、とんでもないことをしてくれたものである。井ノ口には何も言わずに、直接、由布子との対決へと走る。徹底した愛人嫌いの春絵が、やりそうなことであった。

春絵は、中外軽金属本社の人事課に由布子の住所を問い合わせたのに違いない。その結果、品川区旗の台五丁目山下《やました》マンション八〇二号室という由布子の住まいがわかる。それから春絵は厚生課にも電話を入れたのだろう。

厚生課では、由布子の直属上司の係長が、春絵の問い合わせに答えることになる。由布子は、連休と休暇を利用して、八日まで郷里へ帰っている。八日の午後には帰京するのではないか、という係長の説明を春絵は聞く。

それで今日の午後三時ごろに、春絵は由布子のマンションへ向かったのだ。大田区田園調布の家から品川区の旗の台まで直線距離にして三キロ、春絵にとっても億劫《おっくう》になるような外出ではない。

それにしても、春絵のやり方は非常識であった。一方的すぎる。愛人となると相手が誰だろうと目の敵《かたき》にする春絵の頑迷《がんめい》さ、独善的な母親の正義感が情けなく、腹立たしかった。由布子こそ、いい迷惑である。

愛人と名のつくものを生理的に許せない、わたしは安城由布子という人を殺すことになるかもしれない、と電話で聞いた春絵の怒声《どせい》を井ノ口は思い出していた。春絵が由布子の首を絞めている光景を想像して、井ノ口は寒気を覚えていた。

由布子の帰りが遅れて、春絵はやむなく引き揚げる。そうなることを、期待するほかはなかった。しかし、井ノ口との約束もあるし、由布子はたぶん、早めにマンションへ帰って来ていることだろう。

やはり、春絵と由布子の衝突は避けられない。まさか殺したりはしないだろうが、春絵のことだから口をきわめて由布子を罵倒《ばとう》し、侮辱《ぶじょく》の言葉を投げつけるに違いない。由布子が、かわいそうであった。

五時三十分に、井ノ口は本社ビルの裏にある専用駐車場へ行った。五、六台しか残っていない乗用車にまじって、松原静香の淡いグリーンの国産車が停めてあった。井ノ口は黙って、助手席に乗り込んだ。

車内に香水の匂《にお》いがこもっていた。花模様がブルーのボウ・カラーのブラウスに水色のカーディガン・スーツを着た静香が、ハッとするほど美しく見えた。化粧も丹念だったし、いつもより魅惑的に感じられる顔である。

「どちらへ……?」

車を走らせながら、静香は艶然《えんぜん》と笑った。

「品川区旗の台五丁目だ」

井ノ口は答えた。実際に静香と会わなくても、口裏さえ合わせておけば口実に使える。しかし、静香の近況についてひと通りは知っておかないと、わざわざ会ったということの信憑性《しんぴょう》が薄れる。そのためにも、車の中で喋る必要があったのだ。

「変わったな」

「そうかしら」

「美しくて、女っぽくなった」

「ありがとう」

「縁談が、まとまったのかい」

「まだ、そこまではいかないわ」

「五代の口ききで、何度か積極的に見合いに応じたそうじゃないか」

「お見合いは、二度ですけどね。五代さんにはすっかりお世話になってしまったし、それにあの方のほうがとても熱心なの」

「五代弘樹って男は、世話好きだからな」

「だから、わたしにしても積極的にならざるを得ないでしょ。ご紹介をいただいたのも、素敵な男性ばかりだしね」

「いま、そのうちのひとりと、交際中というところか。いや、恋愛中かな」

「まあね」

「恋をしているのかい。それで急にきれいになったり、女っぽくなったりしたんだと思うんだがね」

「そういうことに、しておきましょう」

「今夜も、その彼とデートなんだろう」

「ええ。十二時過ぎまで一也さんと一緒だったということにしておいて、実はわたしもその彼と二人だけの時間を過ごすってわけなのよ」

「ずいぶん、はっきり言うじゃないか」

「お互いさまでしょ」

「結婚も、間近ってとこかい」

「いいえ、まだそこまではいっていないの。結婚という結果を考える前にまずは恋愛に夢中になりたいんだわ」

「それで、このところ井ノ口家を敬遠して、ずっと出入りしないでいるんだな」

「だって、伯母《おば》さまは何が何でも結婚だっておっしゃるでしょ。それで恋愛中は伯母さまから遠ざかっていたほうが、無難だと思って……」

霞《かすみ》が関《せき》から高速にはいり、荏原《えばら》で中原街道へ抜けるまでに小一時間かかった。その間、井ノ口と静香は、彼女の近況について喋り続けた。それだけで井ノ口は、静香に関する知識を十分に仕入れることになる。

　中原街道を品川区の南端まで走って、静香は車を左折させた。池上《いけがみ》線の線路の東側で、静香はスピードを落とした。井ノ口もこのあたりにくるのは初めてのことであり、静香に目的地を指示することはできなかった。

　だが、静香は地理や道路に明るいらしく、井ノ口の指示を必要とせずに旗の台五丁目へ車を乗り入れたのであった。徐行する車の窓の外に、十階建ての細長いビルを認めて、井ノ口は静香のカンのよさに驚いた。

　そのビルの入り口に、『山下マンション』という文字があったからだ。由布子の話によると全室が1DKで、独身者専用のマンションだという。入居者の大半が、親から仕送りを受けているOLと女子学生ということだった。

　走り去る静香の車を見送ってから、井ノ口は山下マンションを振り仰いだ。

　十階建てだが細長いので、各階の部屋数はあまりないようであった。商店街の道路に面しているマンションのほとんどの窓に、電気がついていた。

　エレベーターで八階までのぼった。八階には六つのドアがあって、廊下の突き当たりの部屋が八〇二号室だった。ドアの前に立って、井ノ口は室内の声や音を窺《うかが》った。何も聞こえなかった。

　もう六時四十五分だし、未だに春絵がいるとは考えられなかった。あるいは由布子も、まだ帰って来ていないかもしれないと思いながら、井ノ口はチャイムを鳴らした。

ドアが開いて、男が顔をのぞかせた。井ノ口の表情は凍っていた。その男は、一昨日の朝、名古屋のホテルで見かけた大町三郎だったのである。

9　愛人の部屋

1

　一瞬、このまま帰ったほうがよさそうだと、井ノ口は弱気になっていた。由布子の部屋に、大町三郎がいるとはまったく予期していなかったことである。大町三郎は由布子と一緒に、名古屋から上京して来たのだろう。

　相手は、由布子の従兄であった。それに、由布子さえ承知すれば、彼女の夫となるはずの男である。大町三郎は由布子の両親から、最も信頼されている人物ということになる。井ノ口にとって大町三郎は、けむたい存在であった。そのライバルに対して、井ノ口は後ろめたさを感じないではいられなかったのだ。井ノ口が反射的に逃げ腰になったのも、そのためだったのである。

　大町三郎は、ニコリともしなかった。不快の色を、露骨に示している。井ノ口を非難する目つきだったし、表情を硬くしていた。いやな顔をしているのである。それが当然、ということになるだろう。

「どうも、失礼……」

井ノ口は、ドアを閉めようとした。

「どうぞ、かまいませんよ」

大町三郎が、冷ややかな口調で言った。部屋の中へはいれ、という意味なのである。

「待って……!」

大町の背後で、由布子が甲高い声を張り上げた。

井ノ口は気をとり直して、再びドアを開けた。彼は部屋の中へはいって、ドアを閉めた。大町が奥へ去り、代わって前へ出て来た由布子が青いスリッパを揃えた。井ノ口は、靴を脱いだ。

大町三郎は、背広の上着に腕を通していた。この部屋を、出て行くつもりらしい。彼のほうが、あっさり退散するようである。大町三郎には、すでにライバル意識がないのかもしれない。

「親子で非常識なまねをしていると、申し上げたいですね」

ネクタイを結び直しながら、大町三郎が背中で言った。怒りに皮肉をこめての言葉である。親子とは、井ノ口と春絵のことを指しているのだ。やはり春絵は、ここへ乗り込んで来ていたのだった。

春絵は例の調子で、由布子にひどい言葉を浴びせたのだろう。それを大町も、聞いていたのに違いない。春絵の非常識な行動と、一方的で身勝手な言い分に、大町三郎は腹を立てたのである。

「由布子さんからも話を聞いたし、わたしだって彼女の保護者ではないので、とやかく言う資格はないかもしれません。しかし、一人前の大人としては、常識やルールを守るという義務があるんじゃないですかね」

大町はアタッシェ・ケースを手にして、井ノ口の前を通りすぎながらそう言った。彼は靴を履《は》いたあと、井ノ口の顔を正視した。メガネをかけて神経質そうで、冷静で知的な男という印象である。

いかにも、科学者らしい感じだった。同じ医師でも、患者に接するより研究や実験に没頭するほうが好きそうなタイプであった。まだ三十を過ぎて間もないのに、学者肌の男に見えるのである。

「由布子さんにも、彼女のことを心配している両親がいます。あなたにも、妻子がいらっしゃる。大勢の人たちを悲しませないためにも、あなたの責任ある行動を望みます」

井ノ口を見つめて、大町三郎が言った。

井ノ口は、目を伏せていた。黙っている。一言《いちごん》もないのだ。自分よりも年下の大町に正論を吐かれて、井ノ口は説教されているような気分だった。まったくそのとおりだと、思わずにはいられなかった。

「じゃあ……」

大町三郎はドアを開けて、廊下へ出た。彼は振り向くこともなく、音を響かせてドアを閉めた。

井ノ口は動かずに、突っ立ったままでいた。由布子も、沈黙している。気まずかったし、なんとなく惨めであった。不貞の現場に踏み込まれて、侮蔑《ぶべつ》の言葉を投げつけられたといった気分である。

由布子が近づいて来て、井ノ口の前に立った。彼女も顔を伏せている。うなだれて、しょんぼりしている姿だった。そんな由布子が気の毒で、可愛《かわい》らしくもあった。井ノ口は、彼女の肩に、そっと両手を置いた。

それを待っていたように、顔を上げて、由布子は身体をぶつけてきた。井ノ口の胸にしがみついた。井ノ口は、由布子を抱きしめた。二人は、激しく抱き合った。もみ合い、押し合うようにして、二人の身体が揺れた。

「いやよ、駄目《だめ》よ。誰に何を言われようと、わたしはもうあなたなしではいられないんだわ」

井ノ口の胸に顔を押しつけて、由布子が泣き出しそうな声で言った。

「たった二日だったけど、一カ月も会わないでいるみたいに感じられたの。あなたのことしか頭になくて、明け方にならなければ眠れなかったわ。わたしはもうあなたのもの、あなたはわたしのものなんですものね」

由布子は顔を上げて、井ノ口の目を見つめた。

井ノ口は答える代わりに、由布子の唇を求めた。歯がカチッと鳴るほど強く唇を重ねた。激しく舌を動かして濃厚な接吻となった。由布子は身をよじるようにして井ノ口の身体を押しこくり、彼の手は彼女の腰や尻を撫《な》でさすった。

そうしているうちに、気まずさ、惨めさ、それに後悔の念や萎縮《いしゅく》した感情が、拭《ふ》き取るように消えた。代わって勇気と歓びが湧いた。いかなる障害があろうと、誰がどう非難しようと、二人はこうなるほかはないのだという気持ちになる。

少なくとも、この世に味方は二人いる。井ノ口と由布子自身であった。互いに相手こそ、最も強力で信頼できる味方なのだ。二人だけで孤立するのがほんとうに愛し合うということではないのか。

井ノ口は椅子に腰を落とし、彼の膝《ひざ》の上に由布子がすわった。まだ抱き合ったままで、二人は頬を密着させていた。由布子は呼吸を整えながら、安息の場を得たように目をつぶっていた。

井ノ口は、室内に視線を走らせた。なるほど、1DKの部屋であった。八畳の洋間に、ダイニング・キッチンがついている。あとは浴室にトイレ、そしてベランダという、規定の造りだった。

ダイニング・キッチンはきれいに整頓《せいとん》されているし、八畳の洋間もそれなりに豪華であった。おそらく室内の色彩と、装飾が豪華に見せているのだろう。絨毯《じゅうたん》、カーテンなどは青の系統、家具調度品はすべて白で統一されている。

いかにも、女の城らしい。北側の窓際に、セミ・ダブルのベッドが据えてある。ベッド・カバーも、明るいブルーであった。小型の三点セットは白、クッションやテーブル掛けは青色だった。

「お客さんなんて来たことがないこのお部屋に、今日は三人も来客があったのね」

唇を触れ合わせたままで、由布子が言った。三人とは井ノ口、大町三郎、それに春絵なのだろう。

「でも今後のあなたはお客さまじゃないのね。たとえ週に二度しか来られないにしても、あなたはこのお部屋の旦那《だんな》さま……」

由布子はチュッと音をさせて、井ノ口の唇を吸った。

「大町さん、追い出しちゃってよかったのかな」

井ノ口は自分の従妹《いとこ》にここまで送ってもらい、由布子の従兄の大町三郎を追い出してしまったのだと、妙なことを考えていた。

「どっちみち、帰るところだったのよ。それより、ごめんなさいね。彼がこのお部屋にいたので、驚いたでしょう」

「正直な話、驚いたよ」

「三郎さん、東京に用があったらしいの。それで今日、わたしと一緒に東京へ行くからって、強引だったのよ。わたしとの最終的な話し合いを、すませたかったんでしょうね」

「それで結論は出たのかい」

「結論は、初めから決まっていたわ。名古屋のホテルにあなたと一緒に泊まっていたって、彼にもわかっていたしね。彼もわたしのはっきりした言葉を聞いて、未練はあるけど諦めるほかはないって新幹線の中で言っていたわ」

「罪つくりだな」

と、その言葉とは裏腹に井ノ口は、由布子を抱きしめて唇を合わせていた。

2

井ノ口は、時計を見た。十一時三十分であった。もうそろそろ起きて、この部屋を出て行かなければならない時間である。松原静香とは十二時ごろまで一緒に過ごしたことになるのだった。

明日の勤めもあることだし、夜中に帰宅するわけにはいかなかった。そう思いながらも、井ノ口はなかなか起き上がるキッカケをつかめずにいた。明朝まで、ここにいたい。このまま、眠りたい。

家に帰ると考えただけで、手足が動かないような億劫さを覚える。気が重かったし、憂《ゆう》鬱《うつ》にもなる。春絵と純子が待っているわが家が、冷たい灰色の世界のように感じられるのであった。

由布子も井ノ口を帰したくないと、心のどこかで思っているのだろう。由布子は井ノ口に寄り添って、彼の腕をかかえ込んでいる。脚も絡《から》ませたままで、彼女は胸のふくらみに押しつけた井ノ口の手を離そうとしなかった。

由布子の枕に沈めた顔が、女らしくて美しかった。肌に光沢《こうたく》が見られた。乱れた髪の毛が、まだ汗で湿《しめ》っているみたいに重そうだった。陶酔の余韻の中にいるように、由布子はうっとりと目を閉じている。

井ノ口と同様に、由布子も全裸であった。その裸身の三分の一だけが、毛布の下にあるのだった。しかし、由布子は、恥じらって上半身を隠すということも忘れている。彼女は井ノ口と愛し合った、ひとつになっていたという甘美な気分に、まだ酔っているのである。

井ノ口は、ベッドにはいる前に由布子から聞かされた話を、思い返していた。

由布子は両親に、大町三郎と結婚する意志のないことを、はっきり通告したという。ただ妻子ある上司と愛し合っているということだけは、さすがに打ち明けられなかった。由布子は結婚の相手は自分で決めたい、という言い方をしたらしい。

彼女は家から、住居費ということで仕送りを受けている。激怒した父親から、その仕送りを断つと宣告されるのを、何よりも恐れたようである。仕送りを断たれたら、このマンションには住んでいられない。

　そうなると、井ノ口との密会の場所に、不自由するのではないか。由布子には、そんな不安があったらしい。しかし、彼女の両親は不満そうな顔をしただけで、怒ったりはしなかったという。

　大町三郎には新幹線の中で、具体的に話を聞かせたということだった。ホテルのロビーで一緒だった彼と愛し合っていて、前夜に初めて結ばれたということまで、由布子は大町の耳に入れたのである。

　そうと知れば、大町はいやでも諦めることになる。彼は妻子ある上司との恋愛に批判的であり、井ノ口のことを無責任な男で上司失格だと非難したという。だが、結果的には大町三郎は、身を引くことを決意したのである。

　由布子と大町が、山下マンションについたのは夕方五時であった。八〇二号室の前に、女がひとり立っていた。その女を見て井ノ口の母親に違いないと、由布子は直感した。はたして女は、井ノ口春絵と名乗った。

　由布子は、恐怖感に襲われた。しかし、こうなったからには負けられないし、絶対に屈服させられまいとして由布子は気をとり直した。由布子は春絵を部屋の中へ請《しょう》じ入れると、四十分ほど話し合った。

話し合ったというより、春絵の一方的な言い分を聞いたのであった。

春絵は険《けわ》しい表情と激しい口調で、由布子に抗議と非難の言葉を投げつけた。そばに大町がいたが、春絵はおかまいなしに容赦《ようしゃ》なく由布子を責めまくった。

「一也と結婚するんなら、離婚が成立するまで待って、交際したらどうなんです。妻のある男だと承知のうえで、どうしてそう簡単にくっつきたがるんでしょうね」

「そういうのを、サカリのついた泥棒ネコと言うんですよ。あなたみたいに若いうちから、もう男なしでは身体が承知しないってことなんですか」

「こういう世の中だからって、女が性道徳を無視していいってことにはならないんです。女の貞操にはもっと価値があるんだって少しは自覚なさいよ」

「女はやたらに、男と関係するものじゃないんです。妻のいる男とシャアシャアとホテルに泊まったりして、あなたには貞操観念ってものがこれっぽっちもないんですか」

「妻のいる男と簡単に関係するなんて、水商売の女か売春婦ですよ。むかしだったら、お女郎《じょろう》さんの扱いを受けたでしょうね」

「日本語も、変わりましたからね。愛人だなんて体裁《ていさい》のいい言い方をしていますけど、要するに二号さんか、情婦ってところでしょ。良家の子女《しじょ》には、できることじゃありませんよね」

「とにかく、わたしには愛人ってものが許せません。生理的に、我慢できないんですよ。

わたしはこの世で愛人と名のつくものはすべて、憎みもするし敵だとさえ思っています」

「悪いのは男を誘惑する女のほう、つまりあなたなんですよ。あなたさえ一也に背中を向ければ、それでもう二人の不倫な関係は終わりです」

「一週間に、期限を切りましょう。一週間のうちに、一也と別れなさい。もし、あなたにその気がなく清算できなかった場合には、わたしも断固たる態度で臨みますからね」

「会社なりあなたのご両親のところなりにこの問題を持ち込むか、そうでなければ、あなたを殺すことになりますよ」

　このような言葉を憎々しげに、春絵は由布子の耳の中へ押し込んだのである。鬼気《きき》迫るものがあったし、春絵の言動には気がふれたような恐ろしさが感じられた。ただ、大声を出したり、怒鳴ったりしないだけだった。

　しかし、春絵にはちゃんとした計算があって、より効果的な言葉を選んでいることは明らかだった。春絵は由布子を怒らせて、井ノ口への気持ちが冷えるように仕向けたのであった。

　そのために、売春婦とか、お女郎さんという言い方までしたのである。由布子を侮辱して、プライドを傷つける。若い女をやりきれなくさせるには、それがいちばんだということを、春絵は計算していたのだ。

　だが、由布子は耐えきった。耳を貸さずに聞き流した、ということになるのかもしれない。いまはもう誰に何を言われようと、井ノ口と別れることはできない。殺されても、井ノ口を失いたくはない。

由布子は胸のうちで、そうつぶやき続けたのである。一週間のうちに彼との仲を清算するといったことも不可能だし、由布子にそうする意志もない。その証拠に、春絵が引き揚げて数時間後に、こうして、身体によって井ノ口との愛を、確かめ合っているではないか。

「わたしほんとうに、殺されるのかしら」

目を閉じたままで、由布子が言った。

「そんなこと、させはしないさ」

井ノ口は荒々しく、由布子の裸身を抱きしめた。

3

家の中が冷えきっている。

こういう場合、家族の少ないことが致命的になる。大家族であれば雰囲気も変わるだろうし、気を紛《まぎ》らわすこともできる。だが、四人家族でそのうちのひとりが子どもでは、どうにも救いようがない。

純一に対しては、誰もがこれまでと同じように接する。また純一がいるところでは、努めて明るく振る舞う。しかし、それらもしょせんは空しい演技であって、一時しのぎの行動にすぎなかった。

純一がいなければ、残るは三人の大人だけである。それも悪い意味での大人に、なりきっているのだ。感情をむき出しにして争ったり、ホットな口論をしたりすることを、恐れているのであった。

春絵、井ノ口、純子の三人が、それぞれ冷静さを表面だけでも装っている。余計な質問も、非難もしなかった。必要なことをさりげなく口にするだけで、あとは黙っている。互いに、同席することを避けるのだった。

春絵が安城由布子のところへ乗り込んでいったことを、井ノ口も純子も知っているのであった。

井ノ口が口実を設けて五月八日と十二日、夜遅くまで由布子とともに過ごしたということを、春絵も純子も知っている。いや、それ以前に井ノ口と由布子が名古屋のホテルで結ばれていることも、春絵と純子は知っているのである。

そして、春絵と純子は何もかも承知だということを、井ノ口は知っているのだった。

それでいて三人はいっさい、そのことを口に出さずにいる。関連しそうなことにも、触れまいとするのであった。そうしながら今後、何らかの結論が出されるときを、じっと待っているのであった。

三すくみということになる。

井ノ口は精神的に、追いつめられる一方だった。このままの状態を、続けるわけにはいかなかった。だが、いったいどうすることが、できるというのか。井ノ口の気持ちひとつで、決められることではなかった。

四人の意志が、一致を見なければならない。そんなことは、絶対に不可能である。純子か由布子のどちらかを選べというのが、日本人の常識なのだろう。それでいて日本の社会の仕組みは、そうした割り切った行動をとれないようにできている。

五月八日の夜に、井ノ口は初めて由布子のマンションを訪れた。そのときは、松原静香と会うことを口実にした。次に由布子のマンションを訪れたのは四日後の金曜日、五月十二日の夜であった。

このときはもう、松原静香を口実に使うことはできなかった。そこで井ノ口は、大学時代の友人に会うと嘘をついた。そんな嘘が通用するはずはないと、井ノ口にもわかっていた。

しかも、嘘と承知のうえで、妻の純子は夫を責めようとしないのだ。嘘をついたことと、純子が何も言わないということで、井ノ口にとっては二重の苦痛となる。

だが、井ノ口を歓迎して一途《いちず》に燃え盛る由布子に接すれば、彼女を悲しませるようなことは絶対にできないと思う。そのときの男の気持ちは、真実そのものなのである。

由布子は、妻の座を求めてはいない。井ノ口を、恋愛の対象としているのだ。その恋愛のためには、いかなる犠牲にも苦労にも耐えると言っている。由布子の愛は、ひたむきで純粋だった。

愛は、理屈ではない。その愛を妻がいるからという理屈で、どうして否定できようか。たった一度の人生なのに、自分を殺して生き続けなければならないと、誰に命令する資格と権利があるのか。

由布子と別れるのは、彼女を裏切ることである。それが由布子の意志ならばともかく、井ノ口のほうから望めることではなかった。その理由が周囲の圧力によるというのであれば、なおさら屈するわけにはいかない。

しかし、妻の純子の顔を見れば、彼女には悪いことをしているという気持ちが先に立つ。純子が血相を変えてがなり立てるようであれば、反発もできるし、むしろ男は気が楽になる。

ところが、気の強い純子が何も言わずに、沈みきっているのだ。そうなると井ノ口は、ただ胸をしめつけられるだけであった。すべての罪と責任は自分にあると、純子の前に頭を下げたくなる。

それもまた、男の真情というものであった。

一週間が過ぎた——。

灰色の日々がさらにドス黒さを増して、五月十五日を迎えたということになる。先週の同じ月曜日に、井ノ口は初めて由布子のマンションを訪れている。その直前に春絵も、由布子と会っているのだった。

春絵は由布子に一週間の期限つきで、井ノ口との関係を清算しろ、と迫ったという。それが守られない場合には問題を会社なり両親のところへなり持ち込むか、さもなければ由布子を殺すこともありうると、春絵は脅したらしい。

その一週間の期限が、今日で切れるわけであった。だが、どうせ春絵の言葉だけのいやがらせであって、実行するはずはないと、井ノ口は楽観していた。

それは、春絵の目的が井ノ口と由布子を別れさせることのみに、集中しているのではないと思われるからだった。春絵は、純子を嫌っている。その証拠に、春絵と純子が心を合わせて、井ノ口を非難するということをしていない。

井ノ口が由布子との関係を清算すれば、誰よりも喜ぶのは純子である。春絵が純子を喜ばせるようなことに、努力するはずはなかった。春絵はむしろ井ノ口と純子が離婚することを、望んでいるのだ。

では、春絵の真意はどういうことなのか。

ひとつは、春絵の愛人嫌いである。春絵の敵は、由布子ではない。自分の身近に出現した愛人の幻影を通して春絵は夫の心身を奪った過去の女を憎み、敵意を燃やしているのであった。

もうひとつは、嫌いな嫁の前で恥をかかされたことへの怒りである。嫁の言い分より息子のほうを信じて、春絵は名古屋のホテルへ電話を入れた。ところが純子の指摘どおり、ホテルの部屋に由布子がいた。

純子の勝利であり、春絵は大いに赤面しなければならなかった。その口惜《くや》しさが、春絵には我慢ならないのだ。恥をかかせたのは由布子という小娘だし、嫁に対する意地もあった。

かたちだけでも、井ノ口と由布子を別れさせようと努力したことを、純子に見せつける。ついでに、由布子にも怒りをぶつけてやる。

結果は二の次で、事態が離婚にまで発展して純子が泣きを見るのもいいだろう。

これが、春絵の本音なのに違いない。

だからこそ春絵は、由布子だけを悪者にして責めたり脅したりで、井ノ口には何も言わずにいる。それに夫婦の仲をまとめようとして、自分が調停役を買って出るということも、春絵はやろうとしないのである。

そのような春絵が、本気になって騒ぎを大きくしたりはしないだろう。まして春絵が由布子を殺すなどとは、とても考えられなかった。由布子と会って、気がすむまで悪態をつくのが、せいぜいであった。

しかし、それでも井ノ口は今朝の出がけに、そのことで春絵と言葉を交わしたのである。井ノ口は念のために、釘《くぎ》を刺しておこうという気になったのだ。母子《おやこ》は初めて、問題点に触れたのであった。

「文句があるんだったら、おれに言ってくださいよ。彼女ひとりをいじめたって、意味はないでしょう」

「彼女って、誰のことかしらね」

「他人のことに、干渉できないはずだ。おふくろは問題を会社に持ち込むって言ったそうだけど、そのはねっ返りはおれにくるんですよ。会社のタブーを犯したというんで、おれが責任をとることになるんだ」

「おや、わたしがそんなことを言ったって、どうしてあんたは知っているんですか。あ、そう。その後もあんたは、彼女に会っているってわけね。彼女というのは、あの小娘のことだったの」

「いいかげんにしてくださいよ」

「あの小娘も、お喋りなんですね。そうやって何もかも、あんたに言いつけるんですか」

「とにかく、おふくろが首を突っ込むようなことじゃないんだ」

やたらなことは言えないと気がついて、井ノ口はそこで話を打ち切った。

春絵を刺激したり、感情的にさせたりする言葉は、つつしまなければならなかったのだ。

4

夕方になると、やはり不安を覚えた。

終業時間を過ぎたが、井ノ口は会社に居残った。急ぐ必要のない仕事に手をつけて、井ノ口はひとりだけになるのを待った。六時を過ぎて、製品管理課の部屋には井ノ口の姿しか、見当たらなくなった。

電話を直通に切り換えて、井ノ口は自宅の番号をプッシュした。コールを三十回まで数えたが、電話には誰も出なかった。春絵だけではなく、純子もいないのである。井ノ口は諦めて、電話を切った。

井ノ口に無断で、二人とも出かけてしまうのは、珍しいことであった。春絵と純子が、一緒にどこかへ行くはずはない。別々に、出かけたのに違いない。だが、純子まで純一を連れて、どこへ行ったのだろう。

六時三十分になって、もう一度かけてみた。やはり誰も出ない。井ノ口は続けて、由布子のところへ電話をいれた。真っ直ぐに帰っていれば、由布子はもう山下マンションの八〇二号室にいる時間だった。

「ああ、あなた……」

電話に出た由布子の声が、とたんに明るくなっている。

「ひとりかい」

井ノ口は、逆に声をひそめていた。

「ひとりに決まっているでしょ」

「いや、おふくろが来ていないか、という意味なんだ」

「いいえ、みえていないわ」

「おふくろは、家にいない。出かけたとなると、そこへ行く可能性が十分にある」

「いいじゃないの。今日は、約束の一週間後なんですもの。ここへ、いらして当然だわ。わたしも、もう覚悟してますしね」

「覚悟しているって、きみ……」

「大丈夫よ」

「避難する意味で、きみも出かけちゃったほうが、いいんじゃないのか」

「今夜だけ逃げたって、無駄でしょう。それなら、逆にこのチャンスを利用してわたし、とことんお母さまと話し合ってみようと思っているの」

「話し合える相手じゃないよ」

「そんなこと、お話ししてみなければわからないでしょ。とにかく心配しないで、わたしに任せておいてほしいわ」

「あとはこっちで何とかするから、今夜のところは適当にあしらっておいてくれないか」

「わかったわ。それで今度は、いつ会えるの」

「明日の夜、そっちへ行く」

「明日！　ほんとうね」

「先週の金曜日と同じ時間、七時に部屋のドアをノックする」

「じゃあ、明日ね」

「気をつけて……」

送受器を置いて、井ノ口は立ち上がった。気をつけてという自分の言葉に、いったいどんな意味があるのか。そう思うと井ノ口は、急に落ち着かなくなったのだ。悪い予感を覚えた、ということになるのかもしれない。

井ノ口は、自宅へ直行した。

田園調布の家に帰りついたのは、八時十五分であった。家の中は暗かったし、門と玄関に鍵《かぎ》がかかっていた。まだ純子も、帰宅していないのだ。井ノ口は裏へ回って合鍵を使い、勝手口から家の中へはいった。

茶の間のテーブルの上に、井ノ口ひとり分の食事の支度がしてあった。食欲はなかったが、ほかにすることもない。彼は冷たくなっているものもそのままに、短時間で食事を終えた。

それから、風呂を沸《わ》かした。

風呂からあがったときには、十時三十分になっていた。春絵も純子も、帰ってこない。あるいは一緒にどこかへ行ったのかもしれないと、井ノ口は自分に言い聞かせた。春絵が由布子のところに、何時間もいるとは思えない。

十一時になって、井ノ口は勝手口のドアが開かれる音を聞いた。井ノ口は茶の間にいて、立って行こうともしなかった。彼は椅子にすわったまま、台所の闇をじっと見つめていた。

台所の闇の中に、純子の姿が浮かび上がった。純子は茶の間へはいってきて、チラッと井ノ口の顔へ目を走らせた。紺色のスーツを着て、バッグを手にしている。純子の腕の中に、純一の重そうな寝姿があった。

「ただいま……」

純子はそう言っただけで、茶の間を通り抜けると、足早に廊下へ出て行った。純一を寝かせに、奥の和室へ向かったのである。

五日前から、純一は自分の部屋で眠ることがなくなった。ほとんど使われたことがない奥の客間が、純一の寝室になったのである。その客間で、純子も純一と一緒に寝る。つまり、純子は夫婦の寝室で眠らなくなったのだ。

五日前から、夫婦は寝室を別にするようになったのであった。

そうなった場合、女とは不思議なもので、自分ひとりだけでは寝ようとしない。純一には純一の部屋があるのに、わざわざ寝る場所を変えさせて、母子の寝室をあらたに設けたのだった。

純子がひとりになって、茶の間に戻ってきた。着替えもせずに、純子は夫と向かい合いの椅子に腰をおろした。いかにも、疲れたという顔である。だが、純子は買い物包みのひとつも、持ち帰ってはいなかった。

「おふくろと、一緒じゃなかったのか」

井ノ口は、純子の顔を見据えて言った。

「おかあさんは、わたしより三十分くらい早く、お出かけになったわ」

純子は無表情であり、井ノ口のほうへ目を向けようともしなかった。

「おふくろが出かけたのは、何時ごろだったんだ」

「五時ごろだったかしら」

「どこへ行くとも言わずに、出かけたのかい」

「安城由布子と会って、最終的な結論を出すんだっておっしゃってました」

「あんたは、どこへ行っていたんだ」

「お友だちのところです」

「誰だい」

「高校時代の親友……」

「高校時代の親友が東京にいるなんて、これまで聞いたことがなかったな」

「十年ぶりに会ったのよ」

「それで、親友なのかい」

「そんなこと、どうだっていいでしょ。とにかく、わたしは恐ろしくって、家にじっとしてなんかいられなかったのよ」

「恐ろしい……？」

「ええ、そうよ。何か大変なことが起こりそうな気がして、落ち着いてはいられなかったのよ。おかあさんが、あの女を殺す。安城由布子が、殺されるんじゃないかって……」

純子はそう言って、頭をかかえ込んだ。

不意に、井ノ口の背筋を悪寒《おかん》が走った。

10　声だけの告白

1

ひとり寝室に引き揚げてきても、井ノ口の緊張感は解けなかった。いや、むしろ不安が、強まる一方だった。当然である。十二時を過ぎても、春絵が帰ってこないのだ。もはや、何事もなかったということにはならない。

誰かが殺されるという純子の予告めいた言葉を、そのまま受け入れる気にはならなかった。春絵がとんでもないところに、寄り道しているということもありうる。最悪の場合でも、まず考えられるのは事故である。

直《ただ》ちに殺人事件に結びつけるのは、あまりにも悲観的すぎる。春絵が人殺しをするなどとは、どうしても思えない。それに、自分の身近でやたらに殺人が起こったりするはずはないと、奇妙な自信があったのだ。

だが、眠れない。目をつぶっていると、最悪の状態ばかりを想像してしまう。本を読む気にもなれないし、電気をつけたり消したりであった。隣りのベッドに純子の姿はなく、話しかける相手もいなかった。

時計を見た。

午前一時である。

井ノ口は我慢できなくなっていた。ベッドに腰かけると、彼は寝室に電話を切り替えた。あまり使われていない寝室の電話機をベッドの上に置くと、その必要もないのに井ノ口はそっと受話器をはずした。

ダイヤルを回す。ベルが鳴り始めたが、由布子はなかなか出なかった。井ノ口は、息苦しくなった。由布子の死体が転がっていて、そのすぐ近くで電話が鳴り続けている。そうした由布子の部屋の光景を、思い描かずにはいられなかった。

ベルがやんで、送受器を取り上げる音がした。

「もしもし……」

警戒するような口調だし、声が重そうに曇《くも》っているが、由布子には違いなかった。若い女がひとり住まいの部屋に、夜中の電話がかかれば用心するのは当然である。声が重そうなのは、眠っていたせいだろう。

「こんな時間に、申しわけない」

ホッとしながら、井ノ口は言った。

「あら……」

井ノ口とわかって、由布子も声の調子を変えていた。

「今夜おふくろ、そこに現われたかい」

「みえたわよ」

「いつごろだ」

「あなたからお電話があったあと、すぐだったわ。七時ちょっと前ね」

「確かかい」

「わたし、時計を見たんですもの」

「それで、どうした」

「予想以上に、激しかったわ。最初から、感情的になっていらしたみたい」

「話し合ったんだね」

「ええ、屋上へ行ってね」

「屋上……？」

「だって、最初から凄《すご》い見幕だったでしょ。お部屋の中で大きな声を出されたら、まわりに恥ずかしいじゃないの。それで、わたしおかあさまに、誰にも聞かれないところでお話ししましょうって申し上げたの」

「うん」

「そうしたら、おかあさまはわたしも思いきり怒鳴ることができる場所のほうがいいって、おっしゃって……」

「おふくろが、そんなことを言ったのか」

「ええ。それで、わたしふと思いついて、屋上へお連れしたの」

「あのマンションの屋上へは、いつでも出られるのかい」

「いつもだったら出入り禁止なんだけど、このところ工事中なもんで、その気になれば屋上へ出られるのよ。もっとも屋上へ出たところで、何もないけどね」

「それで屋上へ出て、おふくろはほんとうに怒鳴ったのか」

「怒鳴りはしないけど、例の調子で一方的にやりまくられたわ」

「侮辱に、罵倒かい」

「ええ」

「それで、何か結論らしいものは出たのかな」

「平行線を描くレールとまでだって、いかなかったみたい。なにしろ問答無用、無条件で関係を清算しろの一点張りで、わたしの言い分なんかには耳を貸してもくださらないんですもの」

「結局、話し合いは打ち切りか」

「この前の約束どおり強硬手段に訴えるからって、捨て台詞《ぜりふ》を残してお帰りになったわ」

「おふくろの帰ったのは、何時だったんだい」

「わたしが五分ぐらい屋上に残っていて、お部屋に戻ったときが八時四十分だったわ。だから、わたしとおかあさまが屋上にいたのは、七時から八時半までの一時間三十分ね」

「とにかく、おふくろは八時半ごろに、山下マンションを出て行っているんだね」

「そうよ」

「八時半か」

井ノ口は足をのばして、ベッドの端に腰かける恰好になった。安心していいのか心配すべきかわからなくなっていた。やはり、由布子を殺したりはしなかった。現に由布子は、生きているのである。

口論をしただけで、物別れに終わっている。それはそれで、安心していいのだ。ところが、代わりにその後のことが、心配になるのであった。八時半に山下マンションを出たあと、春絵はどこへ消えてしまったのか。

「こんな時間に電話をくださったりして、何かあったの」

由布子が訊いた。声と同時に、椅子を引き寄せる音が聞こえた。電話が長くなりそうだと、由布子も腰をおろしたのだろう。

「おふくろが、まだ帰って来ていないんだよ」

「いま、何時かしら」

「一時十五分過ぎだ」

「そんな時間なのにお帰りにならないなんて、ちょっとおかしいわ」

「おかしいなんてもんじゃない。これまでに、一度もなかったことなんだ。行く先も言わずに出かけたり、無断外泊したりなんてことはね」

「事故だったりしたら当然、連絡がはいるでしょ」

「そう思うんだがね」

「どこかに寄り道して、遅くなっているだけのことじゃないのかしら」

「八時半に、山下マンションを出た。その後おふくろはもちろん、きみのところへ戻っていったりはしていない」

「おかあさまがそんなことを、なさるはずがないでしょ。電話だって、かかっていないわ」

「きみは何時に眠ったんだい」

「食事が遅くなってしまったから、かたづけが終わったのが十時だったでしょ。それからお風呂で、ベッドにはいったのが十一時。ぼんやり考えていたのが一時間として、眠ったのは十二時ごろだったと思うわ」

「それから一時間後に、ぼくの電話で叩《たた》き起こされたわけか」

「寝入りばなだったけど、ちゃんと目を覚ましたでしょ」

「おふくろがもう一度、きみに連絡をとるってことは、やっぱりありえないな」

あれこれと考えてみたところで、どうすることもできないのだと井ノ口は思った。春絵の帰りを待つほかはない。なるようにしかならないのだと、諦める気になっていた。

しかし、由布子との電話を切ってからも、井ノ口はなかなか眠れなかった。ふと意識が跡切《とぎ》れたのは、午前四時ごろだったと思われる。その浅い眠りも長くは続かず、今度は彼が電話のベルによって叩き起こされたのであった。

寝室に電話を切り替えて、そのままにしておいたのである。

時間は、午前五時三十分。

電話は、春絵の死を伝える警察からの連絡であった。

2

井ノ口一也にとっては、信じられないことばかりだった。

彼が憂慮《ゆうりょ》していた最悪の事態は、春絵が由布子を殺すということであった。事故については想像もしたが、春絵が殺されるということは、まったく予測しなかったのである。

だが、結果はその逆であり、由布子に何事もなく春絵が死んだのだ。それに、墜落死という春絵の死に方も、井ノ口には信じられなかった。さらに、春絵が死んだという場所にしても、そうであった。

春絵は山下マンションの屋上から墜落して、即死したものと断定されたのである。

山下マンションの正面は、南西に向いている。通りに面して建てられた建築物は、すべてそういう向きになっていた。その通りは、それほど豪華ではないが一応、商店街になっている。

山下マンションの一階も二階もスーパー・マーケットであり、地階は駐車場であった。マンションの裏側、つまり北東に接して中学校がある。その中学校とマンションのあいだには、整地もされていない空地が広がっている。

通り抜けができない空地だし、中学校とマンションにはさまれたあたりには、住宅が一戸もなかった。したがって、通行人や自動車が、はいり込んでくることもない。昼間であれば、空地は子どもたちの遊び場になっている。

また、中学校の校庭も賑《にぎ》やかで、何かあれば大勢の目撃者が名乗り出るはずだった。しかし、夜になると一変して中学校は無人の世界と化し、裏の空地はいかにもそれらしく闇に閉ざされてしまう。

マンションの屋上から裏の空地へ人間が墜落するのを見たというほうが、おかしいくらいである。現に、目撃者はひとりもなかったし、マンションの住人もまるで気づかなかったのだ。

午前五時に商店街に住む老人が、たまたま早起きしたために犬を連れて散歩に出かけ、マンションの裏の空地にはいり込んだのであった。その結果、老人と犬が死体を発見することになったのである。

老人の急報により、五分後に二台のパトカーが到着した。所持品から、死者の身もとはすぐにわかった。それで五時三十分には井ノ口のところへ、身もと確認を急ぐ警察からの電話がはいったのだ。

地面には、人体が激突した痕跡《こんせき》や窪《くぼ》みが生じていた。墜落死に、間違いなかった。山下マンションの屋上を調べたところ、北東向きのフェンスに春絵の衣服の一部が、ちぎれて引っかかっていた。

さらに、フェンス際に春絵の靴の片方が、転がっていた。そのあたりと死体があった地点とは、垂直の一線によって結ぶことができる。それで、春絵は山下マンションの屋上から、墜落死したものと断定されたのである。

山下マンションの屋上では、十日前から、貯水タンクを別に新設する工事が行われていた。ついでに、いたんでいる北東側のフェンスの一部を、取り替えるという工事も進められていたのだ。

そのために立入り禁止だった屋上が、このところ夜間でも出入り自由の状態にあった。そして、春絵が落ちたあたりのフェンスの一部は、三メートルほど完全に取り払われていたのである。

井ノ口が駆けつけたころには、すでに所轄《しょかつ》の荏原警察署の刑事たちが、現場付近を忙しく動き回っていた。井ノ口は、変わり果てた姿の母親と対面した。もちろん彼は春絵の遺体であることを確認した。

「お気の毒なことで……」

四十半ばの刑事が、名刺を差し出しながら頭を下げた。

「ご苦労さまです」

井ノ口は、名刺に目を落とした。

警視庁荏原警察署刑事課捜査一係　巡査部長　野口大三郎《のぐちだいさぶろう》、と漢字ばかりの活字が並んでいた。井ノ口も自分の名刺を、野口大三郎という刑事に渡した。

「ほう」

井ノ口の名刺を見て、刑事は目を細めた。刑事が何を感心したのか、井ノ口にはわからなかった。

「いつ死んだのかは、まだわからないんですか」

井ノ口は、刑事に訊いた。井ノ口には何よりも、春絵が墜落死した時間が気がかりだったのである。由布子と春絵が昨夜このマンションの屋上で対決した、ということが彼の頭から離れなかったのだ。

「解剖《かいぼう》結果を待たなければ、正確なことは言えません」

野口大三郎という刑事は、首をかしげるようにして答えた。刑事は井ノ口と同じくらいに背が高くて、ツルのように痩《や》せていた。また顔色が青白いせいもあって、カミソリのような鋭さを感じさせる。

「解剖するようになるんですか」

「九〇パーセント、他殺と判断されるもんですからね」

「はあ」

「あなたは、どう思われますか」

「そんなこと、わたしにはわかりませんね」

「いや、母上が自殺されたとお考えかどうかを、お尋ねしているんですよ」

「自殺ということは、ありえません。自殺する理由もないし、そのような気配もありませんでしたからね。それに自殺するような弱気な母ではないんです」

「もちろん、遺書もなかったんでしょう」

「ええ」

「現場や所持品からも、遺書らしいものは見つかっておりません。それから、自殺だとしたらもう少し正確に、飛びおりたでしょうな」

「正確にとは……？」

「つまり、フェンスに着ているものの一部を、引っかけたりはしないというわけです。それに自殺の場合、屋上に靴の片方だけを残すという例は少ないんです。ハキモノの両方を残すか、両方を履《は》いたままで飛びおりるか、というのが一般的な例でしてね」

「ところが母上は、靴の片方だけを履いて、バッグを手にして、墜落したということになるんです。これは明らかに、第三者の力によって突き落とされたことを物語っておりますね。不意に後ろから押しこくられて、母上は大きくよろけたんでしょう。そのために靴が片方だけ脱げてしまい、フェンスにぶつかって洋服の一部を引っかけたというふうに思われますな」

「そうでしょうね」

「過失死ということは……」

「墜落死されたのが昨夜だったことは、間違いないんですよ。夜になってひとり工事中の屋上へ出て、過失によって地上に墜落したというのは、話としてもおかしくはありませんか」

「まあ、そういうことになりますね」

「実はですね、なによりも問題なのは母上とこのマンションとの結びつきなんですよ。まさか母上は、通りがかりに、まるで関係のないマンションの屋上へ、のぼってみたわけじゃないでしょう。当然、母上はこの山下マンションのある部屋を訪れて、その部屋の住人と一緒に屋上へ出たものと、推定されるんですけどね。このマンションに母上の知り合いが、住んでいらっしゃるんじゃないんですか」

野口という刑事は井ノ口の顔を見た。

刑事の表情は穏やかだが、目つきは突き刺すように鋭かった。しかも、いまの井ノ口にとっては、最も恐ろしい刑事の質問だったのだ。

3

井ノ口が田園調布の家に戻ってきたのは、午前七時三十分であった。

彼は出かけたときと、まったく変わらない姿だった。刑事が同行しているわけでもないし、井ノ口はひとりきりであった。

春絵の遺品のひとつも、手にはしていなかった。春絵の遺体は、現場から運び去られた。大学法医学部の教授の執刀《しっとう》で、解剖されるのである。いわゆる司法解剖で、それだけでも単なる変死の扱いではないということがわかる。

殺人事件と、断定されたのだ。自殺ではないし、事故死でもない。残るは他殺である。警視庁捜査一課の応援を求めて、荏原署に捜査本部が設置されると、野口大三郎という部長刑事も言っていた。

春絵の遺品はすべて、鑑識《かんしき》に任されることになる。人間がひとり死んだというのに、遺体も遺品もない。春絵の遺体は、明日の夕方までに返されるという。通夜《つや》は明日の晩、告別式は明後日になるだろう。

井ノ口は、家の近くでタクシーをおりた。彼はあたりを、見回した。知っている顔はないし、刑事に尾行されているはずもない。井ノ口は被害者の息子であって、犯人の側に立つ人間ではないのである。

そうとわかっているが、いまの井ノ口の気持ちは犯罪者の心理に似ていた。それはすでに野口大三郎刑事に嘘をついていたし、警察に対して秘密を作ろうとしているせいであった。

井ノ口は公衆電話のボックスへはいった。周囲に目を配りながら、ダイヤルを回した。どうしても由布子と、打ち合わせをすませておかなければならないことがある。いまの時間なら、まだ由布子はマンションにいるはずだった。

「もしもし……」

まるで待っていたみたいに、由布子が電話に出た。

「もう、事件を知ったんだな」

井ノ口は言った。

「いまになって、大変な騒ぎだわ。マンション中がそのことで持ちきりだったから、殺されたのは井ノ口春絵という人だそうよって、廊下の話し声がわたしの耳にもはいったんだけど……」

緊張した口ぶりで、由布子の喋り方はどうしても早くなった。

「それできみはいま、どうしているんだ」

井ノ口も心臓の痛みに、息苦しさが増していた。

「どうしているって、何もしていないわ。まだネグリジェのままだし、顔も洗っていないの」

「駄目だよ、そんなことじゃあ……」

「あなたはどうしていらっしゃるの」

「現場へ行っておふくろだということを確認して、いま家の近くまで戻ってきたところだ。もちろん、ぼくは会社を休むことになる。しかし、きみはいつもと変わらずに、冷静な顔をして出勤するんだ」

「でも、わたし……」

「いいから、落ち着くんだ。いま、いちばん肝心なのは警察や会社に、きみとおふくろの接触を知られないことなんだからね」

「わたし、容疑者にされるかしら」

「警察が重視しているのは、おふくろと山下マンションの結びつきだ。おふくろは山下マンションに住んでいる誰かに会いに行って、そこの屋上から突き落とされたものと警察では見ている。このマンションにおふくろの知り合いは住んでいないかって、ぼくも刑事から訊かれたよ」

「それで、どうおっしゃったの」

「ぼくは、嘘をついたよ。まったく、心当たりがないってね」

「そんな嘘をついて、大丈夫なの」

「しかたがないだろう。ぼくの口から八〇二号室の安城由布子のところへ、おふくろは出かけていったと言えるかい。そのことを認めてしまったら、すべての事情を警察の耳に入れなければならなくなる。ぼくたちの愛情問題が原因で、きみとおふくろは、激しく対立していたこと。昨夜、きみとおふくろは山下マンションの屋上で、かなり険悪な状態のうちに一時間三十分を過ごしたこと。そうと知ったら警察も世間も、きみのことを疑わずにはいられなくなる」

「動機があって、アリバイはないってわけなのね」

「時間にズレがあったにしろ、きみとおふくろが山下マンションの夜の屋上にいたという事実は、どうすることもできない」

「わたし、容疑者なんかにされたくない。わたしは何も、やっていないんですもの」

「だったら、平静を装うことだ」

「でも、刑事がマンションのお部屋を残らず、聞込みに回るでしょ」

「おふくろが八〇二号室に出入りするところを、誰かに見られたことはあるのかい」

「たぶん、気づかれていないと思うわ」

「昨夜、おふくろと二人で屋上にいるところも見られてはいないんだろう」

「それは、絶対でしょうね。屋上への行き帰りにも、人影はまったく見かけていないし……」

「それだったら、知らないで押し通せるじゃないか」

「井ノ口春絵という人を知らないかって刑事に訊かれても、見たことも会ったこともないって嘘をつくの」

「ぼくと口裏を合わせて、心当たりがないって答えてくれなければ困るよ」

「わたしに、そんな嘘がつけるかしら。すぐに顔に出ちゃいそうだし、わたし、自信がないわ」

「しっかりしてくれよ」

「わたし、お通夜に顔を出したりしないほうがいいわね」

「厚生課の連中が、告別式に顔を出すだろう。そのとき一緒に来ればいい」

「とても、怖いわ。これから、どうしたらいいのかしら」

由布子の声が震えていた。いや、息が乱れているのかもしれない。訴えるような言葉つきは、泣きたい気持ちを抑えているせいだろう。

「きみを、容疑者にはしたくない。考えることはこれだけだし、そのためにも取り乱してはいけないいんだよ」

井ノ口は、顔の汗を拭いた。脂汗《あぶらあせ》が、滲《にじ》み出ているのである。

「どんなことがあっても、あなただけはわたしを信じてくださるでしょ。ねえ愛している?」

由布子は急に、絞り出すような声になっていた。

「愛している。だから、顔を洗って出勤の支度を始めなさい」

井ノ口は胸の奥に、甘いような悲しいような疼《うず》きを覚えていた。初めて知った奇妙な感情であった。味方は互いにひとりしかいないという甘さと、そのことの孤独感が入りまじっているのかもしれなかった。

「じゃあね」

弱々しい泣き声で言って、由布子は電話を切った。気が強くてしっかり者の由布子にしては珍しく、敗北者のように絶望感にも通ずる泣き方であった。そのくらいに彼女にとってはショックであり、ひどく取り乱している証拠でもある。

井ノ口は、電話のボックスを出た。

あと春絵と由布子の接触について知る者は、妻の純子だけであった。井ノ口は純子にも、口止めをするつもりでいた。口止めに純子は、素直に応ずるはずだった。その理由の第一として、純子には春絵の死を悲しむ気持ちがない、ということがある。

第二の理由は、井ノ口と由布子の関係をいたずらに明らかにはさせたくないという配慮であった。単に世間体とか、妻としての自分の立場を、考えてのことではない。

もし井ノ口と由布子の関係が、付随するトラブルとともに会社の知るところとなった場合、純子にも火の粉《こ》が降りかかる。井ノ口は責任をとって、辞職することになるだろう。それは純子や純一にも、大きな影響を及ぼすことだった。

井ノ口と離婚する意思がない限り、現況における生活を守っていかなければならない。春絵が死んだことから、純子にはいっそう井ノ口との離婚などが考えられなくなったはずである。

そうだとすれば、純子は何としてでも決定的な家庭の崩壊を防ごうとする。そのためにも純子は、騒ぎを大きくすまいと努めるだろう。余計なことはいっさい口にしないで、知らぬ存ぜぬで通せばいい。

純子にとっては、春絵が誰に殺されようと知ったことではないのだ。春絵の死を大いに歓迎すればこそ、憎むべき敵を殺してくれた犯人が逮捕されようとされまいと、どうでもいいことなのである。

井ノ口は、玄関の中へはいった。奥の方から、子どもの笑い声と足音が聞こえてくる。純一が騒いでいるのだ。純一はもちろん、祖母の死を知らされていない。だが、純子は百も承知なのである。

「純一、いいかげんになさい。こら、よしなさいって言っているでしょ」

純子の声が純一を追っている。別人ではないかと、錯覚しそうになるような純子の声であった。このように明るく楽しそうで、張りのある純子の声をここしばらく井ノ口は耳にしたことがなかった。

「だめよう」

純子と純一の笑い声が、呼応するように聞こえてきた。

4

電話をかけるのと、かかってくる電話の応対で一日が過ぎてしまった。

井ノ口の会社関係の人間と都内に住む親戚《しんせき》、それに石川県の金沢にいる一族に連絡をすませた。春絵が殺されたらしいことと、通夜と告別式の予定日時を知らせるだけの連絡であった。

単なる知り合い、春絵の友人、近所の人々には知らせなかった。テレビのニュースや新聞で事件を知り、先方から訪れてくれるのを待つことにしたのである。しかし、噂《うわさ》が広まるのは早いもので、問い合わせの電話が絶え間なくかかるようになったのだ。

午後になると、都内に住んでいる親戚の連中が次々に訪れた。そのなかには、松原静香や井ノ口の両親の兄弟の姿もあった。夕方には、井ノ口のかつての同僚や上司が何人か姿を見せた。五代弘樹も来た。

夜にはいると、近所の人たちが顔をのぞかせた。夕刊の記事を見て、驚いて駆けつけたという人々だった。夕刊の記事は、かなり大きかった。それに『殺人事件とみて捜査を始めた』と明記されていた。

延べにして五十人ほどの男女が集まったが、だだっ広い座敷や客間、応接室などに屯《たむろ》して、話し込むだけであった。飲み食いをしては引き揚げていく人々と、新しい客が目まぐるしく交替する。

通夜でないことは、わかっている。要するに、顔見せである。遺体も遺影もなく、線香を立てることもない。涙も白いハンカチも、見られなかった。遺体がなければ死の実感も湧かず、泣いたりすれば演技だと受け取られるだろう。

井ノ口はさすがに疲れた。客の応対をしながら、常に別のことを考えているせいだった。由布子のことが、気になっているのである。捜査本部がいつ由布子に目をつけるかわからないと、井ノ口は秒刻みの不安を強《し》いられるのであった。

それより先に進んで、考えることもある。春絵を殺したのは誰か、ということであった。春絵は殺されたのであれば、必ず殺した犯人がいる。強盗の犯行ではないし、痴情《ちじょう》といったことにも無縁であった。

怨恨《えんこん》か、邪魔な存在として春絵を消したか、殺しの動機はそのどちらかだった。由布子には確かに、容疑の対象とされそうな動機がある。純子にしても、春絵の死を最も歓迎する人間のひとりだろう。

だが、いまは警察の動きが、何よりも恐ろしかった。井ノ口は犯罪に無関係であり、春絵殺しの犯人が逮捕されることを望んでいる人間である。それでいて、警察の動きと捜査の進展を恐れるという複雑な気持ちに支配され、そのために疲れきってしまったのだ。

井ノ口は茶の間の奥のリビングで、一休みすることにした。茶の間と台所は、純子と近所の主婦が占領していた。新しい客のために鮨《すし》やヤキトリを運ぶ役目、ビールの栓《せん》を抜き茶器の用意をする役目、洗いものをする役目と、主婦たちは分業に専念している。

純子は台所から、一歩も出ようとはしなかった。化粧もしないで、働くことに打ち込んでいる。口数も少なく、沈んだ横顔を見せていた。今朝、純一とともに楽しそうに笑っていた純子とは、またしても人が変わったようだった。

姑が殺されて、殊勝《しゆしよう》に振る舞っている嫁である。しかし、姑の死を知りながら今朝の嫁は、明るい声で笑ったりして実に楽しそうであった。

昨夜は純子も、家にいなかった。行く先もはっきりしていないし、帰宅時間はかなり遅かった。純子は昨夜、春絵が由布子に会いに行ったということを知っていた。春絵のあとを追えば、山下マンションへも行きつけるのである。

すぐ横にある電話機が、けたたましい音を立てた。井ノ口は、ハッとなっていた。だが、何も電話まで恐れることはないのだと、彼は気をとり直して送受器を手にした。

「井ノ口さんのお宅でしょうか」

男の声が、いきなりそう言った。

「はい」

あまり接したことのない人間だという判断から、聞き覚えのない声だと井ノ口は思った。

「夕刊の記事で知ったんですが、このたびはどうもとんだことで、心からお悔《く》やみを申し上げます」

男の声は、聞き取りにくかった。茶の間と台所で主婦たちの会話が、休みなく続けられているからというのではない。男は堂々と口をきこうとせずに、遠慮がちに声をひそめているのである。

「どちらさまですか」

井ノ口は訊いた。

「阿久津忠雄という者です」

卑屈に笑いながら、男の声が答えた。

「あんたは……」

大きな声になりそうなのを、井ノ口は咳込《せきこ》むことによって防いだ。

「お二人の仲人役を務めさせていただきまして、どうもいろいろと……」

「今夜はどういう魂胆があって、自宅へ電話をかけてきたりしたんだね」

「魂胆なんて、そんなものはありません。新聞を見て、驚きましてね。純粋な気持ちから、お悔やみを申し上げようと思っただけなんですよ」

「自宅の電話番号を、どうして知っているんだ」

「そんなものあなた、その気になればいくらでも調べがつきますよ。それに、わたしは何でもよく知っていましてねえ」

「一度、あんたと会いたいんだ。あんたの後ろで糸を引いている人間は誰なのか、それをどうしても知りたいんでね」

「もちろん、わたしはある人に雇《やと》われて、動いているんですがね。会うのはよしましょうよ。声だけのおつきあいで、十分じゃないですか。こうして、わたしも素直に告白していることだしね」

阿久津忠雄は、真面目《まじめ》な口調になっていた。

11　通夜《つや》の刑事

1

阿久津忠雄という男の顔を、はっきりとは記憶していなかった。

一度しか、会ったことがないのである。芝居の切符を井ノ口のところへ、届けにきたときのことだった。それも安城由布子から頼まれたと切符を置くと、逃げるように立ち去ったのであった。

風采《ふうさい》の上がらない四十男という印象が、記憶に残っているだけである。すっかり忘れてしまったわけではないので、もう一度会えばこの男だと思い出すだろう。

だが、阿久津のほうは、井ノ口のことをよく知っている。いまも電話で、井ノ口さんですかと念を押そうともしなかった。井ノ口の短い言葉を聞いただけで彼の声だと、阿久津にはわかったのだ。

阿久津とは、いったい、何者なのか。ある人間に頼まれて行動していると、阿久津はいまはっきりと認めた。しかし、ある人間とは誰なのか、もちろん阿久津が白状するはずはない。

由布子が阿久津からもらったという名刺を捜し出して、マンションへ持ち帰った。山下マンションの彼女の部屋で、井ノ口もその名刺を見た。だが、それはひどく変わった名刺だったのだ。

阿久津忠雄という名前が印刷されているだけで、肩書き、会社名、勤務先や自宅の電話番号など、ほかに活字はひとつもなかった。それでは職業も連絡先も、見当のつけようがない。

最初からそういうつもりで、名前だけの名刺を作らせたのだろう。当然、阿久津忠雄というのも、本名ではないだろう。偽名である。そうなると名刺は、阿久津の正体を知るための手がかりにはならない。

マッサージ・チェアの販売会社のセールスマンを装《よそお》っていたが、そうした職業にしても口から出まかせの嘘《うそ》っぱちだったのだ。説明書もカタログも持ってこないのは、当たり前であった。

それらは、由布子に接近するための口実である。由布子に接近した目的は、井ノ口との仲を取り持つことにあった。あれこれと工作して、踏んぎりがつかずにいる井ノ口と由布子の仲を、愛人関係にまで発展させることだったのだ。

何のために、そんなことをしたのか。阿久津はただ、スポンサーの指示に従っているのだが、彼を雇《やと》ったという人間の真意がわからない。井ノ口と由布子が愛人関係に陥《おちい》っても、利益を得る人間などいないのである。

阿久津を動かしている人間とは、いったい誰なのか。

そして、どのような魂胆《こんたん》があるのか。

「質問に、答えてくれるかね」

井ノ口は言った。この機会に探れることは、探り出しておこうと思ったのである。

「答えられることでしたら、お答えしますがね」

阿久津の声は、笑っていた。

「最初の芝居の切符の件だが、あんたが罠《わな》にはめたんだろう」

「あれなんか、うまいもんでしょう。お二人ともその気があるもんで、まんまと引っかかりましたね」

「名古屋への出張に、ぼくが安城君を誘ったみたいに見せかけたのも、あんただったんだね」

「安城さんはあれにも、夢中になって飛びつきましたな」

「名古屋のパーク・ホテルのぼくの部屋を、シングルからツインに変更したのも、あんたがやったことだ」

「スイートにしたかったんですが、そこまでやると怪しまれますからね」

「あの夜のうちに帰ろうとした安城君を、ぼくの部屋へ呼び戻したのも、あんたの小細工《こざいく》だったんだろう」

「わざわざ東京からあなたが泊まっておいでのホテルへ駆けつけた安城さんが、その夜のうちに帰ってしまう。これはまだ結ばれないうちに、何かあって喧嘩《けんか》別れしたんだろうって察しをつけましてね」

「たいした洞察《どうさつ》力だ」

「あのときの安城さんは、泣き出しそうな顔をしてましたからね。そのくらいの察しはつきますよ。それでボーイに頼んで、部屋へ戻るよう伝えてもらったんです。安城さんは、躍《おど》り上がるようにして引き返していきましてね」

「どうしてそこまで、世話を焼かなければならないんだ」

「せっかく、お膳立《ぜんだ》てをして、チャンスをつくって差し上げたんですよ。お二人で泊まっていただいて、初夜を過ごしてもらわなければ意味がないじゃないですか」

「それで翌朝ロビーでぼくたちの姿を、確認したってわけか」

「腕を組んでお熱いムードでいるお二人の姿を、拝見させていただきましたよ。ああこれで無事に初夜のドッキングはすんだなって思ったので、わたしは退散しましたがね」

阿久津は、淫《みだ》らな笑い声を出した。初夜のドッキングがすんだと、直接的な表現をしている。

どうやら、上品な人種ではないらしい。金になることなら何でもやる男ではないかと、井ノ口はあらためて不安を感じていた。

「それでもう、あんたの任務は終わったというわけかね」

井ノ口は訊《き》いた。

「そういうことになりますな。もうお二人は、愛人関係にある。あとはわたしが手を貸さなくたって、お二人の仲は深くなる一方でしょう」

阿久津はまたヒヒッと、嬉《うれ》しそうに笑った。

「そんなことをして、あんたの雇い主には何か利益があるんだろうか」

「さあ、わたしにはわかりませんな。わたしはただあなたと安城さんを愛人関係へ導くように頼まれただけで、それ以上のことは聞かされておりません」

「あんたを雇ったのは、いったい誰なんだね」

「それは、申し上げられません」

「どうしてもか」

「言えませんね」

「金を出しても、いいんだが……」

「井ノ口さん、わたしにはそんな取引きに応ずる必要はないんですよ」

「必要はない……？」

「だって、そうでしょう。あなたから金を絞《しぼ》り取ろうと思えば、取引きなんかしなくても、まとまった金をいただけるんですからね」

「それは、どういう意味だ」

「中外軽金属は、妻子ある男子社員と女子社員の恋愛を、厳しく禁じているんでしょう。あなたは、そのタブーを犯している、もしわたしがそのことを、人事部長なんかの耳に入れると言ったら、あなたはどうします。わたしに口止め料を、払わずにはいられないでしょう」

「ちょっと、待ってくれたまえ」

「もうひとつ、井ノ口春絵さん殺しの捜査本部に、タレコミをするって方法もあるんです。山下マンションの八〇二号室に、あなたの愛人が住んでいるってね」

「脅迫する気か」

「いや、その気になればあなたに恵んでもらわなくっても、金を引き出すことができるって話なんですよ。しかし、いまのところわたしには、そんなつもりはありません。そんなケチな脅迫なんかしなくても、いまのわたしにはほかに金のなる木があるんでね」

「金のなる木……」

「それにせっかく、わたしが縁結びになってくっつけた井ノ口さんと安城さんを、簡単には別れさせたくありませんからね。あなたは罠とか小細工とかいやな言い方をするけど、わたしのお蔭でお二人は思いを遂《と》げられたんでしょう。今後もせいぜい、いい思いを味わってくださいよ」

ヒヒッと笑って、阿久津忠雄は一方的に電話を切った。

2

翌日の午後四時に、春絵の遺体が無言の帰宅をした。

解剖《かいぼう》結果は、死因が首の骨折と全身打撲《だぼく》であった。即死したということである。毒物反応もなく、刃物による外傷とか首を絞めた跡とかもなかったという。墜落死であることに間違いはなかった。

死亡推定時刻は一昨日《おととい》、五月十五日の二十三時前後だった。夜の十一時前後である。山下マンションの屋上で、由布子と春絵が言い争っていた時間とは、二時間以上のズレがあった。

しかし、これはあくまで由布子の主張を、真実として信じた場合のことである。井ノ口には信じられても、警察や世間はおそらく疑ってかかるだろう。時間のズレというのは、問題にされないのだ。

午後十一時前後に、由布子と春絵が屋上にいるところを、目撃した人間はいなかった。その代わり、それより早い時間に二人が屋上にいるのを、見た者もいないのである。また、十一時前後に由布子が八〇二号室にいたということを、証明できる者もいない。

由布子の立場は、やはり不利である。

純子の場合は、どうだろうか。

一昨日の夕方、純子は春絵より三十分遅れて家を出ている。帰宅したのは、十一時であった。十一時という遅い時間に帰宅したのも、それまで連絡を入れなかったのも、純子にしては珍しいことだった。

純子は、高校時代の親友のところへ、遊びに行ったのだと言っている。東京にそのような親友が住んでいるとは、これまで一度も聞かされたことがなかった。その親友と、十年ぶりに会うというのもおかしい。

その点を井ノ口が追及すると、純子はそんなことどうでもいいだろうと逃げてしまった。そのうえ純子は、春絵が由布子を殺すのではないかと、不気味なことを口にした。結果的には春絵が殺されたのだが、殺人を予言したことに違いはない。

死亡推定時間は、午後十一時前後。

もし犯行が十時三十分だったとしたら、十一時に帰宅することは可能である。純一を連れていたが、どこかに預けることもできるし、眠っている純一を抱いたままでも犯行は不可能ではない。

その純子は今夜もまた、近所の主婦たちと一緒に台所にいて、廊下へも出ていこうとはしなかった。人手は十分だし、近所の主婦たちに任せておいて大丈夫だった。喪主の妻が、通夜の席に顔を出さないほうがおかしい。

「奥さん、ここはわたしたちに任せて、お座敷のほうへいらしたほうがいいわ」

「そうよ、さあ着替えをなさったら」

「根《こん》をつめると、身体がもちませんわよ」

「お客さまにご挨拶《あいさつ》するんだって、ご主人ひとりでは大変でしょう」

「奥さまが顔をお出しにならないなんて、変に思われるわ」

近所の主婦たちが、口々にそう言った。

だが、純子はなかなか、すすめに応じようとしなかった。純子は、春絵の血縁者たちの冷たい目を、恐れているのだった。特に金沢市から駆けつけた一族と、松原静香の両親が、純子の存在を無視するのである。

金沢市にいる親戚《しんせき》のおもだった者と、松原静香の両親の耳には、生前の春絵が純子に関して言いたいだけの悪口を吹き込んであった。気に入らない嫁、性悪《しょうわる》な女、財産目当て、一也と離婚させたいなどと、春絵は純子のことをクソミソに言っていたのに違いない。

春絵は財産の一部を松原静香に贈与し、残りはすべて寄付するつもりでいた。純子の手にはビタ一文、渡したくない。春絵は純子を追い出して、静香を息子と結婚させたがっていた。

そういうことを、親戚一同は知っていたのである。親戚の者たちは人情として、純子に好感を持てない。ましてや春絵が急死して、誰よりも喜んでいるのは純子だと思えば、なおさらのことであった。

「これで故人の財産は、嫁の意のままになるわけですね」

「いやでも一也さんが、相続することになるんだからな。一也さんのものは、純子さんのものだ」

「折合いが悪かったお姑《しゅうとめ》さんが消えてくれて、財産だけが残ったんですからね。笑いがとまらないでしょうよ」

「静香ちゃんも早いところ、財産をもらっておけばよかったのにねえ」

「これじゃあくやしくて、春絵さんも浮かばれないんじゃないのかね」

「まったくですよ。ほんとうに、犯人が憎らしい」

「春絵さんが亡くなって、いちばんいい思いをする者が犯人じゃないのかね」

こうしたことを年寄りたちが、聞こえよがしに言うのであった。

金沢にいる親戚一同のほとんどが、初対面の相手だった。それに純子は静香の両親とも、あまり会ったことがない。いや、会わせてもらえなかったのだ。それだけに純子は、いたたまれなかったのである。

十時になると、通夜の客の出入りがなくなった。帰る人はすべて引き揚げたし、いまから訪れる客はいなかった。完全な通夜をする者、泊まるつもりでいる客、家が近い人々だけが残った。親戚、血縁者、特に親しかった知人、義理堅い客、近所の人々が、三十五、六人も残っただろうか。ごった返していた家の中が、急に静かになった。人々は落ち着いて飲んだり食べたりしていたし、いかにも通夜らしい雰囲気になっていた。

若者の死ではないので、泣く人は少なかった。涙が涸《か》れるほど泣き続けていたのは、松原静香であった。春絵に実の娘のように可愛《かわい》がられていた静香なのだから、無理もないことだともらい泣きする者もいた。

その静香が近づいてきて、井ノ口の耳に顔を寄せた。

「警察の人よ」

静香が、ささやいた。

井ノ口はギクリとなって、泣き腫《は》らした静香の顔を見やった。

「警察……？」

「玄関に、来ているわ」

静香が、赤い目でうなずいた。

井ノ口は立ち上がって、玄関へ向かった。動悸《どうき》が速くなり、井ノ口は喉《のど》の渇《かわ》きを覚えた。由布子のことで、捜査本部から刑事が来たのではないだろうか。山下マンションに住む由布子と春絵が結びつくことに、警察は気づいたのかもしれない。

玄関には、二人の刑事が立っていた。ひとりは、野口大三郎という荏原署の刑事である。もうひとりは、三十半ばの刑事だった。貫禄《かんろく》もあって、厳しい顔つきをしている。野口大三郎が、本庁の捜査一課の刑事だと紹介した。

「お取り込みのところを、申しわけありません。お通夜でしたら、あとでお線香を上げさせていただくことにして、いまはここでお話を伺《うかが》わせてください」

野口刑事が言った。

「どんなことでしょう」

井ノ口はすでに、緊張しきっていた。

「山下マンションの八〇二号室に、中外軽金属本社の女子社員が住んでいるんですがね。ご存じですか」

鶴《つる》のような感じの野口刑事は、穏やかな笑顔を見せている。だが、笑っていない目だけは、例によって突き刺すように鋭かった。

やはり——と、井ノ口は息を詰めていた。

3

被害者は、山下マンションに住む知り合いを訪ねた。その知り合いと被害者は、山下マンションの屋上へ出て話し込む結果となった。夜も遅い時間に、わざわざ屋上へ出るというのは普通ではない。

当然、両者のあいだには、何らかのトラブルがあったと考えなければならない。部屋の中で、声高《こわだか》にやり合うわけにはいかなかった。そのために、気がねなしに言い争うことができる場所を、深夜の屋上に求めたのだ。

言い争いは本格的な喧嘩となり、興奮状態が殺意を招くことになった。加害者は衝動的に、暴力に訴えたのだろう。はずみというものもあって、屋上のフェンスが取りはずされている部分から、被害者は地上へ墜落した。

したがって、犯人は山下マンションの住人のひとりと、判断していいはずである。また被害者は、その山下マンションの住人のところへみずから出向いていったものと、考えなければならない。

以上のように、警察では最初から確信していたのである。捜査本部では多くの刑事を投入して、山下マンションの住人をひとり残らず調べることになる。

職業、経歴、年齢、交際範囲などから、春絵との関連をチェックするわけである。もちろん、住人ひとりひとりに会って、当人の口からも話を聞く。由布子もその中のひとり、ということになる。

そうなれば遅かれ早かれ、被害者の息子と勤務先が同じということで、由布子の存在がクローズ・アップされる。いまさら、あわてても仕方がない。くるべきものがきたと考えるほかはないと、井ノ口は自分に言い聞かせた。

「そうですか。それは知らなかったな」

井ノ口は、頭に手をやった。いくらか落ち着けたような気がしたが、声が震えているのではないかと何となく不安だった。

「まったく、ご存じなかったんですか」

野口刑事は、笑いを消さなかった。それが井ノ口には、皮肉っぽい笑いのように感じられた。

「知りませんでしたね」

井ノ口は思わず、刑事の顔から目をそらしていた。野口刑事はすでに、由布子とも会っているはずである。由布子はどのように、受け答えをしたのだろうか。

おそらく井ノ口の指示どおりに、由布子も知らぬ存ぜぬで押しきったのに違いない。そうでなければ、二人の刑事が井ノ口の話を聞きに来たりはしないだろう。由布子を重要参考人として、取り調べているはずである。

「安城由布子さんという人なんですがね」

野口刑事が言った。

「安城君ですか」

井ノ口は、驚いた顔をして見せた。

「よく、ご存じでしょう」

「ええ、安城君ならよく知っています」

「あなたは一時期、安城さんの上司だったそうですな」

「そうですよ」

「個人的にも、親しかったわけでしょう」

「個人的に親しくても、プライベートな接触というものはまるでありませんからね」

「上司であって部下がどこに住んでいるか、つまり住所なんかを知らないものなんですかね」

「住所までは、知りませんね。安城君が品川区のマンションに住んでいるということぐらいは、何となく知っていましたけどね」

「山下マンションに住んでいる人たち全員を調べてみたんですが、安城さんを除いては母上とのあいだに接点があると思われるような人は、ひとりもいないんですな。母上と有形《ゆうけい》無形《むけい》の関連を持つ者は、まったくおりません。ひとり残らず、母上とは別の世界に住む人たちなんですよ」

「安城君を除いてとは、どういう意味なんです」

「つまり、安城さんだけに、接点らしいものが認められるんです」

「それは彼女が中外軽金属の本社に勤務していて、わたしがかつて彼女の上司だったということなんでしょう」

「被害者はあなたの母上であり、犯行現場となる山下マンションには安城さんが住んでいる」

「それが母と安城君の接点になるんですかね」

「まあ、繋《つな》がりがあると言って、言えないことはないでしょうな」

「母は中外軽金属の本社へ行ったこともないし、安城君もこの家には一度も来たことがない。それでどうして、母と安城君が知り合いになれるんでしょうね」

「人間関係というのは複雑なものだし、妙なことから憎み合ったりすることもありますよ」

「殺したり殺されたりするには、それなりの深いつきあいがあるからでしょう。会ったこともない母と安城君が、どうして殺したり殺されたりするんですか。母は山下マンションの屋上から、何者かに突き落とされて死んだ。そのマンションにたまたま、わたしと同じ会社に勤めている安城君が住んでいた。ただ、それだけのことじゃないですか。すべて、偶然にすぎません」

「あなたは、母上がなぜ山下マンションの屋上にいらしたかということを、まるで気にかけていないようですな」

「刑事さんだって、殺人にはそれ相応の動機があるということを、無視しているじゃないですか」

「まあ、すべてが推定から、始まっていることなんでね」

「そうでしょう。母が安城君の部屋に出入りしているのを見た、母と安城君がマンションの屋上にいるのを見た、という目撃者がいたんだったら話は別ですけどね」

「ここへ来る前に山下マンションに寄って、安城さんに会ってきましたよ」

野口刑事がさりげなく言った。それは井ノ口の胸を、チクリと刺すような言葉であった。刑事たちは、井ノ口が示す反応を窺《うかが》っているようである。あるいは井ノ口を、引っかけようという魂胆なのかもしれない。

「そうですか」

井ノ口は、顔をそむけたままでいた。引っかかるまいと、彼は神経をとがらせていたのだった。

「安城さんにも、いろいろとお尋ねしたんですが……」

「安城君は、わたしの母と会ったことがあるとでも、言いましたかね」

「残念ながら、何も知らないの一点張りでしたよ」

「当然です」

「ただ気になるのは、安城さんの場合もあなたとそっくり同じだったということですな。安城さんもあなたのように強硬な態度だったし、頑強に否定するというやつでしてね。あなたみたいに安城さんも、感情的になっていましたよ」

「そうした受け取り方は、刑事さんの主観によるものでしょう」

「事実を隠そうとすると、人間は興奮気味になるもんです。それに複数の人間がぴったり同じ態度を示し、否定の仕方もそっくりなときは、すでに打ち合わせがすんでいて口裏を合わせているものとみて、まずまちがいありません」

「ずいぶん、失礼な言い方じゃないですか」

井ノ口は事実、感情的になっていた。

「ところで、もう一度念を押させていただきますが、あなたと安城さんにプライベートな交際はなかったんですね」

野口刑事は巧《たく》みに逃げて、質問を変えていた。

「ありません！」

井ノ口は、声を張り上げていた。

「実は、安城さんの同僚から、興味ある話を聞きましてね。その同僚の話によると、誰かははっきりわからないけど、安城さんには恋人がいるんだそうです」

「彼女も、年頃ですからね。恋人がいるのは、当たり前でしょう」

「ところが、その恋人というのが安城さんの元上司で、妻子ある男なんだそうですよ」

「まさか、その恋人がわたしだなんて言うんじゃないでしょうね」

「もしそうだとすると、あなたの母上が息子と別れてくれって話を安城さんのところへ持ち込んだということで、スジも通るんですがね」

「冗談じゃありませんよ」

「もちろん、あなたは否定されるでしょうな」

「当然です」

「当の安城さんまでが、恋人なんていないって否定するんだから、まったく不思議な話です」

野口刑事は、ニヤリとした。今度こそまちがいなく、皮肉な笑い方であった。だが、刑事の質問は、そこまでであった。二人の刑事は、焼香《しょうこう》をさせてもらうと、靴を脱いだ。焼香をすませてから、刑事たちは純子に会いたいと申し出た。二人の刑事と純子は、誰もいない応接間で、三十分ほど話し込んでいた。その間、井ノ口の心臓は、激しく痛みどおしだった。

純子にも口止めしてあったが、余計なことを言ってしまうのではないかと、気が気ではなかったのである。しかし、三十分後に二人の刑事は、何事もなかったような顔で帰っていった。

4

五日が過ぎた。

ようやく、家の中も落ち着いた。告別式の翌日に、遠来の親戚一同は金沢へと引き揚げた。もう訪問客もなかったし、家の中はガランとしていて静かだった。春絵が殺されたという事件が、まるで嘘のようである。

茶の間や廊下に、いまにも春絵が姿を現わしそうな気がする。だが、春絵はすでに、過去の人であった。この家には井ノ口と純子、それに純一しか住んでいない。三人の家になったのだ。

人の出入りがなくなると、目に見えて純子が明るくなった。春絵がいた頃に比べると、まるで別人のようであった。三つ四つは若返ったようだし、純子の明るい笑い声や陽気なハミングがよく聞かれるようになった。

純子にとって春絵の死は、まったく不幸にならなかった。純子は春絵の死を心から歓迎し、幸福な日々の訪れとしているのである。純子はそうした気持ちを、隠そうとはしなかったのだ。

純子はこの家の主婦に、なりきっていた。いや、自分の家だと思い込んでいるのかもしれない。春絵の遺産を井ノ口が相続するについて、純子は早くも相続税のことを気にしてばかりいた。

その後、事件の捜査は進展していないようである。新聞にもそれらしい記事は載っていなかったし、二度と刑事の訪問も受けていない。由布子を泳がせておいてじっと観察を続けているのか、あるいは捜査方針を転換させたかなのだろう。

井ノ口は由布子と、一度も会っていなかった。電話もかけていない。連絡が完全に、途絶《とだ》えている。いまは、連絡をとることも危険である。井ノ口と由布子が接触するのを、捜査本部では待ち受けているかもしれないのだ。

告別式のときに、由布子の姿をチラッと見かけただけであった。厚生課の女子グループの中に、由布子はまざっていた。由布子は、古館カズミと一緒だった。井ノ口の方を、見ようともしなかった。もっとも井ノ口の隣りには、純子がすわっていたのである。

それにしても気になるのは、野口刑事が由布子の同僚から聞いた話だった。由布子には元上司で妻子ある男の恋人がいると、その同僚は言ったという。由布子の同僚となると、厚生課の人間である。

厚生課はおろか会社全体にも、井ノ口と由布子の関係を知る者はいないのだ。もしかすると、古館カズミかもしれない。古館カズミには、銀座のバーで二人一緒にいるところを見られている。

古館カズミ。

阿久津忠雄という男。

いまやこの二人が、気になる存在であった。

純一が寝てしまうと、夫婦二人だけの夜になる。リビングでぼんやりテレビを眺めながら、井ノ口は古館カズミと阿久津忠雄のことを考えていた。

「あなた、お話があるの」

風呂から上がってきた純子が、向かい合っているソファに腰をおろした。

「うん」

井ノ口は、テレビの画面に目を向けたままでいた。

「はっきり、言わせてもらうわね」

純子は、脚を組んだ。湯上がりの身体を、ブルーのネグリジェで包んでいる。ネグリジェ一枚でいられるのも、春絵がいなくなったからである。

「どういう話だ」

井ノ口は純子へ、視線を転じた。

「あの人と、別れてちょうだい」

純子の顔は、少しも怒っていなかった。むしろ、明るい表情をしている。

「何だ、いきなり……」

井ノ口は再び、テレビへ目を戻した。

「いきなりってことはないでしょ。妻として当然のことを、望んでいるんですもの。安城由布子ときっぱり手を切って、完全に絶縁してほしいわ」

「いまは、そんな話し合いなんてしたくない」

「逃げないで。わたしはそのつもりだったから、あなたに協力もしたのよ。そのことを、忘れないでもらいたいわ」

「協力って、どういうことだ」

「お通夜のときに、わたしは刑事さんにいろいろと質問されたのよ。安城由布子を、知っているか。ご主人と安城由布子は、特別な関係にあるんじゃないか。お姑さんは、安城由布子のことを知っていたのではないか。お姑さんは山下マンションへ、行ったことがあるんじゃないか。事件当夜、お姑さんはどこへ行くと言って出かけたのか。こうしたことのほかにも、もっともっと訊かれたわ」

「そうだろうな」

「でも、わたしは最初から最後まで、そんなはずはありません、知りませんで押し通したのよ。つまり、わたしはあなたとの約束を、守ったんだわ」

「それは、認めるよ」

「口止めされていることを忠実に守ったのは、あなたと取引きするつもりがあったからだわ」

「そう。あなたの要求にわたしが従ったかわりに、わたしの要求もあなたにのんでもらうという取引きよ。そのわたしの要求というのは、あなたが安城由布子と別れることだわ」

「取引きか」

「わたしは離婚なんてことには、絶対に応じないわ」

「こっちにも、無理に離婚する気はない」

「だったら、なおさらでしょ。寝室を別にするような夫婦生活なんか、とても耐えられないわ。これからはわたしたち三人で、いくらでもしあわせな毎日を過ごせるんじゃないの。それとも、あなたは自分の母親を殺した女と、いつまでもかかわりを持っていたいのかしら」

「彼女がおふくろを殺した……？」

「わたしはまちがいないと思っているわ」

純子は、そう言いきった。

「取引き……？」

12　悪い噂《うわさ》

1

由布子が春絵を殺した犯人ではないと、誰が断言できるだろうか。

むしろ、由布子が犯人である可能性のほうが強いのだ。捜査本部も由布子を犯人と、判断している。容疑者あるいは重要参考人と、見ているのであった。それは、それなりの根拠があるからだった。

警察だけではない。もし事実を知れば、世間も由布子が犯人だと断定するだろう。現に事実を知っている純子は、由布子こそ犯人にまちがいないと言いきっているではないか。

由布子には、春絵を殺す動機がある。

春絵は由布子に、井ノ口と別れるようにと迫っていた。春絵はありとあらゆる言葉を用いて、由布子を罵倒《ばとう》し侮辱《ぶじょく》した。今後も井ノ口の愛人でいるつもりなら、こっちにも考えがあると春絵は由布子を脅《おど》した。

由布子は気持ちのうえで、追いつめられていた。

しかも、由布子と春絵のあいだには、憎しみや怒りがあった。春絵は愛人という名の由布子が、絶対に許せなかった。由布子はどのようなことがあろうと、井ノ口との愛を失いたくなかった。

そうした二人が、山下マンションの夜の屋上で、最終的な対決のときを迎えた。このことは、由布子も認めている。ただ時間にズレがあったと、由布子は主張しているが、それを立証できる者はいない。

二人は言い争っているうちに、感情的になった。あるいは逆上した春絵のほうが、先に手を出したのかもしれない。カッとなった由布子は、無我夢中で春絵を突き飛ばした。

春絵は、地上に墜落して死んだ。

これならば、確かにスジも通るのである。推定に無理がないし、いかにも自然であった。野口部長刑事ではないが、春絵は山下マンションの屋上から墜落死し、同じマンションに由布子が住んでいたという事実関係が、何よりも重大なのである。

しかし、そうした見方を井ノ口だけは、あえて否定しているのであった。それは、どうしてなのだろう。全知全能《ぜんちぜんのう》の神でもない井ノ口に、真実を見とおせるはずはなかった。では由布子のことを、信じきっているためだろうか。

そうでも、なさそうである。由布子のことを絶対的に信じているのであれば、刑事に嘘をついたり、事実を隠したりはしないだろう。ほんとうのことを打ち明けて、警察によって身の潔白を証明してもらおうとするはずである。

井ノ口と由布子のプライベートな関係については、公表あるいは口外してくれるなと要求すれば、捜査本部は受け入れることだろう。だが、そこまで踏みきれる勇気と、自信がなかったのだ。

それでいて井ノ口は、由布子のことを信じようとしている。いや、信じたがっているのだった。信ずる理由は抽象的なことばかりで、それらは単なる主観にすぎなかった。

一、由布子に人殺しなど、できるはずはない。

一、由布子にはムシも殺せないやさしさがあり、カッとなって人を殺すような無知な女ではない。

一、どんなことがあっても、由布子は、愛する男の実母を殺したりはしない。

一、由布子が犯人なら、春絵と屋上へ出たりはしなかったと、もっと徹底して嘘をつくだろう。

一、カッとなって春絵を殺したのであれば、そのあと自分の部屋で眠ってなどいられない。

一、犯行後、姿をくらますか、自首するかしているはずである。

一、犯行後、井ノ口との電話で当たり前なやりとりをするといった演技が、由布子にできるだろうか。

一、由布子は井ノ口だけには、絶対嘘をつかない。

以上のような理由について、井ノ口は由布子の無実を信じている。その井ノ口を支えているのは由布子を失いたくないという彼女への愛であり、孤立した二人の共犯者意識と連帯感なのである。

「彼女を、犯人にしたいのか」

井ノ口は、妻の顔を見据《みす》えた。

「そんな感情論じゃなくて、わたしは事実を指摘しているんだわ」

純子はネグリジェの裾《すそ》を翻《ひるがえ》して、台所へ立っていった。

「真実は、わからない」

井ノ口は腕を組み、目をつぶった。心身の疲れが、音を立てて流れていくようだった。

「じゃあほかに、誰がいることになるの。マンションの屋上なんかに辻《つじ》強盗がいるはずはないし、おかあさまが痴漢に襲われるとは考えられないでしょ」

戻ってきた純子が、テーブルの上に二つのコップを移した。コップの中身は、氷を浮かべた麦茶であった。

「彼女がおふくろを殺すなんて、そんなことが考えられるか」

「人間なんて、わからないものよ」

「ありえないことだ」

「そう思いたいのが人情でしょうけどね。贔屓目《ひいきめ》ってわけよ」

「そうじゃない」

「彼女を、愛している。だから、彼女を庇《かば》いたいってことなんでしょうけど、このままですまされるような問題じゃないのよ。警察に嘘をついたりして、そんなことをいつまでも続けられるとでも思っているの。いまにあなたも、共犯者にされてしまうわよ」

「そんな、馬鹿な……」

「ねえお願いだから、いいかげんに目を覚ましてちょうだいよ。あなたのおかあさんを殺した女のために、あなたは身を滅ぼすつもりなの。あなたがどうしてもあの女と別れられないというなら、仕方がないわ。わたし、あの女を殺人犯として、告発してやるつもりよ」

「今度は取引きじゃなくて、亭主を脅迫しようというのか」

「わたしはただ、知っていることを正直に、捜査本部へ行って打ち明けるだけよ。そうしたら安城由布子は逮捕されるでしょうし、あなたと彼女はいやでも別れなければならなくなるのよ」

「本気で、そんなことを言っているのか」

「そうするのが善良な市民としての義務だし、わたしと純一の生活を守るための当然の権利でしょ」

「おれも、失業することになる」

「いいじゃないの。会社なんて、辞めちゃいなさいよ」

「辞めて、どうするんだ」

「おかあさまの遺産を残らず整理すれば、どこか地方で商売ぐらいはできるでしょ。なにも、東京だけが生きる場所じゃないんだし、どこか遠くへ行って、親子三人で新しい生活にはいるというのも悪くないわ。平和でしあわせな家庭をめざして、再スタートするのよ」

「あんたはもう、そんなことまで考えていたのか」

純子の顔を見守ったままで、井ノ口は冷えた麦茶を飲んだ。彼はふと、妻の将来への読みと計算というものに、空恐ろしさを覚えていたのである。

「とにかく、過去は捨てきりましょうよ。大切なのは、あなたとわたしと純一という三人だけの未来なのよ」

純子も、麦茶のコップを口へ運んだ。

「あんたもずいぶん、過去を捨てきることで焦《あせ》っているみたいだな」

「それ、どういう意味なの」

「今度のことであんたにも、振り返りたくないことや、思い出したくないことがあるんじゃないのか」

「そんなこと、何もないわ」

「会社も辞めろ、財産も整理しよう、東京も離れよう。それで、どこか遠いところへ行って出直そう、親子三人だけで新しい人生の再スタートをしよう。これは汚れた過去を、捨てたがっている人間の言うことだ」

井ノ口の目つきが、冷ややかに鋭くなっていた。

「嘘よ！　そんなの……」

純子は、激しく首を振った。口から飛び出した氷の破片が、部屋の壁にぶつかって小さな音を立てた。井ノ口のほうが、驚いたくらいの反応であった。純子は憤然となって、リビングを出て行った。

大事な話の結論もなにも、あったものではなかった。純子はどうして、そうまで狼狽《ろうばい》しなければいられなかったのか。

2

初七日《しょなのか》が過ぎて、井ノ口は一週間ぶりに出社した。会社も社員たちも、まったく変わりなく井ノ口を迎えた。何もかもが懐《なつ》かしく感じられて、しばらくぶりに帰郷したような気分だったのは、彼ひとりだけの感傷というものだろう。

井ノ口の仕事は、挨拶回りから始まった。お悔《く》やみと慰《なぐさ》めの言葉を聞きながら、井ノ口はただ頭を下げるだけであった。犯人はまだわからないのかと、好奇の目を光らせても、そのことを口にする者はいなかった。

厚生課の部屋にも行った。

そのことが実は、井ノ口にとって何よりも楽しみであり、大きな期待の対象となっていたのである。この一週間、由布子とはまともに顔を合わせていない。連絡も、途絶えていた。

厚生課の部屋で、その由布子と会い、言葉を交わすことにもなるのであった。井ノ口は、緊張していた。初恋の相手と初めて二人きりになった少年のように、胸がドキドキするから不思議だった。

「どうも、このたびは……」

「告別式には、わざわざ来てくれてありがとう」

「お役に立ちませんで……」

「どうも、ほんとうにありがとう」

やりとりは、それだけであった。ほかの連中との挨拶と、まったく変わりなかった。人目が光っていて、どうすることもできないのである。メモを手渡したり、合図を送ったりするのは不可能だった。

特に課員たちは、井ノ口と由布子の接近に注目しているようであった。それは井ノ口の母親が殺されたマンションに由布子が住んでいて、そのことで刑事が会社へ聞込みに来ていたと、彼らも承知しているからなのだろう。

井ノ口は、古館カズミの姿を捜していた。だが、彼女の華《はな》やかな衣服に包んだ姿も、大人っぽい美貌《びぼう》も見当たらなかった。古館カズミの机の上は整頓《せいとん》されているし、たまたま離席しているという感じでもない。

「古館君は……？」

井ノ口は、由布子に訊いた。

「昨日で、退職しました」

一瞬、由布子は訴えるような目つきで、井ノ口を見上げた。

「退職した……？」

井ノ口は由布子の手から折りたたんだ紙片が、彼の足のあいだに舞い落ちるのに気づいた。

「今月いっぱいで退職することに決まっていたんですけど、予定が早まったとかで急に昨日になって……」

由布子は背を向けて、井ノ口から離れながら言った。

「彼女、結婚かな」

井ノ口は紙片を拾い上げた手を、さりげなくポケットの中へ入れた。

井ノ口は課員たちの目礼に送られて、厚生課の部屋を出た。由布子からの伝言に目を通したいという気持ちを抑えて、井ノ口は足早に廊下を歩いた。彼としては、精いっぱいの用心であった。

七階の総務部長の部屋を訪れた。総務部長の部屋は広く、秘書を通さないと部長室にははいれなかった。ただの部長ではなく、総務担当の重役だからである。部長はワイシャツ姿で、電話に出ていた。

「いま、お客さんなんだ。あとで、こっちから電話する」

井ノ口の顔を見ると、総務部長はそう言ってすぐに電話を切った。

井ノ口は、ちょっぴり不安を覚えていた。井ノ口はただ、一週間も休んでいたことの挨拶と、総務部から出ている香典《こうでん》への礼を述べるために、部長室を訪れたのである。

ところがどうやら、総務部長は井ノ口を待ち受けていたようなのだ、それも、ほかからかかっていた電話を途中で切るとなると、よほど重要な用事があるのだろう。もちろん、仕事には無関係であった。

総務担当の重役が一係長に対して直接、仕事の話をするはずはなかった。それに、井ノ口が所属する第一工場部は、総務部と業務上の関連がない。総務部長が関心を持つとすれば、むしろ社員の個人的な問題だろう。

それだけに、井ノ口は不安だったのだ。

「このたびはもう、とんだことだったね。まったく、えらい災難だ。きみもさぞかし、疲れただろう」

総務部長は立ち上がって、部屋の中央にある応接セットを指さした。

「いろいろお心遣《づか》いをいただいたうえに、ご心配やらご迷惑やらをおかけして、申しわけございませんでした」

井ノ口は、深く頭を下げた。

「いや、こっちは当然のことをやらしてもらっているんだから、なにも気にすることはないんだよ、うん」

総務部長はソファにすわると、外国タバコに火をつけた。

「どうも、ありがとうございました。心から、お礼を申し上げます」

腰を折りながら井ノ口は、本来ならばこのまま部長室を出て行けるのだが、と思った。しかし、総務部長はソファに腰をおろして、タバコの煙を吹き上げている。総務部長のほうで用がある、という証拠であった。

「まあ、いいから、そう硬くならずに、うん。儀礼的なことは、抜きにしようじゃないですか」

部長は井ノ口にも椅子《いす》にすわるようにすすめた。

「なにかお話が、あるんでしょうか」

恐縮もしていたし緊張感もあって、井ノ口は突っ立ったままでいた。

「うん、まあそういうことなんだがね。ところで、きみは来週から出張ってことになっていますね」

「月曜日から五日間の予定で、沖縄へ行って参ります」

「こんなときに、東京を離れたりしていいんだろうか。きみだって精神的ショックが大きかっただろうし、疲れているんじゃないですか」

「大丈夫です」

「もしなんなら、誰かと交替してもかまわないいんじゃないのかな」

「いや、沖縄の空や海を眺めたほうが、むしろ気が晴れると思います」

「そうかね。だったらひとつ、ご苦労だがお願いしましょう」

「はあ」

「そうして精神的ショックも尋常ではなかっただろうし、肉体的にも疲れきっているきみに追い討ちをかけるみたいで、実は気の毒なんだがね。どうも悪い噂《うわさ》があるんだな。それもふたつね、うん」

総務部長は膝《ひざ》を揺すりながら、溜《た》め息とともに煙を吐き出した。やや回り道をしたようだが、総務部長はようやく本題にはいったのである。悪い噂について重役から審問《しんもん》を受けるのは、井ノ口にとって深刻な事態であった。

3

突っ立っていても仕方がないと、井ノ口は思った。こうなったら、度胸を決めるほかはないのである。法律を犯しているわけではないし、重役から一方的に追及を受けるようなこともしていなかった。

悪い噂がふたつあると、総務部長も言っている。噂の段階であってそれについての弁明を聞きたがっているのにすぎない。なにもびくびくする必要はないと、井ノ口はやや開き直った感じだった。

井ノ口は、総務部長と向かい合いのアームチェアに、腰を沈めた。卑屈な態度と受け取られないように、井ノ口は胸を張って、ゆったりとすわったつもりであった。さすがに、脚は組まなかった。

「うん」

総務部長は、満足そうにうなずいた。

「どうぞ、おっしゃってみてください」

井ノ口は、総務部長の顔を見守った。

「まず、中外保養センターについてなんですがね」

メガネをはずすと、総務部長は目をこすった。

「はあ」

井ノ口は、意外に思った。まったく予期していなかった言葉が、総務部長の口から飛び出したためである。

『中外保養センター』というのは、伊豆《いず》の伊東《いとう》市に建設中のホテルであった。

その保養センターの建設が企画されたのは、いまから四年前のことである。中外軽金属の製品を建築資材に使って、大企業のシンボルとなるようなビルを建てたらという大株主の提案が端緒《たんしょ》となったのだ。

それなら、保養センターにしたらいいだろう。社員とその家族、外国からの客はすべて無料とするホテル形式の建物がいい。一般客にも安い値段で、利用してもらうホテルではどうか。

全国から社員を集められる研修会場にもしてもらいたいし、労働組合の大会が開ける大会議場も欲しい。ありとあらゆることに利用できる一大総合保養センターを建設して、中外軽金属のシンボルにしよう。

このように計画が進められて、具体案もできあがった。たまたま伊東市に中外軽金属の社有地がある。温泉も引けるということで、そこに十五階建てのビルを建設するという最終決定がなされた。

高級ホテルとリゾート・マンションをまぜ合わせたような八百の客室のほかに、大会議室、研修会用の小会議室、大小の宴会場、地下の体育館、プール、テニス・コート、大浴場といった設備が整っている。

　総工費は九十億円とも、百二十億円とも言われていた。着工が昨年の五月で、二年後には完成ということになっている。中外保養センターについて井ノ口は、そのくらいのことしか知っていなかった。

「三成《さんせい》建設という会社を、記憶していると思うんだがね」

　総務部長が言った。

「はあ」

　三成建設は保養センターの周囲の土木工事をすべて請け負っている会社だと、井ノ口は自分の記憶を何度も確かめていた。道路の舗装、整地と造園、石段、遊歩道、プール、テニス・コートなどは、いずれも三成建設の施工であった。

「この三成建設の営業マンがひとり、不本意な理由によって退職させられた。最近になってのことですがね」

「はあ」

「その営業マンの口から、洩《も》れたことなんだ」

「はあ」

「三成建設が施工会社に選ばれるために便宜《べんぎ》をはかってもらい、その謝礼として一千万円相当の金品《きんぴん》が、中外軽金属本社の厚生課の人間の手に渡っているというんだ」

「そのことが何か、わたしに関係しているとおっしゃるんですか」

「その営業マンは、厚生課の誰かと名前までは知らないと言っている。しかし、上司がK・Iとイニシャルを口にするのを、耳にしたことがあると明言しているんですよ」

「K・Iですか」

「その時期は、去年の一月だそうだ。去年の一月に、きみは厚生課にいましたね」

「はあ」

「その頃の厚生課の社員の名前を調べてみたんだが、K・Iのイニシャルに該当するのはきみだけなんですよ」

「お言葉を返すようですが部長、厚生課の一係長にいったいどんな決定権があったんでしょう」

「うん」

「決定権がなければ、便宜をはかることなど不可能です。そのわたしに、一千万円の金品を贈るなんて、金をドブに捨てるようなものでしょう」

「確かに、あらゆる決定権は保養センター建設委員会という委員会が、一手に握っていましたよ。しかし、その役員会のメンバーは、具体的になにひとつ知ってはいなかった。ただ、事業部とか厚生課とか宣伝企画室とかの窓口の説明、推薦、意見などを聞いて、それではそうしましょうと最終決定を下すだけだった。したがって強い推薦があれば、そのまま通ってしまったんです」

「厚生課は施工会社の推薦まで、できなかったはずですよ。保養センターであって全国的に利用者がいるというので、だったら本社の厚生課が一枚噛《か》んでもいいだろうと、その程度の関係しかなかったんですからね」

「きみは建設委員会に呼ばれて、参考意見を述べたことは一度もなかったのかね」

「建設委員会に出席したことも、三成建設の社員と接触をもったことも、まったくありません」

「すると、このK・Iというイニシャルも、一千万円相当の金品を受け取ったという噂も、きみへの中傷《ちゆうしよう》ってことになりますね」

「いや、わたしには中傷を受けたりする覚えもありませんから、なにかの間違いではないでしょうか」

「間違いね」

「わたしを陥《おとしい》れたところで、得をする人間なんておりませんからね」

「役人ではないから、贈収賄《ぞうしゆうわい》といった犯罪行為にはならない。しかし、社員として好ましくないやり方だし、悪い噂には違いないので、はっきり確かめておきたかったんですよ」

「もう少し具体的なことで証言があるようでしたら、わたしはいつでもその証人と対決します。中傷とか誤解とかではなくて、根も葉もない噂だということを、わたしとしては申し上げておきたいですね」

「いや、わかった。わたしも九九パーセントは事実無根だと思っておったし、いまももちろんきみのことを信じていますよ」

総務部長は体操をするように、立ち上がったあと両腕を屈伸《くっしん》させながら、窓のほうへ足を運んでいった。

「ありがとうございます」

井ノ口は、ホッとしていた。重役を相手に、臆《おく》するところがなかった。一歩も退《ひ》くことなく、堂々と渡り合った。総務部長は微動だにしない井ノ口の前に、追及するほどの余裕もなかった。

井ノ口にはそうした満足感があって、両足を投げ出したくなるような心境だったのだ。それがホッとしたときの、気の緩《ゆる》みであった。彼は思わず、もうひとつの悪い噂というのを、忘れていたのである。

「ところで、きみの女性関係なんだがね」

振り返って総務部長が、いきなりそう言った。

井ノ口の背筋が、ピクッと震えていた。胸に鉄の棒でも、打ち込まれたような気がした。心臓が躍るような痛みを感じて、井ノ口は返事をすることも忘れていた。彼は両足を引っ込めると、なんとなくすわり直した。

4

安城由布子のことだが、と切り出されたほうが、それほど衝撃は受けなかったはずである。そのように質問されるのは当然であり、予期していたことでもあったのだ。ところが総務部長は、女性関係という言い方をした。

井ノ口と由布子が特別な間柄にあると、総務部長は決めてかかっている。反射的に、そう受け取りたくなる。それで井ノ口は狼狽し、足をすくわれたような気持ちを味わったのであった。

「捜査員が人事課や厚生課へ、聞込みに来ている。それがどうやら、きみと安城君の関係について確かめたがっているらしいというんだ」

総務部長は壁に沿って、室内を一巡するようである。

「そうですか」

井ノ口はハンカチで、何度も顔の汗を拭《ふ》き取った。

「もちろん、捜査員にいくら尋ねられても真相を知る者はいない。だから、誰にも答えられない。捜査本部も、断定は下せない。それでまだ噂の段階ということになるんだが、人事課長なんかは青い顔をして、頭をかかえ込んでいますよ」

「人事課長がですか」

「そう」

「それはまた、どうしてです」

「どうしてって、きみも承知しているはずですよ。わが社は既婚の男子社員と、独身の女子社員の恋を厳しく禁じている」

「はあ」

「それというのも、わが社はそうしたことでなぜかついておらん。これまでだって何度か新聞沙汰《ざた》になっている。そのために、愛人関係のメッカ中外軽金属なんて、週刊誌にも書かれているでしょう」

「はあ」

「やれ自殺だ、やれ傷害事件だと、その原因は不思議と既婚の男子社員と独身の女子社員との恋愛問題だ。それでわが社では風紀を乱すものとして、独身者同士でない男女の職場恋愛をタブーとしたわけでしょう」

「はあ」

「人事課長は、今度はいよいよ殺人事件との関連を世間がとやかく言うのではないかって、縮み上がっているんだな」

一まるでもう、わたしと安城君とが特別な関係にあると、決めてかかっているみたいです
ね」
「そこでだ。この際ひとつ、はっきりさせておきたいんだがね」
総務部長は、立ちどまった。自分の席を、目の前にしている。しかし、総務部長は立っ
たままで、井ノ口を見据えていた。厳しい表情だし、目つきも鋭かった。
「はあ」
井ノ口は、身体を硬くしていた。
「厚生課長や人事課長に立ち会ってもらって、安城君の口から真偽のほどを聞きたいんだ
が、そんなことをすれば人権問題なんて言われそうだ。それで、きみの明確な返事を、聞
かせてもらおうと思ってね」
「はあ」
「きみはもう若気《わかげ》の過《あやま》ちでしたで、すまされる年ではない。それに一応、責任あるポスト
にもついている。そうしたきみが、いいかげんなことを言ったり嘘をついたりするはずは
ないと、わたしも信頼している」
「はあ」
「そしてわたしも男、きみも男じゃないか。うん、男同士が肝胆相照《かんたんあいて》らして、真実を語る
わけですよ」

「そのつもりで、わたしの質問に答えてくれたまえ」

「はあ」

「念のために断わっておくが、正直な答えとしてきみ自身に責任をもってもらうよ。あとになって会社や総務部長を騙《だま》したんですなんて弁解は、通用しませんからね」

「わかりました」

「井ノ口君、きみと安城由布子君のあいだには、プライベートな接触があるんですか」

席に着いてから、総務部長はおもむろに訊いた。

「まったく、ありません」

井ノ口は、すかさず答えた。同時に取り返しのつかないことをしてしまったと心が寒くなり、嘘の重みが井ノ口の頭を押さえつけた。だが、どうしてこの場で、ほんとうのことを口にできるだろうか。

わが身を守るためだけの嘘ではないのだ。井ノ口がここで由布子との関係を認めれば、そのことは総務部長から捜査本部に伝えられる。そうなれば由布子は、容疑者以上に不利になるかもしれないのである。

「結構だ、これでわたしも安心した。井ノ口君、どうもご苦労さまでした」

総務部長が、演技ではなく笑顔になっていた。

「失礼しました」

頭を下げて井ノ口は、あっさりと総務部長に背中を向けた。井ノ口も余計なことは、いっさい口にしたくなかったのだ。早くひとりになりたかったのだ。彼は廊下へ出た。ひどく、暗い気持ちになっていた。

歩きながら、紙片を取り出した。折りたたんだレターペーパーには、細かい字が並んでいた。会社で書いたものではなく、昨夜のうちから用意してあった手紙なのである。そう思うと読まないうちから、由布子の決意というものが感じられた。


お疲れのことと思います。

わたしも精いっぱい頑張っていますが、現実は予想以上に厳しくて、もう負けそうです。

会社も針のムシロだし、マンションのほうにも捜査本部の目が光っているようです。わたしはしばらく会社もお休みし、東京を離れようと思っています。このまま会社のほうは、辞めてしまってもかまいません。

郷里へ帰って、名古屋の会社に就職するのもいいのではないかと思います。とにかく、いまのわたしにとって唯一の救いは、あなたと沖縄で過ごす数日間です。

あなたに抱かれているときにだけ、わたしは生きているという気持ちになれるのです。

このまま二人きりにもなれずに、東京の夜を送るなんて、想像しただけで気がふれそうになります。

早く、あなたに愛されたい。この手紙を書きながらも、ずっとあなたの名前を呼び続けています。

実はもう、沖縄のムーンビーチを予約してあるんです。あなたが沖縄へ出発なさる前日、つまり日曜日にわたしはひとりでムーンビーチに向かいます。月曜日に沖縄へ着いたら、ムーンビーチに必ずお電話をくださいね。

南国の海を眺めて、また星空の下で、将来のことを話し合い、はっきりした方向を決めましょう。わたしは二人のためだったら、どんなことでも決意するつもりです。

愛しています、好きです。

わたしの一也さま

あなたの由布子

この手紙、燃してしまったほうが、いいと思います。

紙片をまるめながら、危険だと井ノ口は思った。由布子が行動を起こせば、刑事がそのあとを追うのではないか。もちろん由布子のことだから、ホテルを予約するにも偽名を使ったりはしないだろう。

由布子はついに、じっとしていられなくなったのだ。いまの由布子は、恋に燃える女であった。深謀遠慮《しんぼうえんりょ》など投げ捨てて大胆な賭《か》けに出る。それが、情熱というものだった。

13　蜜《みつ》の夜

1

由布子に、翻意《ほんい》を促《うなが》す必要があった。すぐに東京を、離れたりしないほうがいい。軽率な行動は命取りになると、由布子に伝えなければならない。まずは会社を休むという由布子を、思いとどまらせることだった。

だが、連絡のしようがない。会社内で顔を合わせるわけにはいかないし、電話も危険であった。もちろん、由布子のマンションへは、近づくこともできなかった。マンションへの電話も、遠慮したほうがよさそうだった。

やはり、手紙がいちばん安全である。厚生課の部屋をさりげなく訪れて、人に気づかれないように由布子の目の前に手紙を置く。それが確実で、無難なやり方だろう。厚生課を訪れる口実も、ちゃんと用意できる。

翌日の昼休みに、井ノ口は厚生課の部屋へ向かった。ポケットの中には、折りたたんだ便箋《びんせん》一枚が忍ばせてある。昨日の総務部長の言葉を思い出して、これはかなりの冒険だと、井ノ口は緊張していた。

厚生課の部屋には、人影が疎《まば》らであった。食事や散歩に出かけている者が、多いのである。しかし、まもなく午後一時だから、課員たちもおいおい戻ってくることだろう。井ノ口は、課長席に近づいた。

いまの厚生課長も若く、井ノ口より一期だけの先輩であった。その若い課長は、顔の前にスポーツ新聞を広げていた。課長席の前に立ちながら、井ノ口は由布子の姿を目で捜していた。

由布子の姿は、見当たらなかった。食事に出ているのだろうか。それにしては、机の上がさっぱりしすぎている。椅子も机の下に、押し込んであった。休んでいる社員の席という印象だった。

しまったと、井ノ口は狼狽していた。由布子は今日から、休暇をとってしまったのに違いない。昨日の今日であり、あまりにも気が早すぎる。そう思いながら井ノ口は、新幹線に乗っている由布子の姿を想像していた。

少し離れたところに、二人の男がいる。二人の男の目が、流れるように由布子へ走る。刑事である。だが、由布子は刑事たちに、まったく気づいていない。刑事たちはどこまでも、尾行を続けることになる。

由布子は必ず、愛する男と接触するはずである。その由布子が井ノ口と落ち合ったところへ、刑事たちが出現する。現場を押さえられては、もう弁解の余地がない。刑事たちは、それを目的に尾行しているのだ。

危険だと、井ノ口は胸のうちでつぶやいていた。

「やあ」

顔の前から新聞をどけて、厚生課長が井ノ口を見上げた。

「どうも……」

井ノ口は、笑って見せた。

「ぼくに、何か用かね」

スポーツ新聞をたたんで投げ出すと、厚生課長はくわえたタバコに火をつけた。

「古館君のことなんですがね」

用意してあった口実を、井ノ口は持ち出した。

「彼女、急に辞めちゃってねえ。今月いっぱいで退職するとは聞かされていたんだけど、いきなり今日で辞めますって言われて、まったくまいったよ。仕事の引き継ぎもなにも、あったもんじゃない。女の子ってのは、気ままというか、無責任というか、自分の都合しか考えないからね。上に立つ者は、泣かされっぱなしだよ」

厚生課長は一気にまくし立てて、タバコの煙を吹き上げた。

「その退職の理由、わかりませんか。古館カズミ君からはお香典もいただいているし、もし結婚のための退職だったら、お祝いをさせてもらわないと、と思いましてね」

井ノ口のほうも、嘘八百を並べ立てた。

「さあ、よくわからんねえ。結婚という説もあるし、外国へ行くらしいって噂もあるし、奇々怪々《ききかいかい》だよ」

「そうですか」

「もともと彼女は、徹底した秘密主義者だったっていうからねえ」

「すると、消息も不明ってわけですか。退職後の……」

「らしいな。でも、退職金を受け取りにもう一度ぐらいは、会社に顔を出すんじゃないかな」

「そのときを、待つほかないですか」

「まったく、頭が痛いよ。もうひとりあそこにも上司泣かせの女の子がいてねえ」

厚生課長は、遠くの由布子の席を指さした。

「安城君ですか」

井ノ口は百も承知のうえで、伸び上がるようにして由布子の席を見やった。

「そうなんだよ」

厚生課長は、顔をしかめた。

「安城君が、どうかしたんですか」

井ノ口は、息苦しさを覚えていた。

「今日から、無期限の休暇だとさ」

「無期限……？」

「休暇を使い果たしたら、あとは欠勤になるかもしれないっておっしゃるんだ。それに休暇を認めてくれないんなら、昨日付けで退職させてもらいますって、一方的通告を受けたよ」

「それもまた、強引ですね」

「退職させてもらいますって、ぼくたちも一度ぐらい言ってみたいじゃないか」

「しかし、安城君は例の事件のトバッチリのために、いろいろな面で追いつめられていたんじゃないですか」

「そう、その点は同情するよ。まあ、彼女の場合は特別と言っても、いいんじゃないかな。警察はしつっこいし、社内の連中は野次馬《やじうま》根性を発揮するし、上層部は色メガネで見るし、若い女性にしてみればたまったもんじゃないよ」

「そうでしょうね」

「安城君が、相当に参っていたことは確かだ。それでまあ、逃げ出す気にもなったんだろうね」

「郷里へ、帰ったんですか」

「そうらしい。彼女はおそらくそのまま、会社を辞めるつもりだろう」

「いや、その前に事件のほうが解決すれば、安城君も戻って来ますよ」

「あんたとしちゃあ、そうなるように祈りたいんじゃないのか」

「そのとおりです。わたしの母親が安城君の住んでいるマンションで殺されたばっかりに、彼女の一生に影響するような迷惑をかけてしまったんですからね。安城君に関しては、わたしも責任を感じないではいられません」

「まったく、あんたと安城君は、奇妙な因縁《いんねん》で結ばれてしまったもんだな」

井ノ口を見上げる厚生課長の目が、何かを探るように笑っていた。結ばれている——という言葉も、あるいは厚生課長の皮肉なのかもしれなかった。

厚生課長ももちろん、総務部長に呼ばれて井ノ口と由布子の関係について訊かれているのである。厚生課長としても一応、井ノ口と由布子が特別な仲にあるのではないかと、疑ってかかっているのに違いない。

「お邪魔しました」

井ノ口は、厚生課長に背を向けた。

いずれにしても、手遅れだったのだ。由布子はすでに、会社を辞めるつもりで休み始めている。もう、東京にもいない。由布子はひとまず、郷里の知多半島へ向かったのである。

そして今度の日曜日には、由布子は沖縄へ飛ぶ。彼女は沖縄本島の中部西海岸にあるムーンビーチで、月曜日に到着する井ノ口を待ち受けているのであった。

それが危険な行動だという自覚も、由布子にはないのである。

こうなったからには、どうすることもできなかった。由布子の実家の電話番号を、井ノ口は知っている。だが、知多市へ電話を入れることも、いまは差し控えるべきであった。沖縄でなんとかうまく、由布子と会うほかない。

矢は、放たれたのであった。

2

次の月曜日までが、途方もなく長く感じられた。

その月曜日が、ようやく訪れた。とにかく、この日までは何事もなく過ぎた。春絵が殺された事件の捜査も、まったく進展を見ていないようである。だから当然、由布子のほうも無事にすんでいる、ということになる。もっとも、いまは由布子の動きを静観して、捜査陣が、鳴りをひそめている、というふうにも考えられるのだった。

月曜日の朝七時三十分に、井ノ口はひとり玄関で靴を履《は》いた。見送る者はいなかった。純子も、姿を現わさない。起きてはいるのだ。だが、純子は純一と二人で、部屋に引きこもっているのである。

昨夜、井ノ口と純子が激しくやり合ったのが、その原因であった。昨夜は純子のほうから、喧嘩を仕掛けてきたのだ。これまでになく純子は、嫉妬《しっと》の感情を露骨に示したのである。

「あなた、ほんとうに出張だけにしてちょうだいね」

「出張するんだから、出張だけに決まっているじゃないか」

「出張をほかのことに利用しないでって、言ってるんだわ」

「何を、いまさら……」

「だったら、はっきり言わせてもらうわよ。まさか、沖縄で彼女と落ち合うなんてことに、なっているんじゃないでしょうね」

「よしてくれ」

「ほんとうね」

「いまのあの人に、そんな行動の自由は許されないだろう」

「そうかしら」

「そうだ」

「会社に毎日きちんと出勤しているんだったら、自由な行動はとれないでしょうよ。沖縄まで、飛んで行くってこともできないしね。でも、ずっと会社を休んでいるっていうんだから、どうもそのあたりが怪しいのよ」

「どうして、知っているんだ」

「会社を休んでいれば、どんな行動をとろうと、人目につく心配はないしね」

「彼女が会社を休んでいるってことを、どうして知っているのかと訊いているんだ」

「刑事さんから、聞かされたわ。一昨日、例の野口という刑事さんが、近くまで来たからって家に寄ったのよ。安城由布子は当分のあいだ会社を休むってことにして、東京からも姿を消してしまいましたって、刑事さんが言っていたわ」

「彼女は疲れ果てて、郷里へ帰ったんだ」

「さあねえ、どうかしら。沖縄であなたと落ち合うための、カムフラージュなんじゃないの」

「いいかげんにしてくれよ」

「そうよ、そうに決まっているわ。純一を連れて、わたしも沖縄へ行こうかしら」

「好きなようにしろ」

「ああ、あの女が憎い！　憎いわ、殺してやりたい！　死ねばいいのよ、あんな女！　若さを鼻にかけて、いい女ぶって、妻子のいる男といい気になって遊んでいるんだわ！　呪《のろ》ってやる！　わたし、あの女が不幸になるようにって、祈ってやるわ！　呪い殺してやるわ！」

　気がふれたように、純子は怒声《どせい》を発した。息をはずませ、声は震えて、顔色は真っ青であった。純子の恐ろしい形相《ぎょうそう》は、井ノ口も初めて見るものだった。

その純子はついに、玄関に姿を現わさなかった。井ノ口は、スーツケースとアタッシェ・ケースを手にして、家を出た。寂しい旅立ちであった。彼はますます追いつめられた気持ちになっていた。水面に投じられた一石によって広がった波紋が、しだいに大きく猛々《たけだけ》しくなっていく。あちこちに上がった火の手が、巨大な炎の輪となって、井ノ口の身辺に迫ってくる。と、そんな気持ちであった。

昨夜のうちに頼んでおいた無線のタクシーが、門の前に停まっていた。井ノ口は、タクシーに乗り込んだ。タクシーは、羽田《はねだ》の空港へ向かった。空港には、八時十分過ぎに着いた。

飛行機は、沖縄直行便であった。八時五十分発の全日空八一便は、定刻に離陸した。雲《うん》海《かい》の上に出たトライスターの機内から、井ノ口は果てしなく広がる青空を眺めやった。雲海の輝く白さが、寝不足の目に痛かった。

しかし、地上がはるかに遠のいたということで、気持ちは救われていた。地上に緊迫した空気が渦巻《うずま》いていようと、大空には限りなき自由がある。目ざすは、由布子の待つ沖縄であった。

やがて飛行機が高度を下げたとき、井ノ口は眼下に南国の海を見た。それはもう、五月下旬の海という感じではなかった。沖縄地方は雲ひとつない晴天で、その明るさは真夏と変わらないのである。

飛行機は、那覇《なは》空港に着陸した。

十一時二十分であった。

空港に、臨時沖縄支社の次長が、迎えに来ていた。臨時沖縄支社というのは、沖縄工場が完成するまでの暫定《ざんてい》的な連絡所であった。沖縄工場が完成したときには、それに吸収されて、臨時沖縄支社というのは消滅する。

実質的には連絡所なので臨時沖縄支社には支社長以下五、六人の社員がいるだけであった。伊沢《いざわ》という次長にしてもまだ三十前で、どことなく頼りない男であった。もちろん本社の係長のほうが、格が上ということになる。

井ノ口は、伊沢という次長が運転してきた乗用車の後部座席にすわった。一応、白い背広姿ではあったが、蒸し暑さが汗を誘う。井ノ口は、上着を脱いだ。空港から国道へ出るまで、車の渋滞が続く。

「今日はゆっくりお休みください。明日、建設予定地のほうへ、ご案内します」

伊沢次長が、背中で言った。

「ムーンビーチというところは、遠いんですか」

井ノ口は訊いた。

「そうですね。近くはありませんが、そう時間がかかるということもないですよ。残波《ざんぱ》岬《みさき》の先ですから……」

「そうですか」

「ムーンビーチに、おいでになるんですか」

「ええ、まあそのつもりではいたんですが……」

「しかし、ホテルは那覇市内に、おとりしてあるんですよ」

「ホテルは、キャンセルすればいいでしょう」

「ええ、ホテルのほうはかまわないんですが、もしかするとお客さまがいらっしゃるんじゃないでしょうか」

「客がぼくのところへ来るんですか」

「ええ」

「誰なんです」

「さあ……。一昨日でしたか、支社へ電話がありましてね。出張で沖縄へ来られる井ノ口さんの宿舎はどこか、という問い合わせだったんですよ。それで、おとりしてある那覇市内のホテルを、お教えしておいたんですが……」

「男ですか、女ですか」

「男性でした。あまり若いという感じではありませんでしたね」

「伊沢さん。申しわけないんだけど、このままムーンビーチへ向かってください」

伊沢次長の肩を叩《たた》きながら、井ノ口は命令口調になっていた。

3

伊沢次長が運転する乗用車は、沖縄本島を北上した。車の渋滞も、那覇市街に限られていた。那覇市を北へ抜けると、車の数は目に見えて少なくなる。伊沢は井ノ口に言われなくても、車のスピードを上げた。

臨時沖縄支社に電話で、井ノ口の宿舎を問い合わせてきた男というのは、少なくとも味方ではなかった。一昨日、つまり先週の土曜日に、早くも井ノ口の行動範囲を探ろうとしているのだった。

もちろん、沖縄県の人間ではない。東京から電話で、問い合わせてきたのに違いない。その男に対して支社では、井ノ口のために予約してある那覇市内のホテルを、教えてしまったという。

そうなっては、その那覇市内のホテルに近づきたくもなかった。このままムーンビーチへ姿を消したほうが無難だと、井ノ口は判断したのであった。姿なき敵が、沖縄まで追って来ているのだ。

電話をかけてきた男とは、いったい何者なのか。まず考えられるのは、警察であった。たとえ東京の荏原署に設けられている捜査本部からの、問い合わせかもしれなかった。

ば、あの野口という部長刑事である。

安城由布子が、東京から姿を消した。そして井ノ口が、沖縄へ出張した。二人は沖縄で落ち合うのではないかと、妻の純子と同様に捜査本部でも疑いを持っている。そのためにいま、捜査本部も沖縄に注目しているのかもしれない。

中外軽金属の本社の人間が、臨時沖縄支社に問い合わせたということも考えられる。総務部長の差金《さしがね》である。出張先で井ノ口が由布子と合流するのではないかと、総務部長も疑ってかかっているのではないだろうか。

車は国道五八号線を、ひたすら走り続ける。沖縄は、海と緑の地である。窓外にまだ海は見えないが、すでにエキゾチックな南国の雰囲気は感じ取れている。それは、空の青さにもある。

いちめんが濃い緑の森や群生植物におおわれていて、それらが明るい陽光の中で牧歌的な美しさを見せている。ハイビスカス、ユーナ、デイゴ、ブーゲンビレアなどの熱帯、亜熱帯植物も、強い日射《ひざ》しと青い空の下にあってこそ映《は》えるのである。

海の色にしても、南国の日射しがなければ死んでしまう。沖縄のロマンチシズムも南国的なムードも、実は青空を照らす太陽と、それが消えたための夜にあるのかもしれなかった。

嘉手納《かでな》町を過ぎて北の海岸線にぶつかると、待望の沖縄の海が空とともに視界を占める。はるか北まで、沖縄海岸国定公園の海であった。与久田《よくだ》ビーチ、ムーンビーチ、タイガービーチ、万座《まんざ》ビーチ、瀬良垣《せらがき》ビーチ、伊武部《いんぶ》ビーチ、名護《なご》ビーチといった海浜が、ここに集中している。

国道の左手に、真栄田《まえだ》岬がある。それよりもさらに西にあって、海に突き出しているのが残波岬であった。左に雲ひとつない空と、茫漠《ぼうばく》たる東シナ海の青い海が広がる。海上に遠く煙《けむ》っているように見える陸影は、伊是名《いぜな》島や伊江《いえ》島だろうか。サンゴ礁《しょう》特有のコバルト・ブルー、エメラルド・グリーン、そして遠くは濃紺と、三色の海が陽光に輝いている。

「あれが、ムーンビーチです」

伊沢が言った。

前方の浜辺寄りに、不思議な建造物が見えている。それは、コンクリートでできている巨大な客船、といった感じであった。変わった角度で建築物の線を、ダイナミックに組み合わせたホテルなのである。

『ムーンビーチ』とあるアーチをくぐって、伊沢次長が運転する車はホテルの前に停まった。一部五階の四階建てだが、ムーンビーチに沿って客船のように横に長い建物だった。

「どうも、ご苦労さま。無理を言ってすみませんでした」

井ノ口は、車を降りてから頭を下げた。

「どういたしまして。沖縄にいらっしゃるあいだは、ぼくが専任でお世話することになっていますから……」

伊沢次長は、日焼けした顔の汗を拭いた。

「だったら、はっきりお願いしたいんですが、わたしがムーンビーチにいることを、絶対に他言《たごん》しないでいただきたいんです」

井ノ口は、真剣な目つきで言った。

「承知しました」

伊沢も、緊張した面持《おもも》ちになっていた。

「支社長にも、黙っていてください」

「もし支社長にどこにお泊まりかと訊かれたら、どう答えておきましょう」

「そうですね。名護市に知り合いがいるので、そこに行ったということにしておきましょうか」

「わかりました」

「もし、わたしの行方《ゆくえ》を知りたがる人物が現われても、わからないということで通してください」

「そうします。それから那覇のホテルは、キャンセルしておきます」

「お願いします」

「明日の午前九時に、ここへお迎えにあがります」

「よろしく、どうぞ……」

井ノ口は、伊沢が車に乗り込むまで、その場に立っていた。

「じゃあ……」

車をスタートさせながら、伊沢は手を上げた。

井ノ口は、ムーンビーチの建物の中へはいった。コーヒー・ラウンジとロビーの上が、吹き抜けになっている。沖縄海岸国定公園内にある変わったリゾート・ホテルだった。井ノ口は、右手にあるフロントに近づいた。

安城由布子の部屋はと尋ねただけで、すぐにわかった。やはり由布子は、本名で予約してこのホテルにいるのである。危険であった。二人で誰にも知られていない世界にいる、ということにはならないのだ。

由布子は本名を名乗っている。それに伊沢次長にしても、どこまで信用できるかわからない。支社長や警察の人間に詰問されたら、伊沢次長も黙ってはいられなくなるだろう。

エレベーターで、三階へ上がった。中央に空間があって、その両側を廊下が走り、部屋のドアが並んでいる。中央の空間をのぞくと、屋内プールが見えた。井ノ口はルーム・ナンバーを確かめて、そのドアの前に立った。

室内には、由布子がいる。ドアの外に井ノ口がいるとは、夢にも思っていないだろう。

由布子は部屋の中で、井ノ口からの電話を、待ち続けているのである。

井ノ口は、チャイムを鳴らした。

すぐに、応答はなかった。ドアも開かない。由布子としても、一応の用心はしているのだろう。井ノ口は急《せ》かせるように、ドアをノックした。

「はい」

ドアの向こうで、由布子の声がした。

「ぼくだよ」

井ノ口は言った。

ドアが開いた。白のスラックスに、ピンクのTシャツという由布子の姿があった。井ノ口は部屋の中へはいると、ドアを閉めて手早くロックした。由布子は、まだ信じられないという顔つきでいた。

「来るのが、早すぎたかな」

井ノ口は笑いながら、スーツケースとアタッシェ・ケースを置いた。

「おかしくなりそうな気持ちで、電話を待っていたのに……」

泣きそうな顔になって、由布子は井ノ口の胸を両手で叩いた。

井ノ口は、その由布子を抱き寄せた。由布子も井ノ口の肩に、すがりつくようにした。

互いの身体に触れるのは、半月ぶりだろう。抱き合うことの歓喜を、しみじみと知らされる一瞬であった。

唇を重ねた。井ノ口は、由布子の腰を引き寄せる。由布子は、井ノ口の首に両腕を巻きつける。激情的な接吻《せっぷん》となった。

4

デラックス・ツインルームという部屋であった。一間だけだが、広い部屋である。一部が、畳敷きの和室になっている。和室と洋間の部分に、座卓と食事用のテーブルがそれぞれ置いてある。

浴室の前に、ガス、水道の炊事場があった。冷蔵庫も大きい。家族やグループで何日も泊まるときは、自分たちで炊事ができるようになっているのだ。ふたつのベッドの足もとの方に、ソファや椅子が配置してある。

レースのカーテンが引いてあるガラス戸の外は、ベランダになっている。ベランダには、植物が茂っていた。眼前にムーンビーチの砂浜が広がっている。砂に色があって、赤い砂糖のように見えた。

半円を描いた砂浜に、白い波が静かに寄せている。ムーンビーチ専用の浜辺なので、混雑はしていなかった。数十人の若い男女が、海の中にいたり、砂の上に水着姿を横たえたりしていた。

沖縄の空の下に、沖縄の海が広がっている。五月の末とは、思えなかった。かつての名称も、月の浜ということであった。月の浜にしろ、ムーンビーチにしろ、名前からしてロマンティックである。

「知多へ帰って、何か変わったことはなかった」

ソファにすわって、井ノ口は訊いた。立っている由布子を、見守ったままである。いちだんと女っぽく、綺麗《きれい》になったようだ。

「そのことなんだけど……」

ふと由布子は、顔を曇《くも》らせた。

「何かあったのか」

井ノ口は、表情を引き締めた。

「そうなの」

由布子は近づいて来て、井ノ口の膝の上に腰をおろした。

「どうしたんだ」

井ノ口は、さらに暗くなっている由布子の顔を見やった。

「知多にも、東京から刑事が来たわ」

井ノ口の首に両手を回して、由布子は上半身をのけぞらせた。

「やっぱり、そうか」

「知多市が管轄《かんかつ》の東海署《とうかい》の刑事と一緒に、東京の捜査本部から二人も……」

「きみは刑事たちと、会って話をしたのかい」

「いいえ、ただわたしが知多の家にいるかどうかを、確かめに来たみたい」

「きみが突然、東京から姿を消したりするからだよ。当然、捜査本部では逃げたんじゃないかって、疑うだろうよ」

「母からは、何か訊き出していたようだわ」

「おかあさん、驚いたんじゃないのか」

「母には、わたしのいるマンションで起きた事件に関するわたしの証言の裏付けを取りに来たって、言ったらしいわ」

「そんなことのために、わざわざ東京から刑事が出かけてはこないって、おかあさんにも察しがつくだろう」

「そうね。母はわたしが東京で、いったい何をやっているんだろうねって、心配していたわ」

「当然だよ」

「それに母は、警察が来たってことを、父に黙っていてくれてるの」

「それで、ここへ来るのには、どういう口実で来たんだ」

「口実なんて……。気晴らしに旅行してくるって、母には言ってあるわ」

──おかあさんは、納得したのかい」

「黙っていたわ。その代わり、出がけに母からズバリ言われちゃったの。あなたの旅行って、好きな人と一緒なんでしょって……」

「娘のことには、母親のカンってものが働くんだよ」

「それより心配なのは、従兄《いとこ》のことなのよ」

「大町三郎氏か」

「そうなの。母が刑事たちに、娘には婚約者も同然の人がいるって、三郎さんのことを話したのよ。それで刑事たちは、三郎さんにも会ったらしいわ」

「大町氏は刑事に、どんなことを喋《しゃべ》ったんだろう」

「それを聞かないうちに、沖縄へ来ちゃったから……。でも、三郎さんはあなたのおかあさまが、わたしのマンションのお部屋へいらしたことを知っているし、失礼だって憤激していたでしょう。それに、何も隠す必要はないと思っているでしょうから、刑事に知っていることを残らず話してしまったかもしれないわ」

「そういうことになるだろうな。だとすると、まずいことになる。おふくろと面識があったとわかれば、捜査本部では公然ときみのあとを追うだろう」

「でも、わたしが沖縄へ向かったってことは、誰も知らないもの」

「そんなのは、すぐにわかる。警察では、きみとぼくを結びつけて考える。そのぼくは、沖縄へ出張した。きみも沖縄へ向かったと、見当をつけるさ。沖縄県警に協力を要請して、沖縄中のホテルや旅館を調べる。そうすれば、きみが本名でムーンビーチに泊まっているって、すぐにわかる。ここへ、警察が来るだろう」

「いやよ、そんなの……」

また泣きそうな顔になって、由布子は首を振った。

「いやだって言ったって、どうすることもできないだろう」

井ノ口の表情も、硬《こわ》ばっていた。

「せめて今夜だけでも、そんなことは考えずにいたいわ。二人きりのムーンビーチの蜜《みつ》夜にしたいのよ」

由布子は井ノ口にしがみつくと、半ば泣いているような声で言った。

そのムーンビーチの夜が訪れた。

いまのところは、何事もなさそうである。明日はないことにして、今夜だけでもすべてを忘れよう。そのような気持ちに、ムーンビーチの夜が自然にさせてくれたようだった。

二人はもう、余計なことを口にしなかった。

夜の食事は、『ティンガーラ』というレストランですませた。豪華な雰囲気のレストランで、バンド演奏と唄《うた》を聴きながらの食事であった。井ノ口はウイスキーを、由布子はワインを飲んで陽気になった。

そのあとバーに席を移して、二人はよく喋りよく笑った。部屋へ戻ると急に静かになり、ロマンティックなムードに一変した。シャワーを浴びてから、二人は砂浜を眺めやった。真っ白な波が、南国の夜らしかった。

「しあわせよ」

これも真っ白なネグリジェを着た由布子が、夜の海を背景にたたずんで恥じらうように笑った。

「夢の中で、こういう夜を迎えたことがあったような気がする」

ネグリジェの中の由布子の裸身が透《す》けて見えるのを、井ノ口は美しいと思った。

「そのときの相手も、わたしだったかしら」

由布子は部屋の中を歩き回って、ひとつずつ照明を消していった。ベッド・ランプだけになると、夜がいっそう鮮明にガラスの向こうに描き出される。

「もちろんだ」

井ノ口は半裸の身体に、由布子を抱き寄せた。

「全部、脱がせて……」

うっとりした顔でそう言いながら、由布子は井ノ口が腰に巻いているバス・タオルをはずした。蜜の夜を迎えて由布子は、言うことも、やることも大胆になっていった。明日を考えていないせいだろうか。

14 第二の死

1

ベッドは、二つある。だが、その一方のベッドは、まったく不要であった。朝までベッドはひとつしか、使われなかったのである。井ノ口と由布子は、瞬時も離れることがなかった。

まるで死を目前にして、愛し合う男女のようであった。三十分の時間も惜《お》しがったし、互いの肉体を確かめ合わずにいることに恐怖を覚えるようでもある。常に身体がひとつに結ばれていなければ、承知できないという心境だった。

これが最後になるかもしれない、という気持ちが働いている。井ノ口の身体が自分の中から去ることに、由布子は泣きたくなるような喪失感を覚える。井ノ口はこのまま消耗《しょうもう》し尽くして、死んでしまうことに一種の魅力を感じていた。

井ノ口は三十半ばの男として、肉体や生理の限度を超えていた。由布子の中で果てては可能になるという繰り返しも、あくまで精神力によって支えられていた。由布子が欲しいという気持ちだけで、可能になっていることだった。

愛し合っているという思いに、二人は酔っていた。

これが最後かもしれないという悲愴《ひそう》感が、二人を貪欲《どんよく》にしていた。

いまはセックスの歓喜を得ることしか、愛の表現方法がないという執念が、二人を飽《あ》きさせなかったのだ。

二人の裸身は、汗まみれになっていた。呼吸が正常に戻るときはなく、二人は心臓が破裂するのではないかと思いながら、あえぎ続けていた。由布子の喉《のど》が傷ついたみたいに、彼女の声は嗄《か》れかけていた。

井ノ口の全身が紅潮し、濡《ぬ》れた肌が光っている。洗いかけの頭のように水気を含んだ由布子の髪の毛が、肩や胸にへばりついている。乱れたベッドまでが、水をこぼしたように湿《しめ》っていた。

二人には、時間を考える余裕もなかった。朝になるのが恐ろしくて、時計を見なかったのである。だが、ベッドにはいってから、すでに六時間が過ぎようとしていたのだ。南国の海から、暁《あかつき》が訪れていた。

「ちょうだい」

目を閉じたままで、由布子が狂おしげに言った。由布子には自分の身体に、暁とともに何かが訪れるという予感があったのだ。いまなら、これまで知らなかった性感を着実に得ることができると、由布子は直感したのである。

由布子の上に、ぐったりとなって身体をあずけていた井ノ口が、顔を上げた。それから、上体を起こした。井ノ口は由布子を抱きしめると、激しく唇《くちびる》を重ねる。彼の手が、愛撫《あいぶ》に移る。

彼自身を回復させるための前戯《ぜんぎ》でもあり、それは由布子にとっても予想どおりに強い刺激となっていた。彼女の予感は的中した。これまでよりも、はるかに的確な快感を、由布子は身体の芯《しん》で捉《とら》えることができたのだ。

井ノ口がはいってくると、その感覚は爆発的なものになった。急速にではないが、甘い疼《うず》きがはっきりと階段をのぼっていくのが感じられた。それも限りなく、上昇線を描いていく。

「わたし、怖いわ」

「どうにか、なりそうよ」

「あなた、愛している」

「いや！　あなたを、失いたくないわ」

「このまま、死んじゃいたい！」

そうしたことを、由布子は夢中で口走っていた。しかし、記憶にあるのはそこまでで、そのあとどのようなことを口にしたのかは、由布子は覚えていなかった。声を上げて、何やら叫び続けたという自覚が、霧の彼方《かなた》にぼんやりとあるだけだった。

押し上げられるように、快感が強まった。その強烈な感覚は全身に広がり、やがて身体の芯に凝縮《ぎょうしゅく》された。甘く蕩《とろ》けるような性感が深く掘り下げられ、大きく膨脹《ぼうちょう》して砕け散った。

陶酔が、頭へ突き抜けた。このまま、どうなってしまうのかわからない。由布子はこれが歓喜の絶頂感だと思いながら、激しく頭を振っていた。全身が、狂乱した。由布子は、泣き出すような悲鳴を洩らしていた。

のけぞったまま、身体を硬直させた。うねりと痙攣《けいれん》がなかなかとまらなかった。由布子は井ノ口の両腕をつかんで、潮《しお》が引くのを待った。やがて甘美な余韻《よいん》とこころよい疲労感を残して、潮はゆっくりと引いていった。

「知ったんだね」

由布子を抱き直して、井ノ口が乱れた息とともに言葉を口にした。

「ええ、ええ……」

呼吸を整えながら、由布子は夢中でうなずいた。

「由布子……」

井ノ口は、頰《ほお》を押しつけた。

「一也さん、わたし嬉《うれ》しいわ」

感動的に言って、由布子は井ノ口の胸に顔を埋《うず》めた。

「もう、二人は本物だよ」

「これで、いままでの百倍も好きになっちゃいそう」

「いいじゃないか」

「でも、許されるの」

「何とかするさ」

「不思議みたい」

「どうしてだ」

「急に、知っちゃうなんて。半月間も、あなたとこうする夜を、待ち続けていたせいかしら」

「それもあるし、沖縄へ来たという解放感も作用している。それから南国の夜、海、浜辺と、舞台装置も完全だからね」

「そういうムードに、女ってすごく影響されるのね」

「エクスタシーを知るときの女性には、精神的なものがかなり作用するんだよ」

「でも、皮肉だわ。あなたとほんとうに愛し合うってことの意味を知ったとたんに、ひとりぼっちにならなければならないなんて……」

「どうして、ひとりぼっちになるんだ」

「だって、朝になったらあなたは、お出かけでしょ。わたしはひとりぼっちで、ここに残るわけよ」

「それは、仕方がないな。出張先で、仕事をサボることはできないだろう」

「もし、あなたがいないあいだに、警察がここへ来たらどういうことになるの。そのまま、あなたとわたしはお別れってことになるんでしょ」

「そうか」

井ノ口は重い瞼《まぶた》を押し上げて、薄明るくなった室内へ目を走らせた。

「そんなことになるの、わたし死んだっていやだわ」

井ノ口の胸に顔を押しつけたままで、由布子は首を振った。

なるほど、由布子が危惧《きぐ》するのは無理もない。そういう可能性は、十分に考えられる。もし、そのとおりの結果になったとしたら、あまりにも残酷すぎる。だが、二人で逃げ出すということも、できないのである。

「きみも、出かけたらどうだろう」

井ノ口は言った。

「どこへ、出かけるの」

由布子の声が、重くなっていた。睡魔に、襲われているのだろう。ただ眠らずに、消耗しただけではない。由布子は、生まれて初めての経験をしたのだ。それによる心身の満足感が、疲れとともに眠りを招くのだ。

「那覇市内を歩いても、観光地を回ってもいいじゃないか。そして、夕方になってどこかで落ち合って、様子を探《さぐ》ってから一緒にここへ帰ってくるんだよ」

井ノ口も、目を閉じていた。

それから二人はまもなく、眠りに引き込まれた。二人はひとつのベッドで、抱き合って眠った。どちらからともなく目を覚ましたとき、時間は八時三十分になっていた。

2

午前九時に、伊沢次長が迎えに来た。伊沢次長は、何事もなかったような顔をしていた。事実、井ノ口の質問に対して伊沢は、変わったことも訪問者も、連絡もなかったと答えた。

嘘をついているとは、思えなかった。

井ノ口は由布子を、沖縄にいる知人の娘さんだと伊沢に紹介した。伊沢が東京本社の女子社員の名前や顔を、知っているはずはなかった。ただ適当な名前で紹介して、安城由布子という本名は伊沢にも聞かせずにおいた。

伊沢はそのことを、信じたかどうかはわからない。どちらかといえば、彼女ではないかと疑ってかかるのが当然である。しかし、伊沢次長はニヤリともしなかったし、怪しむような顔もしなかった。

伊沢は堅い男で、性格的に真面目《まじめ》なのかもしれない。あるいは、本社の人間の私生活には、無関心なのだろうか。いずれにしても、伊沢は気にもかけていないようだし、余計な口はきかなかった。

伊沢が運転する乗用車は、井ノ口と由布子を乗せてムーンビーチをあとにした。今朝は沖縄本島を、南下することになる。嘉手納町、宜野湾《ぎのわん》市を過ぎて、浦添《うらそえ》市へはいっていった。那覇市のすぐ北であった。

浦添市の市街地の北に、港川《みなとがわ》というところがある。そこで、井ノ口は車を降りた。伊沢は由布子を那覇市内まで送って、引き返してくるという。井ノ口と由布子は、手を振って別れた。

中外軽金属沖縄工場の建設予定地は、港川から東シナ海の海岸線寄りにあった。北に牧《まき》港《みなと》があり、南には安謝川《あじやがわ》が流れている。東の海は中城《なかぐすく》湾で、那覇まで一〇キロとなかった。

伊沢は由布子を、那覇市内の国際通りまで送り届けた。伊沢の車が見えなくなると、由布子は心細さを覚えた。国際通りの賑《にぎ》やかさは、由布子にとって救いになる。少なくともここで、刑事に声をかけられることはないだろう。

だが、雑踏《ざっとう》の中のひとり、という孤独感が空《むな》しさとなる。由布子の頭の中にあるのは、井ノ口のことだけであった。夜明けに知ったあのめくるめくような感覚を思い浮かべると、別れたばかりの井ノ口がたまらなく恋しくなる。

ひとりでは、観光地を回る気にもなれない。那覇市内でのショッピング、というのも億劫《おっくう》だった。午後三時に、那覇中央ホテルのロビーで、井ノ口と落ち合うことになっている。

それまでを、どこでどうして過ごしたらいいのだろうか。と、ぼんやり歩いている由布子の目に、ホテルらしい建物が映じた。那覇中央ホテルとある。このホテルのロビーで、井ノ口と落ち合うのだ。

そう思いながら、由布子はホテルの入り口に注目した。男ひとりに女二人が、ホテルから出てきた。おやっと、由布子は眉《まゆ》をひそめていた。華やかに笑っている女の顔に、見覚えがあったからだった。

由布子は、白麻のシャツ・スーツを着ている。その女も、アカ抜けた白い衣装を身につけていた。シックな感じで、新婚旅行ふうであった。白いブラウスとスカートの裾に、カットワークをあしらってある。

薄いウールの細身のスーツだが、それが大人っぽい女の美貌とムードによく似合っていた。幸福を絵に描《か》いたような顔で、女は嬉しそうに笑っていた。まちがいないと、由布子は思った。

古館カズミ!

連れの男は、三十三、四だろうか。長身で、スマートな感じの男である。サラリーマンだろうが、やり手の営業マンというタイプであった。古館カズミと男は、待たせてあったタクシーに乗り込んだ。

それを、もうひとりの女が、見送っていた。四十前後の女であった。やはり、嬉しそうである。タクシーに乗り込んだカップルを、祝福する顔で、手を振っている。タクシーは、走り去った。

由布子は駆け寄って、古館カズミに声をかけることもなかった。それは、古館カズミに裏切られたような気がしたからだった。古館カズミの言葉と実際には、大きな違いがあるではないか。

古館カズミは、由布子にこう言った。

妻子ある男と、愛し合っている。彼の名前は言えないが、四十歳くらいで有名人である。その彼の援助もあって、高級なブティックの経営者になる。そのために、会社も辞めることにした。

つまり、これからは彼の愛人になりきって、ブティックの経営に専念するのだ。いまの自分は世界一しあわせであり、純粋な愛人であることに誇りと歓《よろこ》びを感じている。あなたも思いきって、踏んぎりをつけなさい——。

古館カズミが、退職したことは事実であった。それも予定より早く、まるで逃げ出すみたいに会社を辞めたのである。そのうえカズミは新婚ムードで、若い男と一緒に沖縄に姿を現わした。

その男は四十くらいの有名人には、どうしても見えなかった。カズミは由布子に、嘘をついたのである。それもカズミ自身にとっては、まったく無意味な嘘であった。不可解である。

由布子は、ホテルの前に立ちつくしている女に近づいた。その四十前後の女から、事情を聞かせてもらうほかはなかったのだ。その女は由布子から話しかけられて、ひどく戸惑ったようであった。

しかし、由布子がカズミと同じ中外軽金属本社の厚生課に勤務していると説明すると、女はすぐに納得して表情を和《やわ》らげた。カズミと一緒に旅立った男の姉で、大浜貞子《おおはまさだこ》だと彼女は名乗った。

「古館さんって、とても水臭《みずくさ》いんですよ。はっきりしたことを教えてくれないで、いきなり会社を辞めてしまうんですもの」

由布子は言った。

「カズミさんには、そういうところがありましてねえ。世間並みに形式張ること、煩《わずら》わしいこと、面倒な他人の口ってものを、とても嫌うんですよ」

大浜貞子は、それがカズミの長所だというような笑い方をした。

「古館さんとはもう、おつきあいが長いんですか」

「そうですね。弟の和明《かずあき》がカズミさんと知り合って三年近くになりますから、わたしも同じくらいでしょうか。とにかく、二人が今度結婚したことで、わたしもホッとしたんですよ」

「じゃあ、いまのお二人は新婚旅行に……」

「はあ。成田《なりた》空港へ行って、グアムとかサイパンとかへ向かうんだそうです」

「それで、新婚生活は東京でってことになるんですね」

「弟の勤め先が、東京ですからねえ」

「どちらに、お勤めなんですの」

「ずっと三成建設というところに勤めていたんですが、そこを辞めて自動車会社の営業部へ引っ張られましてねえ」

「おそれいりますけど、新居の住所を教えていただけません？　ぜひ、お祝いをお届けしたいので……」

由布子はバッグの中から、手帳を抜き取った。

「そんなご心配は、なさらないでください」

大浜貞子はそう言いながら、やはりバッグから小型の住所録を取り出した。

愛人生活も、ブティック経営も嘘だった。カズミは、結婚したのである。

3

食事をして映画を見て、ぶらぶら歩いて時間をつぶした。午後三時に由布子は那覇中央ホテルのロビーにはいった。真っ先に、井ノ口の姿が目についた。井ノ口は、ロビーの公衆電話の前にいた。

五分ほどして、電話をかけ終わった井ノ口が、足早に近づいてきた。井ノ口は由布子の肩を抱くようにして、ホテルの入り口へ向かった。由布子は、黙っていた。井ノ口の顔を見て、とにかくホッとしたのである。

すぐに、甘えたくなる。それに井ノ口に触れられただけで、由布子の身体をある種の感覚が走ったのだ。夜明けのことを思い出して、いまさらのように恥ずかしくなる。由布子は歩きながら、目を細めていた。

タクシーに乗り込んだ。タクシーは同じコースをたどって、ムーンビーチへ向かった。また、二人だけの世界になった。今夜もまた井ノ口の腕の中で、あの強烈な陶酔感による本物の愛を知る——。

「電話であれこれと確かめてみたんだが、ムーンビーチにも変わったことはないらしい。訪問客も電話も、なかったそうだ」

井ノ口が由布子の顔を見つめた。

「そういうふうに答えるようにって、警察に言われているんじゃないかしら」

われに還《かえ》って由布子は井ノ口を見上げた。

「いや、ムーンビーチで待ち受けているくらいだったら、警察はまず工場建設予定地にいるぼくのところへ来るだろう。ぼくがそこにいるということは、警察が調べれば簡単にわかるからね」

井ノ口は膝の上で、由布子の手を軽く握った。

「じゃあ、警察はまだムーンビーチに目をつけていないってことなのね」

恥じらって目を伏せると、由布子は井ノ口の手を強く握り返した。

「捜査本部の刑事が、大町三郎氏に会ったのはいつのことなんだ」

「先週の土曜の夜よ」

「その結果を聞かないまま、きみは翌日の日曜日に沖縄へ来てしまった」

「ええ」

「大町三郎はまちがいなく、刑事に事実を喋ってしまっている。それで捜査本部では、きみとぼくとおふくろの関係というものを知ってしまった」

「あなたやわたしが、捜査本部の調べに嘘をついていたってことも、はっきりしたわけね」

「そうだ。当然、捜査本部では、きみを容疑者とするだろう。そして、きみの行方を追うことになる。ぼくは、月曜日から沖縄へ来ている。しかし、きみまでが大胆にも沖縄へ来ているとは、捜査本部も考えていないんじゃないのか」

「まずは、わたしが立ち寄りそうなところを手配して、チェックすることにする。そのチェックのために昨日、そして今日と費やされているんじゃないのかしら」

「しかし、きみの足跡はどこにも残されていないし、立回り先のチェックも徒労に終わった。そうなると、やはり沖縄だということで、捜査はここに絞られる」

「じゃあ、明日あたりムーンビーチにも、警察が……」

「たぶんそうだろう」

井ノ口は、運転手の背中を見守った。小さな声で話し合っているが、運転手に聞こえてしまうおそれもある。井ノ口はその点を警戒したのであった。

「わたし、明日になったらどうすればいいの」

由布子も運転手のほうを、気にしながら言った。

「今夜、ゆっくり相談しよう。しかし、いずれにしてもきみは、沖縄から姿を消したほうが無難だろうね」

「離ればなれになるの」

「一時的にはね」

「いや、いやよ。だってもう、わたしには帰るところもないのよ」

「どこか、潜伏先を考えるんだ」

「それで、あなたはどうするの」

「出張を終えてから、きみの潜伏先へ行くよ」

「今後はあなたの身辺にだって、監視の目が光るようになるわ」

「何とかするさ」

井ノ口は、吐息した。とんでもないことに、なりそうだった。ただ現在が、緊迫した状態にあるというのではない。今後の生活が、破壊されることになるのだ。

「わたし、怖いわ」

由布子は、青い顔になっていた。

そのとおりである。明日からのことを考えると、恐怖感も覚えるし絶望的にもなる。脱出できない渦の中へ、巻き込まれていくような気持ちであった。犯罪者の心理とは、こういうものなのに違いない。

会社を辞めなければ、ならなくなるかもしれない。井ノ口は、今後の弁解は認めないという総務部長の最終的な通告を、思い起こしていた。それに、純子や純一の存在も、遠くに感じられるようになっていた。

ムーンビーチに着いた。

なるほど、変わったようすは見られなかった。早くも避暑気分でいる家族連れや若い男女で、ムーンビーチの建物の中は賑わっていた。日焼けした男女の笑顔には、暗さなどまったく感じられなかった。

井ノ口は今朝から何も食べていないので、空腹だということだった。由布子には、食欲などあろうはずはなかった。だが、ひとりにはなりたくない。由布子は、井ノ口についていくことにした。

二階の和食堂へはいった。東京でも、見たり聞いたりする店名であった。店内はそれほど広くないが、テーブル席がゆったりと配置されている。井ノ口と由布子は、奥の窓際の席に着いた。

夕食前であり、五、六組の客がいるだけであった。そのうちのほとんどが、アベックである。太くて四角い柱の向こうに、男ひとりだけの客がいる。こういうところでは、男ひとりのほうが逆に目立つものだった。

そう思いながら、由布子は何気なくその男へ目をやった。天ぷらを食べながら、ビールを飲んでいる。南国のリゾート・ホテルには、そぐわない服装だった。ネクタイなしのワイシャツに、灰色のよれよれになった背広を着ている。

その男が、顔を上げた。

「あっ……！」

由布子は、叫び声をあげた。飛びあがるように腰を浮かせたので、テーブルがガタンと音を立てた。

「どうしたんだ」

井ノ口もその男へ、視線を走らせた。

「あの男よ」

「見たことがあるような気がするけど、誰なんだい」

「阿久津だわ」

「何だって……」

「阿久津忠雄よ」

「まちがいないか」

「ええ」

「うん、思い出した。芝居の切符を持ってきたときの、あの男だ」

「これ、いったいどういうことなの」

不安そうな顔で、由布子は言った。

「あいつは、誰かの手先になって動いている。いまだって、雇い主に頼まれて、沖縄へ来ているんだ」

井ノ口の顔も、青白くなっていた。

阿久津忠雄もたまたま沖縄へ来て、ムーンビーチにいたということは考えられない。そうした偶然など、ありえなかった。阿久津は、ムーンビーチにいる井ノ口と由布子を目標に、ここへ来たのである。

その証拠に阿久津は、井ノ口と由布子のほうを見て、ニヤニヤと笑っているのであった。何もかも承知のうえ、という男の顔だった。

4

井ノ口は、阿久津忠雄を浜辺へ連れ出した。阿久津は、素直についてきた。少し離れて由布子が、怯《おび》えたような顔で追ってくる。浜辺へは、建物の中を抜けて、階段伝いに降りることになっている。

南北に岬があって、その間が赤い砂浜と波打ち際と、海が広がるムーンビーチになっている。しかも、背後には巨大な客船のような、ムーンビーチの建物が続いている。完全に区切られていて、誰もが出入り自由という浜辺ではないのである。

夕景の海には違いないが、まだ日は高かった。波打ち際や砂の上に、まだ水着姿の男女の姿が残っている。浜辺の左寄りに、グラス船が並んでいる。ガラス張りの船底から美しいサンゴ礁《しょう》の海中を眺めて回る観光船だった。

砂浜を散歩する家族連れや、アベックもかなりいる。空も海も遠くの水平線も、昼間とはまた違った美しさを見せていた。人々は南国の海の夕景に接して、その深みのあるムードを楽しんでいるのである。

だが、浜辺での話し合いであれば、聞かれる心配もなかった。それに多くの人前で、たとえ得体の知れない男だろうと、凶器を取り出したりする心配はない。井ノ口は阿久津と、砂浜の中央で対峙《たいじ》した。

「わたしのほうからは、申し上げることなんて何もありませんよ」

阿久津忠雄は最初から、真面目に話し合うつもりなどないようであった。逃げ腰になっているわけではない。井ノ口や由布子のことを、呑《の》んでかかっているのだ。

「この際、はっきりさせようじゃないか」

井ノ口はさらに、顔色を失っていた。彼は、焦っている。このチャンスを逃すまいと緊張もしているし、やや興奮気味なのである。

「何を、はっきりさせるんです」

阿久津は、薄ら笑いを浮かべていた。

「わかっているはずだ」

井ノ口は、足もとの砂を蹴散《けち》らした。

「先日も電話で、わたしはお二人の縁結びの神であることは認めるけど、それ以上のことは言えないと、はっきり申し上げたでしょう」

「誰に頼まれて、縁結びの神になったのか、それが知りたいんだ」

「依頼主の名前は、教えられません。それが、われわれの世界での鉄則でしてね」

「われわれの世界とは、どういう世界なんだ」

「ですからつまり、個人の私生活や行動を調べるという仕事に従事するわれわれ、という意味ですな」

「興信所とか探偵社とか、そういうものなんだな」

「まあ、そのように考えてくださって、結構ですけどね」

「依頼主が誰だったのか、言ってもらおうじゃないか」

「言えませんな」

「だったら、こっちにも考えがある」

「あなたは、おもしろいことをおっしゃいますね。こっちにも考えがあるって、いったいどうするつもりなんです。わたしはべつに法律を犯してはいない。あなたはわたしに、何かを強要したり強制したりする権利はない。そんなあなたに、何ができるとおっしゃるんですか」

「あんたは、われわれを、沖縄まで追って来ている」

「追いかけていったり、尾行したりしてはいけないという法律でもあるんですか」

「あんたはどうして、このムーンビーチがわかったんだ。それも尾行して、知ったということなのか」

「月曜日の朝、あなたが羽田を出発するときから、わたしはずっと一緒でしたよ。那覇空港に着いてからも、このムーンビーチまで一直線でしてね」

「すると、ぼくが月曜日の何時の飛行機で沖縄へ向かうかということも、あんたは前もって承知していた。それで航空券も、事前に用意してあった」

「調査をする人間としては、当然のことでしょう。沖縄でのあなたの宿舎についても、調べはついていたんですよ。本来ならばあなたは、那覇市内のホテルに泊まることになっていたんじゃないんですか」

「沖縄の臨時支社に電話で、ぼくの宿舎を問い合わせたというのは、あんただったのかい」

　なるほどと、井ノ口は思った。この阿久津がやったとしても、おかしくないことだった。むしろ、阿久津だとわかって、ホッとしたほどである。本社の総務部長や東京の捜査本部からの問い合わせであれば、事態はより深刻ということになる。

「まあ、それほどたいしたことではありませんがね」

　黄色い歯を見せて、阿久津は陰険な目つきで笑った。

「沖縄まで来た目的は、どういうことなんだ」

　井ノ口は言った。

「お二人がご一緒であることを、確認するためですよ」

阿久津はポケットから、小型のカメラを半分だけ引っ張り出した。

「名古屋だけでは、まだ不足なのか」

「わたしの言葉だけの報告ではなく、お二人を絵にしたところの証拠がほしいと、依頼主からの注文がありましてね」

「それで、そのカメラで……」

「ええ、ばっちり撮らせてもらいました。昨日の夕方、この浜辺を抱き合うようにして歩いているお二人。昨夜、腕を組んでバーから出てくるお二人。今朝、ロビーを並んで横切っていくお二人と、まあ十枚ほどの写真になりますか」

「渡してもらおう、ネガを……」

「ご冗談でしょう。この写真をネタに、お二人を脅迫した覚えはありませんよ。もしお望みなら、警察へ行ってもいいんですがね」

「警察……」

「由布子さんにしたって目下《もつか》のところ殺人事件の重要参考人として、捜査本部から目をつけられているんでしょう。お二人とも、ここでのんびりしていて、いいものなんですかねえ。わたしはね、お二人のことを警察に持ち込んでも一文にもならないから、こうして知らん顔をしているんですよ。あんまり大きい態度をとられると、わたしだってカチンときますからね。東京の捜査本部か、中外軽金属本社の人事課に、ご一報って気にもなりますよ」

それだけ言って、阿久津は歩き出していた。振り返った彼の顔が、笑っているようだった。冷笑か、嘲笑《ちょうしょう》といったところである。だが、目は笑っていなかった。阿久津の目つきには、ゾッとさせるような凄《すご》みがあった。

ただの男ではない。海千山千《うみせんやません》というか、井ノ口の手におえるような相手ではなかった。したたかな人物であり、犯罪者としての過去があるのかもしれない。場合によっては、何をするかわからないような男である。

「明日の朝早く、ここを出ます」

由布子は言った。そうするより、ほかはなかった。明日にはもう、ムーンビーチにも刑事が訪れるだろう。そうでないにしろ、ここに阿久津忠雄がいる限り、安心して息もできないのであった。

「ぼくも那覇のホテルへ移ろう」

暗澹《あんたん》たる気持ちで、井ノ口はムーンビーチの海に見いった。春絵に次いでの第二の死が、身近に起ころうとしていることに、二人は気づいていなかった。

15 残波岬《ざんぱみさき》の闇

1

翌朝は、別離のときでもあった。

二人は八時を過ぎても、ベッドの中にいた。互いに、離れるための踏んぎりがつかなかったのである。これが永遠の別れになるのではないかと、由布子は衝動的に泣き出したりした。

的確にめくるめく瞬間を迎えて、怖くなるような快感に引き込まれながら、由布子は泣けてしまうのだった。こうした自分の身体になったのに、そうさせた井ノ口がそばにいるのに、なぜ別れなければならないのか。

時間は、容赦《ようしゃ》なく経過する。

いつ刑事が、この部屋を訪れるかわからない。

井ノ口は、新工場建設委員会の会合に出席しなければならないのだ。

こんなことはしていられないと焦燥《しょうそう》感に駆られながら、二人は激しく求め合い、身体を二つに分けようとはしなかったのである。井ノ口と由布子が、言葉もなくベッドから降り立ったのは、九時近くになってからのことだった。

　シャワーを浴びてから、荷造りに取りかかった。黙々と荷物をまとめ、着替えをすませた。由布子は、化粧をしなかった。井ノ口が、タクシーを頼んだ。二人は軽く、唇を触れ合わせただけで、部屋を出た。

　エレベーターの中でも、二人は無言であった。見つめ合っているだけだった。井ノ口は怒ったような表情であり、由布子はすがるような目つきでいた。ともに別れたくないと、語りかけているのである。

　フロントに予定より早く引き揚げることを告げて、井ノ口は会計を急ぐように頼んだ。すぐ近くに、三人の若者がいた。ここにグループで泊まっている若者たちで、釣《つ》りから戻って来たような服装をしている。

「あいつ、何をやっているんだ」

「さあな」

「人が死んだってだけで、あの男はかなり興奮していたからね」

「先に部屋へ、行ってようぜ」

「あいつを、待っててやれよ。逆上していて、部屋をまちがえたりしたら困るだろう」

　若者たちは、そんなやりとりを交わしていた。遅れている友人を待っての立ち話である。それにしても、人が死んだとか穏やかではないことを、話題にしているようであった。

「あのおっさん、夜釣りをする気だったのかな」

「さあ、残波岬で夜釣りをするって話は、聞いていないぜ」

「夜の磯釣りの本場となると、沖縄ではやっぱり喜屋武《きやん》岬だろうな」

「じゃあ何だって、あのおっさんは夜の残波岬の断崖《だんがい》の上に、近づいたりしたんだろう」

「そんなことわかるもんか」

「釣り道具らしいものは、何ひとつなかったそうだからな」

「じゃあ、自殺か」

「いや、おっさんが泊まっていた民宿の人たちの話によると、今日の午後には東京へ帰るとかで、航空券も用意してあったというからね」

「航空券まで買っておいて、帰る前の晩に自殺する人間なんていないだろう」

「死体の上着のポケットに、その航空券がはいっていたって聞いたぜ」

「財布と一緒にだろう」

「財布の中身は現金で三十万円だったというから、おれたちよりよっぽど金持ちじゃないか」

「あとは、去年いっぱいで有効期間が切れている身分証明書で、それによると去年までは東京の南北《なんぼく》信用探偵社というところに勤めていたらしい」

「探偵社の人間か」

「それも、去年まではってことだろう」

「もうひとつ、おかしいことを聞いたぜ。死んだおっさんの上着のポケットに、円筒形のケースがはいっていた。フィルムのケースだけど、中は空《から》っぽだった」

「フィルムはカメラに、仕込んであったんだろう」

「ところが、そのカメラが見つからなかったんだそうだ」

「カメラは、海の底へ沈んだんだろう」

「いや、おっさんが落ち込んだあたりはサンゴ礁が重なり合っていて、海底はそれほど深くない。それで今朝早くダイバーとグラス・ボートが調べてみたけど、やっぱりカメラは見つからなかったんだってよ」

「たまたま、フィルムのケースだけが、ポケットにはいっていたってことじゃないのか」

「どうでも、いいことだろう。地元の警察では、事故死として扱うというんだからさ」

「だけど、阿久津ってのは愉快だな」

「死んだおっさんの名か」

「高校のときの校長が阿久津というんだけど、事故は事後の自己に泣く、という交通安全運動の標語に当選した校長でさ」

「同じ阿久津というおっさんが、事故で死んだってわけか」

「おもしろくないかな」

「全然、おもしろくない」

三人の若者たちは、屈託《くったく》なく笑っていた。

会計をすませた井ノ口は、由布子の背中を押しやるようにして歩き出した。無言のまま二人は、逃げるようにムーンビーチの建物を出た。待っていたタクシーに、二人は急いで乗り込んだ。

井ノ口は、緊張しきった顔でいた。

由布子は信じられないというふうに、目を大きく見開いて、井ノ口の横顔を見守っていた。タクシーは、ムーンビーチの入り口のアーチを抜けた。

由布子にとって生涯、忘れることのできないムーンビーチであった。記念すべき愛の宴《うたげ》の場であった。しかし、いまはそのムーンビーチを、感慨《かんがい》とともに振り返る余裕さえなかったのだ。

阿久津が死んだ――。

昨日の午後、ムーンビーチで対決した阿久津忠雄が、死んだというのである。そう簡単には、信じられないことだった。阿久津の薄ら笑いを浮かべた顔も、凄みのある目つきも、まだ鮮明に記憶に残っている。

「運転手さん、残波岬で人が死んだんだそうですね」

思いきって井ノ口は、運転手に声をかけた。

「ええ、わたしも今朝、残波岬へ行って来ましたよ」

色の浅黒い横顔をチラッと見せて、三十過ぎの運転手が事もなげに答えた。

「事故ですか」

「まあ、そういうことになるんでしょうね。事故としか、考えられませんからね。地元の警察でも、事故死として処理するみたいですよ」

「昨夜の事故なんですか」

「そうですね。昨夜の十時以降、二時間ぐらいのあいだって、警官たちが言っていましたよ」

「解剖したわけでもないのに、昨夜の十時以降だなんてわかるんですかね」

「発見されたのは今朝の四時過ぎで、残波岬に一番乗りした釣りのお客さんが、断崖の下に転がっている死体に気づいたんだそうです。死体を調べた結果、死後四、五時間は経過しているってことになったんですね。その亡くなった人は阿久津さんという東京からの旅行者で、真栄田岬の民宿に泊まっていたんだそうですよ。それで、その人は昨夜の八時半になって、民宿を出たまま戻らなかったわけですね。民宿から残波岬の突端《とったん》までが五キロで、この距離を歩いていったとしか思えないので時間にして約一時間三十分、その人が残波岬の断崖の上に立ったのは昨夜の十時、という計算になるんでしょう」

「なるほどね」

「もしよかったら、残波岬に寄ってみますけど……」

運転手が、振り返って笑った。タクシーは、真栄田岬を右に見る地点の三叉路《さんさろ》に、さしかかっていた。

「しかし、警官が大勢いて、近寄れないんじゃないですか」

狼狽しながら、井ノ口は言った。

「いや、現場の検証も調査も、今朝の八時前に終わっていますよ。それほどの事件じゃないし、もう釣りをする人のほかには誰もいませんよ」

運転手は、ハンドルを右へ回した。タクシーは国道五八号線をそれて、東シナ海に接近する道路へはいった。

2

沖縄海岸国定公園は、その海岸線が残波岬にぶつかったところで、終わっている。残波岬の付け根が、国定公園の海岸線の南端ということになる。真栄田岬は、残波岬の手前にある。

真栄田岬の岬そのものは、平凡でたいしたことはない。ただ釣りのメッカであって、東に山田《やまだ》温泉、西に与久田ビーチ、南に多幸山《たこうざん》ハブセンターと観光施設が多いことから、真栄田岬はよく知られている。

　ユースホステルがあり、民宿もあった。阿久津忠雄はひとりで、真栄田岬の近くにある民宿に泊まっていた。阿久津は月曜日に予約なしでやって来て、三泊したいとその民宿に申し込んだらしい。

　阿久津は東京から、井ノ口を尾行して来たのである。月曜日に来て、ムーンビーチからさして遠くない真栄田岬の民宿に、予約なしで泊まり込んだというのは、当然といっていいだろう。

　三泊というのが阿久津の最初からの予定であった。今日の東京行きの航空券も、用意してあったという。それに阿久津は一応、井ノ口と由布子の姿を証拠写真にするという目的を、果たしているのだった。

　今日のうちに、阿久津は東京へ帰りつくことになっていた。ところが、昨夜の八時半頃に彼は民宿を出て、そのまま帰らぬ人となったのである。阿久津の行く先は、残波岬であった。

　民宿から残波岬の突端まで五キロ、もちろん歩いていったとしか考えられない。阿久津は夜の十時に、残波岬の突端に立ったということになる。何を目的に、夜の残波岬などへ足を運んだのか。

　南国の夜の散歩を、楽しんだのかもしれない。あるいは、残波岬の断崖の上に立って、夜の東シナ海を眺めたかったのかもしれない。いずれにしても、自殺ということはありえなかった。

残波岬は小さな半島のように、東シナ海へ突き出ている。大きさ、広さ、豪快さ、凄絶《せいぜつ》さなどの点で、真栄田岬とは比較にならないスケールの岬であった。残波岬という地名も、よく知られていた。

しかし、大自然が主役になっていて、名物とか娯楽設備とかがないために、残波岬はあまり注目を集めていない。設備や施設をまず求めようとする近頃の観光客には、残波岬の大自然は不向きなのかもしれない。

タクシーは、カーブを繰り返しながら、岬の先端へ向かう。未舗装の道路なので、船のように揺れる。視界に、人家は一軒もない。草原と林と岩場が広がり、あとは空と海だけであった。

この残波岬へ来るのは釣りをする人がほとんどで、若い男女の観光客は少ないという。ひとりで海を眺めにくる外国人のほかは、気まぐれにざっと車を走らせる旅行者くらいなものらしい。

先端に、白い無人灯台があった。

井ノ口と由布子はタクシーを降りて、断崖の上まで歩くことにした。なるほど警官の姿も、立入り禁止の場所もなかった。野次馬も、まったく残っていない。磯釣りをする人々を、何人か見かけただけだった。

運転手に言われたとおり、灯台よりも東寄りの方角へ向かった。残波岬の東側と、先端の北側に、延々と断崖絶壁が続く。断崖には大小の穴があり、サンゴ礁らしく奇岩が絶壁をつくっている。

サンゴ礁独特の地面の隆起が激しく、その凹凸《おうとつ》によってひじょうに歩きにくい。由布子は、井ノ口の腕をかかえ込んで歩いた。海から吹きつけてくる風が、息を詰まらせるように強かった。

二人は、残波岬の突端に立った。近くに誰が置いたのか、花束が潮風に震えていた。このあたりから、阿久津忠雄は墜落死したのだろう。さすがに遠慮してか、付近の磯に釣りをする人の姿は認められなかった。

この辺の断崖の高さは、三七メートルほどだという。足下には打ち寄せる波の白さと、海中に重なり合っているサンゴ礁の複雑な陰影があった。墜落した阿久津は、海面すれすれの岩に頭を打ちつけて、即死したということである。

そのあと阿久津の死体は波によって、断崖の裾の穴の中へ押し流されたらしい。それを今朝の四時頃、磯釣りの好みの場所を捜し回っていた人が、たまたま見つけたということになるのである。

それにしても、何という広大な海なのだろうか。無限に続く水平線が、銀色の雲が盛り上がるコバルト・ブルーの空と、セルリアン・ブルーの海とを区切っている。まさにサンゴ礁の彼方《かなた》と言いたくなるような、海と空であった。

「もちろん、事故死ではないんでしょうね」

風を受けとめた顔で、由布子が不意に言った。

「夜の散歩とか、夜の海を眺めるとか、そんな風流には無縁な男だ。阿久津はひとりで、ここへ来たんじゃない」

井ノ口は海の色に、哀しくなるほどの美しさを感じていた。

「誰と一緒だったのかしら」

「わからない。しかし、その相手とはすでに、会うための約束ができていたんだろう。夜の八時三十分に、真栄田岬の近くのどこかで落ち合うとか」

「落ち合ったあと、二人でこの残波岬まで歩いて来たのね」

「いや、犯人は車に乗っていたはずだ。帰りのことを考えても、足が必要だったろう。タクシーにも乗れないし、この近くのホテルや民宿を利用したのでは、その存在自体を記憶されるおそれがある。それに犯人は当然、東京から来ているんだ」

「じゃあ、レンタカー——？」

「うん。犯人は昨日、東京から沖縄へ来た。那覇市で、レンタカーを借りる。その車で、ここへ来る。犯行後、犯人は目につかない場所に乗り入れた車の中で、早朝までの時間をつぶす。それから那覇市に戻り、レンタカーを返して、犯人は空路を東京へ引き返すということになる」

「犯人の目的は、阿久津の口を封ずることだったんでしょ」

「やはり犯人も、阿久津から脅迫されていたんだろう。その証拠となる写真のネガを、何とかしなければならなかった。それで犯人は阿久津から、カメラごとフィルムを奪い取っている」

「そのフィルムが消えたことは、わたしたちにとっても幸運だったのね」

「しかし、今日にでも東京から、ここへ刑事が来る。刑事は、阿久津の変死に関心を向ける。われわれと阿久津の関連を知れば、東京の捜査本部は阿久津殺しもまたきみの犯行だと、判断するんじゃないのかね」

井ノ口は、由布子の腕をつかんだ。

「そんな……！　あんまりだわ」

由布子は、井ノ口の肩にすがった。

いま断崖に立つ愛人は、断崖に立たされた愛人でもあった。昨夜の残波岬の闇は、いったい何を見たのだろうか。

3

井ノ口は、途中でタクシーを降りなかった。由布子と一緒に、那覇空港まで行ってしまった。由布子がしきりと、井ノ口のために時間を気にしていた。そもそも、ムーンビーチを出発するのが遅れたのである。

それなのに、残波岬に寄ったりした。このうえ、那覇空港まで行ったのでは、今日の仕事に間に合わなくなる。井ノ口は午前十一時から、浦添市のレストランで開かれる新工場建設委員会に、出席しなければならないのであった。

いまから会場へ駆けつけても、すでに会議は始まっている。東京から出張してきて、その目的を果たさないのだ。何のための出張か、ということになる。

しかし、井ノ口はついに、浦添市でタクシーを降りなかった。ひとつには、由布子のことが心配だったのである。もし航空券が手にはいらなかったら、由布子はひとりでどうするのか。

それにもう、出張の任務などどうでもいい、という気持ちになりかけていたのである。どうせ、会議には遅れてしまったのだ。会議に出席するのをそっくりすっぽかしたとしても、たいした違いはないだろう。

こうなったからには、会社のほうも無事にはすまないだろう。井ノ口と由布子の関係か明らかにされる。総務部長に、嘘をついたことになる。そうなったときには問答無用で、責任をとらされることが、すでに決まっているようなものだった。

近々のうちに井ノ口は、中外軽金属を退職する可能性が強い。そうだとしたら、いま出張の任務に忠実であっても、無意味なのではないだろうか。

「いまは、それどころじゃない。きみが潜伏場所に無事に到着することこそ、何よりも大切なんじゃないか」

井ノ口は、そう言った。

那覇空港に着いた。

由布子は、名古屋行きを希望した。だが、名古屋行きは一便しかなくて、夕方の出発であった。名古屋着が夜の七時三十分なので、目的地到着が遅くなりすぎる。東京か大阪まで飛び、あとは新幹線にしたほうが早かった。

十三時十分発の大阪行きの全日空機に、キャンセル待ちで乗れそうだった。大阪着が、午後三時五分である。この飛行機に乗れば夜の七時に目的地に着けると、由布子は計算していた。

「いったい、どこへ行こうと考えているんだ」

井ノ口は訊いた。

「篠島《しのじま》なの」

手帳を開いて由布子は、真剣な目つきで電話番号を捜していた。

「篠島って……？」

井ノ口は、その地名を知らなかった。

「三河湾《みかわ》にある島で、知多半島の突端からだと目の前に見えるわ」

由布子は、お目当ての電話番号を見つけたようだった。

「知多半島……！」

井ノ口は驚いた。由布子を彼女の郷里の近くに潜伏させようなどとは、井ノ口なら考えも及ばないことだったからである。

「そのほうが、死角にはいるってことになると思うの。まさか、わたしが知多市の近くに隠れているとは、誰だって想像もしないでしょ」

「うん」

「それに、わたしがよく知っているところはほかにないし、頼れる人だっていないんですもの」

「篠島というところに、頼れる人がいるのかい」

「高校時代の親友が、お嫁にいっているの。篠島の篠島アイランド・ホテルの経営者の長男と結婚して、去年の暮れに赤ちゃんが生まれたのよ」

「その人、事情を知ったうえで、力を貸してくれるのかね」

てくれっ

——くわしいことは、話さないわ。それに彼女は事情なんて聞かなくたって、匿《かくま》ってくれって頼めば引き受けてくれるわよ。親友の危機なんだし、彼女は高校生のときから女親分ってタイプだったの」

「島というのは、確かに安全かもしれないな」

「大阪に着いたら、彼女のところへ電話を入れるわ」

由布子は、ひらひらさせてから手帳を、バッグの中へ入れた。

「こっちへの連絡は、いつくれるんだ」

井ノ口は言った。

「篠島に着いたら、すぐに電話します。あなたが、お泊まりになるホテルは……」

「那覇中央ホテルだ」

「今夜は必ず、お部屋にいらしてね」

「もちろん、待機している」

「でも、また電話で声を聞くだけで、当分はつらい思いをするのね」

「そうとは、限らないさ。篠島のホテルの状況しだいでは、二、三日中にそっちへ行くかもしれない」

「だって……」

由布子は、とても無理だというように、首を振った。

「ぼくはもう、東京の家には帰らないかもしれない。いや、その前に会社を、辞めることになるんじゃないのかな」

表情を変えずに、井ノ口は言った。

「え……！」

叫びにはならない叫び声を、由布子は洩らしていた。

キャンセル待ちの航空券が、手にはいった。とたんに、搭乗案内が始まった。井ノ口と由布子は、その場で別れることにした。見送っても、見送られても仕方がなかったからである。

由布子の後ろ姿は、すぐに雑踏の中へ消えた。

井ノ口は空港から、那覇市内にある沖縄支社へ向かった。沖縄支社は看板ばかり大きくて、すぐに目についたが、事務所はお粗末であった。国際通りの小さなビルの、一階だけを使っていた。

事務所には伊沢次長がいて、井ノ口の顔を見ると、驚いて駆け寄ってきた。支社長は、浦添市で開かれている建設委員会に出席中だという。その会議も、まもなく終わるということだった。

「電話がかかりっぱなしで、もう参りましたよ」

伊沢次長もさすがに、いい顔はしていなかった。

電話が鳴りっぱなしというのは、当然すぎることであった。肝心な東京本社の代表が、会議に姿を現わさないのである。井ノ口はどうした、何とかして捜し出せと、浦添市から矢のような催促があったのだろう。

伊沢次長は、ムーンビーチに電話を入れた。だが、井ノ口はすでに、ムーンビーチを引き払っている。事故としか考えようがないので伊沢は沖縄県警にまで問い合わせたらしい。

「申しわけありませんでした。頭痛があんまり激しいので、那覇市まで来て病院に寄っていたんです。すみませんが休みたいので、那覇中央ホテルにすぐ部屋をとってもらえませんか」

井ノ口は、伊沢に言った。

「そうだったんですか。じゃあ、すぐに部屋をとりましょう」

伊沢はあわてて、手近の電話機を引き寄せた。彼は井ノ口の言葉を、信じたのであった。睡眠不足と心労によって、井ノ口の顔色は悪かったし、やつれた感じである。病気だと言えば、誰だろうと信ずるはずだった。

「それから午前中に、東京の警察から電話がありました。井ノ口さんのおかあさんが殺された事件を捜査中の捜査本部の刑事さんだというので、ムーンビーチのことを喋っちゃいましたよ。それにもうひとつ、ついさっき東京本社から連絡があって、明日の井ノ口さんの所在を明らかにしておくようにと言われました。本社から明日、どなたかが沖縄へ来るみたいですね」

送受器を肩に押しつけるようにして、伊沢次長が一気にそう報告した。

悪い知らせである。東京から、二人の使者がやって来る。ひとりは東京・荏原署の捜査本部の刑事であり、もうひとりは東京本社からの井ノ口の上司に違いなかった。

いずれも、井ノ口を詰問《きつもん》するために、沖縄へ派遣されてくる使者であった。ついに、来たるべきものが来たと、井ノ口は胸に圧迫感を覚えていた。しかし、彼は伊沢の言葉に、ただうなずいただけであった。

何もかも仕方がないことだと、井ノ口は思ったのである。

4

その夜十時過ぎになって、那覇中央ホテルの井ノ口の部屋へ、由布子からの電話がかかった。もちろん由布子はいま、三河湾に浮かぶ篠島アイランド・ホテルから、電話をしているのであった。

篠島アイランド・ホテルの一室で、高校時代の親友との対面を終えたところだという。その旧友にあれこれと事情を説明するのに手間どり、井ノ口に電話をかけるのが予定の時間より、遅れたということだった。

由布子の声に、心持ち明るさが感じられた。いくらか、元気になったようである。それは力強い味方と、落ち着いて滞在できる場所を得た、ということを物語っていた。近くに両親の住む郷里があることも、気休めにしろ救いになっているのだろう。

「彼女は旧姓が浅井《あさい》、現在は松下《まつした》マチ子さんよ。ご主人がこのホテルの専務さんだから、専務夫人ってことになるわ。その専務夫人が、たとえ半年だろうと安心してここにいればいいって、引き受けてくれたの」

由布子は、そう言った。

由布子は旧友の松下マチ子に、殺人事件の容疑者にされているということまでは、打ち明けなかったらしい。ただ、妻子ある男との愛に走ったために多くの誤解を招き、ひじょうに不利な立場に追いやられて、東京の勤めも捨てて家出をすることになったと、そんなふうに説明したようである。

それに対して松下マチ子は、素敵だわと目を輝かせたという。そうした愛の逃避行のためなら、全力を尽くして応援すると旧友は約束し、一日も早く井ノ口を篠島へ呼ぶようにすすめてくれたと、由布子は感激した口調で言った。

長い電話を切ってから、井ノ口はベッドの上に引っくり返った。

今日の午後に那覇空港で別れた由布子が、いまは愛知県の海に浮かぶ島にいる。昼のうちは沈痛な面持ちでいた由布子が、夜には明るさを取り戻している。そういうことが、井ノ口には不思議でならなかった。

由布子にとっては、安全な場所に井ノ口と一緒にいられるということが、すべてなのに違いない。それが、女というものである。

だが、男はそうはいかない。男は常に、戦士であることを求められる。ただ逃げ回って潜伏し、由布子と一緒にいればいいで、すまされるものではなかった。その前に、戦わなければならないのだ。

たとえば明日、二人の使者と会って、結論らしきものを出すことになるだろう。それに、古館カズミのことも、このままにはしてはおけない。

古館カズミの不可解な言動に関しては昨夜、由布子からくわしく聞かされている。大浜和明という男の妻になったカズミの東京における新しい住所も、由布子から聞いてメモしてあった。

大浜和明とカズミはこの那覇中央ホテルに一泊し、成田空港経由でグアムかサイパンへ新婚旅行に出かけたのだ。平凡なサラリーマンとの結婚が決まっていながら、カズミはなぜ世界一幸福な愛人になるなどと嘘をついたのか。

さらに気になるのは、カズミを妻とした大浜和明が、最近まで三成建設の社員だったということである。総務部長からあらぬ疑いをかけられた理由のなかに、三成建設の社名があったことを、井ノ口は忘れていなかった。

最近になって、三成建設の営業マンがひとり、不本意な理由によって退職させられた。その営業マンの口から洩れたことだが、施工会社に選ばれるために三成建設では中外軽金属本社の人間に金品を贈ったという。

相手は厚生課にいたK・Iという人物で、贈った金品は一千万円に相当する。

そのK・Iとは井ノ口と違うのかと、総務部長から詰問を受けたのであった。

最近になって三成建設を退職した、営業マン、中外軽金属本社の厚生課に勤務していた古館カズミと結婚した。この三点だけでも、大浜和明という男はぴったりの感じなのである。

そのあたりに、何かありそうな気がする。

カズミに、会ってみなければならない。

そんなことを繰り返し考えながら、井ノ口は洋服を着たままで眠ってしまった。

翌日の午前中に、井ノ口は浦添市へ向かった。前日と同じ会場で開かれる現地建設委員会に、出席するためであった。昨日は肝心の井ノ口が欠席したので、今日の委員会が実質的に第一回目の会議ということになりそうである。

しかし、井ノ口は熱がなかったし、討議にも身がはいらなかった。浦添市のレストランの二階に、彼は存在しているというだけだった。井ノ口は目をつぶるか、窓の外を眺めやっているかであった。

中外軽金属の沖縄支社長。

浦添市の市当局の関係者。

沖縄県庁の人間。

地元住民の代表。

地主。

建設業者。

公害問題に対する関係者。

その他の利益代表。

そうした人々の熱心な質疑応答が続けられる中で、井ノ口はほとんど発言しなかった。質問に対して答えるだけで、あとは沈黙を守っていた。井ノ口は終始、ほかのことを考えていたのである。

午後三時に、委員会は終わった。明日も会議を続行することを申し合わせて、散会となった。井ノ口はタクシーで那覇市の中央ホテルへ直行した。

ホテルで二人の使者を、待たなければならないのである。ホテルのロビーへはいったとたんに、立ち上がった二人の男が近づいてきた。すでに一方の使者が、ホテルに到着していたのだった。若い男のほうは、井ノ口の知らない顔であった。

だが、もうひとりのツルのように痩《や》せている四十男のほうは、よく知っている相手だった。井ノ口が最も苦手とする刑事と、言ってもいいだろう。それは捜査本部員でもあり、荏原署の刑事でもある巡査部長であった。

野口大三郎——。

最初の使者は、野口部長刑事だったのである。

「やあ、どうも……」

野口刑事は、青白い顔に笑いを浮かべていた。皮肉っぽい笑顔である。

「遠くまで、ご苦労さまです」

井ノ口は言った。

「いやなあに、今度こそほんとうの話を伺《うかが》えると思えば、どんなに遠かろうと足どりも軽くってのが、われわれの商売でしてね」

例によって野口の目は、笑っていない。

その野口刑事のカミソリのように鋭い印象が、井ノ口をゾッとさせるのであった。

16　辞職勧告

1

ロビーの半分を占めているラウンジへ足を運び、三人は周囲に客の姿がない奥の席に、腰を落ち着けた。

野口大三郎が若い男を沖縄県警の捜査一課の刑事だと紹介した。沖縄県警の若い刑事は、沈黙を守っていた。管轄外《かんかつがい》での事件については、口をはさまないという姿勢をとり続けているのだ。

井ノ口は最初から、守勢《しゅせい》に回っていた。野口部長刑事から早々に、今度こそ真実を語ってもらえるだろうと、釘《くぎ》を刺されている。それは、いまさらごまかしは通用しないぞ、という刑事の宣告でもあるのだ。

「今日、沖縄に着いたんですか」

沈黙を破りたくて、井ノ口はそんな質問をした。

「警察はそこまで、のんびりしてはいませんよ」

ニヤリとしながら、野口部長刑事は首を振った。

「すると、昨日……？」

「いや、一昨日《おととい》です。東京からの最終の直行便で来て、那覇空港に着いたのが夜の八時十分だったですかな。その夜は沖縄県警への挨拶《あいさつ》、協力要請、事態の説明などで終わったから、実際の行動は昨日の早朝からってことになりますね。いずれにしても、あなたの行方《ゆくえ》がわからないために、手を焼きましたわ」

「一昨日の夜のうちに、沖縄のホテル、旅館、民宿などに手配をしなかったんですか」

「やりましたよ。しかし、あなたは会社の出張で沖縄へ来ているんだから、当然、那覇市内に泊まっているものと決め込んだのが、失敗だったんですな」

「那覇市内のホテルと旅館に限って、重点的に手配をしたんですね」

「あなたと一緒ではなく、安城由布子だけで那覇市内に宿泊しているという判断も、間違っていたわけです。まあ、われわれはどうしても、プロの手口として読み取ってしまうんですな。素人《しろうと》のあけっぴろげたやり方には、かえって迷わされます」

「昨日の午前中にうちの沖縄支社へ、電話をかけられましたねえ」

「ええ」

「その電話は、刑事さんが同じ那覇市内にいて、かけたものだったんですね」

「そうですよ。だからムーンビーチと聞いて、すぐそこへ急行しました。ところが、すれ違いってやつで、あなたと安城由布子はムーンビーチを出たあとだった。それにしても、素人のやり方というのは大胆で、怖いもの知らずですな」

「そうですかね」

「ムーンビーチに安城由布子という名前で堂々と部屋をとっているし、そうした那覇市から離れた観光地にあなたと一緒に泊まっているなんて、われわれは思ってもみませんでしたよ」

「刑事さん、その解釈はまちがっているんじゃないですか」

「ほう、どんなふうにまちがっているんですかね」

「怖がりもせず、臆病《おくびょう》にもならずに堂々としていられるのは、犯罪者として追われているとか逃げているとかいう意識が薄いからでしょう」

「だったら何も嘘《うそ》をついたり、真実をごまかしたり、不意に行方をくらましたりする必要も、ないんじゃないですか」

「わたしたちは、プライベートな関係を誰にも知られたくなかった。その秘密を守るために、嘘もついたし、逃げたりもしたんです。犯罪には無関係だからこそ、面倒なことに巻き込まれたくなかったんですよ」

「まあ、いいでしょう。心情的なお話を伺《うかが》っても、役には立ちません。犯罪捜査は、事実と結果だけなんです。したがって、あなたにぜひとも事実として、認めていただきたいことがあるんですよ」

「どんなことでしょうか」

「五つほどあります。その第一、あなたと安城由布子は特別な男女関係にありましたね」

「いまさら、否定できないことでしょう。事実として認めます」

「結構……。第二に、安城由布子の従兄《いとこ》から聞かせてもらった話なんですがね」

「大町三郎氏ですか」

「あなたの母上、つまり被害者の井ノ口春絵さんは、心の底から息子の愛人である安城由布子を、憎み嫌っていた。あなたと別れることを要求し、愛人関係に抗議するために、被害者は山下マンションの安城由布子の部屋へ押しかけた。被害者はあらゆる言葉を用いて、安城由布子を侮辱《ぶじよく》し罵倒《ばとう》した。そのうえ被害者は一週間の期限を切って、それまでに息子との関係を清算しなければ殺してやると安城由布子に迫った。そうしたことがあって、被害者と安城由布子は険悪な対立状態におかれていた。以上のような大町三郎氏の証言を、あなたは事実として認めますか」

「認めましょう」

「第三に、被害者は事件当夜、安城由布子と対決するために山下マンションへ出向いたんですね」

「それは、わたしが事実として、知っていることではありません」

「しかし、その話をあなたは、安城由布子から当然、聞かされたと思うんですがね」

「いや……」

「井ノ口さん、いままでのことはすべて、事実として素直に認められたんじゃないですか。もう嘘やごまかしはやめて、正直なあなたでいることを続けてくださいよ。実はほかにも、証人がおりましてね」

「証人って、誰なんです」

「あなたの奥さんです」

「純子が……」

「ええ。あなたが沖縄へ向かわれた日、つまり月曜日になって、奥さんは何もかも話してくれましたよ。あなたと安城由布子とお姑《しゅうとめ》さんのそれぞれの立場や主張、それに事件当夜お姑さんが最終的な結論を出すために山下マンションへ向かったということもね。奥さんは、お姑さんを殺したのは安城由布子にまちがいないって、断言していましたよ」

「それは、感情論というものでしょう」

「そうだとしても、被害者が犯行当夜に大変な意気込みで、山下マンションへ向かったということは、あなたも認めてくれるんでしょう」

「ほかに証人がいるんなら、認めざるを得ないでしょう」

「では、第四に事件当夜、山下マンションの屋上で、被害者と安城由布子が激しく争っていたという事実なんですが、これも認めていただけるでしょうな」

一わたしは、一緒に行動していたわけじゃないんですよ。どうして、そうしたことを認められますか」

「当の安城由布子から、事後報告を受けているんじゃないですかね」

「そんなことは……」

「窃盗《せっとう》の現行犯で逮捕された男が余罪追及中に、山下マンションに空巣《あきす》を狙《ねら》って侵入したことをゲロしましてね。その日時が、事件当夜と一致しているんですよ。その男が山下マンションにはいり込んだのは、五月十五日の夜八時過ぎということです。ひととおりアタリをつけながら、マンションの中を一巡して、念のために屋上へも出てみたんだそうです。すると屋上で母娘みたいな年の差の女が二人、ものすごい見幕《けんまく》で言い争っていた。それで何となくこのマンションは危険だと判断して、その男は空巣狙いを断念したということなんですがね」

「そういう証言があるんなら、それだけで十分じゃないですか。何もわたしに事実として、認めさせることはないでしょう」

「第五に、あなたは安城由布子が母上を殺したんだということを、いまだに認めるつもりはありませんか」

「ありませんよ。認めるとか認めないとかいう問題ではなくて、彼女はわたしの母を殺したりはしていません。わたしは、被害者の息子です。母親を殺した女を、わたしが庇《かば》ったりすると思いますか。母を殺した犯人は、誰だろうと憎い。どんなに愛していた相手でも、それがわたしの母を殺したのではないかと少しでも疑いを抱けば、そのときから気持ちは冷めるものです。そのわたしがこうして、安城由布子は何もしていないと、言いきっているんですよ」

井ノ口は、熱弁をふるった。全身が熱くなっていたし、彼は手振り身振りをまじえずにはいられなかった。

「そうですか」

野口部長刑事は、やれやれというように溜《た》め息をついた。刑事は、何も感じないという顔つきでいた。このカミソリのような男は、絶対に感情的にならないのだ。その代わり、井ノ口の熱弁も通用しないのである。

何事にも動じない野口刑事が、ふと微笑を浮かべた。

「そうなるともちろん、阿久津忠雄という男のことも知らないと、おっしゃるんでしょうな」

野口部長刑事は、そう話題を変えたのであった。

2

三人分のアイス・コーヒーが、運ばれてきた。それがテーブルの上に配られるまで、言葉のやりとりが跡切れることになる。一時間くらい、その状態が続いてくれればいいのにと、井ノ口は思った。

彼の頭の中は、混乱している。思考を整理するまでに、時間が必要であった。その時間が、欲しかったのである。

野口刑事の言葉どおりに、何もかも認めてしまったような気がする。認めないわけにはいかなかったのだが、そのために由布子をいっそう不利な立場へ、追いやったことになるのではないか。

窃盗の現行犯で逮捕された男が、余罪を追及中に自供という証言がある。

それに純子までが、あることないことを喋《しゃべ》ったらしい。由布子と別れるなら警察には協力しないという純子の取引きに、井ノ口はついに応じなかった。そればかりか井ノ口は、由布子が待っていると思われる沖縄へ、旅立っていった。

そのために、純子も決定的な出方をしたのだろう。純子は刑事の質問に答えて、知っていることをすべて明らかにしたのだ。それは、夫とその愛人への報復ではない。愛人から夫を取り戻すための、強硬手段なのである。

夫と愛人には、別れるという意志がない。このままだと、ますます深間《ふかま》にはまり込むことになるだろう。いまのうちに、夫と愛人を引き離しておかなければならない。

そのためには警察に協力して、由布子の殺人容疑を決定的なものにすることである。そうなれば、井ノ口はいやでも妻子のところへ戻ってくる。そう考えて純子は、実力行使に踏みきったのだ。

先週の土曜日に捜査本部では、大町三郎の話から重大な手がかりを得て、純子をはじめとする関係者から裏付けを取った。それに日曜日と月曜日を、費やしたのだろう。

そのあとで、井ノ口と由布子に的《まと》を絞《しぼ》り、沖縄へ乗り込んで来たのである。行方をくらました由布子と、出張した井ノ口は沖縄で合流したものと、初めから見当がついていたのに違いない。

だが、あえて捜査本部では、二人をそのままにしておいた。二人は沖縄で、泳がせておけばいい。あわてて二人を、拘束《こうそく》することはないのである。周囲から固めていって、最後に急所を押さえるのが、捜査というものなのだろう。

それで捜査本部は火曜日になって、沖縄へ目を向けた。野口を含めた捜査本部の刑事たちは、火曜日の最終便で沖縄へ来た。その夜のうちに、沖縄県警との打合わせをすませて、那覇市内のホテルや旅館に手配をした。

ところが、そこに捜査陣の誤算があり、井ノ口も由布子も那覇市内には泊まっていなかったのである。翌日つまり昨日の朝になってからムーンビーチにいるとわかり、そこへ急行したが、ほんの数時間の差ですれ違いとなったのだ。

いずれにせよ、捜査本部では由布子を春絵殺しの容疑者と見ている。それだけの証言も揃ったし、由布子は逃亡したものと受け取られたのだろう。もはや、重要参考人という段階ではなかった。

それに加えて、井ノ口までが、いくつかの点について、事実として認めてしまったのである。由布子は再び、沖縄から姿を消した。逃亡、潜伏を続けるということになる。全国に指名手配される恐れも、あるのではないか。いったいどうしたらいいのかと、井ノ口の頭の中は混乱する。

そのうえにまた、野口部長刑事が、阿久津忠雄の名前を、口にしたのであった。やはり野口刑事たちは、ムーンビーチよりさして遠くない残波岬で、東京からの旅行者が変死したという事件に、関心を向けたのである。

「残波岬で墜落死を遂《と》げた東京からの旅行者がいると聞いて、われわれはふと気になりましてね」

中断されていたやりとりを、野口部長刑事はおもむろに再開した。また目つきが、鋭くなっていた。

「どうしてなんです」

黙っていたがる自分を励まして、井ノ口は重い唇《くちびる》を動かした。

「近くのムーンビーチに、安城由布子が滞在していた。墜落死という死に方が井ノ口春絵さんの場合と同じである。それに死んだ男のカメラがフィルムごと見つからない、という話を耳にしたからですよ」

「それだけのことから、その男の死とわたしたちをすぐに結びつけたってわけですか」

「われわれには、カンというものが働きますからね。それでただちに、ムーンビーチで聞込みをやると同時に、男の身もとについて東京に照会しました。われわれのカンは、やはり狂っていませんでしたね」

「それなりの成果があったと、言いたいんでしょう」

「ムーンビーチでの聞込みの結果、重大な証言と目撃者を得ることができたんです。まず阿久津が、ムーンビーチに出入りしていたという証言。あなたと安城由布子らしい男女に、阿久津がしきりとカメラを向けてシャッターを切っていたという証言。そして、あなたと安城由布子らしい男女がムーンビーチの砂浜で、阿久津と話し込んでいるところを見たという目撃者です」

「そうですか」

「一方、東京での調べの結果は、昨夜のうちに判明しました。阿久津忠雄、四十六歳、独身。去年の八月まで、東京の南北信用探偵社に勤務していた。しかし、調査のうえで弱みを握った人間を脅迫したことが発覚して、去年の八月三十一日付で南北信用探偵社をクビになっている。その後は無職ですが、おそらく個人的に調査を引き受けたり、ユスリを働いたりで食べていたんでしょう。ところが何と、安城由布子の所持品の中から、この阿久津忠雄の名刺が見つかりましてね」

「所持品って、まさか……」

「中外軽金属の本社の厚生課にある安城由布子の席、つまり所持品とか引出しの中とかを、参考のために調べさせてもらったんですよ。総務部長さんと厚生課長さん、立会いのうえでだったそうです」

野口刑事はそこで、アイス・コーヒーのストローをくわえた。

総務部長——。その総務部長の耳にも、井ノ口と由布子が沖縄のムーンビーチにいたということが、昨日の時点ではいったはずである。それだけでも、辞職勧告を受けるのが当然であった。

3

阿久津忠雄は、元警察官だったという。

二十九歳から三十五歳までの六年間は、暴力団専門の刑事として過ごしている。ところが、いつの間にか大酒を飲むようになったらしい。深酒をするうえに、酒乱《しゆらん》の傾向が強かった。

妻は二人の子どもを連れて実家へ逃げ帰り、一年の別居のあとで正式に離婚した。以来、阿久津忠雄は死ぬまで、独身のままだったのである。

独身に戻ってからの阿久津は、ますます酒で荒れるようになった。あれこれと不始末が多かったし、暴力団関係者の金で飲んでいるとかいう噂《うわさ》もあった。そしてついに、酔ったうえでの暴力沙汰《ざた》が表面化した。

阿久津は三十六歳で、警察官を懲戒免職《ちょうかいめんしょく》となった。その後、二、三の探偵社や興信所勤務を経て、阿久津は四十歳で南北信用探偵社の調査員となった。南北信用探偵社では、勤続五年以上のベテランだったわけである。

だが、調査を依頼されたその対象となる人物の弱味を握り、それをネタに脅迫して金をせしめたことが発覚し、去年の八月三十一日付で、南北信用探偵社も免職になっている。それ以後は、無職であった。

しかし、個人的に調査を引き受けることもできただろうし、大勢の人間の弱味や秘密を握っている男である。ユスリやタカリだけでも、何とか食べていける。他人の血を吸って生きているダニのような男だったのだ。

その阿久津忠雄が悲惨な死によって、四十六年の生涯を終えたのであった。阿久津の死体からは、カメラごとフィルムが奪い取られていたし、持っていていいはずの手帳も見当たらなかった。

「そういう男ですから、敵も多かったでしょう。阿久津を殺したいと思っていた人間も、大勢いたに違いありません。あなたや安城由布子も、そのうちのひとり、いや二人ってことになります」

　野口部長刑事が、大事そうにアイス・コーヒーを飲みながら言った。

「馬鹿げた話です」

　井ノ口は、横を向いた。

「そうですかね。現にあなたと安城由布子が一緒のところを、阿久津は写真に撮りまくっていたんですよ」

「あの男はいやなやつだし、迷惑もしていました。フィルムをよこせとも、確かにあの男に抗議しました。しかし、あの男を殺さなければいられないほど、わたしたちは実際的な被害を受けていないし、追いつめられてもいなかったんですよ」

「阿久津の死んだ場所が、悪かったんですな。阿久津は、残波岬で死んだ。そこから遠くないムーンビーチに、あなたと安城由布子は泊まっていた。あなたたちと阿久津は、利害がまとわりつく関係にあった。こうなれば誰だって、あなたたちと阿久津の死を結びつけて考えますよ」

「ムーンビーチから、彼女は一歩も出ていない。いつもわたしと一緒だったし、彼女にはアリバイがありますよ」

「そんなのは、アリバイにはなりません。あなたと安城由布子が共犯だったら、どういうことになるんです。われわれは安城由布子が直接、手を下したものとは決めておりませんよ。阿久津を殺したのは、あなたかもしれないでしょう」

「刑事さん、いいかげんにしてくれませんか。警察の強引なやり方が原因で、わたしと彼女の関係は総務部長の知るところとなったんですよ。そうなった場合、わたしは会社を退職しなければなりません。彼女も会社を辞めることになるでしょうし、わたしも辞職願を書くつもりでいるんです。そうなってまで、わたしがまだ嘘をつくと思いますかね」

井ノ口は、声を大きくしていた。腹立たしさに興奮して、彼は血相《けっそう》を変えている。近くの席にいる人々が、のび上がったり振り返ったりで、注目していた。

「まあまあ……」

そう言っただけで、野口刑事は沈黙した。井ノ口の見幕に、刑事もいささか気圧《けお》されたのだろう。

そのとき、近づいて来た若い男が、野口刑事に目で合図を送った。それに気づくと、野口部長刑事はあわてて立っていった。若い男は、東京から来た捜査本部の刑事に違いない。何やら、知らせて来たのだ。

野口部長刑事と若い刑事は、顔を寄せ合って話し込んでいる。若い刑事の報告を、野口部長が聞いているのである。いったい、どのような情報がはいったのかと、井ノ口は不安を感じていた。

やがて、二人の刑事は右と左に分かれた。若い刑事は、ホテルの入り口のほうへ足早に去っていった。野口部長刑事はゆっくりと戻って来て、自分の席におもむろに腰をおろした。表情が、厳しくなっていた。

「井ノ口さん、意外な事実が判明しましたよ」

野口部長刑事は、アイス・コーヒーのコップを握った。

「どんなことですか」

冷静でいなければならないと、井ノ口は思った。

「東京から、連絡がありましてね。阿久津がクビになる時点で担当をしていた調査の内容とその依頼者を、南北信用探偵社に調べさせたところ、意外な依頼人の名前が浮かび上がったんだそうです」

「誰なんです」

「井ノ口純子さん、つまりあなたの奥さんですよ」

「何ですって……！」

「依頼があったのは、去年の八月二十日。調査の内容は、夫の女性関係についての素行調査ということです」

「そんな……！」

「捜査本部ではただちに、奥さんからその点について確認をとったそうです。奥さんはそれを、事実として認めたということでした。昨年の七月頃から夫の挙動に疑いを持ち、ほかの女に心が走っているのではないかと思った。妻のカンとして、同じ職場の夫の部下である安城由布子と特別な仲にあるのではないかと判断、その点についての調査を依頼した」

「馬鹿なことを……」

「ところが九月にはいって南北信用探偵社から連絡があって、担当者の阿久津が退職したので調査はまだ手つかずだが、あらためて担当者を決めて調査を進めるかどうかと言ってきた。そうと聞いて奥さんは何となく嫌気《いやけ》がさしたので、調査依頼を取り消すことにしたんだそうです」

「当然だ」

「しかし、去年の十月末になって今度は阿久津から連絡があり、例の調査を個人的にやらせてほしい。調査費用も安くするからと頼み込まれたんですね。それで奥さんもその気になってオーケーしたんだそうです。十一月にはいって阿久津は中外軽金属の厚生課に何度も足を運び、安城由布子に接近して調査を進めた。その結果はシロ、つまり井ノ口さんと安城由布子にプライベートな交際はなく、奥さんの思い過ごしだと、阿久津から正式な報告があったということです」

「その報告は、正しいですね。わたしと彼女が、プライベートな交際を持ったのは、ごく最近のことだったんです」

「奥さんも去年の十一月の時点では、自分の誤解だったのだと、安心したり満足したりで、阿久津との接触もそれで打ち切ったということでした」

「妻がそういう女だったとは、いまのいままで思ってもいませんでしたよ」

「ますます、ややこしくなりましたね。阿久津はあなたの奥さんとも、安城由布子ともつながりがあった。その阿久津が、殺された。殺された場所からそう遠くないところに、あなたと安城由布子がいたってことになるんですからね」

「刑事さん、阿久津は現金で三十万円を所持していたそうですね」

「大金ですな。その大金が手つかずで、阿久津の死体のポケットに残っていた。つまり、金品が目当ての犯行ではない、ということになります」

「阿久津は、誰かに雇《やと》われて行動していた。三十万円もその謝礼か、調査費だったんでしょう。わたしたちを写真に撮ったのも、依頼者の指示によるものだった。最近の阿久津を雇っていた人間は誰か。その点が重大なんじゃないですか」

　井ノ口は、血の気の引いた顔を、両手ではさみつけていた。

「もちろん。そのことについても、徹底的に捜査しますがね」

　野口大三郎刑事は、残っていたアイス・コーヒーを一気に飲み干した。

4

井ノ口は、五〇二号室に引きこもっていた。部屋の外へは、一歩も出なかった。ロビーには、刑事が張り込んでいる。井ノ口の行動を監視するだけでなく、彼を逃亡させまいとしているのだ。

井ノ口には、外出する気力もなかった。夕食も、抜きだった。ルーム・サービスを頼んだのは、ウイスキーと水、それに氷だけであった。井ノ口はウイスキーを飲んでは、ベッドの上に引っくり返った。

出るのは、溜め息ばかりである。時間がたつにつれて、妻の純子が思いも寄らぬことをやったという実感が湧《わ》く。それは井ノ口にとって、このうえないショックだったのだ。人間的に、純子が信じられなくなる。

妻が夫の素行調査を依頼する。そうした場合、妻は離婚を覚悟のうえで、やらなければならないと、探偵社の専門家たちの座談会を雑誌で読んだことがある。そのことを夫が知ったら、夫婦間に決定的な亀裂《きれつ》が生ずるという。

まさに、そのとおりである。

調査費は、安くない。かなりの出費となる。妻は夫が稼《かせ》いだ金を使って、夫の素行を調べるのであった。図太い神経、鈍《にぶ》い感性、低俗な人間性の持ち主でなければ、妻としてで費用のことは抜きにしても、そういう人間だというだけで、あまりにも情けない。品性下劣なスパイ行為だし、それが他人でないだけに空《むな》しかった。哀《あわ》れな人間すぎて、不愉快になる。

確かに去年の夏は、夫婦間にぽっかりと大きな穴があいていた。純子への気持ちも冷えていたし、井ノ口の帰宅時間は遅くなりがちだった。その理由は、春絵と純子の激しい争いのあいだに立って、板ばさみになったことにあった。

井ノ口は、心の病気にかかっていたようなものである。そのために、彼の気持ちは安城由布子に傾斜した。由布子もまた井ノ口に惹《ひ》かれているとわかって、彼は動揺しないではいられなかった。

井ノ口は純子の前で、無意識のうちに由布子の名前をよく口にするようになった。しかし、井ノ口も由布子も互いにブレーキをかけ合って、私的な感情は完全に殺していたのである。

だが、純子は夫を疑った。井ノ口の心がほかの女、いや由布子に走っている。二人はすでに、恋愛関係にある。純子はそう決め込んで、シッポをつかめないままに井ノ口を疑惑の目で見守っていた。

そのうちに純子は、具体的な証拠を握ってやりたいという欲望を、自制できなくなった。

純子は去年の八月二十日に、南北信用探偵社に調査を依頼した。担当に決まった阿久津とも会って純子は事情を説明した。

しかし、担当者である阿久津が、十日後には探偵社をクビになった。調査にはまだ、手もつけてなかった。そのために南北信用探偵社では、新任の担当者を決めてあらためて調査をするかどうか、純子に問い合わせた。

最初から何もかもやり直しかと思うと億劫《おっくう》でもあり、ケチがついたみたいで嫌気がさしたらしく、純子は調査の依頼を取り消すことにした。したがって、このときは事実上、調査は行なわれなかったのである。

ところが、十月末になって阿久津が再び、純子の前に姿を現わした。例の調査を、個人的にやらせてほしいというのだ。費用が安くすむと言われてその気になり、純子は阿久津の申し出を受け入れた。

由布子の話によると、マッサージ機の宣伝マンと称して阿久津が中外軽金属の厚生課を訪れたのは、去年の十一月だったという。時期的にも一致する。阿久津は厚生課に何度も足を運び、由布子を観察したのだ。

ほかにも井ノ口の尾行、由布子の尾行、噂の聞込みなど、専門的な調査を行なったのだろう。だが、結果的に収獲はなかった。井ノ口と由布子には、まったく接触がなかったのだから当然である。

阿久津は純子に、井ノ口と由布子の関係に疑わしい点はないと報告した。純子は納得し、その報告に満足した。調査は完了し、この時点で純子と阿久津の縁も切れた。純子の不愉快なやり方も、ここで終わっている。

しかし——と、井ノ口は思う。

今年の四月になって、阿久津がまたしても井ノ口や由布子の眼前に出現したのは、どういうことなのだろうか。しかも、阿久津の今度の目的は、井ノ口と由布子を結びつけることにあったのだ。

もし阿久津が現われて妙な細工《さいく》をしなかったら、井ノ口も由布子も自制したままでいたはずである。肉体関係はおろか、口をきくこともない仲だっただろう。いまのような状態にも、なっていなかったのだ。

阿久津は新しい雇い主の指示によって、行動したのであった。

雇い主は、井ノ口と由布子が結ばれて、愛人関係にまで発展することを期待したのである。そして、期待したとおりになったのだった。

その新しい雇い主とは、いったい誰なのか。井ノ口と由布子が結ばれると、どのような利益を得ることができる人間なのか。いや、他人の恋愛によって得をする人間など、いようはずはないのだ。

不可解である。

どう考えても、わからない。

ドアが、ノックされた。井ノ口はとび起きて、ドアへ向かった。歩きながら、井ノ口は時計を見た。九時を過ぎている。また野口刑事だろうかと思いながら、井ノ口は三分の一ほどドアを開けた。

「やあ……」

ドアの外には、スーツケースを提《さ》げた男が立っていた。男は、五代弘樹であった。

「これは、驚いた」

井ノ口は、苦笑していた。予想もしていなかった使者を、迎えることになったからである。東京の本社から派遣された使者は、この経営管制室次長の五代弘樹だったのだ。いま着いたとなると、東京発の最終便に乗って来たのだろう。

「顔色がよくないな」

椅子《いす》にすわると同時に、五代弘樹は言った。五代は厳しい顔つきであり、ニコリともしなかった。

「いやな役目を、仰《おお》せつかって来たんだろう」

井ノ口は、さっき書いたばかりの辞職願を、五代の顔の前に差し出した。

「いまのあんたに必要なのは、友情だろうと思うんだ。おれにできることだったら、お役いてもたい」

五代は当然というように、辞職願を受け取った。そして、五代は友情を強調している。

その二点は、最初から井ノ口に辞職を迫るための使者であったことを、物語っていた。

17 空港の男

1

五代弘樹の話によると、やはり総務部長は激怒したという。

井ノ口と由布子が特別な関係にあることは、もはや否定できない。井ノ口の妻と、由布子の従兄が、事実であることを認めた。そのうえ井ノ口と由布子は現在、沖縄で行動をともにしているものと思われる。そのように、厚生課の由布子の席を調べに来た捜査本部の係官から、総務部長は説明を聞かされたのである。そう知って総務部長が激怒するのは、むしろ当然というべきだろう。

総務部長は井ノ口に、男同士が腹を割って話し合うのだから正直に答えてくれ、あとになっての訂正や弁解は通用しないぞ、と言った。それに対して井ノ口は、由布子と特別な関係にはないと、明言したのであった。

ところが、それから何日もたたないうちに、井ノ口が嘘をついたということが、はっきりしてしまったのだ。いったんは、井ノ口を信じた総務部長である。それだけに、総務部長の怒りも激しかったのだろう。

ういう裏切り方をされたのは生まれて初めてだと、総務部長は憤慨《ふんがい》しておられたがね」

五代弘樹は、苦笑しながら細い葉巻をくわえた。

「しかし、あの場合に総務部長の前で、わたしと安城君は特別な関係にありますって、言えるだろうか」

井ノ口は部屋の中を歩き回りながら、外国人がやるように両手を開きかげんにして肩をすくめた。

「もし、あんたが安城君との関係を正直に認めていたら、悪いようにはしなかったと総務部長は言っていた」

葉巻に火をつけて、五代は煙の中から井ノ口を見やった。

「悪いようにはしないって、どうしてくれたというんだ」

井ノ口は、背中で言った。

「安城君に、系列会社への出向《しゅっこう》を命ずるつもりだったそうだ。それなら、社内での不倫な関係にはならんだろうって……」

「ほんとうかな。こうなったからこそ言えることじゃないのか」

「おれは、ほんとうだと思っている。総務部長はあれでいて、かなり浪花節《なにわぶし》的なところがある。だからこそ、怒らせると怖い人でもあるんだ」

「まあ、仕方がないだろう」

「本来なら、あんたの直属の上司を、ここへよこすべきだった。しかし、総務部長は製品管理課長ではなく、おれに沖縄行きを命じた」

「そんなところも、いかにも総務部長らしいというわけか」

「そうだ。あんたとおれは、個人的にも親しい。おれにだったら、あんたは本音を聞かせる。総務部長はそんなことまで、考慮にいれているんだ」

「同時に、あんただったら、おれは説得しやすいと思ったんだろう」

「説得……？」

「辞表を出せと、説得することさ」

「あるいは、そういう考えもあったかもしれない。だけど、今後あんたがどうするつもりでいるかも、総務部長は知っておきたかったんだろう」

「そんなことを知って、どうしようというんだ」

「興奮して感情的になっていたときの部長は、ずいぶんひどい言い方もした。井ノ口君は、男じゃない。クビにするわけにはいかないという反対意見があろうと、わたしは井ノ口君を断固クビにしてやる。井ノ口君に詰め腹を切らせることができないようなら、わたしが会社を辞める。どんなことがあっても、井ノ口君に辞表を書かせるんだってね」

「なるほど厳しいな」

「しかし、冷静になってから、総務部長はこう言われた。井ノ口君にその気があるなら、系列会社に再就職させるつもりだ。だから、井ノ口君の本音を聞いてこいって……」

「ありがたいことだ、と言っておこう」

「それだけか」

「辞表もちゃんと、あんたに渡したじゃないか。それに今後のことで、総務部長の世話になるつもりはない」

「どうしてだ」

「責任をとった人間が、責任をとらせた人間の世話になるなんて、それこそ男のやることじゃない」

「しかし、会社を辞めて、今後の生活はどうなるんだ」

「いまのおれに、そんなことを考えている余裕があると思うか」

「そりゃあまあ、そうだけど……」

「離婚することになるかもしれないし、安城君との問題もある。まあ、おれは無一文《むいちもん》の裸《はだか》一貫《いっかん》になって、出直すってことになるんじゃないのか」

「そうか。そこまで、覚悟ができているのか」

「過ぎたことは、もうどうでもいいんだ。それより、いまのおれにとって重要なのは、沖縄を脱出するということさ」

井ノ口はベッドに腰をおろして、グラスのウイスキーを口の中へ投げ込むようにした。

「脱出したら、いいじゃないか」

五代弘樹は、葉巻の火を灰皿にこすりつけた。

「刑事が、見張っている。もちろん、おれが沖縄を離れることは許さないだろう」

「大丈夫だよ、何とかなる。あんたの出張はおれが肩代わりすることになっているし、明日からの会議にもおれが出る。だから、この部屋もおれが引き続き借りることになる。ホテルの支払いもおれがするから、あんたはフロントに寄る必要もない」

「それで……」

「このホテルの三階には、大小の宴会場がある。その宴会場の廊下を抜けると直接、裏の駐車場へ出ることができる」

「ずいぶん、くわしいんだな」

「もう五年ぐらい前だけど、このホテルに一週間ほど滞在したことがあるんだ」

「駐車場にまで、刑事が張り込んでいることはないだろう」

「明日の朝、ホテルを抜け出すんだ。朝の便だったら、航空券も買えると思う」

「しかし、あんたに迷惑が、かかるんじゃないのかな」

「かまわないさ」

「あんたが逃がしたんじゃないのかって疑われるかもしれないし、刑事の追及を受けるだろう。野口という部長刑事が、スッポンみたいに食いさがってくるぞ」

「知らないの一点張りで、押し通すよ。食堂へ行っているあいだに、あんたが消えてしまったってね」

「すまないな」

「ここへ来たからには、そのくらいの役には立ちたいよ」

「恩に着る。当分のあいだは会えないだろうけど、恩は忘れないつもりだ」

「オーバーだぞ」

「とにかく、あとのことはよろしく頼む」

「引き受けた。ところで、行く先は東京かい」

「うん」

「安城君も、東京にいるんだな」

二本目の葉巻に火をつけてから、五代弘樹は言った。

「そうなんだ」

思わず井ノ口は、そう答えていた。嘘をつくつもりはなかったが、愛知県とか篠島とかいう言葉が出てこなかったのである。それに、東京行きの飛行機に乗ることには、違いないのであった。

しかし、由布子の潜伏先については、五代弘樹にも知らせないほうがいいだろうと、井ノ口は考えていた。刑事に追及されて、五代が喋ってしまうというおそれもある。絶対に信頼できる人間は、井ノ口自身と由布子のほかにはいないのであった。

2

翌朝七時に、井ノ口は五〇二号室を出た。目でうなずき合ったあと、五代弘樹がすぐにドアを閉めた。

井ノ口はスーツケースとアタッシェ・ケースを提げて、エレベーターに乗った。三階で降りる。朝の七時のホテルは廊下に人影もなく、森閑《しんかん》と静まり返っている。宴会場が並ぶあたりは、まったく無人の世界であった。

廊下を抜けて、突き当たりの階段を下りた。一階に自動ドアがあり、その外に駐車場が見えていた。明るい日射《ひざ》しを浴びて、二十台前後の乗用車の屋根が光っていた。ここにも、人影はなかった。

駐車場を横切って、井ノ口は通りへ出た。しばらく待って、タクシーを停めた。タクシーに乗ると、たちまち中央ホテルも国際通りも遠くなった。刑事らしい男を、見かけることもなかった。

脱出に、成功したのである。

井ノ口の身体から、力が抜けた。だが、安心しきってはいられない。井ノ口が逃走したことを知れば、警察もそれなりの対応策をとる。井ノ口は由布子の潜伏先へ向かったと、判断されるだろう。

井ノ口を発見すれば由布子の潜伏先がわかる。井ノ口を見つけて、それを尾行すればいいのだ。警察は井ノ口発見に全力を尽くして、密《ひそ》かにそのあとを追うということになるのではないか。

井ノ口が中央ホテルから姿を消したことがわかれば、那覇空港へ刑事が急行する。あるいは羽田空港で待ち受けるように、手配をするだろう。いずれにしても迂闊《うかつ》には篠島へ向かえない。

那覇空港に着いた。

九時発の全日空八〇便に、空席がひとつだけあった。ロビーにいても、飛行機に乗り込んでからも、井ノ口は落ち着けなかった。男はすべて、刑事に見える。井ノ口はまず、沖縄観光の紙袋を手にしているかどうかを確かめた。

大半が、団体客とアベックの旅行者である。二十代から五十代までの男で、単独あるいは二人連れというのは五、六人しか目につかなかった。だがその中の何人かが、刑事かもしれないのだ。

定刻に、全日空機は離陸した。井ノ口は機上から、沖縄の島々と海に別れを告げた。同じ別れを告げるにしても、いまは流れ者の心境であった。井ノ口には、帰りを急ぎたくなるような家もない。

東京へ向かってはいても、はっきりした行く先がないのである。

そして、井ノ口は無職になったのだ。

午前十一時二十分に、飛行機は羽田に到着した。東京に、懐《なつ》かしさは感じられなかった。遠いむかしに忘れてしまった都市を、訪れたような気がする。東京は冷ややかに、彼を迎えた。

荷物を受け取り、井ノ口はロビーへ出た。混雑を縫《ぬ》いながら、彼はロビーを歩いた。これから、どこへ行ったらいいのか。家へ帰る気にはなれないし、東京駅に直行して新幹線に乗るのは、いささか冒険がすぎるという感じである。

「井ノ口さん……」

突然、背中へ男の声が飛んできた。

ハッとなって、井ノ口は息がとまりそうであった。全身を硬直させたまま、すぐには振り返ることができなかった。

「どうも……」

男がひとり、井ノ口の前へ回ってきた。男は笑いながら、指先でメガネを押し上げた。

その三十を過ぎたばかりの小柄《こがら》な男を見おろして、井ノ口は息を吐き出しながら肩を落とした。

中外軽金属の社員であった。経営管制室の山川《やまかわ》という係長である。五代弘樹の部下なので、顔はよく知っていた。ひどく愛想がよくて、青年のように明朗な男だった。

「どうして、こんなところに……?」

井ノ口は訊《き》いた。

「見送りですよ。経営管制室長が、札幌《さっぽろ》へ出張したんです。室長はいま、搭乗口へ向かいました」

山川係長は、口早に説明した。

「お見送りとは、ご苦労さまだな」

井ノ口は、歩き出した。

「井ノ口さんは、出張からの帰りなんですか」

この若い係長は、井ノ口を押し包んでいる騒ぎについて、何も知らされてはいないらしい。

「そうなんですよ」

「まったく、このところ出張ばやりですからね。毎日、本社から二、三人は出張しているんじゃないですか」

「それだけ、わが社が繁栄しているってことでしょう」

「でも留守番するほうにとっては、迷惑な話ですよ。経営管制室でも立案や決定を急いでいる重要事項を、いくつもかかえているんですがね。室長や次長がいないんでは、どうすることもできません。五代次長も急に、沖縄への出張が決まりましてね」

「室長と次長が、揃《そろ》って出張ですか」

「井ノ口さんから、五代次長に言ってくれませんか」

「何をです」

「五代次長は一週間ばかり前に、管制室の全員にできるだけ休暇をとらないように、早退なども差し控えてほしいって申し渡したんですよ」

「つまり、それだけ管制室は忙しいってことですか」

「そうなんです。それなのに、それなのにですよ。当の五代次長が真っ先に休暇をとったり、午後から出勤したりなんですからね。そのうえ、今度は出張でしょう」

「彼が休暇をとるなんて、珍しいんじゃないですか」

「その五代次長が、さっさと休暇をとったのには驚きましたよ。三日前がまるまる休暇、一昨日が午前中だけ休暇で午後から出勤、そして昨日の夜に出張で沖縄へ飛んでしまったんですよ」

山川係長は、笑いながら不満を述べていた。

「病気なら、仕方がないでしょう」

空港ロビーを出たところで井ノ口はタクシー乗り場へ目をやった。

―それが、病気じゃないんですよ。どうしても五代次長の指示が必要なことがあって、管制室から自宅へ電話を入れたんですよ。そうしたら、奥さんに会社にいるはずですって言われましてね」

「五代次長は奥さんに内緒《ないしょ》で、休暇をとったんですか」

「まあ、奥さんの手前は、何とかうまくごまかしましたがね。五代次長は奥さんに秘密で、一泊旅行に出かけたんですよ」

「一泊旅行……？」

「だって、そうでしょう。一日まるまる休暇をとったその翌日は、午後から出勤したんですからね」

山川係長は、意味ありげにニヤリとした。

この空港でぱったり出会った男の話から、井ノ口はふとある種の疑惑を感じ始めていた。五代弘樹は三日前に休暇をとり、翌日は午後から出勤したという。しかも五代は妻に秘密で、一泊旅行に出かけたものと思われる。

残波岬で阿久津忠雄を殺した人間は、三日前に東京から沖縄へ向かい、その夜に犯行を終え、翌日の朝に東京に帰っていった。五代弘樹の一泊旅行と、日時がぴったりと一致する。

偶然だろうか。

3

経営管制室の山川係長とは、空港ロビーを出たところで別れた。会社の車を待たせてあるので一緒に乗っていかないかとすすめられたが、寄るところがあるからと井ノ口は断わった。

ひとりになると、井ノ口はすぐに空港ロビーの中へ引き返した。電話をかけるためであった。やはり、東京にいても仕方がない。このまま篠島へ向かうほかはないだろうと、井ノ口は思ったのである。

自宅には寄らずに、東京をあとにする。当分は、帰京しない。そうなると純子が黙ってはいないだろう。騒ぎ立てるだけでなく、感情的になってとんでもない行動に走るおそれもあった。

この際、なぜ家に帰る気になれないか、その理由を純子に伝えておく必要があった。篠島についてから、手紙を書くという方法もある。しかし、そうした内容の手紙を書くと考えただけで、うんざりした気持ちになる。

誰かに頼んで、純子に現在の心境を伝えてもらったほうがいい。誰に頼むかとなると、松原静香のほかにはいなかった。純子に会って井ノ口の気持ちを伝えたうえで、話し相手になってやるとしたら、松原静香が最適任者だろう。

そう思いついて、井ノ口は松原静香に電話をする気になったのだ。

「もしもし、松原でございます」

静香が直接、電話に出た。その明るくて屈託《くったく》のない静香の声が、井ノ口にはうらやましく感じられた。

「一也だけど、時間をとれるかい」

井ノ口は、いきなりそう言った。

「一也さん？　昼間の電話とは珍しいわね」

静香の声は、笑っていた。

「出張から帰ったところで、いま羽田にいるんだ」

井ノ口のほうは逆に、怒ったような声になっていた。

「空港に着いたとたんに、わたしに電話をかけてくるなんて、ますますおかしいわ」

「身体、あいているかい」

「相変わらず、退屈しきっているわよ」

「いまからすぐに、出てきてくれないか。会って、話したいことがあるんだ」

「いいわ。それで、どこへ行けばいいのかしら」

「東京駅で、落ち合おう」

「東京駅のどこ？」

「八重洲口《やえすぐち》の〝銀の鈴〟を、知っているかい」

「待合わせのための場所ね」

「そこで、どうだ」

「わかりました。時間を、決めることはないわね。いまからすぐに、そこへ向かえばいいんでしょ」

「車はやめて、電車で来てくれよ」

「そうします」

「じゃあ……」

井ノ口は、電話を切った。

空港ロビーを出て、タクシー乗り場へ向かった。東京も、蒸し暑かった。日は射しているが、空に雲が多かった。もう六月である。まもなく入梅《にゆうばい》で、梅雨期が明けると本格的な夏が訪れるのだと、井ノ口は当たり前なことを考えていた。

タクシーに乗った。タクシーが走り出すと、井ノ口は目を閉じた。心身ともに、疲れている。このまま永久に眠ってしまいたいと、現実逃避を望みたくなるような疲労であった。

その疲れて重い頭の中に、五代弘樹のことが浮かびあがる。五代弘樹と阿久津忠雄を結びつけるのは、あまりにも強引すぎる。考えすぎというものだろう。そう思いながらも、

井ノ口が沖縄へ出張したのは、五月二十九日（月曜日）
阿久津忠雄が残波岬で死亡したのは、五月三十日（火曜日）
由布子が沖縄から篠島へ向かったのは、五月三十一日（水曜日）
五代弘樹が沖縄へ来たのは、六月一日（木曜日）
そして今日が、六月二日の金曜日なのである。

経営管制室の係長の話によると、五代は三日前に一日まるまる休暇をとり、翌日は午後から出勤したという。三日前とは五月三十日であり、その日の夜に残波岬で阿久津が死亡している。

この符合《ふごう》が、気になるのである。

五月三十日に、五代は沖縄へ飛んだ。阿久津には事前に、連絡ずみであった。五月三十日の夜八時三十分に、真栄田岬の付近で落ち合うという約束ができていたのだ。おそらく五代が三十万円を、阿久津に渡すということになっていたのだろう。

沖縄に着いて五代は、那覇市内でレンタカーを借りた。レンタカーを運転して、五代は真栄田岬へ向かう。八時三十分に、阿久津と落ち合った。阿久津を乗せて、五代は車を残波岬へ走らせる。

夜の残波岬に車を停めて、五代と阿久津は話し込んだ。やがて、五代は夜の海を眺めたいとか言って巧《たく》みに阿久津を誘い、二人は車から出ることになる。そのまま断崖《だんがい》の上まで歩く。

　阿久津は三十万円をもらったばかりだし、五代に殺されるなどとは夢にも思っていない。それでカメラと、手帳とか五代に見せた調査結果のメモとかがはいっている紙袋を、車の中に置いてきたのだろう。

　五代が油断しきっている阿久津を、断崖の上から突き落とす。五代はひとり車を適当な場所まで走らせて、その中で一夜を過ごす。夜明けとともに、那覇市へ向かう。レンタカーを返してから、空港へ急ぐ。

　同じ九時発となっている日航機か全日空機に乗れば、十一時二十分に羽田に着く。その足で会社へ向かえば、午後からの出勤ということになる。五月三十一日の五代は、午前中だけの半日休暇をとっているのだ。

　そして翌六月一日に総務部長から命じられて、五代は再び沖縄へ飛んだのである。

　彼の一日半の休暇は、このようにして消化されたのではないだろうか。ただ問題は五代と阿久津を結びつけることには無理があるという点であった。五代と阿久津は、無縁の人間同士だったかもしれない。

　関係もなく、見も知らない人間を、殺すはずはない。五代と阿久津を結ぶ糸というものが、はたしてあるのだろうか。どのような動機があって、五代は阿久津を殺さなければならなかったのか。

やはり、井ノ口の想像が過ぎているような気がする。だが、たとえ単なる思いつきであろうと、それを全面的に否定することはできないのである。五代が一日半の休暇をとっているのは、厳然たる事実だからであった。

経営管制室は多忙なので無意味な休暇はとらないようにと、部下に指示しておきながら、五代弘樹はなぜ真っ先に一日半も会社を休まなければならなかったのか。

また五代はなぜ、妻に隠して休暇をとったりしたのか。妻にも知られてはならない秘密行動をとる必要が、彼にはあったのである。その秘密行動とは、何を目的にどういうことをしたのか。一泊して、どこへ行っていたのか。どこに、泊まったのか。

五代弘樹には、妻と二人の子どもがいる。彼の両親が一緒なので、家族は六人であった。五代の妻は性格的にも穏やかでおとなしく、夫に全幅《ぜんぷく》の信頼を寄せている。五代の両親への手前もあって、夫に対しては従順であった。

夫の行動を束縛したり干渉したりしないし、妻はすべて事後承諾で満足しているというのが、五代の自慢のひとつだったのだ。そうした妻にさえ秘密で、五代弘樹はいったいどこへ一泊の旅行をしたのだろうか。

4

東京駅の八重洲口構内にある〝銀の鈴〟は、待合わせのために設けられている場所であった。大きな銀色の鈴が目じるしになっているし、構内のあちこちに〝銀の鈴〟の方角を示す標識が取り付けてある。

そこには大勢の男女が、人待ち顔で立っている。ベンチは満席であり、立ったり柱に寄りかかったりしている人々のほうが多かった。井ノ口もそこに三十分ほど立ちつくしていた。

松原静香が姿を現わしたのは、午後一時過ぎであった。ボルドーのソフト・ワンピースを着た静香を見たとき、いちだんと美しく魅惑的になったと井ノ口は思った。静香の姿は人目を惹き、大勢の男女が視線を集めていた。

「お待たせ……」

静香は、井ノ口を見上げて笑った。

「行こう」

注目されているのが照れくさくて、井ノ口はすぐに歩き出した。

静香が井ノ口の手から、アタッシェ・ケースをもぎ取った。

二人は、地下へ降りていった。飲食店の多い地下街である。井ノ口は空腹だったが、静香が喫茶店を希望した。何軒かある喫茶店のうちで、いちばん客の少ない店を選んだ。二人は奥の席に、腰を落ち着けた。

　井ノ口はサンドイッチと紅茶、静香はコーヒーをそれぞれ注文した。

「話したいことって……？」

　静香が、微笑を浮かべたままで訊いた。

「頼みたいことがあるんだ」

　井ノ口はサン・グラスをはずした。暗い顔つきで、彼は静香を見やった。

「いいわよ、できることだったら……」

「もちろん、できることだ。その前に言っておくけど、余計なことはいっさい質問しないでもらいたい」

「いつもの調子ね。一也さんはわたしにものを頼むのに、いつだって一方的で横暴なんですものね」

「純子に会って、伝えてもらいたいことがあるんだ」

「純子さんに会うって、一也さんはどうするの」

「家には、帰らない。このまま、東京を離れるつもりだ」

「それで、どこへ行くの」

「それが、余計な質問ってやつなんだよ」

「だって……」

「とにかく、当分のあいだは家に帰らない。別居というより、おれが家出をしたってことになる」

「蒸発しちゃうの」

「短いあいだの蒸発ってことだろうね」

「かなり深刻な話なのね」

「純子に伝えてもらいたいことは、四つほどあるんだ。まず第一に、しばらく家には帰らないということだ」

「第二は……？」

「家に帰らない理由なんだけど、警察がおれを捜し出そうとするからだ。それで、家には近づくわけにいかないし、身を隠すほかはないんだよ」

「一也さん、警察に追われているの」

「第三は、これも家に帰らない理由のひとつになるんだが、純子は去年、探偵社の人間を頼んで、おれの素行を調査させた」

「え……！」

「そうした純子の行為は、人間として夫として心情的に許すことができない」

「純子さんがそんなことをするなんて、とても信じられないわ」

「いまは怒りでいっぱいなので、冷却期間をおくために、しばらくは純子と顔を合わせないほうがいいだろう」

「第四は、どういうことかしら」

「おれは、会社に辞表を出した。つまり、おれはもう中外軽金属の社員ではない」

「何ですって……！」

「以上、四つのことを、純子に伝えてもらいたいんだ」

「わかったわ。間違いなく四つのことを、純子さんに伝えます。伝えることは伝えるけど、でも……」

釈然としない面持《おもも》ちで、静香は何度も首をかしげるようにした。意外な事実ばかりを急に聞かされて、静香にもピンとこないのに違いない。もっとくわしい事情を知りたいのだろうが、質問することは禁じられているのだった。

コーヒー、紅茶、それにミックス・サンドが運ばれてきた。井ノ口は立て続けに、サンドイッチを口の中へ押し込んだ。昨日の昼飯を最後に、腹に溜まるものをまったく食べていないのである。

「何だか、大変なことになってしまったみたいね」

スプーンでコーヒーをかき回しながら、静香が唇を重そうに動かした。もう静香も、笑ってはいなかった。

「その後、五代と会っているのかい」

話題を変えて、井ノ口は五代のことを持ちだした。どうしても、五代弘樹のことが気になるからであった。

「ええ、相変わらずお世話になっているわよ」

静香は、コーヒーに口をつけた。

「それで、ひとつぐらいまとまりそうな縁談があるのかね」

「いま、具体的に進行中のお話があるの。ひょっとすると、ひょっとするかもよ」

「ほんとうかい」

「難点がただひとつだけあるって、五代さんのほうがむしろ慎重になっているわ」

「どういう難点なんだ」

「仮にその人を、H氏ということにしておくわね」

「うん」

「そのH氏がどうも大きなことばかり言いすぎるって、五代さんは心配していらっしゃるのよ。わたしはべつにそうは思わないんだけど、H氏には大ボラを吹く癖があるんじゃないかって……」

「H氏との縁談をまとめる五代には、それなりの責任ってものがあるからな」

「そのために五代さんは、何でも疑ってかかるみたいだわ」

「芝司にも、いまその五代を、疑ってかかっているんだ」

「一也さんが五代さんを疑ってかかるって、それはまたどういうことなの」

「五代は五月三十日と、三十一日の午前中、会社を休んでいるんだ。彼は奥さんにも黙って、一泊旅行に出かけたらしい。この五代の秘密行動に、おれは疑いの目を向けているんだよ」

「どうして、疑いの目を向けなければならないのかしら」

「実は五月三十日の夜に、沖縄でひとりの男が殺されている。その殺人事件に五代が関係しているんじゃないのかって、そう考えたくなるのさ」

「五代さんが、人殺しをしたのではないかっていうわけね」

静香は下を向いて、伏せた顔を隠すようにした。しかし、静香が笑っているということは、その感じだけではっきりとわかった。

「何がおかしいんだ」

井ノ口は一瞬、腹立たしさを覚えた。

「だって、突拍子《とっぴょうし》もないことを言うんですもの。五代さんが、人殺しだなんて。一也さんには気の毒みたいだけど、五代さんは一泊旅行なんかしていないわ。沖縄どころか、五代さんは栃木県の山の中にいたのよ。正直に言うと、五月三十日と三十一日の午前中、五代さんとわたしはずっと一緒だったの」

静香は、まだ笑っているようであった。井ノ口は、言葉も表情も失っていた。

18 新婚の家

1

静香が五代弘樹と親しい間柄にあるというのはわかる。

静香の縁談に関しては、五代弘樹に一任してあった。五代も引き受けた以上はと、コマメに動いてくれていた。五代は静香に何人かの候補を紹介し、見合いのセッティングをしたりで、静香の再婚に骨を折っていたようである。そうしたことで今年の初めから、五代と静香はちょいちょい会っているのだ。連絡をとり合うことも多いだろうし、五代が静香の家を訪れて、彼女の両親に歓待《かんたい》されたという話も聞いた。

接触が重なれば、親しくなるのは当然である。気安い仲にもなるだろう。しかし、そうであっても男と女としての親しさとは、まったく異質なものであるはずだった。一緒に泊まりがけの旅行をする仲であっては、ならないのだ。

たった今静香も、H氏という候補がかなり有力で、彼女も再婚する気になりかけていると、言ったばかりなのである。それなのに静香は、実は、五代と一緒に一泊したと告白したのだった。

口がきけなくなるほど、井ノ口が驚いたのも不思議ではなかった。しかも、静香は平然とそうした話を打ち明けて、笑ってさえいるのだった。井ノ口はあっけにとられて、静香の顔を見守っていた。

「でも、誤解しないでちょうだい。ずっと一緒だったと言っても、わたしと五代さんのことなんですからね、色っぽい話には、ほど遠いわ」

華やかな笑顔になって、静香は頰杖《ほおづえ》をついた。

「じゃあ、何のための旅行だったんだ」

われに還《かえ》ったように、井ノ口はあわてて紅茶を飲んだ。

「だから、旅行なんかじゃないの。一泊したというのも結果的にそうなってしまったんで、もちろん日帰りのつもりで出かけたんですからね」

「栃木県のどこへ行ったんだい」

「那須《なす》よ、那須高原……」

「那須なんかに、用があったのか」

「いま、話したでしょ。どうも話が大きすぎるって、五代さんが神経質になっているH氏よ」

「うん」

「H氏はやたらと、土地を持っているって自慢するの。北海道に三万坪、和歌山県に五千坪、九州の宮崎県に一万坪、それに栃木県の那須に二万坪っていうふうにね。その点を五代さんは、マユツバじゃないかって疑っていたのよ」

「大ボラ吹きじゃ、結婚の相手としても信用できないというわけか」

「わたしは、ホラじゃないって思っていたわ。でも、五代さんが事実かどうかを、ひとつ確認してやろうって言い出したの。いちばん近い那須へ行ってみて、ほんとうに二万坪の土地を所有しているのかどうか、その土地に、はたして値打ちがあるのかを、調べるというわけなの」

「五代だったら、やりかねないことだ」

「地方法務局で登記簿を見るんだから、ウィークデーに行かなければならないでしょ。それで五月三十日の火曜日に、急に行くことになったのよ。五代さんが休暇をとってわざわざ行ってくださるというのに、わたしが知らん顔ではいられないから、だったらご一緒しましょうって……」

「いたずらに休暇をとっては困るって、五代自身が部下に訓示したくらい、彼のところは忙しかったんだそうだぜ」

「いたずらに休暇をとったわけじゃないわ。わたしの一生を決める結婚相手のことなので、仲人として五代さんはそれだけ責任を感じていてくださったんじゃないの」

「そうか」

「五代さんは、責任感が強いのよ」

「しかし、彼は奥さんには会社へ出勤すると見せかけて、休暇をとったということらしいぞ」

「そうしたことまで、いちいち奥さんに断わったりしないというのが、五代さんの主義なのよ」

「なるほど……」

井ノ口にも、うなずける話になりつつあった。

「それで、わたしたちは三十日の午前十時半に、わたしの車で出発したの」

静香は、真顔《まがお》になって言った。

静香の説明によると、午前十時半の出発がそもそものんびりしすぎていたのだという。東北自動車道にはいるまでに、二時間三十分もかかったのであった。途中で食事をして、東北自動車道を那須インターチェンジで出たときには、午後三時半になっていた。

黒磯《くろいそ》市へ行って、宇都宮《うつのみや》地方法務局黒磯出張所で登記の有無を調べ終えたのは、四時過ぎであった。Ｈ氏所有の二万坪の土地は、確かに登記されていた。だが、山林となっている土地の価値というものが、どうも疑わしい。

黒磯駅前の別荘地管理会社に寄って、いろいろと話を聞いてみた。その結果、一般に那須の別荘地とされているところから、かなり離れた山林だということがわかった。その山林の場所を地図に書いてもらって、現地へ行ってみることにした。

黒磯の市街地をあとにしたときは、すでに午後五時になっていた。この頃から、静香に代わって五代が車の運転を引き受けた。車は西北へ向かって、三十分も走り続けただろうか。

どうやら、板室《いたむろ》街道と呼ばれる道へはいったらしい。道路マップによると『県道その他の道』に属しているようである。人家や人影は、目につかなかった。すれ違う車の数も、少なくなるばかりである。

山と夕暮れが訪れた空と、森林が視界を占めるようになった。やがて板室温泉にぶつかり、那須山麓《さんろく》有料道路のほかに道らしい道はなくなった。このあたりで、諦《あきら》めて引き返せばよかったのかもしれない。

しかし、せっかくここまで来たのだからと、車の通行可能な道を見つけて、山林の中へはいり込んだのである。まもなく、日が暮れた。山中の闇《やみ》は厚く、無限に続いている樹海が方角をわからなくさせた。

しばらくは、車が通れる道を追ってただ走り回るだけであった。そのうちに、五代が頭痛と吐きけを訴えるようになった。車を停めて休んではみたが、五代は元気を回復しなかった。

もう、八時になっていた。帰るより仕方がなかった。五代は後部座席に横になり、静香が再びハンドルを握ることになった。静香は見当をつけて、山中からの脱出を図った。だが、どこまで行っても、人家の明かりさえ認められなかった。

同じ道を何度も走っているような気がするし、山の奥へ向かっているという不安もあった。馴《な》れない夜の山中の走行であり、方向音痴《おんち》の静香だった。走れば走るほど、道がわからなくなる。

一時間ほど走って、静香はくたくたに疲れ果てた。しかも、車を停めたところが崖《がけ》っぷちだったこともあって、恐怖を覚えるようになった。動かずにいて、一夜を過ごすほうが無難であった。

五代も、そうすることに賛成した。その五代は十時頃に、後部座席で眠りに落ちた。静香も十一時過ぎまでラジオを聴《き》き、運転席で仮眠をとった。寒くて、熟睡はできなかった。

翌朝、元気になった五代が運転して、午前五時に車は走り出した。もうH氏の土地を検分する余裕もなく、板室温泉に出たあとは一路、東京へ向かうことにした。東京に着いてから、二人は食事をして別れた。

「そういうことだったの」

井ノ口の顔を見て、静香は照れくさそうに笑った。

「それが、一泊旅行ってことになったわけか」

井ノ口は、吐息《といき》した。誤解とまでもいかなかった。考えすぎの妄想でしかないのである。井ノ口はりきみすぎた自分に失望し、拍子抜けした気持ちでいた。

「さんざんの目に遭《あ》っただけなのに、五代さんが沖縄へ行ったとか人殺しをしたとか、妙なことを言うんですもの、滑稽《こっけい》になるのは、当たり前でしょ」

「まあね」

「とにかく純子さんへの伝言だけは引き受けたわ」

「よろしく頼むよ」

「じゃあ、一也さん急ぐんでしょ」

静香が、腰を浮かせた。

「五代の口から、阿久津忠雄という男の名前を聞いたことはないか」

立ち上がりながら、井ノ口はさりげなく言った。

「阿久津？　全然……」

静香は、首を振った。

五代弘樹と阿久津忠雄を結びつけようとすることに、そもそもの無理があったのだ。五代と阿久津が無関係であったほうが、むしろ自然なのである。それを強引に結びつけて、五代を阿久津殺しの犯人にしようとした。

誰でもいいから犯人にしてしまいたい。それは、警察から疑いを持たれている井ノ口の無い、というものではないだろうか。

2

松原静香とは、中央改札口の前で別れた。ひとりになってから、井ノ口は今日のうちに篠島へ向かうことを断念した。いまからでは、篠島へ渡る連絡船の最終便に間に合うかどうかわからない、という不安を覚えたのである。

今夜は、東京駅の八重洲口の正面にあるビジネス・ホテルに泊まり、明日の朝早く名古屋へ向かえばいい。しかしいまからビジネス・ホテルの部屋にいても、仕方がなかった。行くところはないが、東京にいるという貴重な時間を無駄にしたくない。ひとりだけ、会いたい人間がいる。古館カズミであった。だが、彼女はグアムかサイパンか知らないが、新婚旅行に出かけていることになっている。

井ノ口は赤電話の前で、手帳を開いた。そこには由布子から聞かされたカズミの新居の、住所と電話番号が書き込んである。住所は、品川区北品川五丁目日興《にっこう》自動車販売社員マンション7G号室、となっている。

電話だけでも、かけてみようかという気になった。沖縄から帰京したその足で、海外旅行に出かけるとは限らない。カズミが社員マンションにいなくてもともとだと思いながら、井ノ口はダイヤルを回した。

コール三回だけで、電話に女の声が出た。井ノ口の予感と判断は、間違っていなかったのである。

「はい、大浜でございます」

そう言った女の声は、まちがいなくカズミのものだった。カズミは、大浜和明という男と結婚した。古館カズミから、大浜カズミに変わったのである。

そのカズミが、新居にいる。それだけ確かめれば、いいのであった。予告なしに、新婚の家を訪れるのだ。井ノ口は何も言わずに、電話を切ってしまった。

井ノ口は、八重洲口の正面にあるビジネス・ホテルへ向かった。ビジネス・ホテルには、もちろん空室があった。井ノ口は二つの荷物を部屋へ運び込むと、急いでビジネス・ホテルを出た。

タクシーを北品川五丁目へ走らせる。日興自動車販売の社員マンションは、捜すまでもなくすぐにわかった。東五反田《ごたんだ》二丁目に近く、御殿山《ごてんやま》小学校と目黒《めぐろ》川の中間あたりに位置していた。

大手の企業らしく、社員住宅とか社員アパートとかいうよりは、社員マンションのほうがぴったりの建物であった。最上階の七階まで、エレベーターに乗った。七階のG号室が、住居なのである。

G号室のネーム・プレートには、『大浜和明』とあった。この社員マンションには、大家族は住めないのだろう。夫婦に子どもひとりという社員に向いているマンションなのに違いない。

ドアとドアの間隔を見ても、部屋はそれほど大きくないようである。それに、子どもの声や姿がなく、高級マンションのように静まり返っている。まだ社員たちが、帰宅する時間でもなかった。

インターホンのボタンを押した。

「はい」

すぐに女の声が応じた。やはり、カズミの声である。

「井ノ口です」

ここまで来て、偽名を使うわけにはいかなかった。

「はあ……？」

カズミの驚いた声が、大きくなっていた。

「井ノ口ですよ」

「井ノ口さんって……」

「もう、忘れちゃったのかね」

「あのう、井ノ口係長ですか」

「井ノ口という名前は、珍しいはずなんだがな」

「でも……」

「古館君にはほかにも、井ノ口という知り合いがいるんですか」

「いいえ……。ちょっとお待ちください」

カズミはひどく狼狽《ろうばい》していた。ただ驚いただけではなく、明らかに困惑しているのである。だが、井ノ口を門前払いにしたり、会うことを拒《こば》んだりすることはできないはずだった。まもなく、ドアが押し開かれた。

「どうも」

井ノ口は、笑って見せた。

「どう挨拶したらいいのか、わたし困ってしまうわ」

頭を下げながらカズミは、井ノ口の顔を正視しようとはしなかった。目に落着きがないし、困惑の表情を隠しきれずにいる。

「挨拶なんて、どうでもいいでしょう」

後ろ手にドアを閉めながら、井ノ口は言った。真紅《しんく》のワンピースに、胸当てのついた白いエプロンをしているカズミは、いかにも新婚早々の妻という感じである。五つぐらいは若くなったみたいに、可憐《かれん》な美人に変わっていた。

2LKの部屋には、新品の家具がところせましと並べてある。どれも安物ではないらしく、豪華な感じであった。部屋中がやたらと装飾されているのも、新婚の家ならではのことだろう。

　部屋に大浜和明らしい男の姿はなく、カズミひとりだけである。これでカズミに思いきった質問ができると、井ノ口はホッとしていた。

「でも、どうしてここが……」

　目を伏せたままで、カズミが言った。

「沖縄で安城君が、ご主人のお姉さんに会って、ここの住所を教えてもらったんだ」

　井ノ口は、顔から笑いを消していた。

「安城さんが……」

　カズミは顔をそむけるようにして、じっと考え込む目つきになっていた。

「結婚することを誰にも言わずに退職したというあなたの秘密主義は、それはそれでまあいっこうにかまわないんだけどね。ただ、あなたは安城君に対して、意識的に嘘をついたでしょう」

　井ノ口は言った。

「でも、悪意による嘘ではなかったんです。わたしは、ただ頼まれて……」

　カズミはあわてて、激しく首を振った。

まだ詰問されたり厳しく追及されたりしないうちから、カズミはあっさり嘘をついたことを認めたのであった。ずいぶん、弱気である。それだけ、そのことが彼女の心の負担になっていたのだろう。

悪意による嘘ではなく、ただ頼まれて……。そう聞いて井ノ口の胸は、早鐘《はやがね》のように鳴った。締めつけられて、心臓が痛いくらいだった。カズミは、何者かに頼まれたのだ。それは、いったい誰なのか。

3

「とにかく、お上がりになって」

カズミが言った。そうすすめながら、カズミは迷惑そうな顔でいる。当然のことだろうが、彼女は井ノ口の来訪を歓迎していないのである。

「いや、ここで結構ですよ」

井ノ口は、カズミの背後に積んである荷物へ目をやった。新品のトランクや、スーツケースが積み重ねてあった。新婚旅行へは、これから出かけるらしい。

「いまでも、悪いことをしたとは思っていませんけど……」

壁に凭《もた》れて、カズミは腕を組むようにした。彼女の気の強さが、チラリとのぞいたようである。

「誰に頼まれたんです」

　そう質問して井ノ口は、カズミの返答に期待を抱いた。

「阿久津という男の人です。安城さんの親戚《しんせき》だみたいなことを、言っていました」

　カズミは答えた。

　阿久津と聞いて、井ノ口は特に驚かなかった。やはり阿久津の小細工かと、思っただけだった。

「阿久津忠雄ですか」

　井ノ口は、吐息した。

「ご存じなんですか」

「まあね、阿久津は私立探偵みたいなことをやっている男で、安城君の親戚なんかじゃありませんよ」

「私立探偵……？」

「少なくとも、善良な市民じゃない。金になることなら、何でもやるような男だ」

「じゃあ、わたしのほうが、引っかけられたんだわ」

「あの男はあんたに、どういう頼み方をしたんですか」

「井ノ口係長と安城さんは、お互いにその気があるのに、恋愛になるのを恐れている。要するに、踏んぎりがつかないのだ。ある事情があって、あの二人の恋愛を結実させてやりたい。ついては、あなたにご協力をお願いしたいって……」

「ある事情とは、どういうことなんです」

「さあ、そこまでは、説明してくれませんでした。ただ、阿久津さんも依頼されてやっているんだって、言っていました」

「誰に頼まれたんだろう」

「安城さんのご両親から頼まれたって、そんなようなことを匂《にお》わせていたみたい」

「それも嘘だ」

「わたしには、安城さんに踏んぎりをつけさせてくれということでした。もちろん、わたしは二度ばかりお断わりしたわ。でも、とてもしつっこくてね。会社の帰りに待ち伏せしてて、離れようとしないんです」

「それでついに、断わりきれなくなったのか」

「根負《こんま》けしたんです。それに、べつに悪いことをするわけじゃないって、そんな気がしてきてね。むしろ、安城さんを結果的に、しあわせにするんじゃないかって。……係長と安城さんが互いに惹かれ合っていることにはわたしも気がついていたしね」

「そうかね」

「安城さんは、妻子ある男性ということで迷っている。係長は、社内でのタブーということで、逃げ腰になっている。お互いに愛し合っているくせに、あえて自分たちの感情を殺してしまっている。そんなの、男と女として不幸だし、現代人らしくない生き方だわ。たった一度の人生なんだから、恋の喜びや本物の大恋愛に目をつぶって、つまらない人生を送るなんて無意味でしょ。思いきって踏んぎりをつけて、しあわせになりなさいって、わたしも安城さんに教えてあげたくなったんです」

「意外に、世話好きなんだな」

「それに、もうひとつ、阿久津さんがわたしの手に封筒を押しつけて、そのまま逃げちゃったということもあるんで」

「封筒……？」

「ええ」

「封筒の中身は、何だったんだね」

「現金で、十万円」

「ほう」

「そのときが最後で、それっきり阿久津さんには会っていません。連絡先も何もわからないので、その十万円を阿久津さんに返しようがなかったんです。こうなったら仕方がない、十万円はもらっておこう。その代わり、借りは返さなければならないって、わたしの心も決まりました」

「つまり、十万円の義理は果たそうってことだね」

「ええ」

「そこで、あんたは行動を開始した」

「係長と安城さんがお芝居を見にいくってことを前もって知らされていたので、わたしはまずその劇場の前でお二人を待ち受けたんです」

「あの日から、もうあんたは動き始めていたのか」

「そうなんです。やがてお芝居が終わって、大勢の人たちと一緒に係長と安城さんが、劇場から出て来ました。わたしは、そのあとをつけたんです」

「あのときは、たしか……」

「銀座の〝若草酒房〟という女っけのないバーへはいりました」

「そうだった。それで、やや間をおいてその店へ、あんたもはいってきた」

「ええ」

「そうなると、あれも予定の行動だったわけだね」

「偶然みたいに見せかけましたけど、計画的にやったことだわ」

「しかし、あんたはあの店へよく来るって、言っていたじゃないか」

「あれは、嘘です。わたしがあのお店にはいったのは、初めてでした」

「どうして、あの店にはいってきたりしたんだ」

「ひとつには、弱味を握ることです。わたしに見られたことを負い目に感じれば、安城さんはわたしの言うことを無視できなくなる。それに、秘密を知っている相手ということで、逆にわたしへの気安さが増すでしょ。もうひとつ、そのことが翌日になって、安城さんを誘い出す口実にもなります」

「よく考えたもんだな」

「翌日、わたしは安城さんを会社の近くの喫茶店へ、誘いました」

「そうらしいね」

「わたしが来月には退社すると聞いて、安城さんは安心したらしく、本音を聞かせてくれました」

「それは、当然だろう」

「わたしも、ずっと会社にお勤めしているんなら、安城さんに踏んぎりをつけさせる役目なんて、引き受けはしなかったでしょうね」

「いつかは、バレるだろうからね」

「でも、まもなく会社を辞めることになっていたし、退職したらもう安城さんとは二度と会わないだろうと思っていました。それで気が楽だったし、無責任にもなれたんです。平気で、作り話もできたしね」

自嘲《じちょう》的にカズミは苦笑した。

「新婚旅行は、これからかね」

井ノ口は、積んであるトランクやスーツケースを、指さした。

「明日、グアムへ出発します」

背後を振り返らずに、カズミは言った。

「明日ね」

今日ここを訪れたのは幸運だったのだと、井ノ口は思った。

4

女同士の話し合いで相手を説得するには、まず連帯感をもたせることだというテクニックを、カズミは十分に心得ていた。自分も同じような境遇にあり、経験者だということにすれば、相手はそれに動かされるのである。

その貴重な体験談に耳を傾けて、先輩の話に納得もする。味方の親切な意見として受け入れて、信用せずにはいられない。そして、その気にもなるのであった。

そこでカズミは自分も、妻子ある男の愛人だということにしたのだ。結婚を捨てて、その男が死ぬまで愛人でいるつもりである。その選択は間違っていなかったし、自分の人生はバラ色に輝いている。

毎日が、とても素晴らしい。会社を辞めて小さな店をやり、あとは彼の愛人としての生活に専念する。これこそ充実しきった女の人生であり、いまの自分は世界でいちばん幸福な愛人だと思っている。

カズミは由布子に、そのように聞かせたのである。それだけでも、由布子の気持ちに与えた影響は大きかった。人生を無駄にしてはならない。女は年をとってからでは、もう間に合わないのだ。

いま素晴らしい恋愛を失ったら、何のために生きているのかわからない。愛する人のことをあきらめたりしたら、死ぬまで後悔することだろう。彼に妻子がいようと、愛人だろうと、そうしたことは問題ではない。

遠い将来より、いまが幸福でなければならない。要は、これだけはと思う愛を失わないことであり、たった一度の人生を大切にすることなのだ。本物の恋愛に背を向けて、女の人生にいったい何があるのか。

結婚というセレモニーを重視して不幸になるより、しあわせな愛人でいるほうがはるかに人間的である。愛人であることに誇りを持って、愛人だけが味わう幸福という蜜《みつ》の甘さを知るべきではないか。

いまの由布子に必要なのは、踏んぎりをつけるときの勇気だけである。その勇気にしても、それほど大袈裟《おおげさ》に考えることはない。初めて越えようとするので、壁が高くて厚く感じられるだけなのだ。

乗り越えてしまえば、壁の高さも厚さもたいしたことはない。要するに、踏んぎりをつけることである。踏んぎりをつけて壁を乗り越えれば、その向こうはもうバラ色の人生ということになる。

カズミは、このように踏んぎりをつけることを強調した。

「その結果、安城君は勇気づけられて決心したわけだ。つまり、踏んぎりがついたんだな」

井ノ口は、ドアに寄りかかった。

「それでいま、安城さんはしあわせなんでしょ」

カズミが、腕組みを解いた。

「まわりのゴタゴタさえなければ、いまがいちばんしあわせなんだろうね」

ふと井ノ口は、暗い目つきになっていた。

「そう聞いて、肩の荷が軽くなりました」

カズミが、小声で言った。

「いまの話については、よくわかった。ところでもうひとつ、あんたに訊いておきたいことがある」

井ノ口は、話題を変えた。

「何かしら」

カズミは不安そうな目を、井ノ口へ向けた。

「ご主人に関係していることなんだ」

「彼に……」

「大浜和明さんは以前、三成建設に勤めておられたそうですね」

「ええ」

「ぼくは総務部長に呼ばれて、こういうことを聞かされたんだ。最近になって、三成建設の営業マンがひとり、不本意な理由によって退職させられた。その営業マンの口から洩《も》れたことなんだが、三成建設が保養センターの施工会社に選ばれるため便宜《べんぎ》をはかってもらい、その謝礼として一千万円相当の金品が、うちの社の厚生課の人間の手に渡っているという……」

井ノ口はカズミの顔を、にらみつけるように見守っていた。カズミは、目を伏せた。驚きもしなかった。その話をカズミはすでに承知していると、井ノ口は判断していた。

「その三成建設を退職させられた営業マンというのは、大浜さんのことじゃないかな」

井ノ口は、鋭い口調で言った。

「ええ、彼なんです」

カズミは、あっさり認めた。

「やっぱり、そうだったのか」

「クビではなかったけど、彼は退職を勧告されたんです」

「どうしてなんだ」

「彼の存在が邪魔というか、けむたかったんだそうです。それで彼は些細《ささい》な落ち度を理由に、詰め腹を切らされたんでしょうね」

「つまり大浜さんは、一千万円相当の金品が授受《じゅじゅ》されたという事実を、知っていたわけか」

「くわしいことは別として、一千万円の金品が動いたという事実だけは、知っていたそうです」

「その金品を動かした責任者、大浜さんを邪魔にした人間は、誰だったんだろう」

「彼の上司だわ。三成建設の営業部長ということになります」

「すると、その営業部長から一千万円相当の金品を受け取った人間が、中外軽金属の厚生課にほんとうにいたってことなんだね」

「でしょうね。その厚生課の人間は、保養センター建設委員会での討議の内容をそっくり、情報として三成建設の営業部長に提供していたらしいんです」

「一千万円の金品というのは、その情報提供料か」

「彼はそうした事実には気づいていたけど、営業部長の手から中外軽金属の厚生課の誰に一千万円の金品が渡っていたか、つまり情報提供者の名前までは知らなかったということです。それなのに、詰め腹を切らされたでしょう。そのことが不満で、わたしと会うたびい。このままでは腹のムシがおさまらないって、怒るんです。それで、わたしは彼に、情報提供者のことを中外軽金属の総務部長と人事課長に知らせたらどうかって、すすめてみました」

「あんたが、考えついたことだったのか」

「彼もその気になって、総務部長と人事課長に手紙を書きました」

「しかし、大浜さんは情報提供者は厚生課のK・Iという男だって、手紙に書いたようだね。厚生課に当時いた人間で、K・Iというのはぼくひとりだけなんだよ」

「彼は営業部長から、K・Iというイニシャルの男だって、聞かされていたそうなので、そのとおり書いたんでしょうね。でも、営業部長が彼に、情報提供者のほんとうの名前を教えるはずはありません。K・Iというのは、デタラメだと思います」

「でも、そのデタラメが偶然、ぼくのイニシャルと一致したとは考えられないね。おそらく本物の情報提供者が意識的にぼくのイニシャルを持ち出したのに違いない。それに、その本物の情報提供者が誰なのか、あんたにも見当がつかないかね」

「わたしには、見当がついています。あくまで見当なんですけど、三成建設の営業部長と、中外軽金属の当時の厚生課長の五代さんは、大学時代に親友同士だったということですわ」

表情のない顔で、カズミは言った。

19　海の顔

1

ここで五代弘樹の名前を耳にするとは、井ノ口も思っていなかった。

五代が一千万円の金品で動かされるような男ではないと、決めてかかっていたせいである。五代は切れ者だし、実力もあるエリートだった。完全に出世コースに乗っていて、将来の重役を約束されていると言ってよかった。

その五代が目先の金欲しさに、手を汚《よご》したりするはずはない。わずか一千万円のために、将来の栄《は》えある出世を棒に振るほど、彼は愚《おろ》かではない。それに五代が金に困っているという話も、聞いたことがなかったのだ。

だが、いまカズミの推論を耳にして、なるほどと納得がいったのである。五代と三成建設の営業部長は、大学時代の親友同士だというのが、問題なのである。五代は利益を得るために便宜をはかったのではない。

彼は大学時代の親友から頼まれて、それに応じたのだろう。頼まれると、いやとは言えない。頭を下げられれば、引き受けずにはいられない。五代には、そうした親分肌のところがある。

ましてや、相手は大学時代の親友であった。五代の性格からして、ひと肌脱がずにはいられなかった。そう解釈すれば、五代が情報提供者だったとしても不思議ではない。カズミの推定は一〇〇パーセント狂っていないと、井ノ口も断定していた。

三成建設の営業部長も、五代の協力に感謝して応分の礼をすることにした。大学時代の親友同士が協力し合って、助けられたほうが助けてくれた相手に、金品を贈った。気楽に贈り、気楽に受け取った金品なのだ。

当時の五代弘樹は、厚生課長であった。保養センター建設委員会での討議や決定の内容を知ることは、五代にとってそれほど困難ではなかっただろう。その彼の提供する情報が有利に作用して、三成建設は保養センター建設の施工会社のひとつに選ばれた。

ここまでは、よかったのである。しかし、五代と営業部長の特別な関係について、三成建設の社内で妙な噂が広まった。社内に営業部長の敵がいれば、待っていたとばかりに悪い噂を取り上げる。

それが中外軽金属にまで飛び火したら、五代の立場がなくなる。五代の今後に傷がつくし、彼としては何としてでもそうなることを防がなければならない。そのことで五代と三成建設の営業部長は、密かに対策を練ったのである。

第一に、一千万円相当の金品を返す。

第二に、一千万円の金品が動いたという事実を知っているただひとりの人間、営業部の大浜和明を追放する。

第三に、情報提供者のイニシャルをK・Iとして、大浜和明の手前をごまかす。

この対策は実行に移されて、大浜和明はたいしたことではない落ち度の責任を問われ、三成建設を退職する結果となった。大浜はそれを不満とし、カズミのすすめもあって、中外軽金属の総務部長と人事課長に、不明朗な事実について手紙を書き送った。

だが、肝心な情報提供者の名前となると、K・Iというイニシャルがわからない。五代だという見当はついても、確たる証拠がなくては指摘できないのである。それで大浜も手紙には、厚生課の人間でイニシャルがK・Iとだけ書いたのであろう。

それにしても五代はなぜ、K・Iというイニシャルを思いついたのか。たまたまK・Iというイニシャルが、彼の頭に浮かんだとは、どうしても受け取れない。明らかに五代は井ノ口一也の存在を意識して、K・Iというイニシャルを使う気になったのだ。

それは、井ノ口が身近にいる人間だったからなのか。あるいは無能な部下として、井ノ口を侮蔑《ぶべつ》する気持ちがあってのことなのか。部下が上司の犠牲になるのは当然、という五代の考え方によるのだろうか。

それとも五代は日頃から、井ノ口のことを憎んだり嫌ったりしていたのか。

そのどれにも当てはまらないような気がする。五代ほどの男が、いいかげんな考えから、井ノ口のイニシャルを使ったりするはずはない。それなりの理由と計算があって、五代はＫ・Ｉというイニシャルを選んだのである。

「もうひとつだけ、教えてもらいたいことがあるんだがね」

井ノ口は、サン・グラスをかけながら言った。サン・グラスをかけることで、もうすぐに引き揚げるからと、カズミに伝えたつもりだった。

「はい」

カズミも時間を気にするように、腕の時計に目を落とした。

「あなたの知る限りにおいてということになるんだけど、五代と阿久津忠雄のあいだに接点はなかっただろうか」

期待するような答えは得られないだろうと、井ノ口としては軽い気持ちで質問したのであった。

「接点って、どういう意味ですか」

カズミが、腕組みを解いた。

「つまり、接触があったかどうかなんだ」

「たとえば一度でも、会って話をしたことがあるかという質問ですね」

「そう」

「わたしの知る限りでは、一度ぐらいなら会ったことがあるみたい」

「それは、ほんとうかね」

「ええ、わたしは阿久津さんから聞かされたことなんですけど……」

「まちがいないんだろうね」

井ノ口は、緊張していた。たった一度だけだろうと会ったことがあれば、それはもう立派に接触と言えるのである。井ノ口はカズミから、期待していなかった貴重な答えを、聞くことができたのであった。

「もちろん、まちがいだなんて、そんな話じゃありません」

カズミは両手で、顔をはさみつけた。

「阿久津が五代氏について、何か言ったということなんだね」

息苦しいくらいに、井ノ口の心臓の鼓動が早くなっていた。

「ええ」

「阿久津は、どんなことを言ったんだ」

「あの人は去年にも、井ノ口さんと安城さんの関係について、調べ回ったというんですけど、ごぞんじかしら」

「話だけは、聞いて知っている。恥ずかしい話だけど、女房が阿久津に頼んで、ぼくと安城君が特別な関係にあるかどうかを、調べさせたということでね。そのときは結果的にシロということで、阿久津は調査を終え、女房も納得したらしい」

一そうだそうですね。それで、去年の調査のときに阿久津は、五代さんにもワタリをつけて、参考意見を聞かせてもらったと言うんです。だから、阿久津と五代さんは去年のうちに、一度だけ話し合いの場を持っているわけなんです」

「そいつは、知らなかったな」

「そのときの五代さんは井ノ口さんを弁護して、不倫な関係なんかないってことを自分が断言すると、阿久津に言いきったそうです」

「そして今年の五月になって、阿久津が再び厚生課の部屋に出入りするようになった。その阿久津の姿を五代氏が社内で見かけたというんじゃないのかね」

「実は、そのとおりなんです。当然、顔見知りということなので、挨拶と言葉を交わすことになった。今度はいったい何のための調査だねって、五代さんは阿久津に質問した。阿久津はおもしろ半分に、今度は井ノ口さんと安城さんの愛人関係を結実させるように依頼を受けたんだと、答えたそうなんです。すると、とたんに五代さんは真剣そのものになって、ひどく熱心にいろいろなことを聞きたがったって……」

「いろいろなこととは……?」

「誰に依頼されたのかとか、自分も協力を惜《お》しまないとか、二人を結びつける目的は何かとか、あの二人が特別な関係になる可能性はどうなのかなどと……。とにかく異常なほど熱心だったと阿久津は言ってました。どうも、あの五代という男には裏がありそうだ、ついでにそいつも調べてやろうかって阿久津は笑っていましたけどね」

カズミは、自分には無関係なことだと言いたげに、つまらなそうな顔でいた。

「五代には裏があるって、阿久津は狙いをつけたということになる」

井ノ口はその重大な手がかりを、小さな声でつぶやいていた。

2

翌日、井ノ口は午前十時発の新幹線に乗った。

よく晴れていて、夏の訪れを感じさせる窓外の景色だった。ひかり5号は、明るい雰囲気を運んで西へ向かった。輝くような陽光が、サン・グラスをかけている井ノ口の目にも痛かった。

昨夜もまた、ほとんど眠っていないからだった。考えることが多すぎたし、ビジネス・ホテルのわびしさも、安眠を妨げたのであった。ひとり安ホテルの部屋にいる逃亡者の孤独な心境は、とても眠りに誘われるものではなかった。

名古屋には、正午一分過ぎに着いた。駅前からすぐに、タクシーに乗り込むことになる。昼飯を食べる気にもなれなかった。この名古屋のホテルで由布子と初めて結ばれたのだという感慨も、いまはないのである。

井ノ口は買ったばかりの愛知県の観光地図を、膝《ひざ》の上に広げた。ふと、『安城市』とい、文字が目についた。知多半島より東にあって、西尾市《にしお》の北に位置している。だが、愛知県内の都市であることに、違いはなかった。

由布子の姓の安城と、まったく同じである。由布子の郷里である知多市とは、かなり離れているが、安城という地名と姓には何か関係があるのかもしれない。由布子の祖先はこの地の豪族だったのではないかと、井ノ口は現実離れのしたことを考えていた。

タクシーは名古屋の市街地を南下したあと、知多半島道路へはいった。この道路は先へ行って、南知多道路に接続する。いずれも有料道路で、知多半島の中央部をその突端の近くまで、つらぬいているのだった。

半島の中央部を走っているので、東の知多湾、西の伊勢《い せ》湾の海は見えなかった。道路は丘陵《きゅうりょう》地帯と森林と田畑の中を、帯のようにのびている。『高速道路ではないのでスピードに注意』という標識が、道路脇に続いている。

気候温暖な知多半島だけに、視界の明るさはもう真夏と変わらなかった。それでいて真夏という毒々しさは感じられないし、ぼんやりとしていたいような気分にさせられる。それは空が広くて、海に囲まれているせいなのだろう。

知多半島の南端は、羽豆《は ず》岬である。東の渥美《あつ み》半島と甲虫《かぶとむし》の前足のようなかたちで、海をかかえ込んでいる。その海の東の部分が渥美湾、西の部分が知多湾であり、それを総称して三河湾ということになる。

随所《ずいしょ》に、三河湾国定公園の指定を受けているところがあり、知多半島の南端も、由布子が待っている篠島もそうだった。篠島は三河湾に浮かぶ小さな島だが、篠島温泉という温泉もある。

連絡船は、羽豆岬のすぐ北側にある師崎《もろざき》港から出航する。師崎港の乗船ターミナルとその近辺には、大勢の人々が集まっていた。家族連れやアベックの観光客よりも、釣《つ》り道具一式を用意した人のほうがはるかに多かった。

井ノ口は、定員三百名の連絡船に乗り込む前に、乗船ターミナルから篠島アイランド・ホテルへ電話を入れた。篠島にはタクシーも走っていないというし、ホテルの場所だけでも確かめておこうと思ったのである。

由布子の部屋に電話をつないでもらうときに、井ノ口だとはっきり名乗っておいた。そうすれば由布子も安心して電話に出られるはずだった。だがそれでも電話に出た由布子の声には、警戒した口調が感じられた。

「ほんとうに、あなたなのね」

あまり明るくない声で、由布子はそのように念を押した。由布子は疲れているし、怯《おび》えているようでもあった。井ノ口の声を聞いて、彼女は涙ぐんでいるのかもしれない。

「いま、師崎港にいる。これから、すぐ船に乗るからね」

井ノ口は言った。

……館山まで来ているの！」

由布子の声が、急に大きくなった。

「あと三十分もすれば、会えるんじゃないのかな」

「わたし、篠島港まで迎えに行きます」

「そうしてくれると、ありがたいんだが……」

「早く、会いたい。早く、あなたの顔が見たいの」

「それはわかるんだが、何となく元気がないみたいだ」

「わかる？」

「何かあったのかい」

「今朝、電話がかかったの」

「きみのところへ……？」

「ええ。わたし、てっきりあなたからだと思って、用心もしないでいきなり電話に出てしまったの」

「誰からの電話だったんだ」

「従兄の……」

「大町三郎氏か」

「そうなの」

「きみがそこにいるってことを、大町氏はどうして知ったんだ」

「くわしいことは、会ってから話すわ」

「わかった」

「港で待ってます」

「じゃあ……」

電話を切りながら井ノ口は、いったいどういうことなのだと叫びたくなっていた。大町三郎に知られたからには、もう篠島も安全な潜伏場所とは言えなくなる。到着したとたんに、追い返されるようなものではないか。

行く先々を、誰かが必死で追ってくる。どこに隠れようと、すぐに捜し出されてしまう。関係者全員が、井ノ口と由布子を監視しているみたいだった。そうでなければ、二人の運が悪すぎるのかもしれない。

船に乗った。この連絡船は篠島、日間賀《ひまか》島と回って、師崎へ戻るのだという。篠島までは十五分で、船室へはいることもなかった。井ノ口は船尾の甲板《かんぱん》に立って、三河湾の海を眺めやった。

紺色の海上に、大小の島が浮かんでいる。海も空も広いが、近くの島々が視界を無限に大きくは見せていなかった。一種の造形美を感じさせて、三河湾の景色をまとめていた。

海の箱庭と言いたかった。

井ノ口は、濃紺の海面に、男女の顔を描き出していた。

妻の純子。

大町三郎。

五代弘樹。

松原静香。

顔は知らないが大浜和明。

カズミ。

阿久津忠雄と母の春絵。

これで役者は全部、出揃《そろ》ったわけである。この中に殺された人間がいる以上、それを殺した者もいる。当然、井ノ口と由布子を作為的に結びつけようと、阿久津を動かした人間も、この中に含まれているはずだった。

陰の工作者は、そして春絵と阿久津を殺した犯人は、いったい誰なのか。

3

十五分後に、船は防波堤に囲まれた篠島漁港へはいった。

三河湾には、地図にない無人島をも含めて、三十に近い島が浮かんでいる。その中で最もよく知られていて、多くの観光客が訪れる篠島は、周囲が四キロの小島であった。面積はわずか〇・七平方キロである。

だが、人口は約三千で、ひじょうに密度が高い。土地が貴重なところで、港を中心に人家が密集している。その篠島港は島の北にあって、港内は漁船で埋まっていた。島の斜面にぎっしりと、人家の屋根が重なっている。

島にはいかにも漁村らしいたたずまいが感じられ、東側には長い砂浜が見え、断崖や岩《がん》礁《しょう》、それに松林におおわれている部分もある。そのうえ温泉の島なので、十数軒の旅館があるのだった。

温泉の島の情緒を味わう人、海水浴を楽しむ人、釣り舟を出す人、キャンプ場を利用する人と、観光客の目的はいろいろとあるようであった。歴史が古い小島には、夢の香りが感じられた。

船が接岸した。大勢の人々が、船の到着を待っていた。乗船する男女が列をつくり、客を迎えに来た旅館の人たちが並んでいる。その中にピンクのブラウス、白いスラックスという由布子の姿があった。

井ノ口は由布子に近づいた。互いに、すぐには言葉が出なかった。二人は目で、声をかけ合った。数日間、見なかっただけなのに、またいちだんと由布子の顔は女っぽく美しくなっていた。

由布子のうるんだ目が、じっと井ノ口を見つめている。その暗い輝きのある眼差《まなざ》しが、街並の冬枯れのすべてを物語っていた。軒を並べているみやげ物の店のあいだを、二人は黙って通り抜けた。

マイクロバスが、二人を待っていた。車体に、『篠島アイランド・ホテル』とあった。旅館のマイクロバスは、井ノ口と由布子を含めて十人ほどの客を乗せて、人家のあいだの坂道をのぼった。

タクシーや乗用車のない島であり、たまに停めてある小型トラックやライトバンを見かけるだけだった。自動車が走り回ることのない土地が、まだ日本にもあったのである。それで道路はすべて、車一台分の幅しかなかった。

短い坂をのぼりつめて、今度は下ることになる。するともう島の東側へ抜けてしまい、眼前に海が広がった。砂浜に沿って、南へ走る。島の南北の距離の半分を、この砂浜が占めていた。

マイクロバスは、浜辺に面した丘陵の急坂をのぼって、アイランド・ホテルの前に停まった。このあたりに、篠島の主な旅館が集まっているようだった。丘陵の中腹からの海の眺めが、雄大で美しかった。

部屋は、二階の奥にあった。和室と洋間の二間続きで、玄関のようになっている入り口寄りに浴室がある。ベッドのある洋間から、波が打ち寄せる浜辺と三河湾の海が一望にできた。

何も言わずに、由布子が井ノ口の胸に頭を押しつけた。井ノ口も、黙ったままで由布子を抱きしめた。互いに何度も相手の身体を締めつけるようにして、無言の抱擁《ほうよう》を繰り返した。

二人は、唇を合わせた。十字に重なった顔が、そのまま動かなくなった。忙《せわ》しく動いているのは、二人の唇と舌だけだった。由布子は眉根《まゆね》を寄せて、全身の震えを井ノ口に伝えていた。

長い接吻《せっぷん》が終わると、由布子は腰が抜けたようにベッドにすわり込んだ。井ノ口も並んで、ベッドに腰をおろした。そのままで、二人はまた抱き合った。井ノ口の腕の中で、由布子は目を閉じていた。

「このまま、死んでしまいたい」

ようやく、由布子が口を開いた。

井ノ口は、黙っていた。死にたいという由布子の気持ちが、痛いほどよくわかっていたからだった。精神的に追いつめられて、由布子は心身ともに疲れ果てているのだ。

これから、どういうことになるのか。また井ノ口とも離ればなれになって、逃げ回ることになるのではないか。殺人事件の容疑者として、捜査本部の取調べを受けることになれば、やはり井ノ口から引き離される。

いま、井ノ口と一緒であった。死んでしまえば、もう誰にも邪魔《じゃま》されることのない安《あん》息が得られる。永遠に井ノ口と離れずにいて、しあわせな状態もそのままなのである。

「会いたかった、愛しているわ、もう離れたくない、二人で死にたいの」

由布子は井ノ口の肩にすがって、断片的な言葉を熱っぽい口調で連ねた。

「しかし、この島へ来て、ホッとしたことは事実だ」

井ノ口は由布子の背中を撫《な》で回した。

「わたしも、そうだったわ。この篠島にあなたを迎えて、夢のような毎日を過ごせるだろうって、それがわたしの唯一の楽しみだったのよ」

「いま、そのときを迎えたんじゃないのか。絶望的になることはない」

「それが、でも駄目《だめ》になってしまったんですもの」

「今日の大町三郎氏からの電話が、すべてをぶち壊してしまったわけなのかい」

「ええ」

「大町氏はどうして、きみがここにいることを知ったんだ」

「一昨日からこのホテルに泊まっていたお客さんの中に、お医者さんとその家族がいたらしいの」

「医者というと、大町氏と同じ病院にいる……」

「そのとおりだわ。三郎さんと同じ名古屋の病院の外科部長で、三郎さんを可愛《かわい》がってくれている先生なんですって」

「その外科部長に、きみも会ったことがあるんだな」

「一度だけね。でも、わたしはもうその外科部長さんの顔を、忘れてしまったんです」

「でも外科部長のほうは、きみの顔を覚えていた」

「そうだったのね。それに外科部長さんは家族を連れて、この篠島へよく一泊旅行に来るんですって。泊まるところも、アイランド・ホテルって決まっているらしいの」

「外科部長はこのホテルの中で、きみを見かけたってわけだ」

「昨日、帰りがけにロビーにいるわたしを、見たんだそうだわ。でも、人違いかもしれないと思って、声をかけるのを遠慮したとかで……」

「名古屋へ帰った昨日のうちに、外科部長は、そのことを大町氏に話したのか」

「今朝、病院で顔を合わせたときに、外科部長さんから篠島アイランド・ホテルで、きみの従妹《いとこ》にそっくりな人を見かけたって、言われたんだそうだわ」

「それで大町氏はすぐに、ここへ電話をかけてきたのか」

「三郎さんはピンときて、わたしがここにいるという確信のもとに、電話をかけたんですって」

「それで大町氏は、きみにどういうことを言ったんだ」

「かなり厳しく、わたしのことを責めたわ。いつまで、男と逃避行を続けるつもりなんだ。逃げ回る犯罪者と変わりないじゃないかって……」

「大町氏も、感情的になっているんだろう」

「嫉妬《しっと》しているし、わたしを憎み、あなたのことを怒っているのね。今日の電話で、そのことがはっきりとわかったわ」

「まあ、仕方がないだろうな」

「それで三郎さんは、良識ある社会人として早々に決着をつけろと言うの。やましいところがないんなら、自分から捜査本部へ出頭すればいい。筋道を通して、ケジメをつけろと言うのよ」

「正論だ」

「確かにそうすべきだって、わたしにもわかっている。でも、あなたの指図《さしず》を受ける必要はないって、言ったんだけど……」

「大町氏は、そのことを誰かに喋るつもりなんだろうか」

「それが……」

「どうなんだ」

「今日を含めた三日間だけは、完全に沈黙を守っていてやる。でも、三日が過ぎたら警察に通報するって……」

「身内の人間にしては、なるほど厳しいな」

「三日のうちに、篠島からほかへ移るか、それとも東京の捜査本部へ行くか、あるいはここにいて警察の人を迎えるかだわ。いずれにしても、二人でこの篠島にいられるのは、今日をいれて三日間しかないのよ」

由布子は、ベッドの上に身体を投げ出した。

「三日間、この島にいようじゃないか」

南国の海を思わせるような、明るい空の下の三河湾を、井ノ口は鋭い目つきで眺めやった。

4

午後三時を過ぎていた。

井ノ口は立ち上がって、洋間から浴室へ向かった。浴槽から湯があふれていて、それがいかにも温泉という感じであった。窓から射し込む陽光が、白いタイルと湯に映《は》えて、白昼の浴室はまぶしいくらいに明るかった。

「一緒に、はいらないか」

洋服を脱ぎながら、井ノ口は大きな声で言った。

由布子の返事はなかった。本格的な浴槽のある風呂場で、一緒に入浴したことはまだないのだ。それに、白昼である。恥ずかしさから由布子が躊躇《ちゆうちよ》するのは当然だと、浴室のドアを閉めながら井ノ口は思った。

しかし、まもなくそのドアのガラスに、白い裸身が浮かび上がった。ドアがおずおずと、押し開かれる。浴槽の中にいた井ノ口は、反射的にドアのほうへ背を向けていた。ドアの閉まる音が聞こえて、浴槽を満たしている湯が揺れた。

次の瞬間、その湯が激しい勢いであふれ出た。タイルの上を流れた湯が、渦を巻きながら排水口に吸い込まれていく。奇妙な音を残して、湯の渦が消えた。静かで明るい浴室に戻った。

井ノ口は湯の中で半回転した。腰に由布子の両膝が触れて、井ノ口は彼女の存在感を確かめていた。目の前に、由布子の顔があった。とりすましてもいなかったし、恥じらいの表情も見られなかった。

むしろ、厳粛な顔でいた。いまは中途半端に甘えて、恥ずかしがっているときではない。一分一秒が貴重であり、寸刻《すんこく》も井ノ口のそばを離れるべきではない。由布子の真摯《しんし》な眼差しが、そう語りかけているようだった。

「こっちにも、きみに報告しておきたいことがある」

井ノ口のほうが照れくさくなり、湯の中でタオルを広げた。

「どんなことかしら」

由布子はまだ硬い表情でいて、身動きひとつしなかった。湯の中で白く輝いている由布子の肌が、特殊なカラー写真を見るように美しかった。

井ノ口は、要約した話を由布子に聞かせた。

五代弘樹が沖縄へ来て、井ノ口は彼に辞職願を託したということ。羽田空港で会った経営管制室の山川係長の話を聞いて、五代弘樹に疑惑を抱いたこと。だが、松原静香が五代のアリバイを、立証したこと。

大浜姓に変わったカズミに、会ったこと。そのカズミから、意外な話を聞かされたこと。それによると、カズミは阿久津忠雄に頼み込まれ、悪事を働くわけではないという気持ちもあって、井ノ口と由布子の恋を結実させるために一役買ったこと。

五代は三成建設の営業部長と、親友同士の間柄にあったこと。中外軽金属の保養センター建設に、三成建設を施工会社のひとつとするための便宜をはかり、情報を提供した人物とは五代らしいということ。

つまり、三成建設の営業部長から、一千万円相当の金品を贈られたというのも、五代にまちがいないこと。その五代は井ノ口を意識して、K・Iというイニシャルを持ち出したこと。

そして、五代と阿久津とには、接点があったということ。

説明を終えたとき、井ノ口は顔を上気させていた。のぼせて、頭の中が重くなっている。井ノ口は立ち上がって浴槽の縁をまたいだ。タイルの上にすわって、冷たいタイルの壁に寄りかかった。

一役者が出揃った、人殺しはその中にいるって、おっしゃったわね」

由布子は、浴槽の縁に腰かけた。

「まちがいないと、思わないか」

井ノ口は、由布子の白い背中にそう言った。

「それで、そのうちの誰に絞れるの」

「ぼくは、二人に絞っている」

「二人……？」

「五代と純子だ」

「奥さん……！」

「おふくろが死んで助かるのは、女房だけなんだよ。女房は、おふくろを憎んでいた。おふくろが存在しなくなれば、大きな利益を得るうえに自分の天下になる。憎しみという感情も加えて、純子には立派すぎるくらいの動機があるんだ」

「それにしては、犯行が計画的すぎるわ」

「純子の場合は、アリバイもはっきりしていない。それに純子は、どこか遠くへ行って生活を再スタートさせようなんて、妙なことを言っていた」

「わたしは、五代さんのほうに注目するわ。いまのあなたのお話の中にも、五代さんは最初から最後まで登場しっぱなしでしょ」

「しかし、五代にはおふくろを殺す動機ってものが、まったくないじゃないか」

「でも、阿久津殺しだったら……」

「ところが阿久津殺しに関しては、完璧《かんぺき》なアリバイがある。心情的には、五代を犯人としたくなるようなフシが多い。だけど、五代ひとりを犯人とするには、大きくて厚い壁を取り除かなければならない。おふくろ殺しには動機がなく、阿久津殺しにはアリバイがあるんだ」

「だからこそ、わたしは五代さんを疑いたくなるのよ」

「五代を疑うならその前に、おふくろ殺しと阿久津殺しの犯人は同一人物ではないと、考えなければならないだろう」

「そう考えても、いいじゃないの」

「五代がおふくろを殺したとは、絶対に思えないね」

「だったら五代さんが殺したのは、阿久津だけってことにすればいいわ」

「阿久津を殺す動機なら五代にもあったと考えられる」

「五代さんは、あなたとわたしを結びつけるという話に、異常なくらいの関心を示した。そのことに不審を感じた阿久津は、五代さんに何か裏があるのではないかと、察しをつけた。当然、阿久津のことだから、五代さんをカモにしようとした。その道の専門家として阿久津は、五代さんの身辺調査を行なって、ある重大な秘密を握った。それをタネに阿久津は五代さんを脅迫し、口止め料を要求した。その結果、五代さんは阿久津の死を、望むようになった」

井ノ口を沈黙させるほど、由布子は熱っぽい口調で言葉を続けた。

20 愛欲

1

風呂から上がっても浴衣《ゆかた》を着るわけにはいかなかった。まだ四時前であり、浴衣姿で寛《くつろ》ぐには明るすぎた。井ノ口も由布子も、もとどおり洋服を着込んだ。どうせ洋服を着たのだから、外へ出てみようということになった。

二人は、ホテルを出た。坂を下って道路を横切ると、いちだん低いところに砂浜が広がっていた。潮と磯《いそ》の香がして、波の音をすぐ近くで聞いた。砂浜におりた。長い浜辺が、はるか彼方《かなた》まで続いている。

地図には『神風《かみかぜ》ヶ浜《はま》』となっているが、土地の人々は『前浜《まえはま》』と呼んでいるという。その前浜に打ち寄せる波は怒濤《どとう》のように大きくも激しくもない。適度にやさしく、美しい波であった。

湯上がりに浜辺を散歩するのは、贅沢《ぜいたく》な気分を味わうことができて爽快《そうかい》だった。砂浜に立って海を眺めていると、自分たちがおかれている立場も忘れがちになる。あの水平線の彼方へと、夢が胸のうちに広がるのであった。

しかし二人が続ける話は、やはり人殺しについてということになる。寄せては返す波の単調な動きと音、心地よく顔を撫でていく潮風、色鮮やかな海と空が、二人のやりとりにはおよそ似つかわしくない背景となっていた。

「大町三郎氏だけど……」

井ノ口は、靴の先で砂を蹴散《けち》らした。

由布子は、井ノ口の前に立っていた。井ノ口は由布子の後ろ姿を、遠慮がちに見やった。大町三郎は由布子の従兄、という気持ちが働いているのだった。

「ええ」

由布子は、足もとへ広がってくる波に、目を落としているようだった。

「彼は出揃った役者の中から、文句なしに退場させていいものだろうか」

井ノ口は言った。

「三郎さんを疑う必要はまったくないかって、そういう意味かしら」

由布子が、背中で応じた。

「そうだ」

「三郎さんは、圏外《けんがい》の人よ」

「いや、彼も関係者のひとりだ」

「でも、三郎さんがどうして、あなたのおかあさまや阿久津を、殺さなければならないの」

「大町氏は、きみがおふくろに罵倒されたとき、その場に居合わせた」

「それは確かだけど、侮辱されたのはわたしであって、三郎さんではなかったのよ」

「しかし、その場に居合わせて、大町氏だっていい気持ちはしなかったはずだ。身内意識というものがあるから、自分も一緒に罵倒されているような気持ちになる」

「それはあると思うわ。三郎さんも、かなり感情を害したようだったわ。でも、だからって……」

「それに、大町氏はきみのことを愛している。そのきみがひどい侮辱を受けたんだから、大町氏も許しがたいという怒りに駆られただろう」

「わたしのために人殺しをするほど、三郎さんは情熱家じゃないわ。三郎さんは、わたしのことを愛しているわけじゃないのよ」

「いや、そんなことはない」

「好きだって、その程度だわ。ただ三郎さんには、わたしとの結婚が九分どおり決まっていたことから、当然の権利みたいに独占欲が働いているのよ。それで、嫉妬することもあるんでしょう」

「彼としては、婚約者を奪われた被害者だ。そのうえ、どうして侮辱されなければならないのかって、怒りも憎しみも倍加する。それが、おふくろへの殺意となった」

「ちょっと、無理だわ」

「それに大町氏は、事件当夜おふくろが決着をつけるために、山下マンションへ乗り込んでくるということを知っていた」

「それが、駄目なのよ」

「どうしてだ」

「あの晩、あなたのおかあさまとマンションの屋上で、結論が出ないままお別れしたあと、お部屋に戻ったわたしは何となく悲しくなったし、心細くもなったので知多市の家に電話をかけたの」

「長い電話だったのか」

「いいえ、ほんの一分間。母の声を聞いただけで、気がすんだという電話だったの。でも、そのとき母がいま三郎さんがみえているのよって、はっきり言ったわ」

「それは、確かなんだろうね」

「まちがいないわ。そう言われたので、わたしはなおさら早く電話を切ろうという気になったんですもの」

「そうか」

「あの晩の八時四十五分に、三郎さんは愛知県の知多市にいたのよ。その彼が二時間後に、東京で人殺しをするなんて、物理的に不可能なことだわ」

「つまり、大町氏には完全なるアリバイがある。そうなると大町氏は、舞台から退場させるほかはないな」

「松原静香さんについては、どう考えていらっしゃるの」

「静香か」

「あなたのおかあさまを殺す動機というものが、松原静香さんにはないでしょう」

「殺すとか殺されるとか、そんな仲じゃなかったからね」

「実の母娘みたいだったんでしょ」

「それ以上だった。おふくろは、静香さん静香さんで、静香なしには夜も日も明けぬという可愛がりようだ。静香にもおふくろのその愛着ぶりが、身にしみるほどわかっていたはずだよ」

「あなたのおかあさまが生きていらしたほうが、松原静香さんにとっては、あらゆる意味で有利だったんですものね」

「その点では、純子とまったく対照的だった」

「すると、松原静香さんも退場ということになるわ」

「残る役者は、やっぱり五代と純子ってことか」

「奥さんと阿久津のあいだには、はっきりした接点があるのね」

「ぼくときみが深い仲にあるのではないかって疑った純子は、その点を確かめるための調ンを阿久津に依頼した」

「接点はあっても、奥さんと阿久津は味方同士だわ」

「純子が阿久津から脅迫を受けるってことは、まず考えられないだろう」

「それに、ほかにも奥さんが阿久津の口を封じなければならない理由はないと思うのよ」

「うん」

「それから、奥さんが沖縄へ飛んで、残波岬で阿久津を殺すなんて、とても不可能なことでしょ」

「純子は自動車の運転もできないし、純一を連れての行動性や機動力となるとゼロに等しい」

「そうしたことから判断して、奥さんの阿久津殺しという想定は成り立たないわ」

「だから、ぼくも阿久津殺しに関しては、純子を疑ってはいないんだ」

「あくまで、犯人二人説ね」

「おふくろと阿久津を殺したのは、同一犯人じゃない。おふくろを殺したのは、純子だということになる。そして阿久津を殺したのは……」

「五代さんね」

「そうなれば、ぴったりなんだ。純子にはおふくろを殺す動機があって、アリバイが曖昧《あいまい》だろう。それに純子は、遠いところへ行って新しい生活を始めようと、犯人の心理を物語るような言葉を口にしている」

「五代さんの場合は、阿久津殺しの動機らしきものがチラチラしているけど、アリバイがあるってことになるのね」

由布子が向き直って言った。

「そこで、大きな壁にぶつかってしまうんだ」

井ノ口は、由布子の足もとを指さした。

波の広がりが、由布子の足もとに迫っている。海に背を向けている由布子は、そのことに気がつかなかったのだ。井ノ口が指さしたが、それも間に合わなかった。

「きゃっ！」

悲鳴をあげて、由布子は井ノ口に飛びついてきた。

考えようによっては楽しいひとときだが、抱き合いながら井ノ口も由布子も空しさを覚えていた。

2

夕食をすませた。

これまでは夕食の時間になると、このホテルの専務夫人が必ずやって来たという。ひとりで食事をする由布子の相手になって、賑《にぎ》やかに喋っていくらしい。高校時代の親友としその気安さと友情というものだった。

一緒に食事をすることにはならないが、専務夫人はビールを飲みながら、由布子につきあうわけである。その松下マチ子は、まだ一度も姿を現わさなかった。もちろん、井ノ口が到着したことを知ってのうえだろう。

気を利《き》かせているのだ。

あらためて挨拶に顔を出したりすれば、互いに照れくさい思いをする。それに、ここは井ノ口と由布子の恋の逃避行の場だと、松下マチ子は信じきっているのである。それなら当然、二人きりにしておくべきだと、彼女としては心得ているつもりなのだろう。

夕食のかたづけがすむと、もう二人だけの世界であった。洋間のダブルのベッドがあるので、夜具をのべにくることもない。部屋の入り口に鍵をかけて、二人はもう一度、風呂にはいった。

井ノ口はふと、野口大三郎という部長刑事のことを思い出していた。野口刑事は昨日の朝になって、井ノ口が那覇市の中央ホテルから姿を消したことを知ったはずである。

五代がどのように弁解したかは、知る由《よし》もない。昨日の朝までは、五代弘樹の友情を信じていた。五代は彼の好意として、井ノ口の逃亡を助けたものと思っていた。

しかし、いまは五代という男も信用できないし、どういうつもりで井ノ口を沖縄から脱出させたのか、その真意も疑わしい。

五代は、井ノ口に対する野口刑事の心証を悪くするような弁解に、終始したかもしれない。

いずれにしても、沖縄から由布子も井ノ口も消えたのである。そうなっては野口刑事も、沖縄に留《とど》まっている意味がない。野口刑事は昨日のうちに、帰京したことだろう。現在、野口刑事は東京にいる。

野口刑事に電話で連絡をとってみたらどうだろうかと、井ノ口は急にそんな気持ちになっていた。井ノ口のほうから、犯人らしき人物を指摘してやるのだ。そうする以外に、打開策はない。

あと二日間だけしか、この篠島にはいられないのである。その間に、何とかメドをつけたい、という焦りもあった。篠島のほかには、もう逃げていく場所もないのだ。大胆すぎるやり方かもしれないが、正面から壁にぶつかってみよう。

野口刑事の名刺を持っている。捜査本部が設置されている荏原警察署の電話番号は、その名刺に記されていた。だが、捜査本部に電話をかけることは、危険であった。捜査本部には録音や逆探知の装置が、完備されているかもしれないからであった。

野口刑事の自宅であれば、そういう心配はなかった。野口刑事が捜査本部にいるうちは、電話をかけるわけにはいかない。はたして帰宅するかどうかはわからないが、夜中まで待ってみることである。

井ノ口も由布子も、ベッドにはいらなかった。テレビを見て、深夜になるのを待った。十二時を過ぎたとき、井ノ口は立ち上がって電話機に近づいた。由布子が、急いでテレビを消した。

０を回して、外線直通にした。井ノ口は野口刑事の名刺を見ながら、０３から始まるダイヤルを回した。警察の刑事課だから、十二時を過ぎても、誰かがいるはずだった。刑事捜査一係の電話が、コールを繰り返している。

「はい、捜査一係です」

男の声が、電話に出た。

「おそれいります。野口部長刑事は、おいででしょうか」

井ノ口は、感情を殺した語調で言った。

「野口さんは、帰られましたね」

刑事らしい男の声も、ひどく無愛想であった。

「捜査本部にも、いらっしゃいませんか」

野口がいるようであれば、井ノ口はすぐにも電話を切るつもりであった。

「十時まで捜査本部におられましたが、それからまもなく帰宅されたはずです」

「そうですか」

「どちらさんですか」

「沖縄の那覇署の者なんですが……」

「ああ、沖縄の……。どうも、ご苦労さまです」

「申しわけありませんが、野口部長刑事のご自宅の電話番号を教えていただきたいんですがね」

「自宅の電話番号ですか」

「実は、野口刑事から頼まれたことがありましてね。結果がわかったら、夜中だろうと連絡してくれって言われたんですよ」

「そうですか。じゃあ、よろしいですね」

刑事はゆっくりと、電話番号の数字を口にした。

「どうも、ありがとうございます」

数字をメモすると、井ノ口はあわてて送受器を置いた。

野口刑事の自宅の電話番号は、局番が荏原署と同じであった。荏原署からそう遠くないところに、野口刑事の自宅はあるのだろう。捜査本部を十時過ぎに出たというから、もう自宅に帰りついているはずである。

井ノ口は、再びダイヤルを回した。

今度はコールが始まったとたんに、送受器がはずされたようだった。べつに井ノ口からの電話を、待っていたわけではない。いつ自宅へ緊急電話がはいるかわからない刑事の習いうものなのだろう。

「野口です」

いきなり緊張した声が、井ノ口の耳に飛び込んできた。

「野口部長刑事ですね」

野口の声にまちがいないと思いながら、井ノ口はそのように念を押した。

「野口だが、あんたは……？」

怪しむように、野口刑事の声は曇《くも》った。

「井ノ口です」

「何だって……！」

「井ノ口一也です」

「あんた、ほんとうに井ノ口さんかね」

「声を、お忘れですか」

「井ノ口さん、あんた困るじゃないですか！」

「困っているのは、お互いさまでしょう」

「いま、どこにいるんです」

「それを、言えとおっしゃるんですか」

「当然でしょう」

「どこにいるのか言えるようなら、夜中に電話をかけたりしませんよ」

「どこにいるのか教えないんなら明日にでも全国指名手配に踏みきるつもりです」

「もし全国指名手配ということになったら、ぼくたちは生きてはいませんよ。ぼくも安城君も、指名手配を受けたことを知ると同時に、死ぬ気でいますからね」

井ノ口は、強い口調で言った。半分は本気であった。

野口刑事は、沈黙していた。

3

二人で死ぬ、つまり心中である。

指名手配が公表されたときには、心中する覚悟でいる。その井ノ口の言葉が単に脅《おど》しではないということは、野口部長刑事にも通じたはずだった。通じたからこそ、野口刑事は黙り込んでしまったのである。

野口刑事は、圧倒され困惑しているのだ。二人は本気で、死ぬつもりでいる。全国に指名手配しても、二人に死なれてしまっては意味がない。それにもし二人の死後、ほかに犯人がいたということにでもなれば、重大な責任問題に発展する。

指名手配も、迂闊にはできない。

[illegible]、このままにしておけない。何としてでも、井ノ口と由布子の居場所を突き

電話口で苦慮している野口刑事の顔が、目に浮かぶようであった。野口刑事は溜め息をつき、何度か咳《せき》払いを聞かせた。言葉を、捜しているようである。

「でしたら、どうして電話をかけてきたりしたんです」

ようやく、野口刑事が口をきいた。声も穏やかになり、口調も改められていた。

「何とか、ぼくたちへの疑いを、晴らしたいからですよ」

井ノ口は言った。

「それなら、まず、姿を現わすことですな。東京の捜査本部へ、出頭してください」

「それは、できません」

「どうしてです」

「警察はぼくたちを、容疑者と見ていますからね」

「徹底して容疑者扱いをした覚えは、わたしにはありませんよ」

「少なくとも、ぼくたちのことをマークしている。疑って、かかっています」

「それは犯罪捜査のうえで、やむを得ないことなんじゃないですか」

「冗談じゃありませんよ。ぼくたちは何もしていないんです。ところが、ぼくたちは一方的に疑われている。そのために帰るところもなく、ぼくたちは職まで失っているんですからね」

「井ノ口さんが、職を失ったんですか」

「那覇の中央ホテルで、五代という男から聞きませんでしたか」

「いや、べつに……」

「あの男に辞表を渡してきましたよ。そうしないと、退職を迫られることになったでしょうからね。それも、責任の一端はあなたにあるんです」

「まあ、その話はいずれゆっくり聞くとして、あなたが電話をくれた目的から、まずかたづけようじゃないですか」

「だったら、はっきり申し上げましょう。純子のことは、いったいどうなっているんですか」

「あなたの奥さんのことですか」

「そうです。純子にはいくつか疑問点があるということを、野口さんもごぞんじないんじゃないですか」

「井ノ口さん、警察は、そんなに甘いものじゃありませんよ。失礼ですが、奥さんのことは真っ先に疑いました」

野口の声には苦笑が含まれていた。

「それで、どうなったんです」

野口は振り上げたこぶしのやりどころに困ったという感じであった。

一未絵さん殺しの動機となると、すべて奥さんに集中しているようなものですからね。それでまず、事件当夜の奥さんのアリバイの有無を、徹底的に調べましたよ」

「五月十五日の午後五時頃に、母が家を出ています。それより三十分遅れて今度は純子が出かけました。母が殺されたのは十一時前後、純子が帰宅したのは十一時でした。もし母が十時三十分に殺されたんだとしたら……」

「そうしたことは、もう問題じゃないんですよ。結果的に奥さんはシロだったんですからね」

「アリバイが、成立したとでもいうんですか」

「そのとおりです。奥さんは、事件当夜、高校時代の友人のところへ出かけられたんですよ」

「純子のその話は、事実だったんですか」

「その友人は、鵜飼《うかい》という人なんですがね。池袋《いけぶくろ》で洋品店を、経営しているんです。その人の、はっきりした証言を、得られたというわけなんですよ。奥さんとは、十年ぶりに再会した。奥さんは純一君を連れて、六時三十分に鵜飼洋品店を訪れた。鵜飼さんと奥さんは、鮨《すし》、洋菓子、果物などを食べながら、ただひたすらお喋りをした。奥さんが、帰ると言い出したのは十時頃だった。純一君は眠っているし、鵜飼さんが車で家まで送ろうということになった。鵜飼さんは自分が運転する車で、奥さんと純一君を田園調布の家に送り届けた。そのときの時間は、十一時だった。以上のように、鵜飼さんの証言があったわけなんです」

「そうですか」

「つまり事件当夜の奥さんは、六時三十分から十一時まで、まったく単独行動をとっていない。鵜飼さんと、ずっと一緒だったんですよ。十一時に帰宅されてから、奥さんは再び外出したりもしていない。そのことは、あなたがよくごぞんじでしょう」

「帰宅した純子が、またすぐ出かけるといったことは確かにありませんでしたよ」

「それで、奥さんのアリバイは、完璧ということになるんです。春絵さん殺しに関する限り、奥さんは容疑の対象にも何にもなりません」

「絶対ですか」

「絶対です。それに阿久津忠雄の死を他殺と断定したときも捜査本部の者がすぐに奥さんのアリバイを調べております。奥さんは阿久津とも接触を持っていたので、一応調べの対象としたわけです。しかし、阿久津殺しに関しても奥さんにはアリバイがあって、シロということになりました」

野口部長刑事は、たいした問題でもないというふうに、淡々と説明した。

井ノ口には言葉がなかった。疑わしい点がいくつもあるのに、警察は純子を野放しにし[illegible]込んでいただけに、井ノ口はみごとに背負い投げを喰らったのだった。警察いうべきことをやっている。

それも、井ノ口が考えるよりはるかに手回しよく、敏速に、的確に調べを終えているのだった。文句のつけようがなかった。あと注文をつけるとしたら、五代弘樹に捜査本部が目を向けているかどうか、ということだけであった。

だが、五代については、滅多《めった》なことは言えなかった。疑うだけの根拠がはっきりしていた純子の場合とは違って、五代には具体的な問題点がまったくないのである。井ノ口の単なる想像に、すぎないのであった。

「電話をかけてきた目的というのは、それだけのことなんですかね」

野口部長刑事が、急に大きな声で言った。

「まあ、そうです」

井ノ口は、最初の勢いをなくしていた。

「どうでしょうな。ひとつこの辺で折れてもらえませんか」

「折れる？」

「つまり二人揃って、姿を現わしてはもらえないだろうかと、そういうことなんですがね」

「お断わりします」

「まあ、そうおっしゃらずに。いつまでも、どこかに隠れているってわけにもいかんでしょう」

「いや、ぼくたちのほうで、何とかしますよ。真犯人を、引きずり出してやりますよ。そうしない限り、疑いを解いてもらえそうにないんでね」

「そんなこと、とても無理ですよ」

「無理かどうか、やってみなければわかりませんよ。では、これで……」

「待って！　電話を切るのは、ちょっと待ってください！」

野口部長刑事が、叫ぶような声で言った。

「そうは、いきませんよ」

井ノ口は耳から、送受器を離した。

「待ちなさい！　待つんだ！　おい、待て！」

野口刑事の怒声が、ガンガン響いている。

井ノ口は、送受器を置いた。

4

井ノ口は洋間へはいって、ベッドの上に寝転がった。あとを追って来た由布子が、ベッドの端に腰をおろした。井ノ口は、由布子を見上げた。由布子も井ノ口の顔を、じっと見つめている。

め合したなら、二人は敗北を認めていた。

純子は阿久津殺しはもとより、春絵殺しにも関係していないのである。アリバイが完璧だということで、捜査本部がその点を確認している。純子は容疑者どころか、完全にシロなのであった。

勢揃いした役者の中から、純子も抹消《まっしょう》しなければならなかった。春絵を殺したのは純子ではないかと、井ノ口もかなり強く疑ってかかっていた。それだけに、大きな敗北となり、方針も狂ったのである。

「ひとつだけ、見落としていたことがあるわ」

由布子が、井ノ口の手を握りながら言った。由布子には、井ノ口を慰《なぐさ》めたいという気持ちがあるのだろう。

「どんなことだ」

井ノ口は、由布子の手を引っ張った。

それを待っていたように倒れ込んで、由布子は井ノ口に寄り添った。井ノ口は由布子を抱きしめながら、彼女の上にのしかかる恰好《かっこう》になった。今度は由布子が、彼を見上げることになるのだった。

「阿久津は、五代さんの弱みを握ったんでしょ」

由布子は井ノ口の唇を待つように、うっすらと目を閉じていた。

「そうだ」

唇を触れ合わせたままで、井ノ口は言った。

「その五代さんの握られた弱みとは、いったいどういうことなのか。わたしたちはまだ、その点について考えていなかったじゃないの」

由布子の両手が徐々に、井ノ口の背中へ這《は》いのぼっていく。

「そうだったね」

「その点をはっきりさせれば、道が開けるんじゃないかしら」

「もちろん五代の弱みというのは、個人的な秘密だ」

「脅迫されるような個人的秘密って、そう何種類もないと思うの」

「たとえば、五代が三成建設の営業部長から一千万円相当の金品を受け取っていたという話だけど、それも彼の個人的な秘密には違いない。しかし、そんなことで脅迫されたとしても、五代は驚かないと思うんだ。三成建設の営業部長と口裏を合わせれば、恐れる必要はないことなんだからね」

「それに、法を犯していることではないんだし、口止め料を支払ったり、口封じのために阿久津を殺したりするほどの問題じゃないでしょ」

「それを公表されると、あらゆる意味で五代が不利になるという個人的秘密でなければなわたしはやっぱり、女性関係って気がするわ」

「どうしてだ」

「阿久津は、カメラを奪われたんでしょ。つまり五代さんの個人的な秘密を、阿久津はカメラで写した。そのフィルムが、まだカメラの中に納まっていた。それで五代さんは、カメラを奪い取ったんだわ」

「そういうことだろうな」

「阿久津は、わたしたちが二人でいるところを何枚も撮影して、これが証拠品だって言っていたわね」

「そうか」

「カメラで写して、それを証拠にするという個人的秘密ってなると、男女関係の可能性が最も強いんじゃないかしら」

「五代が深い関係にある女性との決定的瞬間を、阿久津に撮影されてしまったということか」

「中外軽金属は、そういうことに厳しい会社よ」

「すると相手は、会社の女子社員ってことかな」

「そうではなかったとしても、会社の首脳部は不倫な関係に敏感よ。経営管制室次長にとっては、将来のためにひじょうに不利な汚点になるわ」

「それに、彼の奥さんがいくらおとなしいからって、証拠の写真を見せつけられてまで、笑ってすませるというわけにはいかないだろう。家庭が混乱する」

「相手の女性しだいで、あちこちに波及したり、飛び火したりするかもしれないわ」

「とにかく、五代の秘密は、女性関係に違いない。しかし、ただそれだけのことなら、人殺しまではやらないだろう。そこに、何かプラスされていなければならない」

「そうなると、またわからなくなっちゃうけど……」

「由布子……」

ふと井ノ口は、強烈な欲望に突き上げられるのを感じた。

「あなた！」

由布子は、井ノ口の首に両腕を巻きつけた。彼女も同じように、燃え上がっていたのに違いない。篠島へ来てからの由布子は、このときをずっと待ち続けていたのである。激しく、唇を重ねた。そうしながら、井ノ口の右手が由布子の浴衣の帯を、ほどきにかかった。

時間がかかったが、やがて由布子の前が開かれた。彼女はその下に、何も着けていなかった。由布子の裸身が輝きを放っていた。

唇を離すと、由布子は顎《あご》を上げた。すでに息遣《づか》いが、苦しそうに乱れている。なぜか井ノ口は、いつものように丹念《たんねん》な愛撫《あいぶ》をほどこす気になれなかった。強烈な欲望が先行して

いるのである

「電気を……」

あえぎながら、由布子が言った。

「消さないほうがいい」

井ノ口は、そのようにはっきりと言葉にした。

男の欲望は一気に膨脹《ぼうちょう》したとき、愛し合うというかたちを求めない。犯したいという激しい気持ちに、その輪郭《りんかく》を変えるものだ。いまの井ノ口の場合が、そうであった。最もエロチックな方法で、セックスを押し進めたくなる。

明るいところで由布子を犯したい。

井ノ口は前戯《ぜんぎ》を省略した。彼は荒々しく、由布子の裸身を半回転させた。彼女は、俯《うつぶ》せになった。それに逆らわなかったし、由布子もひどく乱れている。いつもと違う井ノ口から、より刺激的なものを感じ取っているのだ。

井ノ口は由布子の背中に、身体を重ねた。彼は乱暴に、由布子の尻《しり》を引き寄せた。数日間の空白が、井ノ口を狂わせたのだろうか。それとも、追いつめられた男女の愛欲の姿を、みずから演じたがっているのか。

由布子の身体は、十分にうるおっていた。今日の昼間からの二人の時間が、彼女にとってはそのまま前戯になっていたのだろう。井ノ口を迎え入れて、由布子は声を上げながらのけぞった。まさに、愛欲であった。

五代の愛欲の相手は誰なのかという考えが、井ノ口の頭を一瞬かすめた。

21　女の顔

1

　翌日の午後、井ノ口と由布子は散歩に出かけた。海沿いの道を歩く。前浜付近の人家の密集地帯を抜けると、幅のない自然のままの道に変わる。海に面した崖《がけ》の上を行くと、やがて松林の中へはいる。

　人影のない松林の中は、静かであった。シーズンには、キャンプ地となるらしい、いまは古木や大木が多い松の林が、無人の世界の雰囲気をつくっていた。まだ蟬《せみ》の声を聞ける季節でもなかった。

　由布子は、井ノ口の左腕をかかえ込んでいた。寄り添った男女の、そぞろ歩きだった。それなりの甘さはあったが、陽気なカップルではなかった。井ノ口の表情は、険《けわ》しいくらいに深刻であった。

　由布子の顔も、暗かった。彼女はいまは井ノ口しか生きる張りはないというように、ひたむきに彼にすがっている。目だけは、うっとりとしていた。昨夜と今朝、激しく愛し合ったというその余韻《よいん》なのである。

事態は、好転しない。

明日までには、篠島を去らなければならない。警察へ通報すると大町三郎が本気で言っているのだとしたら、刑事がホテルを訪れることになる。アイランド・ホテルや由布子の親友に迷惑をかけてはならない。

しかし、篠島をあとにして、いったいどこへ足を向けたらいいのだろうか。二人には、行くところがないのである。これ以上、逃げ歩きたくもない。遠くまで、逃避行を続けるだけの気力がなかった。

追いつめられた。

考えれば考えるほど、気が重くなる。そして、何とかしなければならないという焦燥《しょうそう》感が、二人の尻《しり》に火をつける。散歩に出たのも、ホテルの部屋にいたたまれなかったためである。

落ち着けないなら、どこかを歩き回るしかなかった。だが、そうしたからといって、名案が浮かぶわけではない。焦《あせ》りが、ひどくなるだけであった。二人は言葉を失い、口をきくことさえなかった。

黙々と、歩き続ける。

松林を抜けて小道を下ると、眼前に海が広がった。小さな湾になっていて砂浜が続いていた。波が打ち寄せることもなく、静かでのんびりとした浜である。ここにも人影はなかった。

　二人は、砂浜におり立った。遠くの岬《みさき》と松林が、絵のようであった。水平線に船影があり、それより手前の海上には小さな漁船が点々と浮いている。二人にとっては、平和すぎるくらいの景色だった。

「五代か……」

　海を眺めていた井ノ口が、思い出したようにポツリと言った。

「五代さんが、どうしたの」

　由布子があらためて、井ノ口の左腕を強く抱きしめた。

「いや、五代が壁だと思ってね」

「壁……？」

「五代という壁さえ突破できればって、焦ってしまうんだ」

「アリバイね」

「どうにも、打ち破れないアリバイということになる」

「松原静香さんという証人が、いるんですものね」

「静香は五代から、一歩も離れていないと言った。那須の山中で道に迷って車に乗ったまま夜明かしをした」

「でも、静香さんのほかには、ひとりも証人がいないんでしょ」

「まあ、そういうことになるだろうな。しかし、証人は静香ひとりで、十分なんだからね」

「二人きりで、山の中にいた。それも道に迷って、夜明かしをした。話として、できすぎているという感じだわ」

「できすぎている……？」

「でも、それはわたしの感想よ」

由布子は、チラッと歯をのぞかせた。単なる感想というのは、事実なのに違いない。由布子は何気なく口にしたのであって、それが重大な指摘であることに、彼女自身が気づいていないのだ。

おやっという目つきになって、井ノ口は由布子の顔を見やった。井ノ口は由布子の言葉を、重大な指摘として受け取ったのである。その指摘が井ノ口に、とんでもない思いつきを与えたのであった。

「話として、できすぎている。作り話だとしたら、できすぎていて当然だ」

身体の向きを変えて、井ノ口は両手を由布子の肩にかけた。

「作り話……？」

由布子は、驚いた顔になった。

「そうだ——

「五代さんとずっと一緒だったというのは、作り話だって、おっしゃりたいの」

「つまり、嘘《うそ》をついているんだとしたら……」

「静香さんがあなたに、嘘をついたってことなの」

「五代が静香に、嘘をつかせたのかもしれない。作り話だとすれば、それを考えたのも静香だろう」

「まさか……」

自分で言い出しておいて、由布子はとても信じられないというふうに首を振った。

「まさかとは、思いたい。しかし、この想定が正しかったとしたら、五代という壁を簡単に突破できるんだ」

緊張した面持《おもも》ちで井ノ口は言った。

「静香さんがそんなことで、五代さんに協力しっこないわ」

「断言は、できないよ」

「五代さんは阿久津を殺すために、アリバイが必要だった。静香さんが、そのアリバイの証人になる。相手が警察だろうと、同じ嘘をつくことになる。そんなことをすれば静香さんも殺人の共犯になってしまうのよ」

「それも静香は、覚悟のうえだった」

「殺人の共犯になってまで、静香さんはどうして五代さんに協力しなければならないのかしら」

「それは、静香が女だからだ」

「女だからって、協力しなければならない義理があるの」

「義理なんてもんじゃない。静香は、五代を愛しているんだ」

「え……！」

「五代と静香が特別な関係にあるということを、どうして考えつかなかったんだろう。もちろん、二人は肉体関係を続けている。五代と静香は、愛人同士だったんだ。あの二人は、熱烈に愛し合っている男と女ってことになるのさ」

「それで、静香さんは五代さんに、危険を覚悟で協力した」

「あり得ることじゃないか。きみは昨日、五代の弱みとなる秘密は彼の女性関係だと言った」

「ええ」

「それだよ。その五代の女性関係というのが、静香との仲だったんだ」

「そのことは、そうだったとしてもおかしくないわ。でも、だからって、殺人に協力するほど静香さんって無知な人かしら」

「男が人殺しを、思い立つ。そうしたとき女は、それをやめさせようとする。男を愛していれば、女は何としてでも思い留《とど》まらせようとするだろう、それが、一般的なパターンというものだ」

「そのとおりだわ」

「しかし、女にも責任があって、男に人殺しの決心をさせたんだとしたら、どういうことになるかな」

「五代さんが阿久津に脅迫《きようはく》されるようになったのは、五代さんと静香さんの共同責任だったというわけね」

「そうだ。それで男が殺人を決意したのだとしたら、女は第三者の立場からそれを制止できるだろうか。協力するより仕方がないと思うね」

「それなら最初から、静香さんも阿久津殺しの共犯だってことじゃないの」

「そうだ。五代と静香はともに阿久津から脅迫される被害者であり、ともに阿久津殺しの犯人だったんだよ」

「そうかなあ」

まだ釈然としないという顔つきで、由布子は小首をひねっていた。

「これで、五代のアリバイは成立しなくなった」

井ノ口のほうは、自分の判断が正しいことを信じていた。

2

五代弘樹と松原静香を結びつけて考えなかったのは、まず二人が井ノ口の身近な人間だったためだろう。それに静香の縁談を、五代に頼んだということもあった。まさか仲人《なこうど》がと、誰もが思うはずである。

しかし、考えてみれば、当然あり得ることだったのだ。五代と静香は、壮年期にある男と成熟した女であった。年齢の釣《つ》り合いも、とれている。五代は男として、静香は女として、それぞれ魅力的でもある。

そうした二人が、個人的な触合いをもつようになった。五代は静香に、何人もの将来有望な独身の男を紹介した。また五代は静香に見合いをさせたり、有力候補との交際をすすめたりした。

五代と静香は、そのような接触をもっていたのである。だが、それはいつの間にか、二人にとって表向きだけのことになった。当の二人が密会するための口実、弁解に使われる結果となった。

五代には、妻子がいる。

しかし、一生再婚しなくてもすむ静香であり、べつに結婚を急ぐことはない。五代に妻子がいることなど、問題ではなかった。それよりも静香には、本物の恋愛のほうが大切であった。

静香には、そうしたところがあるのだ。見かけによらず情熱的であり、妥協することを嫌うのであった。

愛人関係で、十分だったのである。五代もまた、静香に魅《み》せられた。二人は互いに、好みのタイプだったのかもしれない。二人で過ごす時間が長くなるにつれ、はっきりとした恋愛感情を抱くようになった。二人は激しく愛し合い、肉体関係にまで発展した。

その証拠に、静香の縁談は全然まとまっていない。有力候補と交際中だと言ったりしているが、それも作り話なのに違いない。

それにしても、静香にはうまく騙《だま》されたものである。

会うたびに、静香は美しくなっていく。あれは、恋をしている女の顔なのだ。静香は五代との熱烈な恋に酔い、性的にも十分に満足感を得ている。そうしたときの女は、輝くように美しくなるものであった。

静香には、もうひとつの女の顔がある。愛する男のために、平然と嘘をつき、巧《たく》みに演技するという女の顔だった。東京駅で会ったとき、静香はあの顔で、嘘ばかり並べ立てていたのだとは、いま思っても井ノ口には信じられないくらいであった。

「帰ろう」

井ノ口は、砂浜を歩き出した。彼は急に元気を取り戻したように、足の運びまでが速くなっていた。

「そんな急いで、どうするの」

あとを追いながら、由布子が声をかけた。

「ホテルへ帰って、支度《したく》をするんだ」

井ノ口が、背中で答えた。

「支度……?」

肩を並べて、由布子は井ノ口を見上げた。

「すぐに、ホテルを出る」

「え……!」

「篠島とお別れするんだよ」

「あなた、本気なの」

「どうせ明日には、篠島を出ることになるんだろう」

「それで、行く先は……?」

「東京だ」

「東京で、どうするつもりなの」

「まずは、静香に会う。それから、五代と対決する」

「ちょっと、待ってほしいわ。もう一度、よく考えるのよ」

「考える必要なんてない」

「光明《こうみょう》を見出《みいだ》したあなたの気持ちに水を差すようだけど、静香さんを共犯とする理由が弱すぎると思うの」

「そんなことはない」

「いくら共同責任だったとしても、やることは殺人なんですからね。そう簡単に静香さんが、共犯者になることを承知するはずはないわ」

「共犯といっても、アリバイについて作り話をするだけだ」

「それに、あなたのおかあさまが殺されたことに関しては、結論らしいものも出ていないんでしょ」

「そっちのほうは、一時お預けだ」

「そうはいかないわ。たとえ同一犯人の犯行ではないにしろ、二つの殺人事件には絶対に関連があると思うのよ」

「五代が沖縄で阿久津を殺した。その五代のアリバイについては、静香が証人になった。はっきりしているのはいまのところそれだけなんだ」

「それだって、想像にすぎないわ」

「じゃあ、きみはどうしようっていうんだい」

井ノ口は、立ちどまった。松林の中だった。井ノ口の目は、由布子をにらみつけていた。唯一の救いを見つけ出したのに、由布子がそれに反対する。それが井ノ口には、気にいらなかったのだ。

「どうしようって、べつに……」

井ノ口の見幕《けんまく》に圧倒されて、由布子の声は弱々しくなっていた。

「このまま篠島に、居続けることはできないんだ」

「わかっているわ」

「明日になれば、いやでも逃げ出さなければならない」

「ええ」

「もうこれ以上、逃げ回っていて解決できることではなくなったんだ。こっちから、積極的に攻撃を仕掛ける。そうしなければ、ぼくたちが救われることはない」

「よく、わかっています」

由布子は、顔を伏せた。

「だったら、反対しないでくれ」

鋭い語調で、井ノ口は言った。

「反対しているんじゃないの」

由布子は、両手で顔をおおった。泣き出しそうに、なっているのである。

「ぼくはいま、絶好のチャンスを迎えたという気持ちでいるんだ」

「ええ、何も言いません。だから、そんなに怒らないで……」

「怒っているわけじゃない。それに何も、泣くことはないだろう」

「だって、あなたに怒られると、わたし死にたくなっちゃうの」

由布子は倒れ込むようにして、井ノ口の胸に顔を押しつけた。

その顔をうわむかせて、井ノ口は涙を吸い取った。それから彼は、いきなり唇《くちびる》を重ねた。人影はなくても、白昼の屋外である。由布子は、反射的に逆らっていた。だが、井ノ口は、由布子を抱きしめて、強引に彼女の唇を割った。

すぐに反応を示して、由布子の舌が忙《せわ》しく動き始めた。井ノ口はなぜか、全裸で激しく愛し合っている五代弘樹と松原静香の愛欲の姿を、頭の中に描き出していた。

3

アイランド・ホテルへの坂道をのぼり始めてすぐに、井ノ口と由布子はその人影に気づいた。由布子と同年齢にも見えるし、若奥さまふうな女であった。ホテルの専務夫人、由布子の旧友に違いないと、井ノ口にも察しがついた。

松下マチ子である。

彼女は、坂の途中に立っていた。そこで由布子を、待ち受けていたのではないだろうか。坂の上と下へ目を走らせているし、どこか落ち着かないというようすだった。由布子のほうで、手を振った。

松下マチ子は、こっちへ向かってくる。坂の途中で、両者は距離を縮めた。井ノ口と松下マチ子は、これが初対面である。気を利《き》かせてか、松下マチ子は一度も現われなかったのだ。

いま初めて、顔を合わせるのであった。由布子が恥じらいの笑顔で、二人を引き合わせた。井ノ口は遠慮深く、松下マチ子は興味ありげに、そして二人とも照れくさそうに挨拶《あいさつ》を交わした。

「すっかり、お世話になりまして……」

「いいえ、何もして差し上げられませんで……」

言葉は、それだけであった。

マチ子はすぐに、由布子へ目を転じた。マチ子は、緊張した面持ちに戻っていた。

「あなたを、ここで待っていたのよ」

松下マチ子が言った。

「何かあったの」

由布子の顔から、笑いが消えた。

「お客さんが、みえているの」

マチ子は、ホテルのほうを振り返った。

由布子は、井ノ口を見上げた。由布子は彼に、刑事ではないのかと目に訊《き》いたのであった。

「由布子さんに会いたいって、あなたを名指しで……」

マチ子は、歩き出していた。

「男の人かしら」

由布子はマチ子に、追いつきながら言った。

「そう。それに、由布子さんはひとりで泊まっているわけじゃないでしょうって、質問したりするの。それで、まともに会ったりして何かまずいことにでもなったらと思って、ここであなたを待っていたの」

「心配させちゃって、ごめんなさい」

「そんなことは、どうでもいいんだけど、このままホテルへ戻っても大丈夫なのね」

「たぶん……」

「名前も聞いていないけど、誰なのか見当がついているの」

「従兄《いとこ》だわ」

「ほんとう？」

マチ子が、目をまるくした。

「ほかには、考えられないもの」

由布子は、井ノ口を見返った。井ノ口は、うなずいて見せた。彼もまた、大町三郎にまちがいないと思ったのである。だが、不安だった。どうして大町三郎は、いきなり篠島を訪れたりしたのだろうか。いったい何が、彼の目的なのか。

今日は六月四日、日曜日である。大町三郎は勤務先の病院を休んでまで、篠島へやって来たわけではない。知多半島に住む人間が、日曜日に日帰りのつもりで篠島へ来るのは、容易なことだったのだ。

しかし、篠島のホテルに井ノ口もいると承知のうえで、わざわざ出向いてくるには、それなりの決意がなければならない。大町三郎はどのような覚悟を固めて、篠島へ乗り込んできたのだろうか。

坂道からそれているもう一本の急坂をのぼりつめると、篠島アイランド・ホテルの入り口である。ホテルの中にはいって、フロントを右に見た正面に、小さなロビーがあった。そのロビーのソファに、男がひとりすわっていた。やはり、大町三郎であった。

松下マチ子は、フロントの奥に姿を消した。由布子は怒った顔で、ロビーのほうへ向かった。大町三郎はどんな権利があって、篠島まで押しかけてきたりしたのかと、由布子は感情的になっているのである。

「約束は、明日までってことでしょ」

由布子が険しい口調で言った。

「約束を果たせるかどうかを、確かめにきたんだ」

大町三郎は、立ち上がった。

彼は由布子だけを、見ているのであった。井ノ口が目礼《もくれい》を送ったが、大町三郎は知らん顔だった。大町は意識的に、井ノ口を無視しているのだ。

「そんなことのために、わざわざここまで来たのかしらね」

冷ややかな横顔を見せて、由布子はソファに腰をおろした。

「もちろん、それだけのためじゃない」

大町のほうは、立ったままでいた。緊張のためか、彼の生真面目《きまじめ》な顔が青白くなっていた。

「ほかに、何があるの」

「きみに、別れを告げにきたんだ」

「わざわざ別れを告げたりするような、三郎さんとわたしの仲じゃないわ」

「そういう意味じゃない。ぼくにとって今日から、きみの存在は無になるということだ。ぼくの心からも過去からも思い出からも、由布子という名前はすべて抹消《まっしょう》する」

「わたしのほうにも、異議はありません」

「きみは、女として最低だ。人間としても恥知らず、無知、下劣《げれつ》、低級だよ。社会人としての良識にも欠けている」

「それで、結構よ」

「ぼくにとって、きみはもうどうでもいいような赤の他人だ。だから軽い気持ちで、ぼくは明日になったら、警察に電話をすることができる」

「どうぞ、お好きなように……」

由布子は、顔を伏せていた。必死になって、感情を殺しているのだろう。

「不貞腐《ふてくさ》れた最低の女の態度だな」

大町三郎は、明らかに興奮している。青白い顔が硬《こわ》ばっていて、口もとに痙攣《けいれん》が見られた。手が震えていた。

日曜日の午後である。客は残らず引き揚げたあとで、フロントにも人影がない。そこにいるのは三人だけで、ほかには誰もいなかった。だからこそ言い争いも、怒りの態度を示すこともできるのであった。

「あなたこそ、卑劣《ひれつ》な男よ」

そう言って、由布子は唇を噛《か》みしめた。

「どうしてだ」

にらみつけるように、大町は由布子を見おろした。

「あなたはもう恋人でもない、婚約者でもない。ただの従兄妹同士なんじゃないの。

のあなたに、とやかく言われる覚えはありません」

「赤の他人であれば、恥としなくてもすむんだ。まったく、情けないよ。妻子ある男と一緒に、あちこちを泊まり歩いて……」

「もう、やめてほしいわ」

「そのうえ、人殺しの犯罪者として疑われている」

「そこまでいくと、三郎さんの嫉妬《しっと》はもう醜《みにく》いわよ」

「きみみたいな尻軽《しりがる》女に、誰が嫉妬するもんか」

大町は、鼻で笑った。

「ひどいわ」

由布子は両手で頭をかかえていた。

「ひどすぎる。あんたに、そこまで言う権利はない」

井ノ口は、一歩前へ出た。そばにいて、井ノ口のほうが耐えきれなくなったのだ。

「余計なことを言うな！　すべての責任は、お前にある。いちばん悪いのは、お前なんだぞ！」

大町が突然、怒声《どせい》を発した。同時に彼の右手が、井ノ口の顔へ真っ直ぐに飛んできた。大町は力をこめて、井ノ口の鼻のあたりに鉄拳《てっけん》をぶち込んだのである。

4

相手はチンピラでもなければ、喧嘩《けんか》っ早《ぱや》い若者でもない。社会人としての良識を主張するインテリであり、外見も真面目すぎるくらいな医師である。まさか感情に駆られて、暴力をふるうとは思ってもいなかった。

　まったくの無防備でいた井ノ口は、大町三郎の鉄拳を避けることができなかった。まともに一撃を喰《く》らった井ノ口は、顔を突き上げられるとともに、腰の安定を失っていた。井ノ口は階段の側面にぶつかって、そのまま横転した。

「何をするの！」

　はじかれたように、由布子が立ち上がった。

「これで、気がすんだ」

　そう言って、大町三郎は玄関のほうへ向かった。靴を履《は》くのにも、焦りが見られた。大町は振り向くこともなく、逃げるようにホテルを出ていった。

　上体を起こしただけで、井ノ口はそれを見送った。追いかける気には、なれなかった。大町三郎の後ろ姿が哀《あわ》れであり、いまの井ノ口にとっては争うことが何よりも空《むな》しく、惨《みじ》めだったからである。

由布子が両肘をつき、井ノ口の肩を抱いた。彼女の悲しげな顔が、いまにも崩れそうであった。

「たいしたことはない」

井ノ口は無理に、苦笑を浮かべていた。鼻のあたりと口の中に、まだ衝撃と痛みが残っている。鼻血は出ていないが、口の中に生ぬるい液体が広がっていた。

「血が……」

由布子があわてて、ハンカチを井ノ口の顎《あご》に押しつけた。

「口の中が、切れただけだ」

井ノ口はハンカチを押さえて、正面の鏡を見やりながら腰を浮かせた。

「ごめんなさい」

由布子の涙が、スリッパの上に落ちた。

「きみが、悪いんじゃない」

井ノ口は、由布子の肩を抱いて歩き出した。由布子の暗澹《あんたん》たる気持ちは、よくわかる。井ノ口も、同じ思いなのだ。由布子は言葉で侮辱《ぶじょく》を受け、井ノ口は暴力によって屈辱を強《し》いられた。

なぜ、そうされなければならないのか。相手は由布子の従兄というだけで、特別な被害を受けたわけではない。その大町三郎にまで、どうして罪人のように扱われ、辱《はずか》しめられることになるのだろうか。

部屋に戻るとすぐに、由布子は衣服の整理を始めた。ここを引き揚げるための身支度に、とりかかったのである。由布子は井ノ口よりも積極的に、今日のうちに篠島を去ろうという気になったらしい。

大町三郎がここへ乗り込んできた。

明日になれば、警察が篠島を訪れるかもしれない。

そうした篠島には、早々に別れを告げるべきだと思うのは、現在の由布子の心境として当然のことであった。由布子なりに決意を固めたらしく、彼女の表情は厳しかった。

「いまからなら、新幹線の最終に間に合うでしょ」

荷物をまとめながら、由布子が言った。

「名古屋発の東京行きの最終だったら、十分に間に合うよ」

井ノ口は頭の中で、その最終の発車時刻まで六時間はあると、計算していた。

「あなたのおっしゃるように、東京へ行くほかはないわ」

「そうなんだ」

「東京へ、乗り込んでやるって気持ちよ」

「大町氏には、ここへ乗り込まれた。今度はこっちが東京へ乗り込む番だ」

ていた。

「この島は、素晴らしかった」

井ノ口は窓の外へ視線を投げかけた。三河湾の青い海は、今日もやさしい母親のように美しく平和であった。

「もう一度、あなたと、ここへ来たいわ」

「必ず二人で、また来よう」

井ノ口と由布子は、短いあいだ抱き合った。それから二人は、荷物を手にして部屋を出た。引き揚げることを伝えて、電話で会計を頼んでおいたのだが、フロントには誰もいなかった。

松下マチ子がひとり、階段の下で待っていた。由布子が勘定《かんじょう》の支払いを何度も申し出たが、マチ子は相手にならなかった。そのマチ子も、今度また二人で来たときに、まとめて支払ってもらうという言い方をした。

マチ子も一緒にホテルのマイクロバスに乗った。赤いシャツを着たおじさんがバスを運転し、後ろの座席にすわっているのは三人だけであった。篠島港の乗船所に、大町三郎の姿はなかった。

まもなく、船が到着した。井ノ口と由布子は、船に乗り込んだ。出航する船を桟橋《さんばし》の突《とっ》端《たん》に立って、マチ子と赤シャツのおじさんが見送った。四人は笑顔で、手を振り合った。涙のない別離であった。

桟橋の二人は、手を振り続ける。その姿はたちまち遠ざかり、もう顔を見定めることはできなかった。船は篠島港の防波堤の外へ、出ようとしている。それでもなお、マチ子と赤シャツのおじさんは手を振っていた。

出船との別れを惜しむのが島の人々の習慣なのだろうか。それとも、また逢《あ》う日までという素朴《そぼく》な気持ちの表われなのか。いずれにしても、見えなくなるまで手を振り続ける人間の姿は、島の情緒そのものであった。船は日間賀島に寄ってから、知多半島の師崎港へ向かう。

「わたしって、ほんとうに最低の女なのかしら」

船室の席に着きながら、由布子がふと力なく言葉をこぼした。

「大町氏の言うことを、真《ま》に受けるほうがどうかしている」

井ノ口は、あたりを見回した。船室にはほかに、四、五人の乗客がいるだけだった。

「でも、わたしのことを最低の女だって罵《のの》ったのは、三郎さんだけじゃないわ。あなたのおかあさまにだって……」

「おふくろにしても、今日の大町氏とたいして変わりはない」

[illegible]罵倒《ばとう》されたときは、仕方がないって我慢することもできたのよ。

[illegible]あさまには激怒するだけの理由が、おありだったんですもの」

「確かに、今日の大町氏の場合は、ひどすぎたな」

「そうでしょ。三郎さんには、ああまでわたしのことを侮辱するだけの理由も、権利も、資格もないんですからね。だから、わたしは殺してやりたいほど、三郎さんが憎らしかったわ」

由布子は憎しみの激しさを示すように、井ノ口の手を強く握りしめた。

「殺してやりたいほどか……」

井ノ口は、目を大きく見開いて、船室の白い天井をにらみつけた。由布子のいまの言葉が、ある種のヒントのように感じられたのであった。相手にそれだけの理由があれば、いくら罵倒されても我慢できる。

そのとおりだ、だから由布子は春絵を殺していない。しかし、大町のように理由も権利もない人間から侮辱を受けたら、殺してやりたいという気持ちにもなる……。

今日の大町三郎の出現が、思わぬかたちで事件解決に役立つことになったのだと、井ノ口は胸をふくらませていた。

22 罠《わな》

1

名古屋駅には、午後七時四十分に着いた。井ノ口はすぐに、東京行きの新幹線の切符を買った。八時三十一分発のひかり32号だから、東京に着くのは十時三十二分の予定であった。

発車まで、一時間近くある。その間にも、間に合うひかり号が四本ほどあった。だが、わざわざ時間に余裕をとって、八時三十一分発のひかり32号にしたのだ。小一時間のうちに、やっておかなければならないことがあったのである。

電話を三ヵ所に入れることだった。十円硬貨を用意して、不足したら継《つ》ぎ足すのが由布子の役目となった。まず最初に、中外軽金属東京本社の経営管制室に電話をかけた。もう交換台にはかからない時間なので、直通の電話番号を回したのである。

五代弘樹の専用電話だから、彼がまだ会社にいれば必ず出るはずであった。コール二回だけで、送受器がはずされた。井ノ口は、声を変える準備をした。

[illegible]応した五代とみずから名乗ったし、声も彼のものに間違いなかった。

「ああ、どうも失礼」

井ノ口は作った声で言って、急いで電話を切った。これで、七時五十分現在、五代はまだ会社にいるということを、確認できたわけである。

次に井ノ口がダイヤルを回したのは、東京世田谷の松原家の電話番号であった。静香が直接、電話に出てくれると好都合なのだがと、井ノ口は祈るような気持ちになっていた。どうやらその祈りが、通じたようであった。

「もしもし、松原ですけど……」

妙に甘い声だったが、静香が電話に出たのである。

「井ノ口だ」

やや演技じみていたが、井ノ口は鋭い語調で言った。

「あら一也さん」

松原静香は、笑っているようだった。

「きみには、まったくまいったな。いつから、そんな嘘つきになったんだ」

井ノ口の声が、ひどく腹を立てていることを強調していた。

「嘘つきって、どういうこと」

静香の声が曇《くも》って、甘さもなくなっていた。

「那須の山中で、夜明かしをしたという話だよ。あれは五代のアリバイ擬装《ぎそう》のために、用意してあった作り話じゃないか」

井ノ口は、声を大きくしていた。

「え……！」

小さく叫んだあと、静香は絶句した。

「きみは五代を守るために、ぼくに嘘をついた」

「そんなことないわ。わたしは、ほんとうのことを話したのよ」

「よせよ。そんな子ども騙しの作り話が、通用すると思っているのか」

「作り話じゃないのよ」

「作り話は、むしろ逆効果だった。お陰でぼくも、きみと五代が特別な関係にあるってことに、気がついたんだからな」

「わたしと五代さんがって、そんな無茶なことを言わないで！」

「まあ、いいだろう。きみの作り話が刑事を相手に通用するものかどうか、実験してみるんだな」

「刑事を相手に……？」

[illegible]査本部に出頭して、五代ときみの関係についても、参考事情としてぶ

きいてやる」

「一也さん、いまどこにいるの」

「東京にいないってことだけは、確かだね。だから明日、捜査本部に出頭するって、言っているじゃないか」

「ねえ一也さん、ちょっと待って」

静香は、哀願するような声になっていた。

「明日ひとつ、刑事たちに例の作り話を聞かせてみるんだな」

そう言って、井ノ口は電話を切った。

由布子はじっと、井ノ口の顔を見上げていた。何のための電話なのか、由布子にはわかっていないのである。井ノ口が『明日になって捜査本部に出頭する』と、繰り返し強調したことの意味も、もちろん由布子には理解できないのであった。

最後は、今夜の宿を確保するための事務的な電話だった。東京のホテルでなければ、ならなかった。地理的な条件を考慮に入れて、井ノ口は高輪《たかなわ》のプリンセス・ホテルに、予約を申し込むことにした。

予約といっても、今夜の宿泊である。しかも、ホテルに落ち着くのは、夜中になるはずだった。だが、あえて井ノ口はスイート・ルームに二泊したいと申し込んだのであった。

承知いたしましたと、フロントの予約係から返事があった。

「スイートに二泊なんて、豪勢すぎるんじゃないかしら」

由布子が、心細そうに言った。

「財布の中身が、心配なのかい」

井ノ口は、苦笑した。

「そうなの。あなただって、あんまり持っていらっしゃらないでしょ」

「ほとんど、使い果たしたっていう感じだな」

「わたし、お金を落としてしまったみたいなの。銀行の袋に入れたまま、そっくりね」

「金額は……？」

「三十万は、あったと思うわ」

「東京へ行けば金は何とでもなるさ」

「そうか。東京に帰ったら、銀行で預金をおろせるんだわ。銀行にまで、警察の目が光っていなければの話だけど」

「それに、イチかバチかの勝負に出たんだ。この二日間のうちに、ぼくたちの運命が決まる。もし結果が悪く出れば、今晩と明日の晩がぼくたちにとって、最後の夜ということになる、そういう意味でも、せめてホテルの部屋くらいは、贅沢《ぜいたく》をしてもいいんじゃないかと思ってね」

「そう。ずいぶん寂しい話なのね。同じ豪勢でも、寂しい豪勢なんだわ」

の二日間の勝負に、勝てばいいんじゃないか」

「でも、勝てるのかしら」

「何とか、するんだよ」

「勝算があるの」

「相手が、こっちの仕掛けた罠《わな》に、引っかかってくれればね」

「罠……？」

「うん」

「いまの電話も、罠を仕掛けたことになるのね」

「そうだ」

「だけど、わたしたちは二人きり。世間全体を、敵にまわしているようなものなんですものね」

由布子は、遠くを見やるような目つきで言った。

「東京へ乗り込んでやるという昼間の勢いは、どこへいってしまったんだ」

井ノ口は由布子の肩を叩《たた》き、背中を押しやるようにして歩き出した。

新幹線のホームに上がった。大勢の人々が列車を待っている、という夜のホームではなかった。蒸し暑い夜なのに、寒々とした感じのホームである。井ノ口にも由布子にも人々の視線が集まらないことが、二人にとってはせめてもの救いだった。

定刻に、ひかり32号が到着した。グリーン車には、十人前後の乗客がいるだけであった。起きているのは男女のカップルで、ひとりきりの旅行者はシートの背を倒していた。刑事に見えるような男はいないと、井ノ口は目で確かめていた。

発車した。一路、東京へ向かうことになる。その東京では、何が待っているだろうか。二日間の決戦の場で、仕掛けた罠がはたして思いどおりの効果を、発揮してくれるだろうか。

2

由布子が、遠ざかってゆく。

泣き出しそうな顔で、由布子は手を振っている。井ノ口も、それを見送りながら手を振った。場所はどこだかわからないが、夜の路上であった。ほかに、人影はない。井ノ口と由布子は、別れのときを迎えたのである。

はっきりした理由もないのに、とにかく別れなければならないのだ。由布子の姿が、小さくなっていく。井ノ口は追いかけようと思ったが、どうしても足が動かない。さようならという叫び声を残して、由布子の姿は夜の闇《やみ》に消えた。

そこで、井ノ口は目が覚めた。走っている新幹線の中であり、隣りの席には由布子がい夢だったのか——と、井ノ口は溜め息をついた。顔と首筋に、汗をかいていた。世間全体を敵にまわしているという由布子の言葉が印象的で、そのために二人が別れるといった夢をみたのかもしれない。

「一時間ぐらい、眠っていらしたわ」

由布子が、井ノ口の膝の上に手を置いた。

「いやな夢をみた」

まじまじと由布子の顔を見やりながら、井ノ口は彼女の手を強く握りしめた。

「どんな夢？」

「きみと、別れた夢だ」

「いやだわ、そんな夢……」

「まあ、正夢《まさゆめ》だ逆夢《さかゆめ》だなんてことは、信じないけどね」

「そうよ。わたし死んだって、あなたのそばから離れないもの。別れるなんて、ありえないことだわ」

「いま、どのあたりだ」

「さっき、熱海《あたみ》を過ぎたのよ」

「じゃあ、まもなくじゃないか」

井ノ口は、身体を起こした。

「小田原ね」

由布子が、窓の外を指さした。

駅らしい光景が、眼前を通過した。中都市の夜景が広がり、その背後の山と空が黒々としていた。浜松《はままつ》あたりまでは起きていたのだから、一時間ぐらい眠ったというのは確かだろう。

由布子を連れて、東京へ帰ってきた。最後の対決のために、東京へ乗り込むのだった。そこには、由布子を容疑者と見ている捜査本部がある。真犯人と警視庁が待ち受けている東京は、もう目の前にあった。

井ノ口は、緊張感を取り戻していた。由布子も、不安そうに硬い顔つきだった。

十時三十二分に、ひかり32号は東京駅に到着した。八重洲口の構内で、井ノ口は再び電話をかけなければならなかった。それは、仕掛けた罠に相手がかかったかどうかを、確認するための電話であった。

最初はまた、中外軽金属本社の経営管制室だった。五代弘樹の専用電話である。今度はかなり長く、コールが続いていた。十一時に近いのだから、もう残業している人間はいないのかもしれない。

だが、経営管制室は特殊な職場であり、忙しいときには十二時までの残業もザラだと聞いている。井ノ口は、辛抱《しんぼう》強く待つことにした。コールが三十回を超えたとき、男の声が

電話に出た

「管制室です」

「五代さん、おいでですか」

「いや、もうみんな帰りました。残っているのは、ぼくだけなんです」

「五代さんは何時頃、帰ったんでしょうかね」

「ずいぶん前だったと思います」

「七時五十分に電話したときには、まだいたんですがね」

「夜食の弁当が届いたとき、次長は急に帰ると言われて、弁当も食べずに出ていかれましたから、八時二十分頃だったと思いますよ。失礼ですけど、どちらさまですか」

「いや、どうもすみません」

井ノ口は、電話を切った。

次は、五代の自宅であった。電話にでたのは、五代の妻だった。もちろん井ノ口は、何度も五代の妻と会っている。声も知られているので、調子を変えなければならなかった。偽名を使うことにもなる。

「夜分遅くおそれいりますが、次長にお取り次ぎをお願いしたいんです。経営管制室の山口と申しますが……」

「主人はまだ、帰っておりません」

「お帰りじゃないんですか」

「はあ」

「あのう、どちらにいらっしゃるのかおわかりになりませんか」

「さあ……。九時に電話がございまして、重大な会合があるので帰りは夜中になるだろうと申しておりました」

「そうですか。でしたら、わかりました。失礼します」

電話を切りながら、井ノ口は由布子を見てチラッと笑った。

次は、松原家であった。松原家の人間には、声色《こわいろ》を使っても通用しない。電話に出たのは、静香の母親だから、なおさら隠しようもない。静香の母親は井ノ口と知ってひどく深刻な声と話し方になった。

「一也さん、あなたいったいどうしてしまったの」

「くわしいことは、今度あらためてお聞かせしますから、今夜のところは勘弁《かんべん》してください。あのう、彼女いますか」

「静香ですか」

「ええ」

「それが静香もちょっとおかしいのよ。さっき、あわてて出かけたのよ」

「さっきって、何時頃です」

──八時前に電話があって、それから静香のようすが変になってね。静香のほうからも、どこかへ電話をしていたわ。そのあと、急いで支度をして出かけたんだから、八時十分ぐらいだったかしら」

「車で出かけたんですね」

「そうよ」

「それで、帰ってくる時間は……？」

「遅くなるって、言っただけで……でも、うちでは理由のない外泊は厳禁だし、静香もどんなに遅くなろうと、いつも必ず帰って来ますからね。夜中には、きっと帰ってくると思うわ」

「そうですか。じゃあまた……」

井ノ口は、電話を切った。

彼は気持ちを引き締めて、今後のことを考えていた。相手はまちがいなく罠にかかったのである。名古屋駅から井ノ口は、静香に脅《おど》しの電話をかけた。静香は井ノ口からの電話だったと、母親にも伝えていない。

つまり彼女は、秘密行動をとらなければならなかったのだ。静香はそのあと、自分からどこかへ電話をかけている。相手は、五代弘樹なのだ。井ノ口からこんな電話があったと、静香は五代に報告した。

当然、二人は某所で落ち合って、善後策を考えようということになる。静香は急いで支度をして、八時十分に世田谷の自宅を出た。帰りは夜中になるだろうと母親に言い残して、彼女は某所へ車を走らせた。

一方の五代も、同じ場所へ向かわなければならない。五代は八時二十分に会社を出ている。そして彼は自宅に電話を入れて、帰りは夜中になると妻に連絡したのであった。

五代と静香は同じ頃に姿を消し、ともに帰りは夜中になると家人に伝えている。いまも、五代と静香は一緒にいるのだ。その二人がいる某所というのを、突きとめなければならない。それが目的の罠だったのである。しかも井ノ口には、某所とはどのあたりか見当がついていたのであった。

3

東京駅から、高輪プリンセス・ホテルへ、タクシーを走らせた。荷物を預けるために、ホテルに寄るのである。時間は、十一時をすぎていた。今夜のうちに、五代弘樹と松原静香の居場所を突きとめることができるだろうかと、井ノ口は焦りを感じていた。

高輪プリンセス・ホテルについたのが、十一時十五分だった。

フロントで宿泊者カードに、住所と名前を書き込んだ。中村《なかむら》という名前で予約しておいたのである。井ノ口はそのとおり、中村一夫《かずお》という偽名を記入した。名古屋市熱田《あつた》区とい住所も、もちろんデタラメであった。

ベル・キャプテンに二人分の荷物を託すと、井ノ口と由布子は再びホテルの前からタクシーに乗った。地理的な条件を考えて高輪のホテルを選んだのだが、それは今後の行く先に関連してのことだった。

「品川区の旗の台五丁目へ、向かってくれませんか」

井ノ口が、運転手に目的地を告げた。

「え……！」

小さく叫んで、由布子が井ノ口の横顔を見やった。

由布子が驚くのは、当然であった。品川区旗の台五丁目には、山下マンションがある。山下マンションは由布子が借りている部屋があり、同時にそこは春絵の殺害現場でもあったのだ。

いまもなお、刑事が張込みを続けているかもしれなかった。どうしていまさら、そのように危険な場所へ向かわなければならないのか。由布子にはその理由がわからなかったのである。

「山下マンションへ、行くわけじゃないんだよ」

井ノ口が、由布子の顔を見て言った。

「でも、旗の台五丁目なんでしょ」

由布子は、不安そうな目つきになっていた。

「山下マンションがある一帯、その付近が目的地なんだ」

「山下マンションの近くに、五代さんと静香さんの隠れ家があるというの」

「九九パーセント、間違いはないと思うんだ」

「あの辺に、部屋を借りているってことになるのね」

「五代と静香は肉体的に結ばれるとすぐに、二人の密会の場所を確保したんだ。当然、定期的に愛し合う場所が、必要になるからね。互いに熱愛しているとすれば、週に三、四回は二人だけの時間を過ごすことになるだろう」

「そうなると、ホテルを利用していたんでは経済的に負担が重くなるわね」

「それに秘めたる関係だから、人目につく場所は避けたほうがいい。そこで二人にとっては、密会の家が必要となる」

「生活のにおいのしない家ね」

「そこに住むわけじゃない。互いに打ち合わせておいて密会し、数時間を過ごすだけの家だ」

「ベッドに冷蔵庫、最小限度の炊事《すいじ》用具とコップなど、あとは浴室で使う品物があれば十分でしょ」

「つまりこの密会の家を、旗の台五丁目の山下マンションの近くに借りたんだよ。もちろ

「五代も静香も、山下マンションにきみが住んでいるとは知らなかった」

「わたしが山下マンションへ引っ越してから間もなく、五代さんは厚生課長ではなくなってしまったし、それに課長ともなると課員ひとりひとりの住所なんて、記憶していないでしょ」

「部下の住所について、ざっと記憶しているのは係長だけだろう」

「でも、どうして旗の台五丁目という場所を、選んだりしたのかしら」

「静香の家は世田谷だから遠いみたいに感じるけど、実は環状七号線を真っ直ぐにくれば、旗の台五丁目にぶつかるんだ。まあ、静香のほうは自由に行動できるので、便利を考えるとすれば、五代のためだろう。その五代の自宅は同じ品川区内の戸越《とごし》六丁目にあるんだよ」

「だったら、旗の台から田園都市線ですぐじゃないの」

「だからこそ、旗の台五丁目に密会の家を求めたのさ」

「一軒家ということは、考えられないでしょうね」

「アパートか、マンションだよ。密会のための場所となると、アパートよりやっぱりマンションだろうな」

「それも、人目につかないとなると、あまり大きくないマンションだわ」

「山下マンションの近くに、そういうマンションはないかね」

「同じ通りに面している、というマンションかしら」

「そうだ」

「山下マンションのちょっと先に、ひとつだけメゾン杉乃井《すぎのい》というのがあるわ」

「メゾン杉乃井」

「四階建ての小ぢんまりしたマンションで、部屋数は十室ぐらいね」

「そのマンションに、駐車場はあるだろうか」

「建物がほんの少し引っ込んでいて、その前が駐車場になっているみたいよ。いつも二、三台の乗用車が、停めてあるわ」

「可能性があるな」

「だけど、どうしてそのあたりに二人の隠れ家があるって、見当をつけることができたの」

「初めて山下マンションのきみの部屋へ行ったとき、ぼくは静香の車で送ってもらったんだよ」

苦笑を浮かべて、井ノ口は言った。

「あら、そうだったの」

由布子が、目をまるくした。

「山下マンションがどのあたりにあるのか、ぼくにはよくわからなかった」

に腕を組み、前方を見据えた。

そのとき井ノ口は静香に、行く先として品川区旗の台五丁目としか伝えなかった。しかし、静香はどのあたりだろうかと迷うこともなく、また道路マップを調べようともしなかった。

よくわかっているらしく、静香は何も言わずに車を走らせた。井ノ口のほうが、初めての土地でもあり、どこをどう走っているのか、判断できなかった。静香に、指示も与えられない。

ところが静香はただの一度も、地名標識を気にすることさえなかったのだ。迷わず、間違えることもなく、旗の台五丁目へ車を走らせたのであった。しかも、いきなり山下マンションの前に、出たのである。

「そのときは単純に、静香はこのあたりの道路や地理にくわしいのだろうと解釈したし、彼女のカンのよさに驚いたりしたんだが……」

井ノ口は、タバコをくわえた。

「そんなことがあったの」

なるほどというように、由布子が深くうなずいた。

「五代と静香の密会の家というものに気がついたとき、そのことを思い出してね。つまり静香にとってあのあたりは、通い馴《な》れているところだったのではないかと、考えたくなったんだよ」

井ノ口は、旗の台五丁目へ向かう車の中で、静香と交わしたやりとりを、思い浮かべていた。

静香は井ノ口の質問に対して、ひとりの男と交際していることを認めたのである。井ノ口は、その男と恋愛中なのかと訊いた。静香はまあねという言い方によって、それを肯定したのであった。

今夜もその恋人と、デートをするのだと静香は言っていた。いまになって思えば、恋人というのは五代弘樹だったのである。そして静香はすぐ近くにある隠れ家で、五代弘樹と落ち合うことになっていたのだ。

4

前方に、山下マンションが見えた。

井ノ口は運転手に徐行してくれるように頼んだ。見覚えのある十階建ての細長い建物が、ひどく懐《なつ》かしく感じられた。タクシーはゆっくりと、山下マンションの前を通りすぎた。

由布子はじっと、マンションの入り口のあたりを見つめていた。彼女も一種の懐かしさ[illegible]のに違いなかった。深夜に近い時間だが、ちらほらと通行人の姿が見られ暗い商店街が、続いている。山下マンションの前をすぎてから、タクシーは一〇〇メートルほど徐行した。左側にあるマンションらしい建物が、井ノ口の目に映じた。四階建てであった。

「あれよ」

由布子が言った。

タクシーが、停車した。四階建てのマンションの真ん前であった。道路から引っ込んだところに階段があり、その手前が駐車場になっている。乗用車が四台でいっぱいになる小さな駐車場だった。

入り口のうえの『メゾン杉乃井』という金属文字が、水銀灯《すいぎんとう》の光線の中に浮かびあがっていた。同じ屋外灯の光を、駐車場にある四台の乗用車が浴びている。その四台の乗用車に、井ノ口は視線を投げかけた。

「あった、あったぞ！」

びっくりするような大声を張りあげて、井ノ口が由布子の肩を叩いた。

「何が、あったの」

由布子は、井ノ口と窓外の駐車場とを、交互に見やった。

「静香の車だ」

そう答えながら、井ノ口は運転手に料金を支払った。

ドアが開いた。井ノ口は、飛び出すようにしてタクシーを降りた。そのあとに、由布子が従った。走り去るタクシーには目もくれずに、井ノ口と由布子は四階建てのマンションを見あげた。

真っ暗な部屋もあれば、明かりが洩《も》れている窓もあった。高級なマンションという感じはしないが、所帯じみたにおいもしない雰囲気である。大人だけが住んでいるマンションに違いなかった。

「静香さんの車って……？」

由布子が訊いた。

「これだ」

歩き出しながら井ノ口は、右の端に停めてある乗用車を指さした。それは淡いグリーンの国産車であった。

「五代さんと静香さんの隠れ家が、このマンションの中にあるということは、これで決定的になったわけね」

緊張した面持ちで、由布子が言った。

「絶対だよ」

火をつけないままくわえていたタバコを、井ノ口は地面に叩きつけるように投げ捨て二人は短い階段をのぼって、マンションの中へはいった。右側に、郵便受けのボックスが並んでいる。数は全部で十二、各階に部屋が三つずつあるという計算になる。二人は、ネーム・プレートに目を走らせた。

予期していたことだが、『五代』あるいは『松原』という名前は見当たらなかった。隠れ家を、本名で借りるはずはなかった。偽名を、使っている。十二種類の名前のうち、五代と静香が用いている偽名はどれか。

「こいつだ」

「これよ」

井ノ口と由布子は、期せずして同じネーム・プレートを指さしていた。そのネーム・プレートには、『松代《まつしろ》』とあった。

人間は偽名を考えるとき、三種類の心理的作用に動かされる場合が多い。

その一は、本名とまるで違った偽名を使おうとする心理で、これは警察の追及を受けている犯罪者などに多い。完全に個人になりきって、本物の自分を抹殺《まっさつ》してしまいたいという気持ちに支配されている。

その二は、思いついた人名を、そのまま用いるというケースで、多分にふざける気持ちが働いている。それに偽名ではなくて実在する人間の名前であることを、強調しようとする心理が影響している。豊臣秀吉《とよとみひでよし》、沖田総司《おきたそうじ》、吉田茂《よしだしげる》といった歴史上の人物の名前や、その姓名を組み合わせての偽名を使うのである。これは署名運動のときとか、無責任に名前を記す場合とかに、ふと思いつくことなのだ。

その三は、本名を捨てきれずに、本名の名残《なごり》を偽名に応用したがるという心理である。たとえ偽名であろうと、そこに自分の存在を含めたい。あるいは、適当な偽名を思いつかないことから、本名を土台にしてつくりあげるという心理作用による。

『松代』とは、その三に該当する。五代と松原を組み合わせてつくった偽名に違いなかった。五松、五原、原代といった組み合わせもできるのだが、『松代』がいちばん名前らしい名前になる。

「松代さんは、三〇三号室ね」

硬ばった顔で、由布子が言った。

「さて、どうするかだ」

井ノ口は、眉根《まゆね》を寄せた。

「どうするかって……？」

由布子が、肩を震わせた。

「[illegible]んでも、彼らを犯罪者として告発することはむずかしい」

『杉作』とあるネーム・プレートを強く押した。

「単なる口論になってしまうというわけね」

「そうだ」

「どうしたらいいの」

「警察を呼ぼう」

「捜査本部に、連絡するのね」

「野口部長刑事に、電話をするんだ」

「でも、もしあなたの思惑《おもわく》や推理がはずれていたら、ここへ来た刑事たちはわたしという容疑者を見逃さないでしょうね」

「九九パーセント、狂いはないはずだ」

「だけど、残り一パーセントが……」

「イチかバチかの勝負に、賭《か》けてみようじゃないか」

井ノ口は、由布子の肩を抱きかかえた。

「いいわ」

しばらく間をおいて、由布子は厳しい表情で答えた。

「電話をしよう」

「わたしが、電話をかけるわ」

「きみが……？」

「電話をしているあいだに、静香さんなり五代さんなりが、三〇三号室から消えてしまうというおそれがあるでしょ」

「ぼくにこのまま、三〇三号室へ乗り込めというのか」

「二人が一緒にいるところへ踏み込むことが、何よりも肝心なんじゃないかしら」

「そうしよう。じゃあ、電話のほうは頼むよ」

井ノ口は由布子に、捜査本部と野口部長刑事の自宅の電話番号をメモした紙片を渡した。

「じゃあ……」

一瞬、井ノ口の顔に視線を突き刺してから、由布子は小走りに『メゾン杉乃井』を出ていった。そう遠くないところに、公衆電話のボックスがあるはずだった。

井ノ口は、階段をのぼり始めた。足が痛むように、感じられた。緊張感のせいだろうか。心臓の鼓動が、ズキズキと鳴っている。一階から三階までの階段が、信じられないくらいに短かった。

三〇三号室のドアが、眼前に迫ってくる。

ネーム・プレートに、やはり『松代』とあった。

23　対決のとき

1

インターホンはなく、チャイムのボタンだけがある。ドアには小さなのぞき窓が、取り付けてあった。

どうしたらいいものかを、まず考えなければならなかった。訪問のしかたが、何よりもむずかしい。この密会の家は五代弘樹と松原静香の二人だけの世界であった。ほかには誰だろうと、侵入を許すことはできないのだ。

いかなる訪問客であっても、二人は拒絶することになる。まして五代と静香はいま、重大な密談を交わしているところなのである。深夜の訪問者に対しては、恐怖さえ覚えるはずだった。

井ノ口だとわかれば、なおさらのことである。ドアを素直に開けるはずはなかった。おそらく、返事もしないだろう。部屋が無人であることを装い、何時間だろうと沈黙を守り続けるに違いない。

まともにチャイムを鳴らしても、反応を得ることはできない。それでは、どうしようもないのである。部屋の中へはいって、五代と静香の姿を確認したうえで、二人と対決しなければ意味はないのだ。

ドアを開けさせる方法が、まったくないわけではなかった。だが、成功するという保証はない。それは五代と静香の不安な気持ちを利用するやり方だが、二人が期待どおりの行動を起こすとは限らない。

しかし、やってみるほかはないだろうと、井ノ口は意を決した。彼はチャイムのボタンを、強く押した。室内でチャイムが鳴るのを聞くと同時に、井ノ口はドアの横の壁にぴたりと身を寄せた。

ドアの一部から、小さく明かりが洩《も》れた。のぞき窓を、開けたのである。だが、井ノ口の姿は視界にはいらず、人影のない廊下が見えるだけであった。のぞき窓が閉じられて、ドアから洩れる明かりが消えた。

五代と静香は、不安に駆られているはずだった。

誰が何のためにチャイムを鳴らしたのかと、不気味なものを感じているのに違いない。こんな時間に、チャイムを鳴らして逃げるといったイタズラをする人間がいるとは、考えられないのだ。

酔っぱらって帰ってきたマンションの住人が、部屋を間違えてチャイムを鳴らしたのか[illegible]間違いに気づき、慌《あわ》てて逃げてしまったのではないだろう井ノ口は再び、チャイムのボタンを押した。そして素早く、壁に身体を押しつける。今度は間をおかずに、のぞき窓が開かれた。それも三十秒以上は、開かれたままになっていた。

本気になって、怪しんでいるのだろう。それだけ不安が強まり、焦燥感にも駆られているということになる。のぞき窓が、ようやく閉じられた。井ノ口はしばらく、そのままの状態を続けていた。

廊下に、由布子が姿を現わした。

井ノ口は指を唇に押し当てて、音を立てるなと合図した。由布子は壁に沿って、足音を忍ばせながら近づいてきた。由布子は寄り添って、井ノ口の顔を見上げた。緊張しきった面持ちで、目だけがキラキラと光っていた。

井ノ口のほうから、由布子の口に耳を近づけた。報告を聞くためであった。由布子は両手で口を囲って、井ノ口の耳に蚊《か》の鳴くような声を送り込んだ。由布子の身体が、震えていた。気の毒なくらいに、緊張しているのである。

「野口刑事は、捜査本部にいました」

由布子のささやきが、そのように伝えた。

井ノ口は、うなずいた。

「これからすぐに、このマンションへ来るそうです」

由布子は、結論を報告した。

荏原署の捜査本部から急行するとなると、あまり時間はかからない。刑事たちが到着する前に、部屋の中へはいらなければならないと、井ノ口は思った。彼はもう一度、チャイムのボタンを押した。

のぞき窓が、開かれた。

すぐに、閉じられた。

ドアの内側で、金属の触れ合う音がしている。鍵《かぎ》とチェーンを、はずしているのである。

成功したのだ。

我慢できなくなって、ドアを開けずにいられなくなったのである。廊下に誰がいるのか、確かめるつもりなのだろう。五代と静香は、井ノ口の心理作戦に敗れたのであった。

ドアが、動いた。

内側から徐々にドアが開かれて、男の頭が突き出された。顔だけそっとのぞかせて、廊下のようすを見ようというわけである。

いまだ——と、井ノ口は反射的に行動を起こしていた。彼はとびつくようにして、ドア[illegible]、ドアを引っ張った。不意をつかれたし、力も井ノ口の

　ドアは大きく開かれて、前のめりになった男が廊下に両手をついた。それが見も知らぬ男であれば、大変な騒ぎになることだろう。暴力行為と家宅侵入で、井ノ口は警察へ突き出される。

　だが、その男は間違いなく、五代弘樹だったのである。立ち上がった五代は、すでに血相《けっそう》を変えていた。井ノ口は、五代の怒りと敵意に燃えた形相《ぎょうそう》というものを、初めて見たのであった。

「やっぱり、あんたか」

　五代はさすがに、大声を張り上げなかった。マンションの住人に、声を聞かれたくなかったのだろう。それに井ノ口であることを予期していたために、自制心を失うほど驚かなかったのだ。

「部屋の中へ、入れてもらうぞ」

　井ノ口は、高圧的な言い方をした。彼も顔色を失っていたし、心臓の鼓動が痛いくらいに速くなり、声は震えを帯《お》びていた。それをごまかすためにも、高姿勢に出る必要があったのである。

「好きなようにしろ」

　五代は、井ノ口に背を向けた。ドアは井ノ口に押さえられているし、これ以上は防ぎようもないと、度胸を決めたのだろう。

井ノ口は、部屋の中へはいった。由布子が恐る恐る、そのあとに続いた。ドアは閉めたが、鍵もチェーンもかけずにおいた。そのうえ井ノ口は、ドアの内側に立っているようにと、由布子に指示を与えた。

部屋は、2LKの造りだった。リビングの奥に、二室あるのだろう。二つドアが並んでいて、一方が開放されたままになっている。ベッドが、見えていた。乱れている感じのベッドであった。

家具らしいものは、ほとんど見当たらなかった。リビングにも、安物の三点セットが、置かれているだけであった。ベッドで愛し合うことしかない密会の家にしろ、寒々とした雰囲気である。

寝室の手前に、静香の姿があった。静香は棒のように突っ立っていて、身体が揺れ動くこともなかった。能面《のうめん》のように無表情だが、ひどく美しい顔に見えた。血の気を失って、透《す》きとおるような皮膚になっているせいだろうか。

静香は、紺色のガウンをまとっていた。ガウンの下に、ネグリジェやパジャマを着ているわけではない。ガウンを剝《は》ぎ取られたら、静香は生まれたままの裸身を見せることになるだろう。

[illegible]、ワイシャツを着ていた。しかし、ワイシャツの裾《すそ》がズボンの外に

い。それに五代は、靴下も履いていなかった。全裸でいた彼は大急ぎで、ズボンとワイシャツを身につけたのに違いない。

つまり、五代と静香はベッドの中に、裸身を横たえていたのである。愛し合ったあと、そのままベッドの中で話し合いを続けていたのだ。

四人の男女は、沈黙している。

それが、対決のときが訪れたことを物語っていた。

2

最初に動いて音を立てたのは、五代弘樹であった。五代は荒々しく、椅子《いす》を引き寄せて、それに腰を落としたのである。眼光に敵意を感じさせているが、五代は冷静な表情に戻っていた。

開き直ったのだろう。

「よく、ここがわかったな」

五代は、薄ら笑いを浮かべて、おもむろに沈黙を破った。

「そんなことは、どうでもいい」

井ノ口が、かすれた声で言った。井ノ口のほうが、より緊張しているようだった。

「電話でおれたちに脅《おど》しをかけて、ここへこさせるように仕向けた。そのうえで、乗り込んできたってわけか」

「思ったより簡単に、罠にはまったようだな」

「それが、犯罪者の心理的な弱みというやつだろう」

「犯罪者であることを、素直に認めるつもりか」

「仕方がないじゃないか。おれは、悪あがきは嫌いでね。それに、最後まで危険はないと思い込むほど、自信家でもない」

「そうかね」

「原因があれば結果があるということも、よく承知しているつもりだ」

「だったら早々《そうそう》に、結果というやつを出そうじゃないか」

「いいだろう」

「まず、おふくろ殺しの一件についてだ」

「それは、おれには無関係だ」

「直接、殺人には関係していない。しかし、間接的にはあんたはおふくろ殺しの原因をつくっている。それは、あんたが静香を愛人にしたということだ」

「男と女だ。やむをえないことだと、思っている」

「愛人関係を、責めているわけじゃない」

「[illegible]よ。あんたにも、安城君がいるしね」

[illegible]あんたと静香が愛し合う仲になろうと、同じ人間には非難できないことだ」

「愛し合う仲か」

「違うのか」

「そんなロマンティックな関係じゃなくて、おれたちの場合はもっとドロドロした男と女の仲なんだ。肉体的で、愛欲に没入できる男と女のナマの姿で、それだけにおれたちは激しく求め合った」

「宿命的な男女の出会いか」

「そう。おれたちは、男と女として、相性がよすぎたんだろうな。性格的にも、好みの点でも、セックスのうえでも。理屈抜きで、互いに惹《ひ》かれ合った。おれは彼女のセックスの魔力に、彼女はおれのセックスの魔力に、それぞれ取り憑《つ》かれたんだ。二人は最高のセックスの世界をつくりあげ、その魔力に魅せられたのさ」

五代は苦笑した顔を、背後の静香に向けた。

静香は、五代の言葉を肯定するように、そっと目を伏せた。

「そのために、静香にもあんたとの仲を清算する気持ちなど、さらさらなかったということになる」

井ノ口は、静香へ視線を転じた。

「当然だ。彼女は二人の最高のセックスの世界が破壊されるまで、ずっとおれの愛人でいると言ってくれたよ」

五代はタバコに火をつけて、細くした煙をゆっくりと吐き出した。

「それが、おふくろ殺しにつながったんだろう。おふくろを殺したのは、静香だったんじゃないか」

井ノ口は右手を差しのべると、指の先を静香のほうへ向けた。

五代は、無言であった。

静香の肩のあたりが、震えたようだった。井ノ口は、静香を指さしたままでいた。緊迫した静寂が続き、二十秒は室内の光景が一枚のスチール写真になっていた。やがて、静香が髪の毛を振るようにして、顔を上げた。

「動機は……？」

口紅の落ちた唇を、静香は動かした。絶望的な事態を迎えた女の顔には、凄《すご》みのある美しさが感じられた。憎悪《ぞうお》と怒りの女神《めがみ》、というようにも思えるのだった。

「ぼくにも、その点がわからなかった。動機がないということで、きみには疑いの目を向けようとしなかったんだ」

右手を引っ込めながら、井ノ口はパチンと指を鳴らした。

ね。この世でいちばん伯母《おば》さんを殺す動機に欠けている人間は、わたしっ静香は言った。

「おふくろにとって、きみは実の娘と変わらなかった」

「ええ。伯母さんはわたしに、財産までくださるっておっしゃっていたしね。まあ、ご自分のひとり娘のつもりで、いらしたんだと思うわ」

「きみのほうも適当におふくろに甘えていた。一緒のときが多かったし、娘らしくふるまっていることもあった」

「そうよ」

「しかし、しょせんは実の母娘ではないし、きみにはほんとうの両親がいる。娘をもたないおふくろのほうは本気でも、きみはただ調子を合わせていただけだった」

「伯母さんの気持ちを、傷つけないように努力していたのよ」

「そうしたきみには、おふくろの好意が押しつけがましいものに感じられ、負担でもあり、煩《わずら》わしくなっていく。特に、おふくろが自分の好みに合わせて、きみを拘束《こうそく》したり強制したりすることに対しては、腹立たしさや不満を覚えるようになった」

「そのとおりだったわ」

「腹立たしさと不満は、徐々に蓄積され、顔では笑いながら、きみの心の中にはいつ爆発するかわからないものがあった」

「そうね」

「おふくろが、きみに最も期待していたことは、ノーマルな結婚だった。おふくろは、知ってのとおり愛人嫌いなので、もしきみが妻子のある男と恋愛したり、また愛人関係をもったりしたら、血相を変えて激怒したはずだ」

「あなたが一度、冗談半分に静香が愛人になるのもいいだろうって、伯母さんに言ったことがあったでしょ」

「そう。おふくろにはその冗談ということも、通じなかったね。ぼくがそう言っただけで、おふくろは顔色を変えて怒りだした」

「その伯母さんの怒りは、いつまでたっても解けなかったわ」

「そのくらい病的に愛人というものを嫌っているおふくろが、実の娘のつもりでいるきみが妻子のいる男と愛人関係にあることを知ったら、当然、逆上して怒り狂うだろう」

「そうでしょうね」

「そうでしょうではなくて、実際にそうなったんじゃないか」

「五月十五日の夜……」

「山下マンションの屋上で、おふくろは安城君にぼくとの絶縁を迫った。口論というより、おふくろが一方的に安城君を罵倒したんだ。時間は午後七時から八時三十分までで、話合がつかないままものわかれに終わった。安城君を屋上に残して、おふくろは山おふくろにムシャクシャした気持ちで、一〇〇メートルほど歩いたとき、ふととんでもないものを見てしまった」

井ノ口の声は、かなり大きくなっていた。

3

一台の乗用車が、路上に停車している。何気なくその乗用車に目をやった春絵は、見覚えのある車だと思った。静香の車とそっくりなのだ。当然、春絵の視線は乗用車の中に、人の姿を捜し求めることになる。

運転席と助手席に、人影があった。運転席にいる女は、やはり静香である。そして助手席の男も、春絵の知っている顔だったのだ。五代弘樹——春絵は茫然《ぼうぜん》となって、その場に立ちすくんだ。

どうして、こんなところに車を停めているのか。なぜ静香と五代が、恋人同士のように車の中で寄り添っているのか。そのように怪しみながら春絵は、咄嗟《とっさ》に、観察してやろうという気になっていた。

春絵は電柱の陰に身をひそめて、静香と五代の行動を見守った。そんなことには、静香も五代もまったく気づかなかった。二人は密会の家へ向かう途中、この近くまで来て一緒になったのだ。

静香が車の中から、歩いている五代を見つけて声をかけたのである。五代は、助手席に乗り込んだ。そのまま静香は、密会の家へと車を走らせた。そしてマンションの前の路上に車を停めたとき、春絵の目に触れてしまったということになる。

春絵にとっても静香にとっても、不運だったというべきだろう。

静香は車を、マンションの小さな駐車場へ乗り入れた。静香と五代は、車を降りた。静香は、買物をした紙袋を持っていた。二人は、マンションの入り口へ向かった。ここまでくればという安心感があったし、早くも二人の身体は燃えていた。

静香は、五代の腕にすがった。五代は、静香の肩を抱いた。二人はぴったりと寄り添い、抱き合うようにしてマンションの中へはいった。それを春絵が、険しい目つきで見守っていたのである。

静香と五代は特別な関係にあると、ひと目で察しがついた。抱き合うようにしてマンションの中に消えたし、静香は果物など簡単な食料品らしいものを詰めた紙袋を手にしていた。

眼前のマンションの中に、二人のための一室があるのに違いない。その部屋の中に引きこもって、これから五代と静香は何をするつもりなのか。考えるまでもなかった。男と女になりきるのだろうとは、容易に想像がつくことだった。

信じたくはないし、何かの間違いか錯《さっ》

悪夢だと思いたかった。

しかし、何もかも事実なのであり、みずからの目で確かめたことを否定するわけにはいかなかった。

静香は、五代と肉体関係にある。

それも、あのようすでは、すっかり深間《ふかま》にはまっている。二人の仲は愛人関係ではないか。静香は、五代弘樹には、妻子がいるのだった。そうなると、まったく受けとめようのないことで、春絵にはまさに青天《せいてん》の霹靂《へきれき》であった。

春絵にとって、五代の愛人……。静香が妻子ある男の愛人になったとは、これほど衝撃的な出来事はなかった。このうえない悲劇であり、春絵にはどうにも耐えきれないことだった。息子の一也だけではなく、娘同様の静香までが春絵を裏切ったのである。

静香の裏切り行為が、春絵には許せなかった。いやらしく、おぞましい行為であり、春絵にとって生理的に我慢ならないことだった。怒りと嫌悪《けんお》感に、春絵は気がふれそうになっていた。

今夜のうちに、五代と静香の愛人関係を断たなければならない。たとえ死ぬの生きるのと騒ぎ立てようと、静香を五代から引き離してやるのだ。夜中までででも、静香をここで待ち受けようと、春絵は決心した。

人目につかないように、春絵は駐車場の奥の闇の中に立った。春絵の視線は、マンションの入り口に向けられたままであった。そのギラギラした目が物語るように、春絵はいまや執念《しゅうねん》に燃えていたのである。

この夜は、五代のほうに時間の余裕がなかった。夜遅くなって五代の自宅を、遠来《えんらい》の客が訪れるということだったのだ。いつものように、夜中まで二人きりの時間を持つというわけにはいかなかった。

それだけに、二人はいちだんと激しく求め合うことになった。愛し合うといった生易《なまやさ》しいセックスではなかった。ベッドのうえは戦場と化し、二人は加虐者と被虐者になって相手を責め立てたのであった。

やがて狂おしいときを迎えて、静香は五代が果てるのを知った。静香は忘我の境に溺《おぼ》れきって、死んだように動かずにいた。五代が離れていき、慌ただしく衣服を身につけている気配を、静香は夢心地に感じていた。

五代が部屋を出ていったあと、しばらくして静香は裸身を起こした。静香には時間の余裕があるが、いつまでもひとりで陶酔の中に沈んでいても仕方がなかった。静香は、時計を見た。

まだ、十一時前であった。

身支度を整えて、部屋を出た。彼女はゆっくりと階段をおりて、けだるい身体をマンションの外へ運んだ。

　不意に人影が近づいてきて、静香の前に立ちふさがった。静香はぼんやりと、相手の顔を見やった。静香の目が、大きく見開かれた。風船がふくらんでいくように、静香の顔に驚愕《きょうがく》の表情が広がった。

「ひえっ！」

　喉《のど》を鳴らしただけで、静香には何も言えなかった。

「五代が出てくるのを見ましたけどね、あの男には声をかけませんでしたよ」

　それこそ鬼女のような形相で、春絵は静香の二の腕をつかんだ。

　静香は、絶句したままでいた。つかまれた腕が、骨に響くように痛かった。

「誰もいなくって、どんなに大きな声を出しても大丈夫な場所があるわ。そこへ行って、話し合いましょ。まずあなたの説明を聞いたうえで、わたしも言いたいことを言わせてもらいますからね」

　春絵は静香を、引きずるようにして歩き出した。すでに人通りが途絶《とだ》えている道路を、二人は山下マンションへ向かった。春絵は静香を、エレベーターの中へ引っ張り込んだ。女とは思えないような、荒々しさであった。

　春絵と静香は、山下マンションの屋上へ出た。そこに待っていた無人の闇は、これから悲劇の舞台を展開しようとしている幕だったのである。怒りと憎悪が死闘を演ずる夜の闘技場であった。

静香の肉体には、まだ快感の余韻《よいん》が残っている。その恍惚《こうこつ》感を通じていまもなお、五代への恋情が尾を引いていた。そのために、五代との仲を引きさこうとする春絵への怒りが、動物的に激しくなっていたのだった。

「このあとのことは、説明するまでもないでしょ」

静香は紺色のガウンの裾《すそ》を翻《ひるがえ》して、五代がすわっている椅子の横へ足を運んだ。彼女の顔には、血の気が甦《よみがえ》っていた。長い告白を終えて気分的にも楽になっただろうし、覚悟もできたのに違いない。

「おふくろに口をきわめて罵倒され、あらゆる侮辱の言葉を浴びせられたというわけか」

井ノ口は言った。

「そうよ。そのうえ、伯母さんはわたくしに命令したわ」

静香は胸を張り、顎をやや上げるようにした。この期《ご》に及んで、精いっぱいの誇りのポーズを示したのである。

「五代との関係を清算しろと、命令したんだな」

井ノ口は目の前に、従妹《いとこ》とは別人の女の顔と姿を見出していた。

「なぜ伯母さんに、そんな命令ができるのかしら。わたくしから愛を奪い、彼の人格を否定し、侮辱の言葉によって強制したり拘束したりする資格や権利が、伯母さんにあるはず

[illegible]そう思ったとき、わたくしは伯母さんが殺してやりたいほど憎くなったわ」

「それで、おふくろを屋上から突き落としたのか」

「これ以上、話し合う必要なんかないって、わたくしは伯母さんに背中を向けたのよ。そうしたら伯母さんは前へ回ってきて、わたくしの顔を……」

「殴《なぐ》ったのか」

「平手打ちをね。わたくしはカッとなって、二度続けて伯母さんを突き飛ばしたわ。二度目の衝撃で伯母さんの姿は、闇の中に吸い込まれるように屋上から消えた……」

静香の眼差《まなざ》しには、闘志を示すような輝きがあった。伯母殺しに、後悔を感じていないのである。静香はいまでも春絵を憎んでいて、その死を当然の報《むく》いと思っているのかもしれなかった。

井ノ口と由布子は、顔を見合わせた。静香の怒りの声を聞いて、二人には思い当たることがあったのである。春絵に命令し非難し拘束する資格があるのかという静香の怒りと同様に、由布子も大町三郎に対して殺してやりたいほどの憎しみを覚えたのであった。

由布子のそうした気持ちが重大なヒントとなって、井ノ口は静香の春絵殺しの動機を察知したのだ。そしていま、井ノ口の推理は結実したのである。静香は堂々と、春絵を殺したことを認めたのであった。

「あとになってわかったんだが、静香の殺人に阿久津忠雄が絡《から》んでくるんだ」

五代弘樹が言った。五代も、ひどく冷静になっていた。

4

阿久津忠雄がなぜか、井ノ口と由布子を結びつけようと工作している。そうした事実を知った五代は、そのことに特別な関心を寄せた。理由は五代が、井ノ口を邪魔な存在と決め込んでいたことにあった。

五代は友人でもある三成建設の営業部長のために便宜《べんぎ》をはかってやり、その謝礼として一千万円相当の金品《きんぴん》を受け取った。それは、秘密にしておくべきことであった。だが、その秘密に気づいていると思われる人物が、身近にいたのである。

井ノ口一也だった。

当時、五代は厚生課長で、彼の下には課長を補佐する係長の井ノ口がいた。井ノ口は職務上、課長の行動について細かく知ることになる。五代のところへ三成建設の営業部長から、ちょいちょい電話がかかってくることも、井ノ口は承知していた。

五代は一千万円相当の金品を受け取った頃から、急に井ノ口を敬遠するようになった。井ノ口に対しても、秘密主義を貫くことにしたのである。だが、そうしたことがかえって、うに、井ノ口の疑惑を招く結果になったのではないかと、五代はいっそう不安に駆られるよ何もかも、手遅れという気がした。

井ノ口は秘密を嗅《か》ぎつけていながら、知らん顔でいるのではないか。そのような目で井ノ口を見ていると、ほんとうにそう思えてくる。疑心暗鬼から五代は、井ノ口は邪魔な存在と決め込むようになったのである。

そのために五代は、阿久津忠雄が井ノ口と由布子を結びつけようとしているという話に、興味を持ったのであった。井ノ口と由布子の仲が、特別な関係に発展する。社員同士の不倫な男女関係は禁じられているし、井ノ口と由布子の恋愛が評判になれば、何らかの処置がとられることになる。

悪くすると、井ノ口は転勤ということになるかもしれない。そうなれば、邪魔者は消える。そこまでいかなくても、井ノ口の弱みを握ることはできる。互いに弱みを握っていれば、バランスが崩れる心配はない。

そういう計算から五代は、阿久津忠雄に協力を申し出たのであった。しかし、それは海《う》千山千《せんやません》の阿久津の正体を知らずに、あまりにも軽率にすぎたやり方だった。阿久津は逆に、五代を怪しんだ。

裏に何かあると読んだ阿久津は、五代の身辺調査に取りかかった。目的は五代の秘密を握って、それをネタに金を出させることにあったのだ。やがて阿久津は、五代と静香の関係を知った。

一方、別の意味で五代は、足もとに火がついた状態になっていた。三成建設の営業部にいた大浜が、営業部長と喧嘩して退職したのであった。大浜は営業部長から中外軽金属本社の厚生課の人間に、一千万円相当の金品が渡されていることを知っていた。もっとも大浜は、金品が五代に贈られたということまでは、承知していなかった。厚生課のK・Iというイニシャルの人物が相手だと、営業部長から吹き込まれたことを、大浜はそのまま鵜呑《うの》みにしていたのである。

K・Iというイニシャルの人間にしておこうと、三成建設の営業部長に入れ知恵したのも、もちろん五代だったのだ。五代は井ノ口のことを意識して、K・Iというイニシャルを持ち出したのであった。

万一の場合、井ノ口の立場を不利にして、本社から追い払われるようにする。そう考えて、ふと思いついたことなのだ。底の浅い画策《かくさく》だが、そこまで五代は気持ちのうえで追いつめられていたというわけである。

さらにまずいことに、大浜が古館カズミと結婚した。五代は一千万円相当の金品を、慌てて三成建設の営業部長に返した。大浜は官庁であれば贈収賄《ぞうしゅうわい》になる金品の授受について、中外軽金属の総務部長に通報した。

[illegible]社内恋愛と金品授受に関して詰問され、五代は一応、難を逃れたかたちになっ

ただ、危機感から完全に、解放されたことにはならなかった。五代はすべてを忘れさせてくれる静香との愛欲の関係に、ますますのめり込んでいったのである。

阿久津は、五代と三成建設の営業部長との腐《くさ》れ縁まで、調べ上げることはできなかった。五代と静香の関係を、嗅ぎつけただけにすぎなかったのだ。それくらいのことでは、大金を絞り取れる材料にはならないと、阿久津はなおも五代の身辺監視を続けたのであった。

五月十五日の夜——。

五代と静香の密会の家を監視していた阿久津は、思わぬ事態の発展に接することになった。春絵が同じように、マンションを見張っていたのである。五代が先に帰り、やがて静香がマンションから出てきた。

春絵と静香のあいだに争いが起こり、二人はもつれ合うようにして歩き出した。そのただならぬ気配を察して、阿久津は二人を尾行した。春絵と静香が山下マンションの入り口の明かりの中にはいったとき、阿久津は三度ばかりカメラのシャッターを切っていた。

翌日、春絵が山下マンションの屋上から墜落して死んだことを知り、阿久津は目を輝かせた。もちろん阿久津は、山下マンションに由布子が住んでいることを知っていた。しかし、春絵を殺したのは由布子ではなく、静香に違いないと阿久津は判断したのである。

その後、五代と静香にはまるで変化が起こらなかったし、これまでどおり密会を続けていた。それは五代が静香の春絵殺しを承知のうえで目と口を閉じていると、解釈できることであった。

つまり二人は互いに庇《かば》い合って、殺人という犯罪の立ち消えを図っているのだ。共犯者にも等しいのである。機は熟したと見て、阿久津は二人の殺人を含めた特別な関係をネタに、脅迫にとりかかったのだった。

「おれたちは、愛し合っていた！　それに、おれとの関係が原因で人を殺した静香を、警察の手に渡せるか！」

立ち上がって、五代が絶叫した。

24　残された謎

1

阿久津忠雄は直接、五代や静香に会うことを避けた。被脅迫者と接触したという事実を、残したくなかったのである。それは、自分の安全を考えてのことだった。被脅迫者に会ったという事実がなければ、警察に届け出られても、証拠不十分ということになるのだ。

阿久津はこれまでにも何度か、個人的な秘密をネタに金品を脅《おど》し取ったことがあるのだ。その道のベテランとして、阿久津は脅迫に関する技巧を知り尽くしていたのである。彼は用心深く抜け道や逃げ道をつくっておくことを、忘れなかったのである。

阿久津は電話で脅迫した。それも、五代の自宅へは、電話をかけてこないのだ。必ず会社の経営管制室次長の直通電話に、かけてくるのであった。長くて、三十秒の電話だった。

やがて、会社の経営管制室気付で、五代のところへ郵便が届いた。筆跡をごまかすための活字体で、宛名が記されていた。どこにでもある安物の封筒で、もちろん差出人の住所も名前も書いてなかった。

中身は二枚の写真で、ほかには何もはいっていなかった。

その一方の写真には、五代と静香の姿があった。密会の家の前である。マンションから出てきたところで、五代と静香は手をつないでいる。道路の反対側から、撮った写真に違いない。

昼間であった。日曜日の午後、密会したことが何度かある。そのいずれかのときに、写されたのだろう。手をつないでいるだけでなく、いかにも情事をすませた男女らしく、五代も静香も甘い笑顔でいる。

もう一枚の写真の被写体は、春絵と静香であった。マンションの入り口で明かりの中に二人の表情までがはっきりと浮かび上がっている。『山下マンシ』という文字の一部が写っていて、山下マンションの入り口だとひと目でわかる。

春絵が正面を向いて、静香の腕を引っ張るようにしている。険しい表情であった。静香はそれに逆らうように、半身になっていた。顔をしかめている。女二人が争っている、という迫力が感じられる写真であった。

万事窮《ばんじきゅう》すである。

阿久津の要求を拒否すれば、身の破滅であった。静香は春絵殺しの容疑者として、取調べを受けることになる。五代と静香の関係が、会社の上司や家庭の知るところとなる。そ[illegible]、五代は静香の犯罪を黙視《もくし》していたことで、罪に問われるだろう。

的に要求があった。

一千万円とか二千万円とかの一時金を要求するというやり方を、阿久津はちゃんと避けていた。無理な金策によって、脅迫されているという事実がわかってしまうことを、恐れているのである。

それに、切羽詰《せっぱつ》まった二人に心中でもされたら、一文にもならない。それより、可能な範囲で金を絞り取ったほうが、はるかに賢明であった。

脅迫のベテランとして、阿久津は実際的な要求というものを、心得ていたのだった。

最初に、三十万円。

以後、毎月一回定期的に、十五万円ずつ阿久津の銀行口座に振り込む。それを五年間続けて、総額で九百三十万円の口止め料を支払えという要求であった。

とても応じられない、という要求ではなかった。だが、負担になることは確かだし、阿久津の気が変わってほかの要求をつけ加えてくるというおそれもあった。五代と静香の身の安全のためには、阿久津を殺すしかなかった。

阿久津から、電話がかかった。阿久津と五代がやりとりした最後の電話、ということになる。

「最初の三十万円を、いただきたいんですがね」

「いいだろう」

「まだ振込み先が用意されていないんで、わたしが直接受け取ることになります」

「しかし、きみはぼくたちと、会いたがらないじゃないか」

「東京ではね」

「東京を離れて、会おうというのか」

「ええ、東京を遠く離れてね」

「どこだ」

「沖縄です」

「なるほど、沖縄だったら安全というわけか」

「まあね」

「しかし、三十万円の授受のために、わざわざ沖縄まで行くのかね」

「いや、ほかにも用があるんですよ。井ノ口さんが出張で、沖縄へ行くでしょう。その井ノ口さんのあとを追ってくれって、依頼されているんですよ」

「誰が、依頼人なんだ」

「あなたには関係ないことでしょう」

「わかった。とにかく三十万円を渡しに、沖縄まで行こうじゃないか」

「あなたにわたしの要求に応ずる意志があるかどうか、まずはその辺の誠意というものを日と場所を指定した。場所は、ムーンビーチの南の残波岬ということだった。

この日のうちに、五代は阿久津殺しを決意した。五代と阿久津の結びつきを、知る人間はいなかった。沖縄の残波岬で二人が落ち合うことも、秘密になっている。沖縄の残波岬で阿久津を殺しても、五代はまったく別の世界の人間ということで、すまされるはずだった。

絶対に安全である。

しかも、それで五代と静香は、五分五分になるのであった。静香は春絵を殺し、五代は阿久津を殺す。ともに殺人者であり、対等な立場におかれることになる。一方が負い目や弱みを持つということにはならないし、互いに裏切りは許されない男と女になるのである。

万が一の場合を考えて、アリバイについての筋書きをつくっておくことにした。五代と静香は那須山中で一夜を過ごし、二人が別行動をとるということはまったくなかった。そうしたアリバイであり、静香が証人になるのだった。

五代は、沖縄へ飛んだ。

残波岬で、阿久津忠雄を殺した。

カメラを奪ったのは、五代か静香を写したフィルムが一枚でも残っていたら、という不安があったからである。フィルムを抜き取ったあと、カメラは岬の場所を違えて海中へ投げ込んだ。

「以上で、終わりだ。これでもう、何も言うことはない」

五代弘樹は歩き回るのをやめて、静香と並んで立った。確かに、その通りだろう。五代と静香はともに告白を終え、それぞれの殺人の罪を認めたのであった。あとは、幕がおりた舞台で、悲劇が演じられるだけだった。

五代と静香が揃《そろ》って、視線をドアへ向けた、それに釣られたように、井ノ口も由布子がいるドアのほうへ目を転じた。ドアの内側に、由布子が立っていた。由布子は緊張した顔で、井ノ口に小さなうなずきを返した。

背後に数人の男がいることを、由布子は目顔で知らせたのである。いつの間にかドアに細い隙間《すきま》ができていた。ドアの外にいる刑事たちが隙間をつくって、それに耳を当てていたのに違いない。

足音などは聞こえなかったが、人の気配は隠しきれなかったのだ。それで五代たちも、ドアの外に人が集まっていることに気づいたのである。もちろん、それが刑事であることも、察しているのだろう。

「ぼくは、あんたのことについて何も知らずにいた。三成建設の営業部長とのかかわり[illegible]だ。それを、あんたが神経質になりすぎて、ぼくを邪魔者と考にそこから始まっている。くだらんとは、思わないか」

井ノ口は言った。

「おれと静香にとって、くだらなくなかったのは、二人の愛とセックスだけだった。それ以外は何もかも、くだらないことばかりだったさ」

五代は静香の肩に手を回すと、激しい勢いで引き寄せた。

静香は五代に抱きついて、彼の胸に顔を押しつけた。

そのとき、ドアがおもむろに開かれた。そこには、五、六人の顔が並んでいた。野口部長刑事を中心に、刑事たちは全員が無表情であった。ひとりだけ、制服姿の婦人警官がまざっていた。

「話の大筋は、すでに聞きました。同行を願います」

野口刑事がそう、告げた。

五代弘樹と松原静香は、抱き合ったまま動かずにいた。それは、感動的な抱擁《ほうよう》として、井ノ口と由布子の目に映じた。

2

婦人警官とともに寝室へ姿を消した静香が、五分もしないうちに現われた。ワイン色のワンピースが、血の気を失った静香を病人のように見せていた。彼女は再び、真っ青な顔に戻っていたのだ。

逮捕されるときになって、改めて恐怖を感ずるのは当然であった。だが、静香は泣いていなかった。放心したような表情の五代のほうが、目に光るものを浮かべていた。敗北者の涙に、違いなかった。

手錠は、嵌《は》めなかった。逮捕ではないからである。捜査本部で取調べを受けて、犯行を認めたところで逮捕状が執行《しっこう》されるのだろう。

刑事たちに囲まれて、五代、静香の順で部屋を出た。

「もうひとつだけ、確かめておきたいことがある」

靴を履《は》きながら、井ノ口が声をかけた。

廊下で五代と静香が、同時に振り返った。

「ぼくと安城君を結びつけるように、阿久津に命じた人間は、いったい誰だったんだ」

井ノ口は、五代の顔を見守った。

「命じたんじゃないだろう。金を支払って、阿久津忠雄に依頼したんだ」

五代が言った。

「その依頼した人間は誰か、教えてもらいたい」

「阿久津も商売だ。依頼人の名前を明かしたりするもんか」

「ほんとうなんだろうな」

「この期に及んで、とぼけてみても仕方がない」

「そうか」

「静香は、なおさら知らないだろう」

「どうなんだ」

井ノ口は視線を、静香に移した。

静香は、無言で首を振った。

五代が背を向けて、歩き出した。冷ややかな顔で、井ノ口を見つめてから静香も五代のあとに従った。

「ここに、二組の愛人同士がいる。同じ愛人関係にありながら、その運命には差がありすぎる。さぞ、気分がいいことだろうよ」

姿が見えなくなってから、五代の声が廊下に響き渡った。五代弘樹の最期《さいご》の嫌味《いやみ》、捨て台詞《ぜりふ》であった。

五代と静香は、殺人犯として警察へ連行される。同じ愛人というカップルでも、井ノ口と由布子はそれを見送る立場にいる。その運命の開きには天と地の相違があると、五代は言いたかったのだろう。

しかし、井ノ口と由布子にしても、無傷ですんだわけではない。由布子は婚約者を敵に回し、両親の期待を裏切った。井ノ口は母親を殺されて、家庭を崩壊へと持ち込んだ。二人とも職を失い、ホテルのほかに帰るところもない。

「お疲れのところ申しわけないんですが、参考人として捜査本部までご足労をお願いします」

野口部長刑事が、由布子に笑いかけながら井ノ口の肩を叩いた。

捜査本部での事情聴取は、一時間で終わった。五代と静香から聞かされた告白を、もう一度おさらいして、文章にしたものに目を通すだけですんだのである。

荏原署からパトカーで、高輪プリンセス・ホテルへ送ってもらった。

ホテルに着いたときは、もう午前四時になっていた。スイート・ルームのムードを楽しんでいる余裕もなく、井ノ口と由布子はシャワーを浴びるとすぐ、ベッドの上に身体を横たえた。

「事件が解決するときは、あっさりしたもんだ」

ベッド・ランプだけにした照明の中で、井ノ口は言った。

「ほんとうねえ」

由布子は、しみじみとした口調《くちよう》になっていた。

[illegible]、事件は間違いなく解決したんだよ」

[illegible]三度と繰り返した。

「まだ、実感が湧《わ》かないわ」

なるほど由布子の声には、明るさも張りもなかった。

「もう自由な身であることは確かだ。明日になっても、逃げたり隠れたり、人目を恐れたりする必要もない」

「そうね。でも、安心したからって、疲れはまるで感じないみたい」

「まだ、興奮状態にあるからだろう。二、三日すると一度に疲れが出るさ」

「がっくりくるかもしれないわね」

「それにまだ、何もかも終わったわけじゃないんだ」

「重大な謎《なぞ》が、ひとつだけ残っているんでしょ」

「その残された謎が解けないうちは、ほんとうの安らぎを得られない」

「どこの誰が阿久津を動かして、あなたとわたしを深い仲にさせようとしたのか」

「ぼくたちの愛人関係を確立させても、それで利益をこうむるという人間がいるとは思えないんだ」

「五代さんが狙《ねら》ったみたいに、あなたを本社から追放するためにと、それしかないんじゃないかしら」

「ぼくが本社から転勤させられたり、あるいはやめさせられたりして、誰がいったい得をするんだ」

「そんなことのために、阿久津に大金を払ったりするはずはないわね」

「それも、かなり執念深く、熱心に阿久津を動かしていたんだ。そのために阿久津も古館カズミを動員し、名古屋のホテルではぼくたちが初夜を迎えるかどうかを確かめようとした」

「ホテルを出ようとしたわたしが、またお部屋へ戻るって細工《さいく》をしたのも、阿久津だったんだわ」

「沖縄では二人でいるところを、カメラにおさめた」

「あなたの奥さまってことは……？」

由布子のシルエットが、むっくりと起き上がった。

「夫に愛人ができるように努力する妻なんてものが、いるはずはないだろう」

井ノ口は、苦笑した。

「でも、奥さまは一度、阿久津の依頼人になったことがあるんでしょ」

由布子が言った。

夫に愛人ができることを妻が願ったとしたら、そこにはどのような目的が存在するだろうか。そう考える井ノ口の瞼《まぶた》は重かったが、頭の中は冴《さ》えていた。

3

熟睡した。死んだように眠ったとはこういうことなのだろう。目を覚ました瞬間に、爽《そう》快《かい》な気分を味わった。身体だけではなく心の疲れもとれたのであった。

追われることもなく、逃げる必要もない自由の身だと、しみじみ思った。時間は、午後五時をすぎていた。すでに夕刊が、ドアの下から差し込まれている。社会面のトップに、五代弘樹と松原静香の顔写真が載っていた。

愛人同士が互いに殺人の罪

不倫な関係が原因

そうした見出しで、二人の逮捕と自供のニュースが、詳しく報じられている。知っている顔と名前が、そこにあり、まるで夢の中の出来事のようにも感じられる。同時に、これですべてが終わった、何もかも解決したのだ、という実感が湧いた。

井ノ口と由布子は交互にシャワーを浴びると、洋服に着替えて食事のルーム・サービスを頼んだ。落ち着いた気持ちでいられるし、追いつめられた日々を振り返れば、懐かしさにも通ずる感慨《かんがい》を覚えるだけだった。

だが、それでいて二人は、陽気になれなかったのである。胸のうちが釈然としなかったし、割りきれないものを感じている。自然に口数が少なくなり考え込む表情になってしまう。

食事をすませたあと、二人は窓辺に立った。十六階にある部屋からの視界は広く、緑が多い近くの高輪界隈《かいわい》から暮色に溶け込もうとしている遠くの高層ビルまでが、一望にできた。

まもなく、本格的な夏を迎えようとしている東京であった。その大都会の夜を迎える直前の命短い夕景が、しみじみとした郷愁と、はかなさを感じさせる。誰とともにいようと、人間を孤独にさせる眺めだった。

「奥さまに、お電話なさったら？」

不意に由布子が、窓の外へ目を向けたままで言った。

「うん」

井ノ口も、眼下の駐車場を見おろしていた。百台もありそうな乗用車が、ミニチュアみたいに並んでいる。

由布子も、同じことを考えている。妻の純子と会ってみるべきだと、井ノ口は思った。純子のほかに阿久津忠雄の雇《やと》い主はないと、どうしてもそういう結論になってしまうので純子はかつて、阿久津の依頼人になったことがある。そのときは、夫と由布子が特別な関係にあるかどうかを、調べさせるのが目的だった。結果は、気持ちのうえではともかく、具体的な関係はないということに終わった。

純子が再度、秘密裡《ひみつり》にある事を運ぼうと思い立ったとき、それを阿久津に依頼したとしてもおかしくはない。いや、むしろ当然である。誰にでも頼めることでなければ、なおさら阿久津が適任者となるだろう。

純子の目的は、一転した。今度は、夫と由布子の仲が愛人関係になるように仕向けて、そのための巧みな工作を続けることであった。阿久津はそれを引き受けて実行に移し、証拠を得るためにも行動した。

純子には、名古屋とか沖縄とかへの夫の出張を、前もって知ることができる。純子はそのことを、阿久津に通報する。その結果、阿久津は井ノ口や由布子の行動を、的確に追いかけられるのであった。

特に、名古屋のホテルで井ノ口と由布子が、初めての夜を迎えようとしたときのことには、重要な意味が含まれている。

名古屋のホテルの部屋へ、いきなり春絵が電話をかけてきた。あのときの春絵は、井ノ口の部屋に女がいるということを、確信していたようだった。それが春絵のカンであったとは、考えられないのである。

名古屋のホテルまで、阿久津が来ていたのだ。阿久津はホテルに、由布子が姿を現わしたことも確認した。阿久津はそのことを、純子に連絡した。

そして純子が春絵をそそのかして、名古屋のホテルに電話を入れさせたのではないか。

そう推定すれば、阿久津の依頼人は純子だったということになるのである。

ただ、純子はなぜ夫に愛人ができるように努力したりしたのか、その理由だけはどうしてもわからない。離婚を望んでもいない人妻が、そんな馬鹿げたことをするはずはないのであった。

純子は一度、妻としての邪推《じゃすい》と嫉妬から、夫と由布子の関係を調べさせたくらいなのだ。その純子がどうして夫と由布子が深い仲になるようにと、費用までかけて苦心しなければならなかったのか。

疑問に答えられるのは、純子だけであった。その答えを聞くために純子と会うべきだと、由布子はすすめているのであり、井ノ口も同じ気持ちになっていたのだった。

「電話は、早いほうがいいわ」

由布子は言った。

「そうしよう」

井ノ口はソファにすわると、電話機の向きを変えた。

ダイヤルを回しながら、井ノ口は緊張していた。久しぶりに純子の声を聞き、言葉を交ていたのである。あるいは家にいないかもしれない、という思いもあった。

「もしもし」

純子が、電話に出た。病人のように力がなくて、沈みきった声である。

「ぼくだ」

なぜか井ノ口は目をつぶっていた。

「え……！」

突然、純子の声が叫ぶように大きくなった。

「夕刊、読んだかい」

「ねえ、ほんとうにあなたなのね！」

「夕刊、読んだんだろう」

「読んだわ」

「そういうわけだったのさ」

「あなた、いまどこなの」

「純一、どうしている」

「元気よ。毎日あなたの帰りを、心待ちにしているみたいよ。口に出しては言わないけど……」

「そうか」

「いま、どこなの」

「都心にいる」

「だったら、すぐに帰ってらして！」

「そうは、いかないよ」

「お願い、帰ってらして！」

「その前に、会って話したいことがある」

「いいわ」

「そっちから、出向いてもらいたい」

「どこへだって、行くわよ！」

「高輪プリンセス・ホテルだ」

「時間は……」

「一時間後、七時半にしよう」

「七時半ね」

「ひとりで、来てくれないか。純一がいたんでは、話すことができない」

「わかったわ」

ジがある。そこで、待っているよ」

[illegible]いらしてよ！」

「当たり前だ」

「あなた、必ずよ！」

純子は電話を切りたがらなかった。

「じゃあ、そのときに……」

井ノ口は、送受器を置いた。

その井ノ口を、由布子は見守っていた。由布子は笑って、うなずいて見せた。無理をしているのである。そうする必要があるにせよ、これから井ノ口が妻の純子に会うのだ。由布子が、笑える心境にあるはずはない。

井ノ口は、立ち上がった。由布子を抱き寄せた。純子と言葉を交わした直後に、なぜ由布子の身体に触れなければならないのか。いまの井ノ口と由布子が、ひどくシラけているように感じられるのであった。

4

七時三十分に、井ノ口はコーヒーラウンジの絨毯《じゅうたん》を踏んだ。もちろん、彼ひとりであった。由布子は、部屋で待っている。

客のいないロビー寄りの席に、純子の姿があった。平凡な水色のワンピースを着て、ロ紅をつけていなかった。痩《や》せた感じで、やつれた顔をしている。化粧をしていないこともあって、顔色が青白かった。

純子は、井ノ口を正視しなかった。井ノ口もまともには、純子を見ることができない。二人が互いの顔に視線を向けたのは、井ノ口が席についてからであった。井ノ口は純子と同じ、ウインナーコーヒーを注文した。

「どうも……」

目を伏せて、純子が言った。

「すぐ、本題にはいろう」

井ノ口は、ピンク色に染まっている純子の耳を見やった。

「あの人と、一緒なの」

顔を上げようとしないで、純子は声の小さい質問をした。

「当然、そういうことになるだろう」

井ノ口は、表情を硬くしていた。

「そうなの」

純子は、短く吐息《といき》した。

「そのことで、きみはぼくを非難するつもりか」

井ノ口は、強い語調で言った。

純子は目を、しばたたかせた。

「仕方がないことさ。きみが、そうさせたんだからな」

テーブルの上のマッチを、井ノ口は手にした。

「え……！」

純子が、顔を上げた。

「ぼくと彼女が深い仲になるように仕向けたのは、きみだったんじゃないか。そのために阿久津忠雄を雇って、きみは高い金を使った。おそらく、きみはヘソクリ貯金を残らず、使ってしまっただろうね。つまり、ぼくと彼女は、きみが望んだとおりの関係になったというわけだ」

井ノ口は、一気にまくし立てた。

「違うわ」

純子が、激しく首を振った。

「何が違うんだ」

タバコも吸わないのに、井ノ口はマッチをすった。

「わたし、心からそんなことを、望んでなんていなかったわ」

「じゃあ、どうして阿久津に妙なことを、頼んだりしたんだ。話とはそのことで、きみの口からはっきりした返答を聞きたかったんだよ」

「いいわ、何もかも話します」

「理由はあったんだろう」

「もちろんよ。勝手なことをして、あなたを利用しようとして、ごめんなさい」

「ぼくを、利用した……？」

「そうなの」

「ぼくに、愛人ができる。そうなるといったい、きみにはどんな得があるというんだ」

「得とか利益とかじゃなくて、わたしは、平和な家庭がほしかっただけなのよ」

「夫に愛人ができて、どうして家庭が平和になるんだ」

「愛人のほうは、どうにでもなると思ったの。目的を遂《と》げてから、あなたに愛人関係を清算させればいいって、考えていたんです。こんな言い方をしてごめんなさい」

「どういうことなんだ」

「愛人嫌いのおかあさんが絶対に許さないはずだし、わたしも純一と二人で死ぬの生きるのって大騒ぎをする。そうすれば、あなたはきっと愛人との関係を清算してくれるだろうって、わたしは信じていたの」

「目的を遂げてからか」

たのは、目的を遂げるための手段だったのよ」

「おかあさんだわ」

「おふくろを、どうするつもりだったんだ」

「平和な家庭をつくることができない最大の理由は、おかあさんとわたしの敵同士《かたき》みたいな仲だったわ。その点はあなたもわかってくださるでしょ」

純子は怒っているように、真剣な面持ちになっていた。

「うん」

それは事実だと、井ノ口は生前の春絵の顔を思い浮かべていた。

井ノ口家では、姑と嫁の戦争が続いていた。犬猿《けんえん》の仲とか、仇敵《きゅうてき》の間柄とか、そのように生易しいものではなかった。とにかく姑が徹底的に、嫁を嫌っていたのだ。気の強い純子も負けてはいないから、春絵との仲は険悪《けんあく》の一途《いっと》をたどるばかりであった。

春絵は、純子を憎悪していた。凄惨《せいさん》なまでに憎みとおして、そこに殺し合いが演じられないのが不思議なくらいだった。

そうした状態にあって、平和な家庭が営めるはずはなかった。純子は平和な家庭を得て、楽しい日々を送り、一家の生活がそれらしくなることを心の底から望んでいた。それには、春絵の憎悪を取り除くほかに、方法がないのである。

だが、春絵の感情を変えることは、不可能であった。春絵さえ純子に心を許して、当たり前に扱ってくれさえすれば、すべては解決するのであった。何かいい方法はないかと日夜、純子は考え続けた。

「そして、ふと思いついたのが、おかあさんの愛人嫌いだったの」

純子は、コップを口へ運んだ。

「愛人嫌いが、どうなるんだ」

井ノ口は、二本目のマッチをすって火を吹き消した。

「あの病的なまでの愛人嫌いを、おかあさんの弱点として利用したらって、思いついたのよ」

水を飲まずに、純子はコップをテーブルのうえに戻した。

「うん」

運ばれてきたウインナーコーヒーに井ノ口は目を落とした。

「おかあさんは夫の愛人問題で、さんざん苦労をなさった。それであんなに徹底した愛人嫌いになってしまった。だから、おかあさんには、夫に愛人ができた妻の気持ちというものが、誰よりもよくわかるはずでしょ」

「うん」

「もし、あなたに愛人ができたとしたら、どういうことになるかしら。愛人のいるあなたの気持ちを、おかあさんはきっと汲《く》んでくださるのに違いないって思ったの」

「おふくろは、きみに同情する。そう見込んだのか」

「同病《どうびょう》、相憐《あいあわ》れむ。そういう気持ちから、わたしを応援してくださるだろう。おかあさんとわたしには連帯感が生まれて、二人は協力することになる」

「おふくろは、きみの気持ちをいたわり、やさしくもなる」

「そうしたことから心が通じ合い、同じ妻であり女である被害者として寄り添い、仲のいい姑《しゅうとめ》と嫁になれるんじゃないかって思いついて、わたしはその自分の思いつきを信じてしまったの。それで、わたしは……」

「ぼくに愛人を、つくらせなければならなかったのか」

井ノ口は、ぽかんとした顔になっていた。

「ええ」

純子の目に光るものが盛り上がった。

あさはか、単純といった批判は別として、井ノ口は妻の心というものを見せつけられたのであった。

25　靄《もや》に消える

1

　純子は自分に対して、ひどく冷酷なことをやってのけた。事実、気がふれそうな思いを、味わったのである。夫に恋愛をさせる、愛人を作るように仕向けるのであった。それを妻である純子が、やるのだった。

　夫と若い愛人が、二人だけの時間を過ごす。激しくもつれ合う夫と由布子の裸身、歓喜する由布子の表情、その上で上半身をのけぞらせている夫の姿を想像して、純子は何度も髪の毛をかきむしった。

　だが、それに耐えて、計画を実行した。すべて、春絵との仲に、雪解けのときを迎えるためであった。憎しみ合う姑と嫁の関係を解消し、平和な家庭にしたいという一心からだった。

　阿久津はいっさいを、ビジネスとして処理した。実行力があって、その点では依頼するにたる阿久津忠雄だった。計画どおりに事態は進展して、夫は名古屋のホテルで由布子との初夜を迎えた。

　亀二は春絵をそそのかして、名古屋のホテルへ電話を入れさせた。そこで春絵は、息子失う結果となった。息子の愛人は、春絵と純子にとって共同の敵である。

春絵と純子は協力することで、より親密な間柄となるはずであった。

仲のいい姑と嫁になる。

そうなったら、夫と由布子を別れさせればいい。春絵も愛人の存在を許さないだろうし、純子は自殺をほのめかす。あるいは由布子の両親に抗議の手紙を送るとか、別れさせるための工作はいろいろと可能だった。

それまでの辛抱だと、純子は自分に言い聞かせた。

しかし、そうした純子の判断は、甘すぎたのである。春絵は由布子の存在を許さなかったし、そこまでは予想どおりだったのだ。だが、春絵はそのことで、純子との共同戦線を求めなかったのであった。

息子の愛人問題と嫁との和解を、春絵は結びつけようとしなかったのである。春絵は自分ひとりだけで、息子の愛人問題を解決しようとした。春絵にとって純子は、相変わらず憎むべき敵であり、誰よりも嫌いな嫁であった。

純子は、失望した。夫に愛人を作らせただけのことに終わり、得るところは何ひとつなかった。大変なことをしてしまったと、純子は苦悩と傷心の日々を過ごすようになった。

このままでは救われないと、絶望感に打ちのめされた。

ところが、思わぬかたちで純子には、救いが訪れた。

春絵の死であった。春絵が死んだのだから、もう険悪な姑と嫁の関係も何もあったものではなかった。夫婦と子どもひとりの平和な家庭も思いのままだし、純子の天下には悲劇的なにおいすらないのだ。

あとは由布子から、夫を取り戻すことだけであった。夫が会社を辞めても、苦にすることはない。いや、むしろ会社を辞めたほうがいいし、東京に住んでいる必要もない。

春絵の遺産も含めて財産を処分すれば、新しい生き方の資金は十分に得られるのである。どこか遠くの土地に、新しい生活の根をおろす。親子三人の人生の再スタートというのも、また素晴らしいではないか。

純子はそういう気持ちから井ノ口に、どこか遠くへいって生活の立て直しを図ろうではないかと、提案したのであった。だが、井ノ口は追われる身となった由布子とともに、姿を消すことになったのである。

「そういうことだったの」

純子は言った。それっきり、純子は沈黙を守るようになった。顔も上げなかったし、ハンカチを目に押し当てるだけであった。

井ノ口も、黙り込んでいた。言葉が、見つからなかったのである。純子に対する怒りはなく、その非常識な思いつきを非難する気にもなれなかった。一種のもの悲しさを、井ノ

「……あなたに二度と会えないんじゃないかって、毎日そんな気がして……」

やがて、純子が口を開いた。小さな声だった。

井ノ口は、無言であった。日々、純子がいかに不安で心細い気持ちを抱いていたか、痛いほどよくわかる。純子のやったことに悪意はなかったのだと、理解もできる。だが、プライドを捨てきった妻というものが、井ノ口にはやりきれなくなるのである。

「ねえ、帰って来てくださるんでしょ」

顔を上げて、純子が言った。ひたむきなものが感じられる純子の目が、キラキラと光っている。泣くことも忘れている妻の顔に、嘘のない訴えかけが認められた。いわゆる迫力のある人間の顔であった。

井ノ口のほうが、今度は目を伏せていた。圧倒されて、いかなる返事も口にするのが恐ろしい、といった彼の胸のうちであった。もちろん、純子の要求にあっさりと応ずることはできなかった。

由布子とのことがある。

このホテルの十六階の部屋で、由布子が待っている。いまさら由布子と、別れるわけにはいかなかった。しかし、ここで純子に対して離婚の話を持ち出すことも、また躊躇《ちゅうちょ》しないではいられないのである。

「あなたに、愛人を押しつけたりした。そのことだけでも、もうわたしには妻としての資格がないのかもしれない。でも、わたしはあなたを、失いたくないわ」

純子はまともに、井ノ口の顔を見据《みす》えていた。開き直った強みといったものが、純子のもの怖《お》じしない目に表われていた。

「勝手すぎる」

井ノ口は言った。

「わかってます。だから、罪の償《つぐな》いはするつもりよ」

「ぼくへの罪の償いか」

「ええ」

「安城君にはいったい、どうやって罪の償いをするんだ」

「あの人への罪の償い……?」

「彼女の気持ちがどう傷つこうと、知ったことじゃないというのか」

「でも、わたしは何もかもあなたや純一のために、わたしたちのしあわせのために、よかれと思ってやったことなのよ」

「まさか、きみは本気で安城君と別れて、家へ帰ってこいって、ぼくに言っているんじゃないだろうな」

「本気だったら、いけないことなの」

「当然じゃないか。きみは安城君を、人格のあるひとりの人間だって、見ていないのかね」

「そう、確かにそうだわね。だけど、このままあなたを彼女に取られちゃうなんて、そんなことわたしには耐えられないし、許せないし、認めるわけにはいかないわ」

「とにかく今夜は、これで別れよう」

そう決断を下して、井ノ口は思いきりよく立ち上がった。

「これっきり帰ってこないなんて、そんなことはないでしょうね」

純子はすわったままで、井ノ口を見上げた。顔色は青白く、目だけが真っ赤になっていた。

「明日にでも、また連絡する」

井ノ口は二、三歩、後退してから純子に背中を向けた。

歩きながら井ノ口は、席を立たずに見送っている純子の視線を感じていた。彼は一度も、振り返らなかった。いま純子の顔や姿を見れば、ますますやりきれない気持ちにさせられるだろうと思ったからである。

2

ベッドのうえで、井ノ口と由布子の裸身は、断末魔《だんまつま》のときを迎えた手負いの野獣のように、絡み合いうごめき続けた。愛の行為に律動《りつどう》する男女の姿にしては、あまりにも激しすぎた。

凄絶《せいぜつ》なまでに躍動する男女の裸身は、互いに責め合い、その拷問《ごうもん》に耐えているというふうに受け取れた。被虐と加虐の融合《ゆうごう》に、必死になって身をまかせている男女の空しい努力が、一種の地獄絵を描き出していた。

もう、午前二時をすぎている。

井ノ口と由布子の行為は、すでに一時間以上も続けられている。二人は無言であり、激しい息遣《づか》いと、苦しそうなあえぎだけが聞こえていた。水を浴びたように、全身が汗にまみれている。

乱れた髪がシーツの上に散り、汗をかいた顔にまつわりついていた。枕はベッドの下に落ち、シーツまでが汗で透きとおっている。由布子の四肢《しし》が暴れるように動き、上体が左右に反転し、腰がよじられる。

声なくして絶叫するような顔、泣き叫ぶような顔、焦燥感に耐える顔、苦悶《くもん》する顔と、由布子の表情が常に変化する。井ノ口のほうは歯を食いしばり、憎しみを加えて責め立てるような目つきになっていた。

だが、二人の努力はいまだに、報われずにいたのである。井ノ口との結合によって、由布子の身体にはエクスタシーが的確に訪れる。由布子の性感は、そのように育てられ、磨かれていたのだった。

[illegible]絶頂感に目覚めてから、それを見失ったままということは、一度もなかったのである。いつもであれば、由布子は繰り返し陶酔の疲れに溺れて、とっくに快い眠りの中にあるはずだった。

しかし、いまは強烈なエクスタシーに見舞われることもなく、由布子の肉体のどこかで迷い続けているそれを見出すことが、どうしてもできなかったのだ。性感は上昇しっぱなしでも、最高の頂点に到達しないのであった。

その理由は、井ノ口にも由布子にもわかっている。心の問題であった。井ノ口が由布子に、純子から聞いた話をそっくり伝えた。それが、由布子の気持ちの引っかかりになっているのだ。

わだかまり、こだわりが由布子の頭の中に真空地帯を作っている。そうした意識が、愛の行為に没入することを妨げているのであった。そうとわかっているので、井ノ口も何とかして由布子を忘我の状態へ導きたかったのである。

由布子も、エクスタシーに狂乱して、何もかも忘れたかった。そうならなければ、不安であった。わだかまり、こだわりのほうが強くて、このまま井ノ口を失うことになるのではないかという気がするのだった。

肉体で愛を確かめ合う、ということにはならなかった。由布子の身体に絶頂感を呼び起こすことだけを目的にした共同作業であり、そのための重労働であった。それは現在の二人にとって、執念でもあったのだ。

　ようやく、二人の執念は実を結んだ。由布子の口から初めて、悲鳴に近い声がほとばしり出た。由布子の全身が悶《もだ》えを表現し、そのあと強烈に硬直した。由布子は叫ぶように、井ノ口の名前を連呼した。

　いつになく、波を打つようなエクスタシーが、長く深く続いた。やっとのことで到達した絶頂感は、堰《せき》を切った奔流《ほんりゅう》のように荒れ狂い、波状的に由布子を襲った。やがて由布子は、狂乱し声を失った。

　その快感のあまりの激しさに、そしてようやく獲《か》ち得たエクスタシーだということが、かえって由布子の気持ちを空しくしていた。由布子は、泣き出していた。悲しくて空しくて、やりきれなくなっていたのである。そのための涙であった。

　井ノ口と由布子は、抱き合ったまま動かずにいた。夜明けの静寂《せいじゃく》が、部屋の中にも忍び込んでいる。二人は無言であり、汗の引いた身体の冷たさを、互いに感じ取っていた。一時間もそうしていたが、二人とも眠ることはなかった。

「わたしの負けだわ」

　静寂を破って、由布子がポツリと言った。

「うん」

……かった。由布子の胸のうちは、よくわかっている。それ以

[illegible]口にするだけ空しいのである。

「あなたも、そう思うでしょ」

「うん」

「あなたもわたしも、奥さまに負けたのよ。夫に愛人ができるように、お金を使って工作を依頼する。そうまでして、平和な家庭になることを期待した奥さまに、わたしはとても勝てないわ」

「うん」

「あなたは、そういう奥さまのことをプライドのない女と、思っていらっしゃるんでしょ」

「うん」

「でも、プライドを捨ててまで家庭のことを考えるというのは、わたしにはとてもできないし、思いつきもしない発想だわ。そういう意味で、とても価値あることだって感じてしまう。奥さまは、女性である前に妻だった。奥さまには、家庭がある。わたしは女でしかないし、守るべき家庭もない。そこに本質的な違いがあって、妻と愛人では勝負にならないんだわ」

「うん」

「お別れしましょう。あなたは職を失ってしまったし、今後は奥さまとお子さんのために生活する手段を考えるべきだわ」

「きみは、どうするんだ」

「これから、ゆっくり考えるわ。カナダに、知り合いがいるの。当分はカナダで、生活しようかとも思っているのよ」

「そうか」

「ねえ、そうしましょうよ」

「どうしても、別れるのかい」

「そのほうが、あなたのことを死ぬまで忘れずにいられると思うの」

「由布子……」

「愛しているわ。だからこそ、あなたの余韻がまだわたしの身体の中に残っているうちに、お別れしたいの」

「さよならを、言うのかい」

「いいえ、さよならは言わずに別れましょ。わたしの一生で誰よりも激しく愛したあなた、わたしの一生に最高の思い出のページを作ってくれたあなた……。心の中では死ぬまで、あなたと別れることのないわたしなんだわ」

由布子は、井ノ口の頭をかかえた。

「[illegible]は言わないさよならを、由布子……」

二人の顔で互いの涙がまじり合い、井ノ口も由布子もその苦さを舌に感じていた。

午前六時――。

由布子は、十六階の部屋の窓から、駐車場を見おろしていた。夜明けの視界は、乳色の靄《もや》に煙《けむ》っている。駐車場には空間が多く、人影も見当たらなかった。乳色の靄は、地上にもベールをかぶせていた。

その中に、動くものが浮かび上がった。タクシーにも乗らず、荷物を手にして人影は駐車場に沿った道を、ゆっくりと移動していく。それは、井ノ口一也であった。ホテルを出た足で、いったいどこへ向かうつもりなのか。

もちろん井ノ口は、十六階の部屋の窓を振り仰ぐこともなかった。その後ろ姿を、由布子の目が追うだけだった。見送るのもひとり、見送られるのもひとりであった。それでも、人生における別離には違いないのである。

井ノ口と愛し合うようになってから、由布子は何度も断崖《だんがい》の上に立たされた。しかし、いまこそホテルの十六階にある部屋という本物の断崖の上に立っているのだと、安城由布子は自分に言い聞かせていた。

井ノ口一也の姿は、すでに消えていた。断崖の下には、乳色の靄だけがあった。愛人はもう、泣いていなかった。

（この作品『断崖の愛人』は、昭和六十三年七月、小社より文庫版で刊行されたものの新装版です）